李白集校注

[唐]李白 著
瞿蜕園 朱金城 校注

李白集校注卷五

樂府四十四首

門有車馬客行

門有車馬賓，金鞍耀朱輪。謂從丹霄落，乃是故鄉親。呼兒掃中堂，坐客論悲辛。對酒兩不飲，停觴淚盈巾。嘆我萬里遊，飄飄三十春。空談帝王略，紫綬不挂身。雄劍藏玉匣，陰符生素塵。廓落無所合，流離湘水濱。借問宗黨間，多爲泉下人。生苦百戰役，死託萬鬼鄰。北風揚胡沙，埋翳周與秦。大運且如此，蒼穹寧匪仁？惻愴竟何道？存亡任大鈞。

【校】

〔車馬賓〕賓，兩宋本、繆本、王本俱注云：一作客。樂府作客。
〔丹霄〕丹，兩宋本、繆本、王本俱注云：一作雲。英華作雲，注云：一作丹。
〔飄颻〕蕭本、咸本俱作飄飄。王本注云：蕭本作飄飄。
〔帝王〕帝，兩宋本、繆本、咸本、胡本、樂府俱作霸。王本注云：繆本作霸。
〔胡沙〕胡，英華作湖。
〔埋翳〕埋，英華作霾，注云：一作埋。
〔竟何道〕竟，英華作憶，注云：一作竟。
〔大鈞〕兩宋本、英華俱作天均。英華注云：一作大鈞。

【注】

〔題〕王云：樂府古題要解：門有車馬客行，曹植等皆言問訊其客，或得故舊鄉里，或駕自京師，備述市朝遷謝親戚彫喪之意也。樂府詩集：王僧虔技録相和歌瑟調三十八曲中有門有車馬客行。
〔朱輪〕漢書卷六六楊惲傳：惲家方隆盛時，乘朱輪者十人。
〔紫綬〕後漢書輿服志：公侯將軍紫綬，二采紫白。
〔雄劍〕見卷四獨漉篇注。

〔陰符〕戰國策秦策：蘇秦夜發書，陳篋數十，得太公陰符之謀。

〔大鈞〕漢書卷四八賈誼傳：大鈞播物。如淳注：陶者作器於鈞上，此以造化爲大鈞也。顔師古注：今造瓦者謂所轉者爲鈞，言造化爲人，亦猶陶之造瓦耳。

【評箋】

胡云：本瑟調曲曹植門有萬里客行也。陸機、張華擬辭，大率言問訊其客，備叙市朝遷謝親友凋喪之意。白辭同，而「空談霸王略，紫綬不挂身」等語，微寓自歎，胡沙霾翳周秦，亦詠其時事云。

今人詹鍈云：薛仲邕繫開元十六年下，蓋以聖曆二年爲太白始生之歲，至此適三十齡耳。王譜繫至德元載下，又於開元十八年下附注云：舊譜以門有車馬客行及答湖州迦葉司馬皆列於三十歲之下。按門有車馬客行詩曰：「嘆我萬里遊，飄颻三十春。」此歎其客遊之久，非紀其始壯之年。觀下文「北風揚胡沙，埋翳周與秦」之句，應是禄山殘破兩京之後所作。詩云：「廓落無所合，流離湘水濱。借問宗黨間，多爲泉下人。」按至德元載白之遊踪未至沅湘一帶，與所謂流離湘水濱者不合。此詩疑亦居零陵時作。史思明於是年九月陷東京，「北風揚胡沙」二句指思明之亂，非禄山亂時也。

君子有所思行

紫閣連終南，青冥天倪色。憑崖望咸陽，宫闕羅北極。萬井驚畫出，九衢如絃直。渭水銀河清，横天流不息。朝野盛文物，衣冠何翕赩？厩馬散連山，軍容威絶域。伊臯運元化，衛霍輸筋力。歌鐘樂未休，榮去老還逼。圓光過滿缺，太陽移中昃。不散東海金，何争西輝匿？無作牛山悲，惻愴淚沾臆。

【校】

〔題〕英華無行字。

〔如絃〕絃，咸本作絲。

〔銀河清〕兩宋本、繆本、樂府俱作清銀河。胡本、咸本俱注云：一作清銀河。王本注云：繆本作清銀河。

〔翕赩〕樂府作貪絶。

〔未休〕英華作休明，注云：一作未休。胡本注云：一作休明。

〔榮去〕去，英華注云：一作至。

〔過滿缺〕過，英華作任，注云：一作過。

〔何争西輝〕蕭本作何曾西飛。王本注云：蕭本作何曾西飛。

【注】

〔題〕蕭云：王僧虔技録：君子有所思行，相和歌瑟調三十八曲之一也。王云：樂府古題要解：君子有所思行，陸機「命駕登北山」，鮑照「西上登雀臺」，沈約「晨策終南首」，其旨言雕室麗色不足爲久歡，晏安鴆毒，滿盈所宜敬忌，與君子行異也。

〔紫閣〕王云：太平廣記：終南山紫閣峯去長安城七十里。陝西志：紫閣峯在西安府鄠縣東南三十里，旭日射之，爛然而紫，其形上聳，若樓閣然。杜甫詩云「紫閣峯陰入渼陂」，即此是也。

〔終南〕王云：初學記：五經要義云：終南山，長安南山也，一名太一。漢書云：太一山，古文以爲終南山。潘岳關中記云：其山一名中南，言在天之中，居都之南，故曰中南。福地記云：其山東接驪山太華，西連太白，至於隴山，北去長安城八十里。南入楚塞，連屬東西諸山，周迴數百里，名曰福地。

〔天倪〕莊子齊物論篇：和之以天倪。陸德明注：倪，李云：分也。崔云：或作霓，際也。

〔北極〕晉書天文志：北極五星，勾陳六星，皆在紫宫中。北極，北辰最尊者也。

〔渭水〕三輔黄圖：引渭水貫都以象天漢。横橋南渡以法牽牛。

〔翕赩〕文選嵇康琴賦：瑤瑾翕赩。李善注：翕赩，盛貌。△赩音釋，亦音赫。

〔厩馬〕新唐書兵志：開元初，……（王）毛仲既領閑廄，馬稍稍復，始二十四萬，至十三年，乃四十三萬。其後突厥欵塞，玄宗厚撫之，歲許朔方軍西受降城爲互市，以金帛市馬，於河東朔方左右牧之。既雜胡種，馬乃益壯。天寶後，諸軍戰馬動以萬計，王侯將相外戚牛駝羊馬之牧布諸道，百倍於縣官，皆以封邑號名爲印自別。將校亦備私馬。議者謂秦、漢以來，唐馬最盛。十一載，詔二京旁五百里勿置私牧。十三載，隴右羣牧都使奏馬牛駝羊總六十萬五千五百，而馬三十二萬五千七百。

〔伊皋〕王云：伊尹、皋陶以喻美宰臣，衛青、霍去病以喻美將帥。

〔東海金〕漢書卷七一疏廣傳：疏廣，字仲翁，東海蘭陵人也。……爲太傅，……在位五歲，……上疏乞骸骨。上以其年篤老，許之，加賜黄金二十斤，皇太子贈以五十斤。……廣既歸鄉里，日令家共具，設酒食，請族人故舊賓客，與相娛樂。數問其家，金餘尚有幾所？趣賣以共具。曰：「此金者聖主所以惠養老臣也，故樂與鄉黨宗族共饗其賜，以盡吾餘日，不亦可乎？」

〔牛山〕見卷二古風第二十三首注。

【評箋】

今人詹鍈云：詩云：「紫閣連終南，憑崖望咸陽，渭水銀河清」，當是在長安作。

東海有勇婦

梁山感杞妻，慟哭爲之傾。金石忽暫開，都由激深情。東海有勇婦，何慚蘇子卿？學劍越處子，超騰若流星。捐軀報夫讎，萬死不顧生。白刃耀素雪，蒼天感精誠。十步兩躩躍，三呼一交兵。斬首掉國門，蹴踏五藏行。豁此伉儷憤，粲然大義明。北海李使君，飛章奏天庭。捨罪警風俗，流芳播滄瀛。名在列女籍，竹帛已光榮。淳于免詔獄，漢主爲緹縈。津妾一棹歌，脱父於嚴刑。十子若不肖，不如一女英。豫讓斬空衣，有心竟無成。要離殺慶忌，壯夫所素輕。妻子亦何辜？焚之買虛聲。豈如東海婦，事立獨揚名！

【校】

〔題〕此下王本注云：原注：代關中有貞女。兩宋本、繆本俱注云：代關中有貞女，又作賢。咸本注云：又作賢女。

〔慟〕蕭本作痛，王本注云：蕭本作痛。

〔超騰〕騰，蕭本作然。王本注云：蕭本作然。

〔躩〕兩宋本、繆本、王本俱注云：一作跳。胡本作跳。

〔五藏〕兩宋本藏俱作臧。

〔豁此〕此句咸本豁下注云：一作割。憤下注云：一作情。

〔使君〕使，兩宋本、蕭本、繆本俱作史。咸本作史，注云：一作府。王本注云：繆本作史。

〔警風俗〕警，王本作驚，誤，今依各本改。

〔名在〕名，兩宋本、繆本俱作志。王本注云：繆本作志。
〔所素〕兩宋本、繆本、咸本俱作素所。王本注云：繆本作素所。

【注】

〔題〕蕭云：樂府正聲：漢鞞舞歌五曲有關中有賢女。王云：按晉書：關東有賢女乃鞞舞舊曲五篇之一，其辭已亡。關中有貞女當是關東有賢女之訛。
〔杞妻〕王云：列女傳：齊杞梁殖之妻，莊公襲莒，殖戰而死，無子，内外皆無五屬之親。既無所歸，乃枕其夫之尸於城下而哭。内誠動人，道路過者莫不爲之揮涕，十日而城爲之崩。曹植詩乃云：「杞妻哭死夫，梁山爲之傾。」與列女傳諸書所載殊異。太白用梁山事蓋本之曹詩也。
〔子卿〕王云：蘇子卿無報讎殺人事，以此相擬，殊非倫類。按曹植精微篇：「關東有賢女，自字蘇來卿。壯年報父仇，身没垂功名。」是知蘇子卿乃蘇來卿之誤也。
〔處子〕見卷四結客少年場行注。
〔伉儷〕左傳成十一年：已不能庇其伉儷而亡之。杜預注：伉，敵也；儷，耦也。孔疏：伉儷者，言是相敵之匹耦。
〔李使君〕王云：李邕爲北海太守，世稱李北海。所謂北海李使君疑即其人也。
〔滄瀛〕王云：滄、瀛謂東方海隅之地。又滄州景城郡、瀛州河間郡，與青州北海郡相鄰近，似謂其聲名播於旁郡也。

〔淳于〕漢書刑法志：齊太倉令淳于公有罪當刑，詔獄逮繫長安。淳于公無男，有五女，當行會逮，罵其女曰：「生子不生男，緩急非有益也。」其少女緹縈自傷悲泣，乃隨其父至長安，上書曰：「妾父爲吏，齊中皆稱其廉平。今坐法當刑，妾傷夫死者不可復生，刑者不可復屬。雖後欲改過自新，其道無由也。妾願没入爲官婢，以贖父刑罪使得自新。」書奏，天子悲憐其意，遂下令除肉刑。

〔緹縈〕緹音提，縈音榮。

〔津妾〕列女傳辯通：趙津女娟者，趙河津吏之女。……趙簡子南擊楚，與津吏期，簡子至，津吏醉卧不能渡。簡子欲殺之。娟曰：「妾父聞主君來，渡不測之水，恐風波之起，水神動駭。故禱九江三淮之神，供具備禮，御釐受福，不勝巫祝杯酌餘瀝，醉至於此。君欲殺之，妾願以鄙軀易父之死。」簡子曰：「非女子之罪也。」娟曰：「主君欲因其醉而殺之，妾恐其身之不知痛而心不知罪也。若不知罪而殺之，是殺不辜也。願醒而殺之，使知其罪。」簡子曰：「善。」遂釋不誅。簡子將渡，用楫者少一人，娟攘袂操楫而請。……中流爲簡子發河激之歌。其詞曰：「升彼阿兮面觀清，水揚波兮杳冥冥。禱求福兮醉不醒，誅將加兮妾心驚。罰既釋兮瀆乃清，妾持楫兮操其維。蛟龍助兮主將歸。浮來櫂兮行勿疑。」簡子大悦，以爲夫人。

〔豫讓〕戰國策趙策：豫讓始事范中行氏而不悦，去而就智伯，智伯寵之。及三晉分智氏，趙襄子最怨智伯，而將其頭以爲飲器。……豫讓曰：「士爲知己者死，女爲悦己者容，吾其報智氏之讎矣。」乃變姓名爲刑人，入宫塗廁，欲以刺襄子。襄子如廁心動，執問塗者，則豫讓也，刃其扞曰：「欲爲智伯報讎。……」趙襄子曰：「彼義士也。……」卒釋之。豫讓又漆身爲厲，滅鬚去眉，自刑以變其容，……又吞炭爲啞，變其音。……居頃之，襄子當出，豫讓伏所當過橋下。襄子至橋而馬驚，襄子曰：「此必豫讓也。」使人問之，果豫讓。……襄子……曰：「豫子之爲智伯，名既成矣。寡人舍子，亦已足矣。子自爲計！……」使兵環之，豫讓曰：「臣聞明主不掩人之義，忠臣不愛死以成名。……今日之事，臣故伏誅，然願請君之衣而擊之，雖死不恨。……」襄子義之，使使者持衣與豫讓，豫讓拔劍三躍呼天擊之曰：「可以報智伯矣。」遂伏劍而死。

〔要離〕吴越春秋：吴王前既殺王僚，又憂慶忌之在鄰國，……子胥乃見要離曰：「吴王聞子高義，惟一臨之！」乃與子胥見吴王曰：「臣國東千里之人，臣細小無力，迎風則僵，負風則伏，大王有命，臣敢不盡力？」吴王心非子胥進此人，良久默然不言，要離即進曰：「大王患慶忌乎？臣能殺之。」王曰：「慶忌之勇，世所聞也。……今子之力不如也。」要離曰：「王有意焉，臣能殺之，……臣詐以負罪出奔，願王戮臣妻子，斷臣右手，慶忌必信臣矣。」……要離乃詐得罪出奔，吴王乃取其妻子，焚棄於市，要離乃奔諸侯而行怨言，以無罪聞於天下。遂如衛，求見慶忌。……慶忌信其謀，後三月揀練士卒，遂之吴。將渡江，於中流，要離力微，坐於上風，因風勢以矛鈎其冠，順風而刺慶忌，慶忌顧而揮之，三捽其頭於水中，乃加於膝上。「嘻嘻哉！天下之勇士也，乃敢加兵刃於我！」左右欲殺之。慶忌止之曰：「此是天下勇士，……可令還吴以旌其忠。」於是慶忌死，要離渡至江陵，愍然不行，……曰：「殺吾妻子以事其君，非仁也。爲新君而殺故君之子，非義也。……貪生棄行，非勇也。夫人有三惡以立於世，吾何面目以視天下之士？」言訖，遂投身於江。未絶，從者出之。要離曰：「吾寧能不死乎？」……乃自斷手足，伏劍而死。

【評箋】

查慎行云：東海有勇婦，爲夫報仇，必實有其事，而注家不詳。（初白詩評）

宋長白云：太白東海有勇婦篇似目擊其事而賦之者，豈李使君即泰和邕邪？惜蕭楊作注，弗備考其故實，并勇婦姓氏逸之，則奇人奇事淹没而弗傳者多矣。其秦女休一篇則曹子建、左延年俱有此作，是詠古蹟而非述時事也。（柳亭詩話）

按：宋氏書成於康熙中葉，尚未及見王注也。

黄葛篇

黄葛生洛溪，黄花自綿冪。青烟蔓長條，繚繞幾百尺。閨人費素手，採緝作絺綌。縫爲絶國衣，遠寄日南客。蒼梧大火落，暑服莫輕擲。此物雖過時，是妾手中跡。

【注】

〔題〕蕭云：樂府遺聲草木二十一曲中有種葛篇。

〔洛溪〕王云：葛草，延蔓而生，引長二三丈，其葉有三尖，如楓葉而長，面青背淡，莖亦青色，取其皮漚練作絲，以爲絺綌。謂之黄葛者，是取既成絺綌之色而名之，以别於蔓草中之白葛、紫葛、赤葛諸名，不致相混耳。七八月開花成穗，纍纍相承，紅紫色。古前溪歌：「黄葛結蒙籠，生在洛溪邊。」葛花紅紫，而此云黄花，恐誤。

〔綿冪〕冪音覓。

〔絺綌〕詩周南葛覃：爲絺爲綌。毛傳：精曰絺，麤曰綌。

〔絶國〕漢書卷六一張騫傳：及使絶國者。顔師古注：遠絶之國謂聲教之外。

〔日南〕〔蒼梧〕王云：唐時所謂日南郡即驩州也，去西京一萬二千四百餘里，去東京一萬一千五百餘里。所謂蒼梧郡，即梧州也，去西京五千五百里，去東京五千一百里，俱屬嶺南道。

〔大火落〕詩豳風七月：七月流火。毛傳：火，大火也。鄭箋：大火者，寒暑之候也。火星中而寒暑退。朱傳曰：火，大火，心星也，以六月之昏加於地之南方，至七月之昏則下而西流矣。

【評箋】

蕭云：太白此詩，忠厚之意發于情性，風雅之作也。今世蚍蜉輩作詩評，乃謂太白詩全無關於人倫風教，吁！是亦未之思耳。

白馬篇

龍馬花雪毛，金鞍五陵豪。秋霜切玉劍，落日明珠袍。鬬雞事萬乘，軒蓋一何高？弓摧南山虎，手接太行猱。酒後競風采，三杯弄寶刀。殺人如剪草，劇孟同遊遨。發憤去函谷，從軍向臨洮。叱咤經百戰，匈奴盡奔逃。歸來使酒氣，未肯拜蕭曹。羞入原憲室，荒徑隱蓬蒿。

【校】

〔雪毛〕毛，蕭本作白。王本注云：蕭本作白。

〔南山〕南，兩宋本、繆本、樂府俱作宜。王本注云：繆本作宜。

〔太行〕行，兩宋本、繆本、樂府俱作山。王本注云：繆本作山。

〔經百戰〕兩宋本、繆本、王本俱注云：一作萬戰場。樂府與一作同。

〔奔逃〕兩宋本、繆本俱作波濤，濤下注云：一作逃。樂府亦作波濤。王本注云：一作波濤。

〔拜〕兩宋本、繆本、王本俱注云：一作下。

〔荒徑〕徑，兩宋本、蕭本、咸本俱作涇。王本注云：蕭本作涇，誤。

【注】

〔題〕王云：樂府古題要解：白馬篇，曹植「白馬飾金羈」，鮑照「白馬騂角弓」，沈約「白馬紫金鞍」，皆言邊塞征戰之狀。按樂府詩集，白馬篇是雜曲歌之齊瑟行。

〔龍馬〕周禮夏官廋人：馬八尺以上爲龍。

〔五陵〕漢書卷九二原涉傳：郡國諸豪及長安五陵諸爲節氣者，皆歸慕之。顔師古注：五陵謂長陵、安陵、陽陵、茂陵、平陵也。班固西都賦曰：南望杜、霸，北眺五陵。是知霸陵、杜陵非此五陵之數也。而説者以爲高祖以下至茂陵爲五陵，失其本意。

〔切玉〕列子湯問篇：周穆王大征西戎，西戎獻錕鋙之劍，……其劍長尺有咫，鍊鋼赤刃，用之切玉，如切泥焉。

〔鬬雞〕見卷二古風第二十四首注。

〔南山虎〕晉書卷五八周處傳：南山白額猛獸……處乃入山射殺猛獸。按：唐修晉書，避虎字改爲猛獸。王云：西京雜記：李廣與兄弟共獵於冥山之北，見卧虎焉。射之，一矢即斃，斷其髑髏以爲枕，示服猛也。冥山或作宜山，所謂宜山虎也。

〔太行猱〕文選張衡思玄賦李善注引尸子：中黄伯曰：予左執太行之猱而右搏雕虎。

〔劇孟〕見卷三梁甫吟注。

〔函谷〕王云：史記正義：括地志云：函谷關在陝州桃林縣西南十二里，秦函谷關也。圖記云：西去長安四百餘里，路在谷中，故以爲名。雍録：秦函谷關在唐陝州靈寶縣南十里。靈寶縣者，漢弘農縣也。又：漢函谷關在唐河南府新安縣之東一里。蓋漢世楊僕移秦函谷關而立之於此也。以比秦舊，則移東三百七十八里，自此關移在新安縣而秦關之在靈寶者廢矣。又云：自潼關東二百里至陝州靈寶縣，則秦函谷關也。自靈寶縣東三百餘里至河南新安縣，則漢函谷關也。

〔臨洮〕舊唐書地理志：臨洮軍在鄯州城内，管兵萬五千人。△洮音叨。

〔使酒〕史記魏其武安侯列傳：灌夫爲人剛直使酒。

〔原憲〕韓詩外傳卷一：原憲居魯，環堵之室，茨以蒿萊，蓬户甕牖，桷桑而無樞，上漏下溼，匡坐而絃歌。史記仲尼弟子列傳：孔子卒，原憲亡在草澤中。子貢相衛，而結駟連騎，排藜藿，入窮閻，過謝原憲。憲攝敝衣冠見子貢，子貢恥之，曰：「夫子豈病乎！」原憲曰：「吾聞之，無財者謂之貧，學道而不能行者謂之病。若憲，貧也，非病也。」子貢慚，不懌而去，終身恥其言之過也。

【評箋】

蕭云：此詩寓貶於褒，寄揚於抑，深得國風之旨，讀者宜細味之。

胡云：曹植齊瑟行言人當立功名邊塞，白擬爲白馬篇，詩義同。

朱諫云：此詩李白之所作者，辭壯氣豪，第以不識原憲而嗤爲荒淫爲可怪耳！（李詩辨疑）

鳳笙篇

仙人十五愛吹笙，學得崑丘彩鳳鳴。始聞鍊氣餐金液；復道朝天赴玉京。玉京迢迢幾千里，鳳笙去去無窮已。欲嘆離聲發絳脣；更嗟別調流纖指。此時惜別詎堪聞？此地相看未忍分。重吟真曲和清吹；却奏仙歌響緑雲。緑雲紫氣向函關，訪道應尋緱氏山。莫學吹笙王子晉，一遇浮丘斷不還。

【校】

〔題〕樂府作鳳吹笙曲。

〔無窮〕窮，樂府作邊。

【注】

〔題〕蕭云：樂府遺聲歌舞二十一曲中有鳳笙篇。

〔崑丘〕見卷二古風第四十首注。

〔金液〕太平御覽卷六六九太上丹簡墨籙曰：修金液之術，當得太清丹經。參見卷十三寄王屋山人孟大融注。

〔玉京〕王云：靈樞金景内經：下離塵世，上界玉京。注云：玉京，無爲之天也。三十二帝之都。步虚經：玉京山在無上大羅天中玉京之上，七寶玄臺居五億五萬五十五重天最上頂也。

〔紫氣〕太平御覽卷六六一三一經曰：真人尹喜，周大夫也，爲關令，……登樓四望，見東極有紫氣西邁。喜曰：「……應有聖人過此。」及老子度關，……喜帶印綬，設師事之禮。

〔緱氏山〕王云：元和郡縣志：緱氏山在河南府緱氏縣東南二十九里，王子晉得仙處。列仙傳：王子喬者，周靈王太子晉也。好吹笙，作鳳凰鳴，游伊、洛之間，遇道士浮丘公，接以上嵩高山，三十餘年。後於山上見桓良曰：「告我家，七月七日待我於緱氏山巔。」至時果乘白鶴駐山頭，望之不得到，舉手謝時人，數日而去。

【評箋】

查慎行云：初唐庸近調格，如何入得太白集中？（初白詩評）

王云：此詩是送一道流應詔入京之作，所謂「仙人十五愛吹笙」，正實指其人，非泛用古事。所謂「朝天赴玉京」者，言其入京朝見，非謂其超昇輕舉。舊注以游仙詩擬之，失其旨矣。

今人詹鍈云：按：王説是也。此道流或即是吴筠歟！李詩辨疑以爲李赤僞作，非是。

怨歌行

十五入漢宫，花顔笑春紅。君王選玉色，侍寢金屏中。薦枕嬌夕月，卷衣戀春風。寧知趙飛燕，奪寵恨無窮。沉憂能傷人，緑鬢成霜蓬。一朝不得意，世事徒爲空。鷫鸘换美酒，舞衣罷雕龍。寒苦不忍言，爲君奏絲桐。腸斷絃亦絶，悲心夜忡忡。

【校】

〔題〕此下王本注云：自注：長安見内人出嫁，友人令予代爲怨歌行。兩宋本、繆本俱注云：長安見内人出嫁令予代爲怨歌行。無自注兩字。

〔笑春〕笑，兩宋本、繆本、王本俱注云：一作如。

〔金屏〕金，兩宋本、繆本、王本俱注云：一作錦。

〔夕月〕敦煌殘卷作向日。

〔春風〕春，兩宋本、繆本、王本俱注云：一作香。敦煌殘卷作香。

〔徒爲〕徒，兩宋本、繆本、王本俱注云：一作信。

〔雕龍〕王本注云：一作籠。胡本、敦煌殘卷、樂府俱作籠。

〔悲心〕咸本作如悲，注云：一作悲心。

【注】

〔題〕蕭云：怨歌行，古辭也。……王僧虔技録相和歌楚調十曲有怨詩，亦曰怨歌行，亦曰明月照高樓。

〔飛燕〕漢書卷九七外戚傳：孝成趙皇后，本長安宫人……及壯，屬陽阿主家，學歌舞，號曰飛燕。成帝嘗微行，出過陽阿主作樂，上見飛燕而説之，召入宫，大幸，有女弟，復召入，倶爲倢伃，貴傾後宫。又云：其後趙飛燕姊弟亦從自微賤興，踰越禮制，寖盛於前。班倢伃及許皇后皆失寵，稀復進見。鴻嘉三年，趙皇后譖告許皇后、班倢伃挾媚道，祝詛後宫，詈及主上。

〔鸕鷀〕見卷四白頭吟第二首注。

〔雕龍〕蕭云：雕龍，謂舞衣上之雕畫龍文也。按：此説似鑿，疑龍當作櫳，較合唐人習慣。

〔忡忡〕詩召南草蟲：憂心忡忡。△忡音沖。

塞下曲六首

五月天山雪，無花祇有寒。笛中聞折柳，春色未曾看。曉戰隨金鼓；宵眠抱玉鞍。願將腰下劍，直爲斬樓蘭。

【校】

〔題〕英華作塞上曲，注云：一作塞下曲。

【注】

〔題〕蕭云：樂府遺聲征戍十五曲中有塞下曲。　王云：樂府詩集：晉書樂志曰：出塞入塞曲，李延年造。……唐人有塞上、塞下曲，蓋本於此。　高步瀛云：塞上、塞下曲皆新樂府辭，見樂府詩集卷九十二。

〔天山〕見卷四關山月注。

〔折柳〕樂府詩集卷二二：唐書樂志：梁樂府有胡吹歌云：「上馬不捉鞭，反拗楊柳枝。下馬吹横笛，愁殺行客兒。」此歌辭元出北國，即鼓角横吹曲折楊柳是也。　蕭云：崔豹古今注：横吹，胡樂也。有黄鵠、隴頭、出關、入關、出塞、入塞、折楊柳、覃子、赤之陽、望行人十曲。

〔金鼓〕文選司馬相如子虚賦：摐金鼓。郭璞注：金鼓，鉦也。

〔樓蘭〕漢書卷七〇傅介子傳：介子……至樓蘭，樓蘭王貪漢物，來見使者，介子與坐飲，陳物示之，飲酒皆醉，介子謂王曰：「天子使我私報王。」王起隨介子入帳中屏語，壯士二人從後刺之，刃交匈，立死。　又卷九六西域傳：封介子爲義陽侯，乃立尉屠耆爲王，更名其國爲鄯善。

【評箋】

沈德潛云：太白「五月天山雪，無花只有寒。笛中聞折柳，春色未曾看」，一氣直下，不就羈縛。（説詩晬語）

方東樹云：唐玄宗「劍閣横雲峻」一篇，王右丞「風勁角弓鳴」一篇，神完氣足，章法、句法、字法，俱臻絶頂。此律詩正體。而太白「五月天山雪，無花只有寒。笛中聞折柳，春色未嘗看」，一氣直下，不就羈縛。（昭昧詹言）

其二

天兵下北荒，胡馬欲南飲。横戈從百戰，直爲銜恩甚。握雪海上餐，拂沙隴頭寢。何當破月氏，然後方高枕。

【校】

〔胡馬〕馬，兩宋本俱作爲。

〔百戰〕百，咸本注云：一作北。

【注】

〔握雪〕漢書卷五四蘇武傳：……單于欲降之，乃幽武置大窖中，絶不飲食，天雨雪，乃卧齧雪，與旃毛并咽之，數月不死。匈奴以爲神，迺徙武北海上無人處，武至海上，廩食不至，掘野鼠，去草實而食之。

〔月氏〕漢書卷九六西域傳：大月氏國本居敦煌祁連間，至冒頓單于攻破月氏，月氏乃遠去，過大宛，西擊大夏而臣之，都嬀北爲王庭，其餘小衆不能去者，保南山羌，號小月氏。△氏音支。

〔高枕〕漢書卷九四匈奴傳：北狄不服，中國未得高枕安寢也。

其三

駿馬似風飇，鳴鞭出渭橋。彎弓辭漢月；插羽破天驕。陣解星芒盡；營空海霧消。功成畫麟閣，獨有霍嫖姚。

【校】

〔似風〕似，兩宋本、繆本、樂府俱作如。王本注云：繆本作如。

〔畫〕咸本注云：一作盡。

【注】

〔渭橋〕王云：史記正義：括地志云：渭橋本名横橋，架渭水上，在雍州咸陽縣東南二十二里。

雍録：中渭橋舊止單名渭橋，水經叙渭曰：水上有梁，謂之渭橋者是也。後世加中以冠橋上者，爲長安之西別有便民橋，萬年縣之東更有東渭橋，故不得不以中別也。參見本卷塞上曲注。

〔插羽〕蕭云：插羽者，箭在腰也。見卷二古風第三十四首注。

〔天驕〕漢書卷九四匈奴傳：單于遣使遺漢書云：南有大漢，北有强胡。胡者，天之驕子也。

〔麟閣〕見卷四司馬將軍歌注。

〔嫖姚〕高步瀛唐宋詩舉要云：史記驃騎將軍傳：霍去病爲剽姚校尉。漢書霍去病傳作票姚。注：服虔曰：音飄摇。案蕭子顯日出東南隅行曰：「漢馬三千匹，夫壻事嫖姚。」庾子山畫屏風詩曰：「寒衣須及早，將寄霍嫖姚。」杜子美後出塞曰：「借問大將誰，恐是霍嫖姚。」贈田九判官梁丘詩曰：「將軍只數漢嫖姚。」皆從服虔音讀平聲。參見卷三胡無人詩注。

【評箋】

王夫之云：總爲末二語作前六句，直爾赫奕，正以激昂見意。俗筆開口便怨。（唐詩評選）

王云：按彎弓以上三句狀出師之景，插羽以下三句狀戰勝之景，末言功成奏凱，圖形麟閣者，止上將一人，不能徧及血戰之士。太白用一獨字，蓋有感乎其中歟！然其言又何婉而多風也！

其四

白馬黄金塞，雲砂繞夢思。那堪愁苦節，遠憶邊城兒？螢飛秋窗滿，月度霜閨遲。摧殘梧桐葉，蕭颯沙棠枝。無時獨不見，淚流空自知。

【校】

〔自知〕咸本此下注云：一本無此一篇。

【注】

〔沙棠〕文選司馬相如上林賦：沙棠櫟櫧。張揖注：沙棠狀如棠，黄華赤實，其味如李無核。呂氏春秋曰：果之美者，沙棠之實。

【評箋】

按：塞下曲六首其五皆似律體，惟此首不類，敦煌殘卷題作獨不見，與卷四之獨不見頗有相近之詞句，疑作獨不見是也。

其五

塞虜乘秋下，天兵出漢家。將軍分虎竹；戰士卧龍沙。邊月隨弓影；胡霜拂劍花，玉關殊未入，少婦莫長嗟。

【校】

〔卧〕英華作泣，注云：一作卧。

【注】

〔虎竹〕漢書文帝紀：二年九月，初與郡守爲銅虎符、竹使符。注：應劭曰：銅虎符第一至第五，國家當發兵，遣使者至郡合符，符合乃聽受之。竹使符者，以竹箭五枚長五寸，鐫刻篆書第一至第五。

〔龍沙〕後漢書卷七七班超傳贊：坦步葱雪，咫尺龍沙。章懷太子注：白龍堆，沙漠也。

〔未入〕漢書卷六一李廣利傳：太初元年，以李廣利爲貳師將軍。……使使上書言，……願且罷兵，天子大怒，使使遮玉門關曰：軍有敢入，斬之。……軍還入玉門關者萬餘人。後漢書卷七七班超傳：超上疏曰：臣不敢望到酒泉郡，但願生入玉門關。章懷太子注：玉門關在敦煌郡，今沙州也。去長安三千六百里，關在敦煌縣西北。

【評箋】

邢昉云：以太白之才詠關塞，而悠悠閑澹如此，詩所以貴淘錬也。（唐風定）

沈德潛云：只弓如月、劍如霜耳，筆端點染，遂成奇彩。結意亦復深婉。（唐詩别裁）

其六

烽火動沙漠，連照甘泉雲。漢皇按劍起，還召李將軍。兵氣天上合，鼓聲隴底聞。橫行負勇氣，一戰静妖氛。

【校】

〔兵氣〕兵，兩宋本、繆本、王本俱注云：一作殺。

〔鼓聲〕鼓，英華作威。

【注】

〔甘泉〕史記匈奴傳：胡騎入代、勾注邊，烽火通於甘泉、長安。

〔李將軍〕見卷二古風第六首注。

來日大難

來日一身，攜糧負薪。道長食盡，苦口焦脣。今日醉飽，樂過千春。仙人相存，誘我遠學。海淩三山，陸憩五嶽。乘龍天飛，目瞻兩角。授以神藥，金丹滿握。蟪蛄蒙恩，深媿短促。思填東海，強銜一木。道重天地，軒師廣成。蟬翼九五，以求長生。下士大笑，如蒼蠅聲。

【校】

〔道長〕蕭本作長鳴。王本注云：蕭本作長鳴。

〔海淩〕淩，兩宋本、繆本俱作陵。王本注云：繆本作陵。

〔兩角〕以上兩句，兩宋本、繆本作「乘龍上三天，飛目瞻兩角」。王本注云：繆本作「乘龍上三天，飛目瞻兩角」。

〔神藥〕神，蕭本作仙。王本注云：蕭本作仙。

【注】

〔題〕王云：來日大難即古善哉行也，蓋摘首句以命題耳。樂府古題要解：善哉行古詞，來日大難，口燥脣乾。言人命不可保，當樂見親友，且求長生術，與王喬八公遊焉。按樂府詩集王僧虔技録：善哉行乃相和歌瑟調三十八曲之一。

〔來日〕王云：來日謂已來之日，猶往日也。

〔三山〕見卷一大鵬賦注。

〔五嶽〕周禮春官大宗伯：鄭玄注：五嶽，東曰岱宗，南曰衡山，西曰華山，北曰恒山，中曰嵩高山。

〔蟪蛄〕王云：莊子：蟪蛄不知春秋。陸德明注：司馬云：蟪蛄，寒蟬也。一名蝭蟧。春生夏死，夏生秋死。崔云：蛁蟧也。或曰：山蟪秋鳴者不及春，春鳴者不及秋。廣雅云：蟪蛄，蛁蟧也，即楚辭所謂寒螿也。

〔東海〕見卷一大鵬賦注。王云：詩意言人命短促，有如蟪蛄，今蒙恩而授之神藥，使得長生，其德深矣。思欲報之，却如精衛銜一木以填東海耳。甚言其德之深而無以爲報也。

〔廣成〕見卷一大獵賦注。

〔九五〕王云：蟬翼九五，視九五天子之位如蟬翼之輕也。

〔大笑〕老子：下士聞道大笑之。

〔蒼蠅〕詩齊風雞鳴：匪雞則鳴，蒼蠅之聲。

【評箋】

唐宋詩醇云：李白嘗謂寄興深微，五言不如四言，七言又其靡也。非有志於古者不能作此語。然自三百篇而騷，而五言，而七言，天機所暢，文章日新，是非得失之故原不在此。今必執三百篇以繩後之爲四言者，非通論也。此題本屬寓言，白詩亦是擬古，辭旨恍惚，奇譎可喜，故存之以備一體。於此論四言正變及寄興深微之旨，則相去遠矣。

徐世溥云：太白來日大難篇：「來日一身，攜糧負薪，今日醉飽，樂過千春。」一醉飽耳，而遂樂過千春乎？何其言之汙也？夫英雄混跡于傭保，異人隱形于乞丐，不屑不潔，饕餮嶔崎，往往如斯，蓋以玩世不恭遂其超然自得，此其所以能金丹滿握前乘龍上天也。此太白自道自傳神。前乎此者惟東方曼倩足當之，故能戲萬乘若僚友，視儔列如草芥耳。（榆溪詩話）

陳沆云：此蓋被放賜歸，初辭金鑾之時也。今日置酒離別，明日則爲放臣矣。然而感恩懷德，曷敢泯忘？何者？升我以雲霄，攀我以鱗翼，賜我以仙藥，誠思效銜木之誠，報山海之德，而已爲下士所忌矣。彼但見萬乘之尊下一布衣如此，豈知道在則勢力輕，古以軒轅而下廣成，視天位如蟬翼，豈高力士營營青蠅者所識哉？蓋力士恨太白貧賤驕人，而太白謂其不足驕也。詩云：「營營青蠅」，刺讒也。集中贈崔司户詩云：「惟昔不自媒，擔簦西入秦。攀龍九天上，忝列歲星臣。布衣侍丹墀，密勿草絲綸。才微惠渥重，讒巧生緇磷。」又贈宋少府詩云「早懷經濟策，特受龍顏顧。白玉栖青蠅，君臣忽行路。人生感分義，貴欲呈丹素」云云，皆足證此詩之旨。（詩比興箋）

塞上曲

大漢無中策，匈奴犯渭橋。五原秋草緑，胡馬一何驕？命將征西極，横行陰山側。燕支落漢家，婦女無花色。轉戰渡黄河，休兵樂事多。蕭條清萬里，瀚海寂無波。

【校】

〔花色〕花，蕭本作華，是。

【注】

〔題〕蕭云：樂府塞上曲者，古征戍十五曲之一也。按：此詩選入唐人萬首絶句，作三首。

〔中策〕漢書卷九四匈奴傳：匈奴爲害，所從來久矣。……周秦漢征之，然皆未有得上策者也。周得中策，漢得下策，秦無策焉。當周宣王時，獫狁内侵，至于涇陽，命將征之，盡境而還。其視戎狄之侵，譬猶蟁蝱之螫，敺之而已。故天下稱明，是爲中策。漢武帝選將練兵，約齎輕糧，深入遠戍，雖有克獲之功，胡輒報之。兵連禍結三十餘年，中國罷耗，匈奴亦創艾，而天下稱武。是爲下策。秦始皇不忍小恥而輕民力，築長城之固，延袤萬里，轉輸之行起於負海。疆境既完，中國内竭，以喪社稷，是爲無策。

〔渭橋〕王云：雍録：秦漢唐駕渭者凡三橋。在咸陽西十里者名便橋，漢武帝造。在咸陽東南二十二里者爲中渭橋，秦始皇造。在萬年縣東四十里者爲東渭橋，不知始於何世。唐時頡利所犯者在便橋之北，謂之西渭橋者是也。參見本卷塞下曲第三首注。

〔五原〕王云：五原郡，漢武帝所置，其後更變不一。至西魏改大興郡爲五原郡，後又改鹽州。隋末爲梁師都所據。唐貞觀二年，平師都，復置鹽州及五原縣。天寶元年，改鹽州爲五原郡。在太宗時，但稱鹽州，不稱五原。史言突厥頡利建牙直五原之北，正指五原縣也。其地即漢北地郡之馬嶺縣地。西接靈州靈武郡，東抵夏州朔方郡，南界慶州安化郡，北與突厥相距。今約其處，當在寧夏衞界中。若漢之五原郡領縣十六，延袤甚廣。在唐時豐州九原郡，勝州榆林郡，皆其地矣。參見卷六千里思詩注。

〔陰山〕王云：漢書：北邊塞至遼東，外有陰山，東西千餘里，草木茂盛，多禽獸。本冒頓單于依阻其中，治作弓矢，來出爲寇。是其苑囿也。至孝武世，出師征伐，斥奪此地，攘之於漠北。括地志：陰山在北塞外突厥界。

〔燕支〕見卷四王昭君詩第一首注。

〔瀚海〕王云：班固燕然山銘：蕭條萬里，野無遺寇。漢書：驃騎將軍封狼居胥山，禪於姑衍，登臨瀚海。如淳注：瀚海，北海名也。正義曰：按瀚海自一大海，羣鳥解羽伏乳於此，因名也。耶律楚材曰：伊州之西北有瀚海。

【評箋】

蕭云：唐史：突厥頡利自武德便橋既盟之後，貞觀中，太宗思雪此恥，乘其國亂，乃命李靖爲定襄道行軍總管，節度六總管之師十餘萬征突厥。靖率勁騎三千趨惡陽嶺，襲定襄破之。可汗脱身遁磧口，走保鐵山。靖督兵疾進襲擊之，盡獲其衆。頡利獨奔沙鉢羅，行軍副總管張寶相擒之，其國遂亡。於是斥地自陰山北，至大漠矣。初破定襄，帝喜曰：「靖以騎三千蹀血窮追，取定襄，古未有此，足澡吾渭北之恥矣。」此詩是美頌一時勳德借漢爲喻也。

王云：此篇蓋追美太宗武功之盛而作也。按唐書突厥傳言頡利可汗嗣立，高祖以中原初定不遑外略，每優容之，賜與不可勝計。頡利言辭悖慠，求請無厭，所謂大漠無中策也。傳言武德九年七月，頡利自率十萬餘騎進寇武功，京師戒嚴。癸未，頡利至於渭水便橋之北，太宗與侍中高士廉、中書令房玄齡馳六騎幸渭水之上，與頡利隔津而語，責以負約。其酋帥大驚，皆下馬羅拜。俄而衆軍繼至，軍容大盛。太宗獨與頡利臨水交言，麾諸軍却而陣焉。頡利請和。乙酉，幸城西，刑白馬，與頡利同盟於便橋之上，頡利引兵而退，所謂匈奴犯渭橋之事也。傳言頡利設牙直五原之北，承父兄之資，兵馬強盛，有憑陵中國之志。所謂「五原秋草緑，胡馬一何驕」之事也。又李靖傳言貞觀三年突厥諸部離叛，朝廷將圖進取，以靖爲代州道行軍總管，率驍騎三千，自馬邑出其不意，直趨惡陽嶺以逼之。四年，進擊定襄破之。可汗僅以身遁。太宗謂曰：「卿以三千輕騎，深入虜庭，克復定襄，威振北狄，古今所未有，足報往年渭水之役。」自破定襄後，頡利大懼，退保鐵山，遣使入朝謝罪，請舉國内附。以靖爲定襄道行軍總管，往迎頡利，頡利雖外請朝謁，而潛懷猶豫。靖選精騎一萬，齎二十日糧，引兵自白道襲之。師至陰山，遇其斥堠千餘帳，皆俘以隨軍，將逼其牙帳十五里，虜始覺。頡利畏威先走，部衆因而潰散。靖斬萬餘級，俘男女十餘萬，頡利乘千里馬走，投吐谷渾，西道行軍總管張寶相禽之以獻。俄而突利可汗來奔，遂復定襄、常安之地，斥土界自陰山北至於大漠，此詩所謂「命將征西極，横行陰山側」以下之事是也。或曰：此詩亦可定爲泛詠邊事，何以決其爲耑美太宗武功歟？曰：兩漢而下匈奴犯邊，未有至於渭橋者。至唐武德年間，始有此事。以此知之。或曰：既美本朝矣，又何以用大漢漢家字耶？曰：太白本以唐之初年與頡利和好爲非是，而不可直言，故借漢以喻，而嘆其失禦戎之策也。至漢家二字唐人用入詩章以爲中國二字之代稱。歷宋、元、明皆然，何必滯此爲疑耶？洪邁選萬首唐人絶句，分此詩爲三章，頓覺無味，不若合作一首之善。

按：詩之體製仍以作三首爲宜，王說未諦。

玉階怨

玉階生白露，夜久侵羅襪。却下水精簾，玲瓏望秋月。

【校】

〔玲瓏〕兩宋本、繆本、絶句俱作眳朧。王本注云：繆本作眳朧。

【注】

〔題〕蕭云：王僧虔技録相和歌楚調十曲有玉階怨。

〔却下水精簾〕張相詩詞曲語辭匯釋云：却猶還也。此詩極寫怨情，夜久不寐，還下簾而望月也。……李白自漢陽病酒歸寄王明府詩：「聖主還聽子虛賦，相如却與論文章。」……却與還均爲互文。

【評箋】

蕭云：太白此篇，無一字言怨，而隱然幽怨之意見於言外，晦庵所謂聖於詩者此歟！

吴文溥云：玲瓏二字最妙，真是隔簾見月也。（南野堂筆記）

襄陽曲四首

襄陽行樂處，歌舞白銅鞮。江城回渌水，花月使人迷。

【注】

〔題〕王云：襄陽曲，即襄陽樂也。舊唐書：襄陽樂，宋隨王誕所作也。誕始爲襄陽郡，元嘉二十六年仍爲雍州。夜聞諸女歌謡，因作之。其歌曰：「朝發襄陽來，暮至大堤宿。大堤諸女兒，花豔驚郎目。」裴子野宋略稱晉安侯劉道産爲雍州刺史，有惠化，百姓歌之，號襄陽樂，其辭非也。

〔銅鞮〕王云：隋書：梁武帝之在雍鎮，有童謡曰：襄陽白銅蹄，反縛揚州兒。識者言銅蹄謂馬也，白金色也。及義師之興，實以鐵騎。揚州之士皆面縛，如謡言。故即位之後，更造新聲，帝自爲之詞三曲。又令沈約爲三曲，以被絃管。後人改蹄爲鞮，未詳其義。△鞮音題。

其二

山公醉酒時，酩酊高陽下。頭上白接䍦，倒著還騎馬。

【校】

〔高陽〕高，兩宋本、繆本、胡本、絶句俱作襄，注云：一作高。王本注云：一作襄。

【注】

〔山公〕世説任誕篇：山季倫爲荆州，時出酣暢。人爲之歌曰：「山公時一醉，徑造高陽池。日暮倒載歸，茗艼無所知。復能乘駿馬，倒著白接䍦。舉手問葛彊，何如并州兒？」高陽池在襄陽，彊是其愛將，并州人也。

〔酩酊〕同茗艼。説文：酩酊，醉也。△酩音茗，酊音頂。

〔接䍦〕王云：廣韻：接䍦，白帽也。

其三

峴山臨漢江，水緑沙如雪。上有墮淚碑，青苔久磨滅。

【校】

〔水緑〕緑，兩宋本、繆本俱作渌，注云：一作水色如霜雪。樂府同。胡本作緑水，注同。

【注】

〔峴山〕王云：元和郡縣志：峴山在襄州襄陽縣東南九里，東臨漢水，古今大路。水經注：峴山，羊祜之鎮襄陽也，與鄒潤甫嘗登之。及祜薨後，後人立碑於故處，望者悲感，杜元凱謂之墮淚碑。參見卷十憶襄陽舊遊贈馬少府巨詩注。

其四

且醉習家池，莫看墮淚碑。山公欲上馬，笑殺襄陽兒。

【注】

〔習家池〕世説任誕篇注：襄陽記曰：漢侍中習郁於峴山南，依范蠡養魚法，作魚池，池邊有高堤，種竹及長楸，芙蓉菱芡覆水，是游宴名處也。山簡每臨此池，未嘗不大醉而還。曰此是我高陽池也。襄陽小兒歌之。

大堤曲

漢水臨襄陽，花開大堤暖。佳期大堤下，淚向南雲滿。春風復無情，吹我夢魂散。不見眼中人，天長音信斷。

【校】

〔臨〕此下兩宋本、繆本、王本俱注云：一作横。

〔散〕樂府作斷。咸本注云：一作斷。

【注】

〔題〕蕭云：樂府遺聲都邑三十四曲有大堤曲。王云：按梁簡文帝作雍州十曲，内有大堤、南湖、北渚等曲，其源蓋本於此。

〔大堤〕王云：一統志：大堤在襄陽府城外。湖廣志：大堤東臨漢江，西自萬山經澶溪土門白龍池東津渡繞城北老龍堤，復至萬山之麓，周圍四十餘里。

〔南雲〕王云：陸機賦：指南雲以寄欵。江總詩：「心逐南雲逝，形隨北鴈來。」

【評箋】

唐宋詩醇云：幽秀絶遠俗豔。胡應麟謂白詩人，知其華藻，而不知其神骨之清，於此亦見一斑。

宮中行樂詞八首

小小生金屋，盈盈在紫微。山花插寶髻，石竹繡羅衣。每出深宮裏，常隨步輦歸。只愁歌舞散，化作綵雲飛。

【校】

〔題〕英華題作醉中侍宴應制。王本題下注云：原注：奉詔作五言。兩宋本、繆本同王本，無原注二字。才調題作紫宮樂五首，無三、七、八三首。

〔在紫微〕在，敦煌殘卷作入。

〔舞散〕散，兩宋本、繆本、王本俱注云：一作罷。

【注】

〔題〕王云：本事詩：玄宗嘗因宫中行樂，謂高力士曰：「對此良辰美景，豈可獨以聲伎爲娱？倘時得逸才詞人詠出之，可以誇耀於後。」遂命召李白。時寧王邀白飲酒已醉，既至，拜舞頹然。上知其薄聲律，謂非所長，命爲宫中行樂五言律詩十首。白頓首曰：「寧王賜臣酒，今已醉，倘陛下賜臣無畏，始可盡臣薄技。」上曰：「可。」即遣二内臣掖扶之，命研墨濡筆以授之。又令二人張朱絲欄於其前。白取筆抒思，畧不停輟，十篇立就，更無加點，筆跡遒利，鳳跌龍拏，律度對偶，無不精絶。據此則當時本作十篇，今存八首，想已逸其二矣。

〔紫微〕見卷一明堂賦、卷二古風第二首注。

〔石竹〕王云：通志略：石竹，其葉細嫩，花如錢可愛。唐人多像此爲衣服之飾，所謂「石竹繡羅衣」也。按石竹乃草花中之纖細者，枝葉青翠，花色紅紫，狀同剪刻，人多植作盆盎之玩，或以爲即藥品中之瞿麥，未詳是否。唐陸龜蒙詠石竹花云：「曾看南朝畫國娃，古羅衣上碎明霞。」據此則衣上繡畫石竹花者，六朝時已有此製矣。

其二

柳色黄金嫩；梨花白雪香。玉樓巢翡翠；珠殿鎖鴛鴦。選妓隨雕輦；徵歌出洞房。宫中誰第一？飛燕在昭陽。

【校】

〔嫩〕敦煌殘卷作暖。

〔巢〕兩宋本、繆本、才調、王本俱注云：一作關。敦煌殘卷作開。

〔珠殿〕珠，兩宋本、繆本、王本俱注云：一作金。

〔鎖〕敦煌殘卷作入。

〔雕輦〕雕，兩宋本、繆本、王本俱注云：一作朝。

【注】

〔柳色〕王云：「柳色黄金嫩，梨花白雪香」二句，本陰鏗詩，太白全用之。

〔昭陽〕王云：西京雜記：趙后體輕腰弱，善行步進退，女弟昭儀不能及也。但昭儀弱骨豐肌，尤工語笑。二人並色如紅玉，爲當時第一，皆擅寵後宫。漢書：孝成趙皇后本長安宫人，及壯，屬陽阿主家，學歌舞，號曰飛燕。成帝嘗微行出，過陽阿主作樂，上見飛燕而悦之，召入宫大幸，有女弟復召入，俱爲倢伃，貴傾後宫。許后之廢也，乃立倢伃爲皇后。皇后既立，後寵少衰，而弟絶幸，爲昭儀，居昭陽舍。其中庭彤朱，而殿上髹漆，切皆銅沓冒，黄金塗，白玉階，壁帶往往爲黄金釭，函藍田璧，明珠翠羽飾之。自後宫未嘗有焉。是在昭陽舍者乃其女弟合德，非飛燕也。然三輔黄圖：成帝趙皇后居昭陽殿。沈佺期詩：飛燕侍寵昭陽殿，班姬飲恨長信宫。古人亦有此誤。「飛燕在昭陽」之句蓋有所自矣。杭世駿訂譌類編卷五：復齋漫録云：前漢趙飛燕既立爲皇后，寵少衰，女弟絶幸爲昭儀，居昭陽，蓋飛燕本傳云爾。太白宫詞云：「宫中誰第一，飛燕在昭陽。」夫昭陽，昭儀所居也，非謂飛燕。愚案三輔黄圖云：成帝趙皇后居昭陽殿，有女弟俱爲婕妤。太白本此。李義山華清宫詩亦云：「朝元閣迥羽衣新，首按昭陽第一人。」

其三

盧橘爲秦樹，蒲桃出漢宫。烟花宜落日，絲管醉春風。笛奏龍鳴水，簫吟鳳下空。君王多樂事，還與萬方同。

【校】

〔其三〕此首才調爲宫中行樂三首之第一首。

〔出〕兩宋本、繆本、王本俱注云：一作是。敦煌殘卷作是。

〔鳴〕蕭本、胡本俱作吟。兩宋本、繆本、王本俱注云：一作吟。

〔簫吟〕吟，蕭本、胡本俱作鳴。兩宋本、繆本、王本俱注云：一作鳴。

〔末句〕兩宋本、繆本、胡本俱作何必向回中，向下注云：一作在。又注云：一作還與萬方同。敦煌殘卷作何必向回中。王本注云：一作何必向回中，一作何必在回中。

【注】

〔盧橘〕王云：上林賦：盧橘夏熟。郭璞注：今蜀中有給客橙，似橘而非，若柚而芬香，冬夏華實相繼，或如彈丸，或如拳，通歲食之。即盧橘也。史記索隱：應劭云：伊尹書云：果之美者，箕山之東，青鳥之所，有盧橘，夏熟。晉灼曰：此雖賦上林，博引異方珍奇，不係於一也。案廣州記云：盧橘皮厚，大小如甘，酢多，九月結實，正赤。明年二月更青黑，夏熟。吴録云：建安有橘，冬月樹上覆裹，明年夏色變青黑，其味甚甘美，盧即黑色，是也。按：莫友芝郘亭遺文卷六盧橘説云：望山堂有果焉，枝葉花實皆橘類，唯實小，花作茉莉香，花實不間四時，沿呼公孫橘。細考之，蓋即古之盧橘。一名給客橙，一名金橙。知是給客橙者，華陽國志巴志：其果實之珍者，園有給客橙：劉淵林注蜀都賦云：蜀有給客橙，冬夏花實相繼。太平御覽引廣志云：給客橙自夏至冬且花且實，據所述事狀，正此果也。知爲本盧橘者，上林賦：盧橘夏熟。漢書相如傳引應劭曰：伊尹書曰：箕山之東，青鳥之所，有盧橘，夏熟。御覽引郭璞上林賦注云：蜀中有給客橙即此也，冬夏華實相繼。又引魏王花木志云：蜀中有給客橙，似橘而非，若柚而香，冬夏華實相繼，或如彈丸，或如拳，通歲食之，亦名盧橘也。是漢晉間人並以給客橙爲盧橘。……漢上林致殊方異物，如蒲陶石榴，見史傳者甚多，盧橘更非難致，太冲譏相如爲虚誇過矣。據此以釋李詩盧橘爲秦樹，尤切合。

〔蒲桃〕史記大宛列傳：宛左右以蒲萄爲酒，……俗嗜酒，馬嗜苜蓿，漢使取其實來，於是天子始種苜蓿蒲萄肥饒地，及天馬多，外國使來衆，則離宫别觀旁盡種蒲萄苜蓿極望。

〔鳴水〕文選馬融長笛賦：近世雙笛從羌起，羌人伐竹未及已，龍鳴水中不見己，截竹吹之聲相似。

【評箋】

王云：唐仲言曰：此章句法以蒲橘發端，而以烟花承之，開而合也，以絲管啓下而以簫笛分對，合而開也。説者以起伏開合獨推工部，豈其然乎？

其四

玉樹春歸日，金宫樂事多。後庭朝未入，輕輦夜相過。笑出花間語，嬌來燭下歌。莫教明月去，留著醉姮娥。

【校】

〔玉樹〕樹，兩宋本、繆本、王本俱注云：一作殿。

〔歸日〕日，兩宋本、繆本、王本俱注云：一作好。

〔燭下〕燭，蕭本作竹。胡本作竹，注云：一作燭。王本注云：蕭本作竹。

〔姮〕咸本、蕭本俱作嫦。王本注云：蕭本作嫦。

【注】

〔玉樹〕王云：藝文類聚：漢武故事曰：上起神屋，前庭植玉樹，以珊瑚爲枝，碧玉爲葉，華子青赤，以珠玉爲之，空其中如小鈴，鎗鎗有聲。然詩人用玉樹多是言樹美好，如琪樹珍樹之類，不關漢武事也。

〔姮娥〕王云：張衡靈憲：羿請無死之藥於西王母，姮娥竊之以奔月，將往，枚筮之於有黄。有黄筮之曰吉。翩翩歸妹，獨將西行，逢天晦芒，毋驚毋恐，後且大昌。姮娥遂託身於月，是爲蟾蜍。△姮音恒。

其五

繡户香風暖，紗窗曙色新。宫花争笑日，池草暗生春。緑樹聞歌鳥，青樓見舞人。昭陽桃李月，羅綺自相親。

【校】

〔自相〕自，兩宋本、繆本、王本俱注云：一作坐。

【注】

〔青樓〕南史齊東昏侯紀：武帝興光樓上施青漆，世人謂之青樓。

其六

今日明光裏，還須結伴遊。春風開紫殿，天樂下珠樓。豔舞全知巧，嬌歌半欲羞。更憐花月夜，宫女笑藏鈎。

【注】

〔明光〕三輔黄圖：武帝求仙，起明光宫，發燕趙美女二千人充之。雍録卷二：漢有明光宫三，一在北宫南，與長樂相連者，武帝太初四年起，即王商之所指借，欲以避暑者也。别有明光宫在甘泉宫中，亦武帝所起，發燕趙美女三千人充之。……至尚書郎主作文書起草，更直於建禮門内，則近明光殿矣。建禮門内得神仙門，神仙門内得明光殿省中，省中皆胡粉塗壁，以丹漆地，謂之丹墀，尚書郎握蘭含雞舌香奏事。此之明光殿，約其方向必在未央正宫殿中，不與北宫甘泉設爲奇玩者比，則臣下奏事之地也。

〔藏鈎〕王云：藝文類聚：風土記曰：義陽臘日飲祭之後，叟嫗兒童爲藏鈎之戲。分爲二曹，以較勝負。若人偶即敵對，人奇即使一人爲游附，或屬上曹，或屬下曹，名爲飛鳥，以齊二曹人數、一鈎藏在數手中，曹人當射知所在。一藏爲一籌，三籌爲一都。辛氏三秦記曰：昭帝母鈎弋夫人手拳而有國色，先帝寵之。世人藏鈎法此也。酉陽雜俎：舊言藏鈎起於鈎弋，蓋依辛氏三秦記云漢武鈎弋夫人手拳，時人效之，因爲藏鈎也。列子云：瓦摳者巧，鈎摳者憚，黄金摳者昏。殷敬順敬訓曰：彄與摳同，衆人分曹手藏物探取之。又令藏鈎，剩一人則往來於兩朋，謂之餓鴟。又令爲此戲，必於正月。據風土記在臘祭後也。庾闡藏鈎賦序云：予以臘後命中外以行鈎爲戲矣。

其七

寒雪梅中盡；春風柳上歸。宫鶯嬌欲醉；簷燕語還飛。遲日明歌席；新花豔舞衣。晚來移綵仗，行樂好光輝。

【校】

〔其七〕此首才調爲宫中行樂三首之二。

〔移〕胡本作攜，似誤。

〔好〕咸本、蕭本、才調俱作泥。王本注云：蕭本作泥。

【注】

〔遲日〕王云：詩國風：春日遲遲。毛傳曰：遲遲，舒緩也。正義曰：遲遲者，日長而暄之意，故爲舒緩。計春秋漏刻多少正等，而秋言凄凄，春言遲遲者，陰陽之氣感人不同。張衡西京賦云：人在陽則舒，在陰則慘。然則人遇春暄則四體舒泰，春覺晝景之稍長，謂日行遲緩，故以遲遲言之。及遇秋景，四體褊燥，不見日行急促，惟見寒氣襲人，故以凄凄言之。凄凄是凉，遲遲是暄。二者觀文似同，本意實異也。

〔綵仗〕王云：韻會：仗，兵器五刃總名。兵人所執曰仗。又唐制殿下兵衞曰仗。宋之問詩：「綵仗紅旌遶香閣」，沈佺期詩：「北闕晴空綵仗來。」

【評箋】

梅鼎祚云：彩仗，特言朝廷儀從耳。楊齊賢引唐制御紫宸殿喚仗入閣故事，近鑿。（李

其八

水緑南薰殿，花紅北闕樓。鶯歌聞太液，鳳吹遶瀛州。素女鳴珠佩，天人弄綵毬。今朝風日好，宜入未央遊。

【校】

〔其八〕才調此首爲宫中行樂三首之三。

〔水緑〕緑，兩宋本、繆本俱作渌。王本注云：繆本作渌。

【注】

〔南薰殿〕長安志卷九：宫内正殿曰……興慶殿，前有瀛洲門，内有南薰殿，北有龍池。

〔北闕〕史記高祖本紀：蕭丞相營作未央宫，立東闕北闕。集解云：關中記曰：東有蒼龍闕，北有玄武闕。玄武所謂北闕也。

〔太液〕三輔黄圖：太液池在長安故城西，建章宫北，未央宫西南。太液者，言其津潤所及廣也。關輔記云：建章宫北有池，以象北海。刻石爲鯨魚，長三丈。漢書曰：建章宫北治大池名曰太液，池中起三山以象瀛洲、蓬萊、方丈，刻金石爲魚龍奇禽異獸之屬。雍録：閣本大明宫圖：蓬萊殿北有太液池，池中有蓬萊山。

〔鳳吹〕文選丘遲侍宴樂遊苑送張徐州應詔詩：「馳道聞鳳吹。」吕延濟注：鳳吹，笙也。笙體鳳故也。

〔綵毬〕文獻通考卷一四七：蹵毬蓋始於唐。植兩脩竹高數丈，絡網於上爲門以度毬。毬工分左右朋，以角勝負。豈非蹵鞠之變歟！

〔未央〕三輔黄圖：未央宫周迴二十八里，前殿東西五十丈，深十五丈，高三十五丈。營未央宫因龍首山以制前殿，至孝武以木蘭爲棼橑，文杏爲梁柱，金鋪玉户，華榱璧璫，雕楹玉碣，重軒鏤檻，青瑣丹墀，左碱右平，黄金爲壁帶，間以和氏珍玉，風至其聲玲瓏然也。

【評箋】

黄徹云：世俗詩太白賜牀調羹爲榮，力士脱靴爲勇。愚觀唐宗渠渠於白，豈真樂道下賢者哉？其意急得豔詞媟語以悦婦人耳。白之論撰亦不過爲玉樓金殿鴛鴦翡翠等語，社稷蒼生何賴？就使滑稽傲世，然東方生不忘納諫，況黄屋既爲之屈乎？説者以謀謨潛密，歷考全集，愛國憂民之心如子美語，一何鮮也？力士閹闥腐庸，惟恐不當人主意，挾主勢驅之，何所不可？脱靴乃其職也。自退之爲蚍蜉撼大木之喻，遂使後學吞聲。余竊謂如論其文章豪逸，真一代偉人，如論其心術事業可施廊廟，李杜齊名，真忝竊也。（䂬溪詩話）

鍾惺云：太白清平三絶，一時高興耳。其詩殊未至也。……此雖流麗而未免淺薄，然較三

絶句差勝。(唐詩歸)

唐汝詢云:太白宮中行樂詞,豔而浮,輕而少骨。掇江、庾之綺麗,離鮑、謝之沉雄,選李者信不當採。然題曰行樂,要是龜年所唱。假令王、孟作之,尚能清真耶?越人治病,隨俗而變;藝苑評詩,隨題而變可也。(唐詩十集癸集三)

周珽云:苑囿聲樂,足稱巨麗,君王豈可獨享其樂?末句托諷昭然。一篇得此結,振起幾多聲調。(唐詩選脈會通)

王云:蕭士贇曰:太白詩用意深遠,非洞悟三百篇之旨趣,未易窺其藩籬。晦菴所謂聖於詩者也。清平調詞、宮中行樂詞,其中數首全得國風諷諫之體。如曰「玉樓巢翡翠,金殿鎖鴛鴦」,是諷其玉樓金殿不爲延賢之地,徒使女子小人居之也。「選妓隨雕輦,徵歌出洞房」,是諷其不好德而好色,不聽雅樂而聽鄭聲也。「宮中誰第一,飛燕在昭陽」,是以飛燕比貴妃,妃與飛燕事迹相類,欲使明皇以古爲鑒,知飛燕之爲漢禍水而不惑溺於貴妃也。「君王多樂事,還與萬方同」,是諷其與民同樂也。「今朝風日好,宜向未央遊」,是諷其輟遊宴之樂,而臨政視事於未央也。是時明皇有聲色之惑,多不視朝,故因及之也。言在於此,意在於彼。正得譎諫之體。太白纔得近君,當時人所難言者,即寓諷諫之意於詩内,使明皇因詩有悟,其社稷蒼生庶有瘳乎!豈曰小補之哉!琦按蕭氏此説甚鑿,使解詩者必執此見於胸中,而句度字權之,則古今之詩無一而非譏時誹政之作,而忠厚和平之旨蓋於是失矣。尤而效之,幾何不爲讒邪之嚆矢哉?

喻文鏊云：黄徹䂬溪詩話謂李、杜齊名，而太白集中愛君憂國如子美者絶少。然蜀道難、遠别離，忠愛之忱，溢於楮墨；戰城南、獨漉篇、梁父吟等作，亦寓憂時之意。第其天才縱軼，出入變幻，令人莫可端倪。且凡不能顯言者，每隱言之，是其忠愛之心，不能已也。至宮中行樂詞，一曰：君王多樂事，還與萬方同。一曰：宮中誰第一？飛燕在昭陽。一曰：只愁歌舞散，化作綵雲飛。既規諷之，又深警之。徒以玉樓、金殿、翡翠爲豔詞，則失之矣。（考田詩話）

郭兆祺云：太白七言近體不多見，五言如宮中行樂等篇猶有陳、隋習氣，然用律嚴矣。音節亦稍稍振頓。七言長短句則縱横排奡，獨往獨來，如活虎生龍，未易捉摸，少陵固嘗首肯心醉矣。（梅崖詩話）

今人詹鍈云：本事詩高逸第三：玄宗嘗因宮人行樂，謂高力士曰：「對此良辰美景，豈可獨以聲伎爲娱？倘時得逸才詞人吟詠之，可以誇耀於後。」遂命召白。時寧王邀白飲酒已醉，既至，拜舞頹然。上知其薄聲律，謂非所長，命爲宮中行樂五言律詩十首。白頓首曰：「寧王賜臣酒，今已醉，倘陛下賜臣無畏，始可盡臣薄技。」上曰：「可。」即遣二内臣掖扶之，命研墨濡筆以授之。又命二人張朱絲欄於其前，白取筆抒思，畧不停輟，十篇立就，更無加點，筆跡遒利，鳳跌龍拏，律度對偶，無不精絶。……唐摭言云：開元中，李翰林白應詔草白蓮花開序，及宮詞十首，時方大醉，中貴人以水沃之，稍醒，白於御前索筆一揮，文不加點。王曰：按所謂草白蓮花開序，疑即范墓碑所云泛白蓮池序也。所謂宮詞十首疑即本事詩所云宮中行樂詞五言律詩十首也，蓋皆得之傳聞，故其説不無少異。今宮詞僅存八首，白蓮序已亡。按二書所記，可疑之點有四。一，寧王卒於開元二十九年十一月（見舊唐書讓皇帝憲傳）。本事詩謂寧王邀白飲酒，摭言稱開元中李翰林白應詔云云，皆與天寶中入翰林之説不合。二，敦煌殘卷唐詩選録前三首，題作宮中三章，下云皇帝侍文李白，才調集彙今本第三、七、八三首合稱宮中行樂三首，又另集其餘稱紫宮樂五首。三，本事詩稱首篇曰柳色黄金嫩，今本「柳色黄金嫩」詩列爲第二首，敦煌殘卷列爲第三首，才調集列爲紫宮樂第三首。四，摭言所謂白蓮花開序當是泛白蓮池序之誤，因序既與宮詞十首爲同時所作，而是時方在仲春，蓮花斷不能開。據此，二書所記尚未可盡信也。

清平調詞三首

雲想衣裳花想容，春風拂檻露華濃。若非羣玉山頭見，會向瑶臺月下逢。

【注】

〔題〕王云：太真外傳：開元中禁中重木芍藥，即今牡丹也。得數本紅紫淺紅通白者，上因移植於興慶池東沉香亭前。會花方繁開，上乘照夜白，妃以步輦從，詔選梨園弟子中尤者，得樂一十六色。李龜年以歌擅一時之名，手捧檀板押衆樂前，將欲歌之。上曰：「賞名花，對妃子，焉用舊樂詞爲？」遽命龜年持金花箋宣賜翰林學士李白立進清平樂詞三章，承旨由若宿酲，因援筆賦之。龜年捧詞進，上命梨園弟子略約詞調，撫絲竹，遂促龜年以歌之。太真妃持頗梨七寶杯，酌西涼州蒲桃酒，笑領歌辭意甚厚。上因調玉笛以倚曲，每曲徧將换則遲其聲以媚之。妃飲罷，斂繡巾再拜。上自是顧李翰林尤異於諸學士。通典：平調、清調、瑟調皆周房中之遺聲也。漢代謂之三調。琦按唐書禮樂志：俗樂二十八調中有正平調、高平調，則知所謂清平調者亦其類也。蓋天寶中所製供奉新曲如荔枝香、伊州曲、涼州曲、甘州曲、霓裳羽衣曲之儔歟！按：王灼碧雞漫志云：明皇宣白進清平調詞，乃是令白于清平調中制詞，蓋古樂取聲律高下合爲三，曰清調、平調、側調，此之謂三調。明皇止令擇上兩調，偶不樂側調故也。王琦之説不甚明析，正平調等爲宫調之名，荔枝香等爲曲牌之名。清平調究係宫調抑爲曲調，并未明言。據今人任二北之説，清平調三字置于李詞三章之前，肯定已作曲牌名用，即兩個宫調構成之曲牌名，而非宫調名。至若古宫調亦僅有清調與平調，並無所謂清平調也。又按：雍録卷四：沈氏筆談曰：唐制，自宰相而下，初命無宣召之禮，惟學士宣召。蓋學士院在禁中，非内臣宣召，無因得入。予按學士宣召，特禮也。開元前北門本無學士，亦無職守。如李白輩供奉翰林，乃以其能文，特許入翰林，不曰以某官供奉也。俗傳白衣入翰林者此也。又曰：上數欲命白以官，爲中宫所捍而止。是白在開元竟無官也。後至二十六年創置學士院，乃始制爲官稱，是爲翰林學士。此時得爲學士者，固與前此白身供奉者不同。然向來尚以詔召之禮加乎無官之士，則今之在院而明命以爲學士者，安得獨廢特召之禮也？然此之宣召，乃是院中熟例而不可輒減耳。非爲院在禁中乃加宣召也。（按：白入翰林不在開元中而在天寶初，此云白在開元竟無官，語亦微誤。）

〔羣玉〕山海經西山經：……玉山是西王母所居也。郭璞注：此山多玉石，因以名云。穆天子傳：謂之羣玉之山，見其山阿無險，四徹中繩，先王之所謂策府，寡草木，無鳥獸。

〔瑶臺〕王云：楚辭：望瑶臺之偃蹇兮，見有娀之佚女。王逸注：有娀，國名。佚，美也，謂帝嚳之妃契母簡狄也。太平御覽：登真隱訣曰：崑崙瑶臺是西王母之宫。所謂西瑶上臺，上真祕文盡在其中矣。

【評箋】

王云：琦按蔡君謨書此詩，以雲想作葉想。近世吴舒鳧遵之，且云「葉想衣裳花想容」，與王昌齡「荷葉羅裙一色裁，芙蓉向臉兩邊開」，俱從梁簡文「蓮花亂臉色，荷葉雜衣香」脱出。而李用二想字，化實爲虚，尤見新穎。不知何人誤作雲字，而解者附會楚辭青雲衣兮白霓裳，甚覺無謂云云。不知改雲作葉，便同嚼蠟，索然無味矣。此必君謨一時落筆之誤，非有意點金成鐵。若謂太白原本是葉字，則更大謬不然。

沈德潛云：三章合花與人言之，風流旖旎，絶世丰神。或謂首章詠妃子，次章詠花，三章合詠，殊見執滯。（唐詩别裁）

沈謙云：「雲想衣裳花想容」，此是太白佳境。柳屯田：「擬把名花比，恐旁人笑我，談何容易。」大畏唐突，尤見温存。又可悟翻舊爲新之法。（詞話叢編·填詞雜説）

其二

一枝紅豔露凝香，雲雨巫山枉斷腸。借問漢宫誰得似？可憐飛燕倚新妝。

【校】

〔紅〕蕭本、咸本俱作穠，郭本作紅。王本注云：許本作濃。

【注】

〔巫山〕見卷二古風第五十八首注。

【評箋】

楊云：樂史太白遺事曰：白既爲此詞，太真嘗吟之，高力士終以脱靴爲深恥，曰：「始以妃子怨李白深入骨髓，何獨拳拳如是邪？」妃驚曰：「何翰林學士能辱人如是？」力士曰：「以飛燕指妃子，賤之甚矣。」妃頗然之。上嘗三欲命白官，卒爲宫中所捍而止。

王云：蕭士贇曰：傳者謂高力士指摘飛燕之事以激怒貴妃，予謂使力士知書，則雲雨巫山不尤甚呼！高唐賦序謂神女常薦先王之枕席矣。後序又曰：襄王復夢遇焉。此云枉斷腸者，亦譏貴妃曾爲壽王妃，使壽王而未能忘情，是枉斷腸矣。詩人比事引興，深切著明，特讀者以爲常事而忽之耳。琦按力士之譖惡矣，蕭氏所解則尤甚。而揆之太白起草之時，則安有是哉？巫山雲雨，漢宮飛燕，唐人用之已爲數見不鮮之典實。若如二子之説，巫山一事只可以喻聚淫之豔冶，飛燕一事只可以喻微賤之宮娃，外此皆非所宜言。何三唐諸子初不以此爲忌耶？古來新臺艾豭諸作，言而無忌者，大抵出自野人之口。若清平調是奉詔而作，非其比也。乃敢以宮闈暗昧之事，君上所諱言者，而微辭隱喻之。將蘄君知之耶？亦不蘄君知之耶？如其不知，言亦何益？如其知之，是批龍之逆鱗而履虎尾也。非至愚極妄之人，當不爲此。又太真入宮至此時幾將十載。斯時即有忠君愛主之親臣，亦祇以成事不説，既往不咎，付之無可奈何。而謂新進如太白者顧託之無益之空言，而期君之一悟，何其不智之甚哉？古來文字之累，大抵出於不自知，而成於莫須有。若蘇軾雙檜之詩而譖其求知於地下之蟄龍，蔡確車蓋亭之十絶而箋注其五篇悉涉譏諷。小人機穽，深是可畏。然小人以陷人爲事，其言無足怪。而詞人學士品騭詩文於數百載之下，亦效爲巧詞曲解，以擬議前人辭外之旨，不亦異乎！

袁枚云：張儀封觀察謂余曰：李白清平調三章非詠牡丹也。其時武惠妃薨，楊妃初寵，帝對花感舊，召李白賦詩，白知帝意，故有「巫山斷腸、雲想衣裳」之語，蓋正喻夾寫也。至於名花傾國，則指貴妃矣。余按唐書李白傳，稱帝坐沉香亭，意有所感，乃召李白，則此説未爲無因。張名裕穀，字詒庭。（隨園詩話）

按：武惠妃以開元二十五年十二月卒，距作清平調時約爲五年，玄宗故劍之思爲情理所有，惟「巫山斷腸，雲想衣裳」恐不當作如是解，此亦姑備一説耳。

其三

名花傾國兩相歡，長得君王帶笑看。解釋春風無限恨，沉香亭北倚闌干。

【注】

〔沉香亭〕王云：按雍録：閣本興慶宫圖，龍池東有沉香亭。

【評箋】

葉燮云：李白天才自然，出類拔萃，然千古與杜甫齊名則猶有間，蓋白之得此者，非以才得之，乃以氣得之也。……如白清平調三首，亦平平宫豔體耳，然貴妃捧硯，力士脱靴，無論懦夫於此戰慄趦趄萬狀，秦舞陽壯士不能不色變於秦皇殿上，則氣未有不先餒者，寧暇見其才乎？觀白揮灑萬乘之前，無異長安市上醉眠時，此何如氣也！……（原詩）

周珽云：太白清平調三章，語語濃豔，字字葩流，美中帶刺，不專事纖巧。家澹翁謂以是詩合得是語，所謂破空截石旱地擒魚者。近詩歸選極富，何故獨不收？吾所不解。（唐詩選脈會通）

鼓吹入朝曲

金陵控海浦，渌水帶吴京。鐃歌列騎吹，颯沓引公卿。搥鐘速嚴妝，伐鼓啓重城。天子憑玉几，劍履若雲行。日出照萬户，簪裾爛明星。朝罷沐浴閑，遨遊閬風亭。濟濟雙闕下，歡娱樂恩榮。

【校】

〔妝〕郭本作收，誤。

〔几〕兩宋本、繆本俱作桉。文粹作案。王本注云：繆本作案。

【注】

〔題〕蕭云：鼓吹入朝曲，即漢短簫鐃歌二十二曲中之鼓吹曲也。太白命題，添入朝字耳。或者謂諷永王入朝而作。王云：按樂府詩集：齊永明八年，謝朓奉鎮西隨王教，於荆州道中作鼓吹曲：一曰元會曲，二曰郊祀曲，三曰鈞天曲，四曰入朝曲，五曰出藩曲，六曰校獵曲，七曰從戎曲，八曰送遠曲，九曰登山曲，十曰泛水曲。鈞天以上三曲頌帝功，校獵以上三曲頌藩德。太白鼓吹入朝曲之作蓋本於此。

〔金陵〕景定建康志卷一五：金陵古揚州之域，在周爲吴，春秋末屬越，楚滅越，并有其地，以其地有王氣，埋金以鎮之，號曰金陵。

〔騎吹〕王云：宋書：漢鼓吹曲曰鐃歌。樂府詩集：漢有朱鷺等二十二曲，列於鼓吹，謂之鐃歌。宋書：建初録云：務成、黄爵、玄雲、遠期，皆騎吹曲，非鼓吹曲。此則列於殿庭者爲鼓吹，今之從行鼓吹爲騎吹。

〔閶風亭〕太平御覽卷一九四郡國志曰：潤州覆舟山有閶風亭。輿地記勝卷一七：閶風亭：按宫苑記，在覆舟山上。

〔雙闕〕景定建康志卷二〇南朝宫苑記曰：晉元帝於宫前立闕，衆議未定，王導指牛頭山爲天闕，不别立闕。宋孝武大明七年，於博望梁山立雙闕。梁置石闕，在端門外，陸倕爲銘。六朝事跡卷三：縣北五里有四石闕，在臺城之門南，高五丈，廣三丈六寸，梁武帝所造。及成，命朝士銘之，時陸倕字佐公，其文甚佳，士流推伏。侯景作亂，焚燒宗廟，城郭府寺百無一存。尋高麗百濟等國入貢，見其凋殘，遂哭於闕下。

【評箋】

王云：此篇蓋擬六朝人之作，故以金陵吴京爲辭。蕭氏以爲諷永王入朝而作，則天子當在長安，與金陵吴京何預？而朝罷遨遊之地亦不當在閶風亭矣。其説非是。

今人詹鍈云：按詩云：「金陵控海浦，渌水帶吴京。」蓋太白初遊金陵，緬懷往事而作。

秦女休行

西門秦氏女，秀色如瓊花。手揮白楊刀，清晝殺讎家。羅袖灑赤血，英聲凌紫霞。直上西山去，關吏相邀遮。壻爲燕國王，身被詔獄加。犯刑若履虎，不畏落爪牙。素頸未及斷，摧眉伏泥沙。金雞忽放赦，大辟得寬赊。何慚聶政姊，萬古共驚嗟。

【校】

〔題〕王本注云：原注：古詞，魏朝協律都尉左延年所作，今擬之。兩宋本、繆本同王本，無原注二字。

〔英聲〕聲，蕭本作氣。王本注云：許本作氣。

【注】

〔題〕按：秦女休本事具左延年詩中，云：「步出上西門，遥望秦氏廬，秦氏有好女，自名爲女休，休年十四五，爲宗行報仇。左執白楊刃，右據魯宛矛。仇家便東南，仆僵秦女休。女休西上山，上山四五里。關吏呵問女休，女休前置詞，平生爲燕王婦，於今爲詔獄囚。平生衣參差，當今無領襦。明知殺人當死，兄言快快，弟言無道憂。女休堅詞，爲宗報仇死不疑。

殺人都市中，徼我都巷西。丞卿羅東向坐，女休悽悽曳梏前，兩徒夾我持刀，刀五尺餘。刀未下，朣朧擊鼓赦書下。」

〔金雞〕新唐書百官志：中尚署令，掌供赦日樹金雞於仗南，竿長七尺，有雞高四尺，黄金飾首，銜絳幡，長七尺，承以綵盤，維以絳繩，將作監供焉。擊㭊鼓千聲，集百官父老囚徒，坊小兒得雞首者，官與錢購，或取絳幡而已。

〔大辟〕書吕刑：大辟疑赦。孔傳：大辟，死刑也。

〔聶政姊〕戰國策韓策：聶政……刺韓傀，……因自皮面抉眼屠腸以死，韓取聶政屍暴於市，懸購之千金，久之莫知誰子。政姊嫈聞之曰：「弟至賢，不可愛妾之軀，滅吾弟之名。」乃之韓視之曰：「勇哉氣矜之隆，是其軼賁育，高成荆矣。今死而無名，父母已没矣，兄弟無有，此爲我故也。夫愛身不揚弟之名，吾不忍也。」乃抱屍而哭之曰：「此吾弟軹深井里聶政也。」亦自殺於屍下。晉、楚、齊、衞聞之曰：非獨政之能，乃其姊者亦烈女也。聶政之所以名施於後世者，其姊不避葅醢之誅以揚其名也。

【評箋】

胡云：按女休事奇烈，第重述一過便堪擊節，太白擬樂府有不與本辭爲異，正復難及者，此類是也。

查慎行云：亦是紀事之作。（初白詩評）

秦女卷衣

天子居未央，妾侍卷衣裳。顧無紫宮寵，敢拂黄金牀。水至亦不去，熊來尚可當。微身奉日月，飄若螢之光。願君採葑菲，無以下體妨。

【校】

〔妾侍〕侍，兩宋本、繆本、胡本俱作來。咸本注云：一作來。王本注云：繆本作來。

〔紫宮〕宮，王本誤刊作官，今改。

〔奉〕兩宋本、繆本作捧。王本注云：繆本作捧。

〔之光〕之，兩宋本、繆本、樂府俱作火。咸本注云：一作火。王本注云：繆本作火。

【注】

〔卷衣〕蕭云：樂府遺聲佳麗四十七曲有秦女卷衣。王云：樂府古題要解：有秦王卷衣曲，言咸陽春景及宮闕之美。秦王卷衣以贈所歡也。太白作秦女卷衣，辭旨各殊，未詳所本。

〔水至〕列女傳貞順傳：貞姜者，齊侯之女，楚昭王之夫人也。楚昭王出遊，留夫人漸臺之上而去。王聞江水大至，使使者迎夫人，忘持其符。使者至，請夫人出。夫人曰：「王與宮人約，令召宮人必以符。今使者不持符，妾不敢從。……」於是使返取符，則水大至。臺崩，夫人流而死。

〔熊來〕漢書卷九七外戚傳：建昭中，上幸虎圈鬬獸，後宫皆坐，熊佚出圈，攀檻欲上殿。左右貴人皆驚走，馮婕妤直前當熊而立。左右格殺熊。上問人情驚懼，何故前當熊？婕妤對曰：「猛獸得人而止。妾恐熊至御座，故以身當之。」元帝嗟嘆，以此倍敬重焉。

〔葑菲〕詩邶風谷風：采葑采菲，無以下體。毛傳：葑，須也。菲，芴也。下體，根莖也。鄭箋：此二菜者，蔓菁與葍之類也，皆上下可食。然而其根有美時，有惡時，采之者不可以根惡時并棄其葉，喻夫婦以禮義合，顔色相親，亦不可以顔色衰棄其相與之禮。正義：言采葑菲之菜者，無以下體根莖之惡并棄其葉，以興爲室家之法無以其妻顔色之衰，并棄其德。

△菲音斐。

東武吟

好古笑流俗，素聞賢達風。方希佐明主，長揖辭成功。白日在高天，迴光燭微躬。恭承鳳凰詔，欻起雲蘿中。清切紫霄迥，優游丹禁通。君王賜顔色，聲價凌烟虹。乘輿擁翠蓋，扈從金城東。寶馬麗絶景，錦衣入新豐。依巖望松雪，對酒鳴絲桐。因學楊子雲，獻賦甘泉宫。天書美片善，清芬播無窮。歸來入咸陽，談笑皆王公。一朝去金馬，飄落成飛蓬。賓客日疎散，玉樽亦已空。才力猶可倚，不慚世上雄。閑作東武吟，曲盡情未終。書此謝知己，吾尋黄綺翁。

【校】

〔題〕兩宋本、繆本、王本俱注云：一作出金門後書懷留别翰林諸公。

〔欻起〕起，英華作然，注云：一作起。

〔紫霄〕霄，英華作垣。

〔依巖〕依，兩宋本、繆本、咸本俱作倚。王本注云：繆本作倚。

〔王公〕蕭本無此以上二句。王本注云：許本誤失此二句。按：據楊蕭二氏之注，知實有此二句而誤脱。

〔賓客〕客，兩宋本、繆本、樂府俱作友。王本注云：繆本作友。

〔倚〕兩宋本、繆本、王本俱注云：一作恃。

〔末句〕兩宋本、繆本、王本、英華俱注云：一作扁舟尋釣翁。

【注】

〔題〕蕭云：東武吟即樂府正聲東門行也。晉樂奏古辭云：出東門不顧歸，言士有貧不安其居，拔劍去，妻子牽衣留之，願共餔糜斯足，不求富貴也。太白詩則自述其志也。又王僧虔技録相和歌楚調十曲有東武吟，亦曰東武琵琶吟行。　王云：樂府詩集：古今樂録曰：王僧虔技録有東武吟行，今不歌。樂府解題曰：鮑照云「主人且勿諠」，沈約云「天德深且廣」。傷時移事異，榮華徂謝也。左思齊都賦注云：東武太山皆齊之土風，弦歌謳吟之曲名也。通典曰：漢有東武郡，今高密諸城縣是也。元和郡縣志：密州諸城縣即漢東武縣也，屬琅邪郡。樂府章所謂東武吟者也。海録碎事：東武吟樂府詩，人有少壯從征伐，年老被棄，遊於東武者，不敢論功，但戀君耳。

〔鳳凰詔〕晉書卷一〇七石季龍載記：游于戲馬觀，觀上安詔書，五色紙在木鳳之口，鹿盧迴轉，狀若飛翔焉。

〔扈從〕王云：上林賦：扈從横行，出乎四校之中。晉灼注：扈，大也。封氏聞見記：百官從駕，謂之扈從，蓋臣下侍從至尊，各供所職，猶僕御扈養以從上，故謂之扈從耳。上林賦云：扈從横行。顔監釋云：謂扈從縱恣而行也。據顔此解乃讀從爲放縱，不取行從之義，所未詳也。石林燕語：從駕謂之扈從，始司馬相如上林賦。晉灼以扈爲大，張揖謂跋扈從横不安鹵簿，故顔師古因之，亦以爲跋扈恣縱而行。果爾，從蓋作去聲，侍天子而言跋扈，可乎？唐封演以爲扈養以從，猶之僕御，此或近之。

〔新豐〕王云：舊唐書：京兆府有昭應縣，本隋之新豐縣，治古新豐城北。天寶三載，分新豐、萬年置會昌縣。七載，省新豐縣，改會昌爲昭應，治温泉宫之西北。琦按：自乘輿擁翠蓋而下，是指其侍從温泉宫而言，宫在新豐縣之驪山下，正直唐京師之東。太白入朝，在天寶二三載，是時新豐尚未省也。

〔甘泉宫〕漢書卷八七揚雄傳：正月，從上甘泉還，奏賦以風。

〔金馬〕見卷二古風第三十首注。

〔黄綺翁〕見卷四山人勸酒詩注。

【評箋】

計有功云：或曰：白以是詩留别翰苑，遂放遊江湖矣。（唐詩紀事）

蕭云：此詩乃太白放黜之後，作此以别知己者。抱材於世，始遇而卒不合，見知而不見用。……眷戀不忘之意悠悠然見於辭外，亦可慨嘆也已。

今人詹鍈云：又有還山留别金門知己詩，題下注云：一本作出金門後書懷留别翰苑諸公。王注：此篇即五卷之東武吟也。按二首均見於文苑英華，一題作東武吟，一題作出金門後書懷留别翰苑諸公，則是詩之重出久矣。

邯鄲才人嫁爲廝養卒婦

妾本叢臺女，揚蛾入丹闕。自倚顔如花，寧知有彫歇？一辭玉階下，去若朝雲没。每憶邯鄲城，深宫夢秋月。君王不可見，惆悵至明發。

【校】

〔叢〕蕭本作崇。王本注云：蕭本作崇。

〔蛾〕兩宋本、繆本俱作娥。王本注云：繆本作娥。

【注】

〔題〕蕭云：樂府遺聲佳麗四十八曲有邯鄲才人嫁爲廝養卒婦，蓋古有是事也。胡云：謝脁有此詩。薪僕曰廝，炊僕曰養，脁蓋設言其事，寓臣妾淪擲之感。楊用修以爲此卒即御趙王武臣歸者。果此卒也，才人亦不枉矣，何詩爲？正楊辨之未及，此總固哉説詩者。

〔叢臺〕見卷一劍閣賦注。

〔邯鄲城〕史記趙世家：敬侯元年，……趙始都邯鄲。

【評箋】

蕭云：此詩太白既黜之作也。特借此發興叙其睽遇之始末耳。然其辭意睠顧宗國，係心君王，亦得騷之遺意歟！

馬位云：太白邯鄲才人嫁爲廝養卒婦詩，妙在不説目前之苦，只追想宮中樂處，文章於虚裏摹神，所以超凡入聖耳。（秋窗隨筆）

出自薊北門行

虜陣横北荒，胡星耀精芒。羽書速驚電，烽火晝連光。虎竹救邊急，戎車森已行。明主不安席，按劍心飛揚。推轂出猛將，連旗登戰場。兵威衝絶幕，殺氣淩穹蒼。列卒赤山下，開營紫塞旁。孟冬風沙緊，旌旗颯凋傷。畫角悲海月，征衣卷天霜。揮刃斬樓蘭，彎弓射賢王。單于一平蕩，種落自奔亡。收功報天子，行歌歸咸陽。

【校】

〔題〕此首英華誤爲庾信作。

〔晝〕英華作盡。

〔救〕英華作投，注云：一作救。

〔心飛揚〕心，胡本作必。此句下咸本注云：一本無此二句。

〔幕〕兩宋本、繆本作漠。敦煌殘卷作漠。王本注云：繆本作漠。按：依漢書當作幕。

〔卒〕兩宋本、繆本、王本俱注云：一作陣。

〔孟冬〕冬，咸本作秋。

〔風沙〕敦煌殘卷作沙風。

〔旗〕兩宋本、繆本、王本俱注云：一作旆。

〔凋傷〕此句下咸本注云：一本云：沓颯旃凋傷。

〔一平〕一，英華作未，注云：一作一。

〔行歌〕兩宋本、繆本、王本俱注云：一作歌舞。胡本、敦煌殘卷俱作歌舞。

【注】

〔題〕樂府古題要解：出自薊北門行其詞與從軍行同，而兼言燕薊風物，及突騎悍勇之狀，與吳趨行同也。蕭云：樂府遺聲都邑三十四曲有出自薊北門行。太白此詞則必爲開元、天寶之際，命將征伐吐谷渾、奚怒、吐蕃而作也。

〔推轂〕漢書卷五〇馮唐傳：臣聞上古王者遣將也，跽而推轂曰，閫以内寡人制之，閫以外將軍制之。

〔絶幕〕王云：漢書：衞青復將六將軍絶幕，大克獲。應劭注：幕，沙幕，匈奴之南界也。臣瓚注：沙土曰幕。直度曰絶。顔師古注：應瓚二説皆是也，而説者或云是塞外地名，非矣。幕者即今之突厥中磧耳。李陵歌曰：徑萬里兮度沙幕。按：漢書卷五五衞青傳：常以爲漢兵不能度幕輕留。度幕即絶幕。幕即今漠字。又卷九四匈奴傳：絶大幕。卷一〇〇叙傳：龍荒幕朔，注，孟康曰：謂白龍堆荒服沙漠也。因知絶幕不能作絶域解，李詩誤用。

〔穹蒼〕爾雅釋天：穹蒼，蒼天也。邢昺疏：李巡云：仰視天形穹窿而高，其色蒼蒼，故曰穹蒼。

〔赤山〕後漢書卷五〇祭肜傳：肜以三虜連和，卒爲邊害。章懷太子注：三虜謂匈奴、鮮卑及赤山烏桓。又卷一二〇烏桓傳：赤山在遼東西北數千里。

〔畫角〕王云：廣韻：大角，軍器。徐廣車服儀制曰：角，前世書記所不載。或曰本出羌胡，以驚中國之馬。太平御覽：宋樂志曰：角長五尺，形如竹筒，本細末稍大，未詳所起。今鹵簿及軍中用之，或以竹木，或以皮爲之，無定制。按古軍法有吹角，此器俗名拔邏迴，蓋胡虜警軍之音，所以書傳無之。海内離亂，至侯景圍臺城方用之也。梁簡文帝詩：城高短簫發，林空畫角悲。」

〔賢王〕漢書卷九四匈奴傳：單于者，廣大之貌也，言其象天單于然也。置左右賢王，自左右賢王以下至當户，大者萬餘騎，小者數千，凡二十四長，立號曰萬騎。△單音蟬。

〔種落〕王云：種落謂其種類及部落也。魏志：正始七年，韓那奚等數十國各率種落降。

【評箋】

蕭云：此詩天寶已前之作也，有頌之體焉。

洛陽陌

白玉誰家郎，回車渡天津。看花東陌上，驚動洛陽人。

【注】

〔洛陽陌〕蕭云：樂府遺聲都邑三十四曲有洛陽陌。胡云：即横吹曲之洛陽道也。

〔天津〕見卷二古風第十八首注。

北上行

北上何所苦？北上緣太行。磴道盤且峻，巉巖凌穹蒼。馬足蹶側石；車輪摧高崗。沙塵接幽州；烽火連朔方。殺氣毒劍戟；嚴風裂衣裳。奔鯨夾黄河；鑿齒屯洛陽。前行無歸日；返顧思舊鄉。慘慽冰雪裏，悲號絶中腸。尺布不掩體，皮膚劇枯桑。汲水澗谷阻；採薪隴坂長。猛虎又掉尾，磨牙皓秋霜。草木不可餐，飢飲零露漿。嘆此北上苦，停驂爲之傷。何日王道平，開顔覩天光？

【校】

〔所苦〕苦，咸本注云：一作上。

〔慽〕兩宋本、繆本俱作戚。王本注云：繆本作戚。

〔尺布〕尺，咸本注云：一作祇。

【注】

〔題〕蕭云：樂府征行曲，太白此詞則言從軍征役之苦。王云：樂府古題要解：苦寒行，晉樂奏魏武帝「北上太行山」備言冰雪谿谷之苦，或謂北上行蓋因魏武帝作此詞，今人效之。

〔磴道〕王云：廣韻：磴，小坂也。韻會：磴，登陟之道也。△磴音凳。

〔高岡〕文選魏武帝苦寒行：「北上太行山，艱哉何巍巍！羊腸坂詰屈，車輪爲之摧。」

〔鑿齒〕淮南子本經訓：逮至堯之時，……鑿齒……皆爲民害，堯乃使羿誅鑿齒於疇華之野。高誘注：鑿齒，獸名，齒長三尺，其狀如鑿，下徹頷下而持戈盾。羿善射，堯使羿射殺之。王云：按天寶十四載，安禄山反於范陽，引兵南向，河北州縣望風瓦解，遂克太原，連破靈昌、陳留、滎陽諸郡，遂陷東京。范陽本唐幽州之地，詩所謂「沙塵接幽州」者，蓋指此事而言。其曰「烽火連朔方」者，禄山遣其黨高秀巖寇振武軍，朔方節度使郭子儀擊敗之。振武軍去朔方治所甚遠，其烽火相望，告急可知。其曰「奔鯨夾黄河」者，指從逆諸將，如崔乾祐之徒，縱横於汲、鄴諸郡也。其曰「鑿齒屯洛陽」者，謂禄山據東京僭號也。

〔停驂〕王云：鄭康成毛詩箋：驂，兩騑也。左傳正義：初駕馬者，以二馬夾轅而已。又駕一馬與兩服爲參，故謂之驂。又駕一馬乃謂之駟。説文云：驂，駕三馬也。駟，一乘也。兩服爲主，以漸參之，兩旁二馬，遂名爲驂。故總舉一乘，則謂之駟。指其騑馬，則謂之驂。詩稱兩驂如舞，二馬皆稱驂。禮記說驂而賻之，一馬亦稱驂。是本其初參遂以爲名也。又禮記正義：車有一轅而駟馬駕之，中央兩馬夾轅者名服馬，兩邊名騑馬，亦曰驂馬。故詩云：兩服上襄，兩驂雁行。通鑑辯誤：史炤釋文曰：三馬爲驂。余按王肅云：古者一轅之車，夏后駕兩馬謂之麗，殷益以一騑謂之驂，周又益以一騑謂之駟。自時厥後，夾轅曰服，兩旁曰驂。詩所謂兩服上襄，兩驂雁行者也。

〔王道〕書洪範：王道平平。

【評箋】

范晞文云：李太白北上行即古之苦寒行也。苦寒行首句云：「北上太行山，艱哉何巍巍！」因以名之也。太白詞有云：「磴道盤且峻，巉巖凌穹蒼。馬足蹶側石，車輪摧高岡。」又：「殺氣毒劍戟，嚴風裂衣裳。」此正古詞「羊腸坂詰屈，車輪爲之摧。樹木何蕭瑟，北風聲正悲。」太白又有「奔鯨夾黃河，鑿齒屯洛陽。猛虎又掉尾，磨牙耗秋霜」，亦古詞「熊羆對我蹲，虎豹夾路啼」，又：「汲水澗谷阻，采薪隴坂長，草木不可餐，飢飲零露漿。」是亦古詞「行行日已遠，人馬同時飢，擔囊行取薪，斧冰持作糜」，特詞語小異耳。陸士衡、謝靈運諸作亦不出此轍。（對牀夜語）

楊云：此詩乃禄山初反時作也，鑿齒指禄山，奔鯨指史思明、崔乾祐之徒。

蕭云：按北上行者，征行之曲，言行役者之苦也。太白此詩其作於至德之後乎！隱然有國風愛君憂國勞而不怨厭亂思治之意，讀者其毋忽諸！

胡云：清調曲魏武苦寒行：「北上太行山，艱哉何巍巍！」備言從軍北上所歷之苦。白擬之，改爲北上行，而其辭有屯洛等語，似借詠禄山、思明之亂。

短歌行

白日何短短！百年苦易滿。蒼穹浩茫茫，萬劫太極長。麻姑垂兩鬢，一半已成霜。天公見玉女，大笑億千場。吾欲攬六龍，迴車挂扶桑。北斗酌美酒，勸龍各一觴。富貴非所願，爲人駐頹光。

【校】

〔爲人〕爲，兩宋本、繆本、王本俱注云：一作與。

〔頹光〕頹，兩宋本、繆本、王本俱注云：一作顔，又作流。此句下，樂府注云：一作與人駐流光。蕭本作與人駐顔光。

【注】

〔題〕王云：按樂府詩集，短歌行乃相和歌平調七曲之一。樂府解題曰：短歌行，魏武帝「對酒當歌，人生幾何」，晉陸機「置酒高堂，悲歌臨觴」，皆言當及時爲樂也。又按古今注，謂長歌短歌言人生壽命長短有定分，不可妄求也。考之魏武帝、陸士衡及唐人諸篇，皆言人運短促，當及時自勉。然二曲一致，初無壽夭之分。李善曰：古詩云「長歌正激烈」，魏文帝燕歌行曰「短歌微吟不能長」，傅玄豔歌行曰「咄來長歌續短歌」，皆指歌聲之長短耳，非言壽命也。斯蓋命題之意歟！

〔劫〕楊云：劫，世也。儒謂之世，道謂之塵，佛謂之劫。王云：法苑珠林：夫劫者，蓋是紀時之名，猶年號耳。

〔玉女〕見卷三梁甫吟注。

【評箋】蕭云：樂府詩古皆有此詞，言人壽不可得長，思與知友及時爲樂，並自戒勗之意，太白此詞雖擬之，然其詞意則出於騷，肆爲誕詞以寄興而已。

空城雀

嗷嗷空城雀，身計何戚促！本與鷦鷯羣，不隨鳳凰族。提攜四黄口，飲乳未嘗足。食君穅秕餘，常恐烏鳶逐。恥涉太行險，羞營覆車粟。天命有定端，守分絶所欲。

【校】

〔食君〕君，咸本注云：一作若。

〔常恐〕王本常誤作嘗，今依各本改。

〔逐〕胡本、咸本俱注云：一作啄。

【注】

〔題〕蕭云：樂府内鳥獸二十一曲有空城雀，却不言所始。太白此詞則假雀以興孤介之士，安於命義，幸得禄仕以自養，苟避讒妬之患足矣，不肯依附權勢，踰分貪求也。王云：樂府詩集：樂府解題曰：鮑照空城雀云：「雀乳四鷇，空城之阿。」言輕飛近集，茹腹辛傷，免網羅而已。

〔鷦鷯〕王云：埤雅釋鳥云：桃蟲，鷦，其雌鴱。陸璣曰：今鷦鷯是也，似黄雀而小。説苑曰：鷦鷯巢於葦苕，繫之以髮。鳩性拙，鷦性巧。故鷦俗呼巧婦，一名工雀，一名女匠，其喙尖如錐，取茅秀爲巢，巢至精密，以麻紩之，如刺韈然，故一名韈雀。△鷯音僚。

〔黄口〕家語六本篇：孔子見羅雀者，所得皆黄口小雀。

〔鳶〕王云：韻會：鳶，鷙鳥也，似鴟而小。△鳶音緣。

〔覆車粟〕太平御覽卷九二二：益部耆舊傳曰：楊宣爲河内太守行縣，有羣雀鳴桑樹上，宣謂吏曰：前有覆車粟，此雀相隨，欲往食之。行數里，果如其言。

菩薩蠻

平林漠漠烟如織，寒山一帶傷心碧。暝色入高樓，有人樓上愁。玉階空佇立，宿鳥歸飛急。何處是歸程？長亭連短亭。

【校】

〔題〕兩宋本、繆本俱無此篇。

〔連〕王本注云：一作更。

【評箋】

王云：詩人玉屑：鼎州滄水驛有菩薩蠻云「平林漠漠烟如織」云云，曾子宣家有古風集，此詞乃太白作也。見古今詩話。湘山野録：「平林漠漠烟如織」云云，此詞不知何人寫在鼎州滄水驛樓，復不知何人所撰，魏道輔泰見而愛之，後至長沙，得古集於曾子宣内翰家，乃知李白所作。寄園寄所寄：筆談：小曲有「咸陽沽酒寶釵空」之句，云李白作。花間集乃云張泌所爲，未知孰是。楊繪本事曲子云：近傳一闋云李白製，即今菩薩蠻，其詞非白不能及。此皆定其爲太白之作者也。胡應麟筆叢：菩薩蠻之名當起於晚唐世。按杜陽雜編云：大中初，女蠻國貢雙龍犀明霞錦，其國人危髻金冠，瓔珞被體，故謂之菩薩蠻。當時倡優遂制菩薩蠻曲，文士亦往往聲其詞。南部新書亦載此事，則太白之世尚未有斯題，何得預製其曲耶！此則辯其非太白之作者也。

馮金伯云：王介甫問黄魯直：「李後主詞何句最佳？」魯直舉「問君能有幾多愁，恰似一江春水向東流」。介甫以爲未若「細雨夢回雞塞遠，小樓吹徹玉笙寒」。介甫之言是矣，顧以專論後主之詞可耳，尚非詞之至也。若總統諸家，而求其極致於不食烟火，不落言詮，如女中之有國色，無事矜莊修飾，使當之者，忽然自失，而末由仿佛其皎好，其惟太白之「暝色入高樓，有人樓上愁」乎！惜乎，今之才人，動而不静，往而不返，識此宗趣者蓋寡。（詞苑萃編引詞潔）

許昂霄云：玩末二句乃是遠客思歸口氣，或注作閨情恐誤。又按李益鷓鴣詞云：「處處湘雲合，郎從何處歸？」此詞末二句似亦可作此解。故舊人以爲閨思耳。「樓上凝愁」、「階前佇立」，皆屬遥想之詞。或以「玉階」句爲指自己，於義亦通。蓋玉階、玉梯等字昔人往往通用。白石翠樓吟亦有「玉梯凝望久」之句。（詞綜偶評）

憶秦娥

簫聲咽，秦娥夢斷秦樓月。秦樓月，年年柳色，灞陵傷別。樂遊原上清秋節，咸陽古道音塵絶。音塵絶，西風殘照，漢家陵闕。

【校】

〔題〕兩宋本、繆本俱無此篇。

〔陵〕王本注云：一作宫。

【注】

〔灞陵〕王云：三輔黄圖：霸橋在長安東，跨水作橋，漢人送客至此橋，折柳贈別。天寶遺事：長安東灞陵有橋，來迎去送，皆至此爲離別之地，故人呼之爲銷魂橋。雍録：漢世凡東出函潼必自灞陵始，故贈行者於此折柳爲別也。

〔樂遊原〕王云：長安志：樂遊原在萬年縣南八里。漢書：宣帝起樂遊廟，在曲江北，亦曰樂遊原。雍録：唐曲江本秦隑州，至漢爲宣帝樂遊廟，亦名樂遊苑，亦名樂遊原。基地最高，四望寬敞。隋營京城，宇文愷以其地在京城東南隅，地高不便，故闕此地不爲居人坊巷，而鑿之爲池以厭勝之。又會黄渠水自城外南來，可以穿城而入，故隋世遂從城外包之，入城爲芙蓉池，且爲芙蓉園也。……長安中，太平公主於原上置亭游賞，後賜寧、申、岐、薛四王，正月晦日、三月三日、九月九日京城士女咸即此祓禊，帟幕雲布，車馬填塞，詞人樂飲賦詩。

【評箋】

王云：筆叢云：今詩餘名望江南外，菩薩蠻、憶秦娥稱最古，以草堂二詞出太白也，近世文人學士咸以爲然。予謂太白在當時直以風雅自任，即近體盛行，七言律鄙不肯爲，寧屑事此。且二詞雖工麗，而氣亦衰颯，于太白超然之致，不啻穹壤。藉令真出青蓮，必不作如是語，詳其意調，絶類温方城輩，蓋晚唐人詞，嫁名太白，若懷素草書、李赤姑孰耳。原二詞嫁名太白亦有故，草堂詞宋人編，青蓮詩亦稱草堂集；後世以二詞出唐人而無名氏，故僞題太白以冠斯編耶！琦按宋黄玉林絶妙詞選以太白菩薩蠻、憶秦娥二詞爲百代詞曲之祖。然考古本太白集中缺此二首，蕭本乃有之，其真贋誠未易定決，筆叢所辯未爲無見。至謂其出自草堂詩餘之僞題，則非也。蓋菩薩蠻一詞，自北宋時已傳爲太白之作矣。

劉熙載云：太白菩薩蠻、憶秦娥兩闋，足抵少陵秋興八首。想其情境，殆作於明皇西幸後乎？（藝概）

又云：太白憶秦娥聲情悲壯，晚唐五代惟趨婉麗，至東坡始能復古。後世論詞者或轉以東坡爲變調，不知晚唐五代乃變調也。（藝概）

陳廷焯云：太白菩薩蠻、憶秦娥兩闋，神在箇中，音流絃外，可以是爲詞中鼻祖。（原注：尋詞之祖，斷自太白可也，不必高語六朝。）（白雨齋詞話）

謝堃云：或謂詞人之詩傷於纖，詩人之詞傷於樸，試讀李太白菩薩蠻詞，何樸之有？辛稼軒元日詩曰：「老病忘時節，空齋曉尚眠。兒童唤翁起，今日是新年。」又何纖之有？（春草堂詩話）

王國維云：太白純以氣象勝，「西風殘照，漢家陵闕」，寥寥八字，遂關千古登臨之口。後世唯范文正之漁家傲、夏英公之喜遷鶯，差足繼武，然氣象已不逮矣。（人間詞話）

按：今人詹鍈於李白菩薩蠻憶秦娥辨僞一文中據繆本無此二首斷爲宋本原無，並非繆氏所删，列舉三證。一、宋本原書屢經黄丕烈、錢應庚、陸心源諸家收藏，設繆氏曾删此二詞，各家題跋及藏書志中必有論列。二、晏處善本所録曾鞏李太白文集序謂收太白詩千有一篇，今繆本所載詩篇正合此數（連所附魏萬、崔宗之、崔成甫三人詩在内），設繆氏删此二詩，篇數必不相合。三、集中江夏送倩公歸漢東詩，既録其序，其後雜文中不應重見，繆氏摹刻時當已知其重出，而因仍不改。設宋本原有菩薩蠻、憶秦娥二篇，繆氏縱知其僞，亦不致加以删汰。由此可證北宋本李太白文集無此二篇。至蕭士贇分類補注李太白詩（簡稱蕭本）乃删補楊齊賢注而成，所輯注文例以齊賢曰士贇曰互爲標題，故猶可辨識。惟此二篇，則僅有蕭注而無楊注，即此可知楊齊賢注左綿刊本李集亦無此二篇。再以蕭本編集體例言之，凡蕭氏疑爲贋作者，則移置卷末（見補注李太白序例），此二詩適在第五卷之末，則蕭氏雖增此二篇而亦未敢斷其必爲太白原作也。按晏處善本太白集爲宋敏求所裒集，曾鞏嘗考其先後而次第之。湘山野録謂太白菩薩蠻原見曾子宣家藏古風集。子宣名布，爲鞏之胞弟，所藏古風集有太白菩薩蠻，鞏豈有未見之理？既見之而不編入太白集，則菩薩蠻一詞，必有可疑之點至明。且楊齊賢注太白詩之時，花庵詞選早已風行，其中既有太白菩薩蠻、憶秦娥二詞，而楊氏仍不採録，想亦有所見也。

李白集校注卷六

樂府三十八首

發白馬

將軍發白馬，旌節渡黄河。簫鼓聒川岳，滄溟湧濤波。武安有震瓦；易水無寒歌。鐵騎若雪山；飲流涸滹沱。揚兵獵月窟；轉戰略朝那。倚劍登燕然，邊烽列嵯峨。蕭條萬里外，耕作五原多。一掃清大漠，包虎戢金戈。

【校】

〔濤波〕濤，兩宋本、繆本、王本俱注云：一作洪。樂府與一作同。蕭本作波濤，誤。

〔涸滹〕咸本注云：一作如漂。

【注】

〔題〕蕭云：樂府遺聲車馬六曲有白馬篇，亦曰齊瑟行。　王云：題始於梁費昶，太白蓋擬之。樂府詩集：通典曰：白馬，春秋時衛國曹邑，有黎陽津，一曰白馬津。酈生云守白馬之津是也。發白馬，言征戍而發兵於此也。

〔白馬〕王云：史記正義：括地志云：黎陽一名白馬津，在滑州白馬縣北三十里。

〔旌節〕新唐書百官志：凡命將遣使皆請旌節，旌以顓賞，節以顓殺。

〔武安〕史記廉頗藺相如列傳：秦伐韓，軍於閼與，……(趙)王令趙奢將救之，……秦軍軍武安西，……鼓譟勒兵，武安屋瓦盡振。

〔易水〕見卷一擬恨賦注。

〔滹沱〕王云：山海經：泰戲之山，滹沱之水出焉，而東流注於漊水。郭璞注：今滹沱水出鴈門鹵城縣南武夫山。史記索隱：滹沱，水名，并州之川也。地理志云：鹵城縣名，屬代郡，滹沱河自縣東至參合，又東至文安入海。史記正義：滹沱出代州繁峙縣，東南流經五臺山北，東南流過定州入海。△滹音呼，沱音駝。

〔月窟〕文選揚雄長楊賦：西厭月螖。注：服虔曰：螖音窟，月所生也。

〔略〕王云：韻會：略，取也。漢書：張良略地，唐蒙略通夜郎。顏師古曰：凡言略地，謂行而取之。

〔朝那〕史記匈奴列傳：匈奴單于十四萬騎入朝那、蕭關。正義：漢朝那故城在原州百泉縣西七十里，屬安定郡。△那音奴何切。

〔燕然〕王云：後漢書：車騎將軍竇憲出雞鹿塞，度遼將軍鄧鴻出椆陽塞，南單于出滿夷谷，與北匈奴戰於稽落山，大破之，追至和渠北鞮海，竇憲遂登燕然山，刻石勒功而還。太平寰宇記：郎君戍又直北三千里至燕然山，又北行千里至瀚海，班固封燕然山銘序：蕭條萬里，野無遺寇。

〔五原〕元和郡縣志卷四：鹽州，禹貢雍州之域，春秋爲戎翟所居地。……及始皇并天下，屬梁州。漢武元朔二年置五原郡，地有原五所，故號五原。……五原謂龍游原、乞地千原、青嶺原、岢嵐原、横槽原也。參見卷五塞上曲注。

〔大漠〕王云：北邊備對：漢趙信既降匈奴，與之畫謀，令遠度幕北，以要疲漢軍。故武帝必欲越漠征之，而大漠之名始通中國。幕者，漠也，言沙積廣莫，望之漠漠然也，漢以後史家變稱爲磧，磧者沙積也，其義一也。

〔包虎〕王云：禮記：武王克殷反商，倒載干戈，包之以虎皮。鄭玄注：包干戈以虎皮，明能以武服兵也。正義曰：虎皮，武猛之物也。用此虎皮包裹兵器，示武王威猛能包制服天下兵戈也。或以虎皮有文，欲以現文止武也。詩周頌：載戢干戈。説文：戢，藏兵也。

陌上桑

美女渭橋東，春還事蠶作。五馬如飛龍，青絲結金絡。不知誰家子，調笑來相謔。妾本秦羅敷，玉顔豔名都。緑條映素手，採桑向城隅。使君且不顧，況復論秋胡。寒螿愛碧草，鳴鳳棲青梧。託心自有處，但怪旁人愚。徒令白日暮，高駕空踟躕。

【校】

〔美女渭橋東〕兩宋本、繆本注云：一作美女緗綺衣，又作遊女。英華作遊女緗綺衣。樂府作美女緗綺衣。王本美下注云：一作遊，渭橋東下注云：一作湘綺衣。

〔春還〕兩宋本、繆本、王本俱注云：一作還來。

〔如飛龍〕兩宋本、繆本俱作飛如花，注云：一作如花飛，又作如飛龍。敦煌殘卷作如飛花。王本注云：一作如花飛，一作飛如花。

〔採桑〕敦煌殘卷作採葉。

〔使君〕以下四句，敦煌殘卷無。

〔愛〕咸本注云：一作受。

〔徒令〕令，英華作勞，注云：一作令。

【注】

〔題〕蕭云：樂府相和歌有陌上桑，亦曰豔歌羅敷行，亦曰日出東南隅行，亦曰日出行，亦曰採桑曲。曹魏改曰望雲曲。按古詞陌上桑有二，此則引魯秋胡之事以爲證也。崔豹古今注曰：羅敷者，邯鄲秦氏女也，嫁千乘王仁，仁後爲趙王家令，羅敷採桑於陌上，趙王登臺，見而悦之，置酒欲奪焉。羅敷善彈箏，作陌上桑以自明不從。其辭稱羅敷採桑陌上，爲使君所邀，羅敷盛誇其夫爲侍中郎以拒之。或言與舊説不同。然侍中郎漢官也，恐仁初爲趙王家令，後爲漢侍中郎也。呼趙王爲使君者，郎君之稱本於漢，恐言使君者猶今言使頭也。其辭有「日出東南隅，照我秦氏樓」之句，故亦曰日出東南隅行，亦曰日出行。别有秋胡行，其事與此不同。此其亦名陌上桑，致後人差互其説，如王筠陌上桑云：「秋胡始停馬，羅敷未滿匡。」蓋合爲一事也。王云：樂府古題要解：陌上桑古詞曰：「日出東南隅，照我秦氏樓。」舊説：邯鄲女子姓秦，名羅敷，爲邑人千乘王仁妻。仁後爲趙王家令，羅敷出採桑陌上，趙王登臺見而悦之，置酒欲奪焉。羅敷善彈箏，作陌上桑以自明不從。按其歌辭，稱羅敷採桑陌上，爲使君所邀。羅敷盛誇其夫爲侍中郎以拒之。與舊説不同。按樂府詩集：張永元嘉伎録相和歌有十五曲，其第十五曲曰陌上桑。

〔蠶作〕王云：鮑照詩：「季春梅始落，工女事蠶作。」

〔五馬〕王云：五馬事，古今説者不一，據墨客揮犀云：世謂太守爲五馬，人罕知其故事。或言詩云：「孑孑干旟，在浚之都。素絲組之，良馬五之。」鄭注謂周禮：州長建旟。漢太守比州長，法御五馬，故云。後見龐幾先朝奉云：古乘駟馬車，至漢時太守出則增一馬。事見漢官儀也。演繁露云：太守五馬，莫知的據。古樂府：五馬立踟躕，則其來已久。或言詩有「良馬五之」，侯國事也。然上言「良馬四之」，下言「良馬六之」，則或四或六，原非定制也。漢有駟馬車，正用四馬，而鄭玄注詩曰：周禮州長建旟，漢太守比州長，法御五馬。玄以州長比方漢州，大小相絶遠矣。周之州乃反統隸於縣，比漢太守品秩殊不侔，不足爲據。然鄭後漢時人，則太守之用五馬，後漢已然矣。至唐白樂天和春深二十首詩曰：「五匹鳴珂馬，雙輪畫軾（按：今本作戟）車。」至其自杭分司，有詩曰：「錢塘五馬留三匹，還擬騎游攬擾春。」杜詩（按：今本作老杜）亦曰：「使君五馬一馬驄。」則似真有五馬矣。若其制之所始，則未有知者。琦按：今本毛詩鄭注，但云周禮州長建旟，謂州長之屬，無漢太守比州長法御五馬之文。是康成未嘗以太守比州長也。師古杜詩注云：王羲之出守永嘉，庭列五馬，後人遂據爲太守事。今按晉書及古今傳記，羲之並未嘗爲永嘉太守，則其説亦僞也。宋人五色線集：北齊柳元伯五子同時領郡，時五馬參差於庭，故時人呼太守爲五馬。今按羅敷行古詞已有「五馬踟躕」之句，則非自北齊始矣。潘子真詩話：禮：天子六馬，左右驂，三公九卿駟馬，右驂。漢制九卿則中二千石亦右驂。太守駟馬而已。其有加秩中二千石，乃右驂。故以五馬爲太守美稱。遯齋閑覽及學林新編云：漢時朝臣出使以駟馬，太守加一馬，故爲五馬，與龐說相符。然無他證確然可據。唯沈約宋書引逸禮王度記曰：天子駕六，諸侯駕五，卿駕四，大夫三，士二，庶人一。後之太守，即古之諸侯，故有五馬之稱。庶幾近之。前之數説，似皆未的。按：高步瀛唐宋詩舉要云：胡元任曰：遯齋閑覽云：世謂太守爲五馬。龐幾先云：古乘駟馬車，至漢時，太守出則增一馬，事見漢官儀也。學林新編云：古陌上桑、羅敷行曰：「使君從南來，五馬立踟蹰。」子美詩用五馬甚多，注詩者引陌上桑五馬以釋之，非也。案陌上桑亦用五馬爲使君事者也。說者謂漢官儀：朝臣出使以四馬，太守加一馬爲五馬。苕溪漁隱曰：五馬事當以遯齋、學林二説出漢官儀者爲是。

〔使君〕王云：漢書：使君顓生殺之柄。顔師古注：爲使者故謂之使君。

〔秋胡〕列女傳節義傳：魯秋胡潔婦者，魯秋胡子之妻。秋胡子既納之，五日去而官於陳，五年乃歸。未至其家，見路旁有美婦人方采桑，秋胡子悦之，下車謂曰：「力田不如逢豐年，力耕不如遇公卿。吾有金，願以與夫人。」婦人曰：「嘻！婦人當采桑以事舅姑，吾不願人之金。」秋胡子遂去，歸家奉金遺其母，使人呼其婦，婦至，乃向采桑者，秋胡子見之而慙。婦曰：「束髮修身，辭親仕五年始得還，乃悦路旁婦人，以金與之，是忘母不孝也，妾不忍見不孝之人。」遂投河死。

〔寒螿〕爾雅釋蟲：蜺，寒蜩。郭璞注：寒螿也，似蟬而小，青赤。

〔踟蹰〕王云：欲行不進之貌。△踟音池，蹰音除。

枯魚過河泣

白龍改常服，偶被豫且制。誰使爾爲魚？徒勞訴天帝。作書報鯨鯢，勿恃風濤勢。濤落歸泥沙，翻遭螻蟻噬。萬乘慎出入，柏人以爲誡。

【校】

〔偶被〕此句咸本注云：一本云：被豫且之制。

〔徒勞〕勞，兩宋本、繆本俱作爲。王本注云：繆本作爲。

〔爲誡〕誡，兩宋本、繆本、王本俱注云：一作識。

【注】

〔題〕蕭云：樂府遺聲龍魚六曲有枯魚，却無「過河泣」字。王云：按樂府詩集：枯魚過河泣，乃雜曲歌辭。古詞曰：「枯魚過河泣，何時悔復及。作書與魴鱮，相教慎出入。」

〔豫且〕説苑卷九：吴王欲從民飲酒，伍子胥諫曰：「不可。昔白龍下清泠之淵，化爲魚，漁者豫且射中其目。白龍上訴天帝，天帝曰：當是之時，若安置而形？白龍對曰：我下清泠之淵，化爲魚。天帝曰：魚固人之所射也，若是豫且何罪？夫白龍天帝貴畜也，豫且宋國賤臣也，白龍不化，豫且不射，今棄萬乘之位而從布衣之士飲酒，臣恐其有豫且之患矣。」王乃止。△且音苴。

〔鯨鯢〕王云：廣韻：鯨，大魚也。雄曰鯨，雌曰鯢。

〔螻蟻〕韓詩外傳卷八：夫吞舟之魚，大矣，蕩而失水，則爲螻蟻所制，失其輔也。

〔柏人〕史記張耳列傳：高祖從平城過趙，趙王朝夕袒韝蔽自上食，禮甚卑，有子壻禮。高祖箕踞詈甚慢易之。趙相貫高怒。八年，上從東垣還過趙，貫高等乃壁人柏人要之置，上欲過宿，心動，問曰：「縣名爲何？」曰：「柏人。」柏人者迫於人也，不宿而去。

【評箋】

今人詹锳云：按舊唐書玄宗紀：天寶八載十一月丁巳，幸御史中丞楊釗宅。天寶九載十一月辛卯，幸楊國忠亭子。天寶十載十一月乙未，幸楊國忠宅。又楊國忠傳：玄宗每年冬十月，幸華清宫，國忠山第在宫東門之南，與虢國相對，韓國、秦國甍棟相接。天子幸其第，必過五家賞賜宴樂。又陳玄禮傳：天寶中，玄宗在華清宫，乘馬出宫門，欲幸虢國夫人宅，玄禮曰：「未宣敕報臣，天子不可輕去就。」玄宗爲之迴轡。他年在華清宫，逼正月半，欲夜遊，玄禮奏曰：「宫外即是曠野，須有備預。若欲夜遊，願歸城闕。」則此詩所謂「萬乘慎出入」，似非毫無所指。

按：酉陽雜俎卷二云：「玄宗學隱形術於羅公遠，公遠云：『陛下未能脱屣天下，而以道爲戲。若盡臣術，必懷璽入臣家而困於魚服。』」蓋玄宗微行不止於史所載，當時傳聞於外，或尤有甚者，故白以爲刺。

丁都護歌

雲陽上征去，兩岸饒商賈。吴牛喘月時，拖船一何苦？水濁不可飲，壺漿半成土。一唱都護歌，心摧淚如雨。萬人鑿盤石，無由達江滸。君看石芒碭，掩淚悲千古。

【校】

〔題〕兩宋本、繆本都護下俱注云：一作督護。王本都下注云：一作督。

〔鑿盤石〕鑿，兩宋本、繆本俱作繫。王本注云：繆本作繫。咸本注云：一作繫。

【注】

〔題〕蕭云：古今樂録：丁都護歌者，彭城内史徐逵爲魯軌所殺，宋高祖使督護丁旿收殯之。逵妻，高祖長女也。呼旿至閤下，自問斂送之事。每問輒嘆息曰丁都護，其聲哀切，後人因其聲廣其曲焉。按：通鑑卷九九胡注：魏晉之間，凡居節鎮者，其部將有督護。宋書樂志都護均作督護，徐逵作徐逵之，丁旿之官爲府内直督護，當以督護爲正。

〔雲陽〕元和郡縣志卷二五：江南道潤州丹陽縣：本舊雲陽縣。秦時望氣者云有王氣，故鑿之以敗其勢，截其直道，使之阿曲，故曰曲阿。天寶元年，改爲丹陽縣。

〔吴牛〕世説言語篇：滿奮……曰：「臣猶吴牛，見月而喘。」劉孝標注：今之水牛，惟生江、淮間，故謂之吴牛也。南土多暑，而此牛畏熱，見月疑是日，所以見月則喘。

〔拖〕漢書卷六四嚴助傳：拕舟而入水。顔師古注：拕，曳也，音它。△拖與拕同。

〔滸〕詩大雅緜：率西水滸。毛傳：水涯曰滸。

〔芒碭〕王云：漢書：高祖隱於芒碭山澤間，應劭注：芒屬沛國，碭屬梁國，二縣之界有山澤之固，故隱其間。此篇蕭注謂是詠秦皇鑿北坑以厭天子氣一事。或曰，爲韋堅開廣運潭而作，借秦爲喻。又引吴孫權嘗遣校尉陳勳將屯田及作士三萬人，鑿句容中道，自小坻至雲陽西城通會市，作邸閣。以首句觀之，似詠其事。琦嘗以全篇詩意參繹三事皆不類，知其皆非也。考芒碭諸山實産文石，或者是時官司取石於此山，僦舟搬運，適當天旱水涸，牽挽而行，期令峻急，役者勞苦。太白憫之而作此詩。鑿字舊本或作繫字。「萬人繫盤石，無由達江滸」，詩旨益覺顯然。即作鑿字，謂此萬夫所鑿之盤石爲數甚多，無由即達江滸，如此詮釋，自亦無礙。督護似謂當時監督之有司，「君看石芒碭，掩淚悲千古」者，謂芒碭産此文石，千古不絶，則千古嘗爲民累，有心者能不覩之而生悲哉！臆見如此，較之舊説似覺稍當。△芒音忙；碭音唐，又音蕩。

【評箋】

蕭云：太白樂府，每篇必檃括一事而作，非泛然而言者。此篇之意是詠秦皇鑿北坑以厭天子氣之事，徒爾勞民鑿石，而不知真主已在芒碭山澤間矣。非人力之所能勝也。觸熱拖船，就飲濁水，征夫之苦，徒興千古之悲耳。或曰：詩者所以抒下情而通風諭，此詩乃是爲韋堅開廣運潭而作，借秦爲喻耳。按唐史，天寶初，江淮南（按：淮下南上當有已字），租庸等使韋堅引滻水抵苑東望春樓下爲潭，以聚江淮運船，役夫匠，通漕渠，發人丘隴，自江淮至京城，民間蕭然愁怨，二年而成。三月，上幸望春樓觀新潭，名其潭曰廣運。太白之詩其爲是歟！吴孫權時亦嘗遣校尉陳勳將屯田及作士三萬人鑿句容中道，自小埏至雲陽西城通會市，作邸閣。今以首句觀之，似詠此事，然詩意重在末句，故以秦事爲證，附載吴事於末云。

胡云：白辭「雲陽上征去」，詠潤州埭牐牽輓之苦，感其土俗，即用其土之古歌焉。先是潤州不過江，開元中刺史齊澣始移漕路京口塘下，直達於江，立埭收課，事詳澣本傳。澣新河在江北瓜步者，白嘗作詩頌美，此獨言其苦。瓜步岸庳易開，潤州岸高難開，地勢至今然，白詩並紀實也。當時淮汴運路，澣並用牛曳，即潤州可推矣。芒，石稜；碭，石文。指所鑿盤石而言。舊注泛引多謬，故備箋焉。

按：胡氏説近是。王注解芒碭似誤，果如其説，以芒碭爲地名，則當云芒碭石，若以石芒碭爲芒碭之石或芒碭産石，古今無此語法。蓋芒碭爲疊韻聯緜字，形容石之粗重難移耳。又按：郭沫若李白與杜甫云：詩意分明言拖船運石之苦，并非言鑿石開河之苦。但「芒碭」在此乃疊韻聯語，猶言「莽撞」。胡以石棱、石紋解之，王説爲「諸山」，均係望文生義。芒山在沛，碭山在梁，于此了不相涉。揣詩意當是採取太湖石由運河北運，故言「雲陽上征」。

唐宋詩醇云：落筆沉痛，含意深遠，此李詩之近杜者。

相逢行

朝騎五花馬，謁帝出銀臺。秀色誰家子，雲車珠箔開。金鞭遥指點，玉勒近遲迴。夾轂相借問，疑從天上來。蹙入青綺門，當歌共銜杯。銜杯映歌扇，似月雲中見。相見不得親，不如不相見。相見情已深，未語可知心。胡爲守空閨，孤眠愁錦衾。錦衾與羅幃，纏綿會有時。春風正澹蕩，暮雨來何遲？願因三青鳥，更報長相思。光景不待人，須臾髮成絲。當年失行樂，老去徒傷悲。持此道密意，無令曠佳期。

【校】

〔題〕兩宋本、繆本、王本題下俱注云：一作有贈。

〔朝騎〕朝，兩宋本、繆本、蕭本俱作胡。王本注云：蕭本作胡。

〔雲車〕車，兩宋本、繆本、王本俱注云：一作中。

〔金鞭〕以下二句，文粹無。

〔遲迴〕咸本注云：一本無此二句。

〔疑從〕疑，兩宋本、繆本、王本俱注云：一作知。才調、文粹俱作知，才調注云：一作疑。

〔上來〕此句下兩宋本、繆本注云：一本更添憐腸愁欲斷，斜日復相催。下車何輕盈，飄然似落梅。王本注云：一本下多憐腸愁欲斷，斜日復相催，下車何輕盈，飄然似落梅四句。樂府與一本同。

〔躄〕兩宋本、繆本、文粹、樂府俱作邀。王本注云：繆本作邀。

〔銜杯〕此句下兩宋本、繆本、王本俱注云：一作嬌羞初解珮，語笑共銜盃。

〔不得〕得，兩宋本、繆本、王本俱注云：一作相。

〔守〕才調、文粹作返。才調、咸本注云：一作守。

〔與羅幃〕與，才調、咸本俱作語，注云：一作與。

〔何遲〕此句下兩宋本、繆本、王本俱注云：一作春風正糾結，青鳥來何遲。

〔願因〕此句才調、咸本俱注云：願一作後，青一作春。

〔佳期〕以上六句文粹無，才調、咸本俱注云：一本無此六句。

【注】

〔題〕蕭云：王僧虔技録曰：相和清調六曲有相逢狹路間行，亦曰長安有狹斜行，亦曰相逢行。

〔五花馬〕見卷三將進酒詩注。

〔銀臺〕王云：按雍録所載六典大明宫圖：紫宸殿側有右銀臺門、左銀臺門。李肇記曰：學士下直出門，相謔謂之小三昧，出銀臺乘馬，謂之大三昧。三昧者，釋氏語，言其去纏縛而得自在也。用此言之，則學士自出院門而至右銀臺門，皆步行，直至已出宫城銀臺門外乃得乘馬也。

〔勒〕王云：説文：勒，馬頭絡銜也。

〔青綺門〕水經注渭水：長安……東出……第三門，本名霸城門，……民見門色青，又名青城門，或曰青綺門，亦曰青門。

〔三青鳥〕王云：山海經西山經：三危之山，三青鳥居之。郭璞注：三青鳥，主爲西王母取食者，别自棲息於此山也。竹書曰：穆王西征，至於青鳥所解也。又大荒西經：沃之野有三青鳥，赤首黑目，一名曰大鵹，一名曰少鵹，一名曰青鳥。郭璞注：皆西王母所使也。

〔當年〕張相詩詞曲語辭匯釋云：當年猶少年或壯年也。李白相逢行：「當年失行樂，老去徒傷悲。」此與老去作對，猶云少壯也。

【評箋】

胡云：按古辭言相逢年少，問知其家之豪盛。此則言相逢其人，仍不得相親。恐失佳期，回環致望不已，較古辭用意尤深。離騷詠不得於君，必託男女致詞，曰：「初既與余成言兮，後悔遁而有他。」又曰：「日月忽其不淹兮，恐美人之遲暮。」白詩題雖取之樂府，而詩意實本諸騷，蓋有已近君而終不得近之怨焉。臣子睽隔之痛，思慕之誠，具見於是。觀篇首以謁帝發端，大旨自明，不當僅作情辭讀也。

王云：古長歌行：「老大徒傷悲。」楊升菴外集載太白相逢行云：此詩予家藏樂史本最善，今本無「憐腸愁欲斷，斜日復相催，下車何輕盈，飄然似落梅」四句。他句亦不同數字，故備録之。太白號斗酒百篇，而其詩精鍊若此，所以不可及也。琦嘗細校其文，所謂不同數字者，「雲車」作「雲中」，「疑從」作「知從」，「蹙入青綺門，當歌共銜杯」作「嬌羞初解珮，語笑共銜杯」，「不得親」作「不相親」。他本亦有同者，若「近遲回」作「乍遲迴」，「願因」作「願言」，「更報」作「却寄」，「當年失行樂」作「壯年不行樂」，「老去」作「老大」，而中間又無「春風正澹蕩」二句，則諸本絶無同者矣。據此，樂史原本明中葉時尚有存者，今則斷帙殘編，絶無覯矣。不深可惜乎！

按：楊慎所云樂史本有憐腸以下四句，確似白詩中語，非後人所能僞作，樂史本蓋有勝今本處。

千里思

李陵没胡沙，蘇武還漢家。迢迢五原關，朔雪亂邊花。一去隔絶國，思歸但長嗟。鴻雁向西北，因書報天涯。

【校】

〔題〕兩宋本、繆本、王本俱注云：一作千里曲。按：此詩敦煌殘卷僅有「李陵没胡沙，蘇武還漢家。相思天上山，愁見雪如花」四句。

〔五原〕原，宋乙本作員。

〔邊花〕此句兩宋本、繆本、胡本、王本俱注云：一作愁見雪如花。

〔絶國〕樂府作絶域。

〔因書〕因，兩宋本、繆本、王本俱注云：一作飛。樂府作飛，注云：一作因。

【注】

〔題〕王云：魏祖叔辨有此詩，以「細君辭漢宇，王嬙即虜衢」爲辭，太白擬之，又以蘇、李相思爲辭。

〔五原〕見卷五塞上曲注。

〔絶國〕文選江淹別賦：一去絶國，詎相見期。李善注：絶國，絶遠之國也。

【評箋】

王云：琦按：文選有李少卿答蘇武書：李周翰注：漢書曰：李陵字少卿，天漢二年，陵率步卒五千人出塞與單于戰，力屈乃降。在匈奴中與蘇武相見，武得歸，爲書與陵令歸漢，陵作此書答之，此詩末聯正用其事。又按文苑英華載唐人省試詩題有「李都尉重陽日得蘇屬國書」，其事他書所不見，更屬異聞，因並録之。

樹中草

鳥銜野田草，誤入枯桑裏。客土植危根，逢春猶不死。草木雖無情，因依尚可生。如何同枝葉，各自有枯榮？

【校】

〔如何〕咸本注云：一作豈有。

【注】

〔樹中草〕蕭云：樂府遺聲草木二十一曲有樹中草。王云：梁簡文帝作樹中草詩，其辭曰：「幸有青袍色，聊因翠幄凋。雖間珊瑚蒂，非是合歡條。」

〔桑裹〕蕭云：此謂桑寄生也。本草圖經曰：桑寄生出弘農山谷桑上，今處處有之。云是烏鳥食物，子落枝節間，感氣而生。葉似橘而厚軟，莖似槐枝而肥脆，三四月生，花黄白色，六月七月結實，黄色如小豆大。

【評箋】

蕭云：明皇之時，諸王相繼誅戮，此詩似有感而作也。

今人詹鍈云：按詩云：「草木雖無情，因依尚可生。如何同枝葉，各自有枯榮？」疑是永王被殺後太白有感而作。

君馬黄

君馬黄，我馬白。馬色雖不同，人心本無隔。共作遊冶盤，雙行洛陽陌。長劍既照曜，高冠何艴赫。各有千金裘，俱爲五侯客。猛虎落陷穽，壯士時屈厄。相知在急難，獨好亦何益？

【校】

〔壯士〕士，兩宋本、繆本、樂府俱作夫。王本注云：繆本作夫。

〔亦何〕亦，兩宋本、繆本、王本俱注云：一作知。

【注】

〔題〕王云：按宋書，漢鼓吹鐃歌十八曲有君馬黄歌古辭云：「君馬黄，臣馬蒼。二馬同逐臣馬良。易之有騩蔡有赭。美人歸以南，駕車馳馬美人傷我心。佳人歸以北，駕車馳馬美人安終極。」

〔艴赫〕文選潘岳射雉賦：摛朱冠之艴赫。徐爰注：艴赫，赤色貌。△艴音釋。

〔五侯〕漢書卷九二樓護傳：是時王氏方盛，賓客滿門，五侯兄弟争名，其客各有所厚，不得左右。唯護盡入其門，咸得其驩心。參見卷十一流夜郎贈辛判官詩注。

〔急難〕詩小雅常棣：兄弟急難。

【評箋】

蕭云：此言士而遭厄，猶猛虎之落穽，雖有牙爪，無所復施，而同時儕輩不能垂一指之援，獨善其身，何取其爲益者三友哉！此詩其傷朋友之道缺乎，抑白遭誣被謗之時所作也耶？婉而不迫，可謂得國風之體矣。

阮閲云：君馬黄古詞云「君馬黄，臣馬蒼，二馬同逐臣馬良」，終言「美人歸以南，歸以北，駕車馳馬令我傷」，李白擬之，遂有「君馬黄，我馬白，馬性雖不同，人心本無隔」。其末云：「相知在急難，獨好亦何益。」自能馳騁不與古人同圈模。非遠非近，此可謂善學詩者歟。（詩話總龜）

胡云：漢鐃歌君馬黄曲辭，舊無其解，擬者但詠馬而已，惟太白作相知急難語，似獨得其解者。今按本辭云：「君馬黄，臣馬蒼，二馬同逐臣馬良」者，借言我馬之良，喻我所効于友者較勝，古人君臣之稱，通乎上下故也。其云：「美人歸以南，駕車馳馬美人傷我心。佳人歸以北，駕車馳馬佳人安終極」者，美人佳人，亦稱其友駕車馳馬南北，就上馬之同逐言其分馳而去，喻交之不終。而一則曰傷我心，一則曰安終極，雖怨之，不忍明言之，則尤有不出惡聲之意焉。蓋古交友相責望之辭。意采詩者以其言之含蓄近厚，故入之于樂。非太白幾無能發明之矣。

擬古

融融白玉輝，映我青蛾眉。寶鏡似空水，落花如風吹。出門望帝子，蕩漾不可期。安得黄鶴羽，一報佳人知？

【校】

〔蛾眉〕蛾，兩宋本俱作峨。

〔帝子〕帝，兩宋本、繆本俱作同。王本注云：繆本作同。

【注】

〔擬古〕蕭云：莆陽夾漈鄭先生曰：始於太白。按：鄭先生當是鄭樵，始於太白一語，未詳。

折楊柳

垂楊拂渌水，摇豔東風年。花明玉關雪，葉暖金窗烟。美人結長想，對此心悽然。攀條折春色，遠寄龍庭前。

【校】

〔垂楊〕兩宋本、繆本、王本俱注云：一作楊柳。

〔摇豔〕兩宋本、繆本、王本、樂府俱注云：一作豔裔。

〔長想〕樂府作長恨。

〔對此〕樂府作相對。

〔龍庭前〕兩宋本、繆本、胡本、王本俱注云：一作龍沙邊。

【注】

〔題〕蕭云：崔豹古今注：横吹，胡樂也。張騫入西域，傳其法，惟得摩訶兜勒一曲。李延年因造新聲二十八解，魏晉以來不存，見用黄鵠、隴頭、折楊柳等十曲。王云：文獻通考：鼓角横吹十五曲中有折楊柳。

〔龍庭〕見卷二古風第六首注。

少年子

青雲少年子，挾彈章臺左。鞍馬四邊開，突如流星過。金丸落飛鳥，夜入瓊樓卧。夷齊是何人？獨守西山餓。

【注】

〔題〕蕭云：樂府遺聲遊俠二十一曲有少年子。王云：齊王融、梁吴均皆有少年子。

〔章臺〕王云：史記樗里子葬於渭南章臺之東。玉海：秦有章臺宫。蘇秦傳云：朝於章臺之下。揚雄云：藺生收功於章臺。按：王注所引未愜，應參卷十一流夜郎贈辛判官詩注。

〔金丸〕西京雜記：韓嫣好彈，常以金爲丸，所失者日有十餘。長安爲之語曰：苦飢寒，逐金丸。京師兒童每聞嫣出彈，輒隨之，望丸所落輒拾焉。

〔西山〕史記伯夷列傳：隱於首陽山，采薇而食之。及餓且死，作歌。其辭曰：「登彼西山兮，采其薇矣。以暴易暴兮，不知其非矣。神農虞夏忽焉没兮，我安適歸矣！吁嗟徂兮，命之衰矣。」遂餓死於首陽山。

紫騮馬

紫騮行且嘶，雙翻碧玉蹄。臨流不肯渡，似惜錦障泥。白雪關山遠，黄雲海戍迷。揮鞭萬里去，安得念春閨？

【校】

〔行且〕行，兩宋本、繆本、王本俱注云：一作驕。敦煌殘卷作驕。

〔雙翻〕雙，敦煌殘卷作霜。

〔關山〕山，兩宋本、繆本、王本俱注云：一作城。敦煌殘卷作城。

〔海戍〕戍，敦煌殘卷作樹。

〔揮鞭〕揮，敦煌殘卷作抽。

〔安得〕安，兩宋本、繆本、王本俱注云：一作何。

〔念〕兩宋本、繆本、王本俱注云：一作戀。

【注】

〔題〕王云：按樂府詩集横吹十八曲中有紫騮馬。古今樂録曰：紫騮馬古辭曰：「十五從軍征，八十始得歸。道逢鄉里人，家中有阿誰？」又梁曲曰：「獨柯不成樹，獨樹不成林。念郎錦裲襠，恒長不忘心。」蓋從軍久戍懷歸而作也，若梁簡文帝、梁元帝、陳後主、徐陵諸作，多詠馬而已。

〔紫騮〕王云：紫騮，赤色馬也。唐人謂之紫騮，今人謂之棗騮。

〔障泥〕王云：沈佺期驄馬詩：「四蹄碧玉片，雙眼黄金瞳。」晉書：王濟善解馬性，嘗乘一馬，著連乾障泥，前有水終不肯渡。濟云：此必是惜障泥，使人解去便渡。按障泥是披馬鞍旁者，胡三省通鑑注：類篇：馬障泥曰韂蜀，注云擁護泥濘也。△障音帳，亦音章。

〔黄雲〕王云：白雪、黄雲皆唐時戍名，白雪戍在蜀地，與吐蕃接壤。杜詩屢用之。黄雲戍未詳所在。戎昱詩：「擒生黑山北，殺敵黄雲西。」薛逢詩：「豈知萬里黄雲戍，血迸金瘡卧鐵衣。」

少年行二首

擊筑飲美酒，劍歌易水湄。經過燕太子，結託并州兒。少年負壯氣，奮烈自有時。因聲魯句踐，争博勿相欺。

【校】

〔題〕兩宋本、繆本注云：後一首亦作小放歌行。

〔奮烈〕烈，咸本注云：一作列。

〔因聲〕聲，蕭本作擊。胡本注云：今本作擊，非。王本注云：蕭本作擊。

〔争博〕博，兩宋本、繆本、樂府俱作情，注云：一作博。王本注云：一作情。

【注】

〔題〕蕭云：樂府遺聲遊俠二十一曲有少年行。王云：樂府詩集以少年行、少年子皆入雜曲歌辭。

〔擊筑〕王云：漢書音義：筑，應劭曰：狀似琴而大頭安絃，以竹擊之，故名曰筑。顔師古曰：今筑形似瑟而細頸。太平御覽：樂書曰：筑者，形如頌琴，施十三絃，項細肩圓，品聲按柱，鼓法以左手扼之，右手以竹尺擊之，隨調應律，唐代編入雅樂。釋名曰：筑，以竹鼓之也，如箏細項。

〔燕太子〕見卷一擬恨賦注。

〔并州兒〕晉書卷四三山簡傳：童兒歌曰：「……舉鞭問葛彊：何如并州兒？」

〔句踐〕史記刺客例傳：荆軻遊於邯鄲，魯句踐與荆軻博争道，魯句踐怒而叱之，荆軻嘿而逃去。……至燕，愛燕之狗屠及善擊筑者高漸離，……日與狗屠及高漸離飲於燕市。酒酣以往，高漸離擊筑，荆軻和而歌於市中，相樂也，已而相泣，旁若無人者。……魯句踐已聞荆軻之刺秦王，私曰：「嗟乎惜哉，其不講於刺劍之術也！甚矣吾不知人也。曩者吾叱之，彼乃以我爲非人也。」

其二

五陵年少金市東，銀鞍白馬度春風。落花踏盡遊何處？笑入胡姬酒肆中。

【校】

〔其二〕王本注云：此首一作小放歌行。

〔胡姬〕胡，咸本注云：一作伊。

【注】

〔金市〕王云：水經注：凌雲臺西有金市，北對洛陽壘。藝文類聚：西征記曰：洛陽舊有三市，一曰金市，在宫西大城内。太平寰宇記：三市：洛陽記云：大市名金市，在大城西，南市在大城南，馬市在大城東。按金市在臨商觀西，兑爲金，故曰金市。

〔胡姬〕今人向達唐代長安與西域文明：西市胡店與胡姬：李白天縱奇才，號爲謫仙。篇什中道及胡姬者尤夥。如前有一樽酒行云：「胡姬貌如花，當壚笑春風。」白鼻騧詩云：「細雨春風花落時，揮鞭直就胡姬飲。」……當時長安，此輩以歌舞侍酒爲生之胡姬亦復不少。如李白送裴十八圖南歸嵩山之一云：「何處可爲别？長安青綺門。胡姬招素手，醉客延金樽。」青綺門即霸城門，日本石田幹之助氏以爲即唐之春明門。李白少年行之二又云：「五陵年少金市東，……笑入胡姬酒肆中。」關於金市之解釋，余亦同意於石田幹之助氏之説，以爲係指長安之西市而言。按：薛用弱集異記王四郎條：洛陽尉王琚有薛子姪，小名四郎，孩提之歲，其母他適，因隨去。自後或十年五年至琚家，而王氏不復録矣。唐元和中，琚因常調，自鄭入京，道出東都，方過天津橋，四郎忽於馬前跪拜，布衣草履，形貌山野，琚不識，因自言其名。琚哀愍久之，乃曰：「叔今赴選，費用固多，少物奉獻，以助其費。」即於懷中出金，可五兩許，色如雞冠，因曰：「此不可與常者等價也。到京但于金市訪張蓬之付之，當得二百千。」琚異之。此亦長安有金市之證。

【評箋】

嚴羽云：寫豪情在笑入二字有味。（嚴羽評點李集）

白鼻騧

銀鞍白鼻騧，緑地障泥錦。細雨春風花落時，揮鞭直就胡姬飲。

【校】

〔銀鞍〕銀，兩宋本、繆本、王本俱注云：一作金。

〔緑地〕地，王本注云：一作池。樂府與一作同。

〔落時〕此句兩宋本、繆本、王本、樂府俱注云：一作春風細雨落花時。

〔直就〕敦煌殘卷作且就。直，樂府作且，注云：一作直。

【注】

〔題〕王云：按樂府詩集：高陽樂人歌，古今樂録曰：魏高陽王樂人所作也。又有白鼻騧，蓋出於此。其詞曰：「可憐白鼻騧，相將入酒家。無錢但共飲，畫地作交賒。」

〔騧〕詩秦風小戎：騧驪是驂。毛傳：黄馬黑喙曰騧。△騧音瓜，又音戈。

〔障泥錦〕王云：西京雜記：武帝得貳師天馬，以玫瑰石爲鞍，鏤以金銀鍮石，以緑地五色錦爲蔽泥。緑地字本此。楊升菴外集引此詩作緑池，又曲爲池字作解，甚謬。蔽泥即障泥也，詳見前紫騮馬注中。

豫章行

胡風吹代馬，北擁魯陽關。吴兵照海雪，西討何時還？半渡上遼津，黄雲慘無顏。老母與子别，呼天野草間。白馬繞旌旗，悲鳴相追攀。白楊秋月苦，早落豫章山。本爲休明人，斬虜素不閑。豈惜戰鬬死，爲君掃凶頑？精感石没羽，豈云憚險艱？樓船若鯨飛，波蕩落星灣。此曲不可奏，三軍鬢成斑。

【校】

〔代馬〕此句兩宋本、繆本、王本、樂府俱注云：一作燕人攢赤羽。

〔白馬〕兩宋本、繆本、王本俱注云：一作百鳥。

〔追攀〕追，咸本作攌，注云：一作追。

〔險艱〕此句下咸本注云：一本無此二句。

〔髮〕兩宋本、繆本、樂府俱作鬢。王本注云：繆本作鬢。

【注】

〔題〕蕭云：王僧虔技録相和歌清調六曲有豫章行。

〔魯陽關〕王云：元和郡縣志：魯陽關在鄧州向城縣北八十里。今鄧汝二州於此分境，荆豫徑途，斯爲險要。張景陽詩云：「朝登魯陽關，峽路峭且深。」太平寰宇記：汝州魯山縣有魯陽關。淮南子云：魯陽公與韓戰酣日暮，援戈而揮之，日爲之返三舍。即此地也。漢改爲關曰魯陽關。按唐書來瑱傳：上元二年春，破史思明餘黨於魯山，俘賊渠。又戰汝州，獲牛馬橐駝。知是時汝鄧之間爲賊所往來之處。「胡風吹代馬，北擁魯陽關。」蓋指安、史之兵歟！

〔上遼津〕王云：水經注：僚水又徑海昏縣，謂之上僚水，又謂之海昏江，分爲二水，縣東津上有亭，爲濟度之要，其水東北徑昌邑而東，出豫章大江。豫章古今記：上遼津在海昏縣東二十里。通典：豫章郡建昌縣有上遼津。江西志：上潦水在南昌府城西北一百二十里，源出建昌縣，經奉新縣流入。僚、遼、潦三字雖異，其實一也。

〔豫章山〕古豫章行：「白楊初生時，乃在豫章山。」

〔休明〕左傳宣三年：王孫滿曰：……德之休明，雖小，重也。

〔閑〕爾雅釋詁：閑，……習也。

〔没羽〕漢書卷五四李廣傳：廣出獵，見草中石以爲虎而射之，中石没矢，視之石也。他日射之，終不能入矣。按：没羽本非必李廣事。沈欽韓漢書疏證（漢書補注引）云：西京雜記：李廣與兄弟共獵於冥山之北，見卧虎焉。射之一矢即斃，斷其髑髏以爲枕，示服猛也，他日復獵於冥山之陽，又見卧虎，射之没矢飲羽，進而視之，乃石也。退而更射，鏃破笴折而石不傷。余嘗以問揚子雲，子雲曰：至誠則金石爲開。按吕覽精通篇：養由基；新序雜事：楚熊渠子事並同。北史李遠傳：遠，陵之後也。嘗校獵於沙栅，見石於叢薄中，以爲伏兔，射之而中，鏃入寸餘，就而視之，乃石也。周文聞而異之，賜書曰：昔李將軍親有此事，公今復爾，可謂世載其德。然則史籍所載想非虚造，果有其事矣。

〔落星灣〕王云：太平寰宇記：落星山在廬山東，周圍一百五十步，高丈許。圖經云：昔有星墜水，化爲石，當彭蠡灣中，俗呼爲落星灣。一統志：落星湖在江西彭蠡湖西北，湖有小山，相傳星墜水所化。陳王僧辯破侯景於落星灣即此處。蕭士贇曰：落星灣在今南康軍城之右，唐時屬江州及洪州。輿地廣記曰：昔有星墜水化爲石，夏秋之交，湖水方漲，則星石浮於波瀾之上。隆冬水涸，可以步涉。寺居其上曰法安院。

【評箋】

胡云：此白詠永王璘事自悼也。……白初從廬山誤陷於璘，事敗，又於潯陽繫獄，其地皆屬豫章，故巧取此題爲辭。以白楊之生落於豫章者自況。寫身名墮壞之痛，而傷璘敗，終不忍斥言璘之逆，則猶近於厚。……又：「胡風吹代馬，北擁魯陽關」，言禄山之反。魯陽關在汝州，璘鎮荆州，關正其北。「吴兵照海雪，西討何時還？」言璘東下之敗。時敗於廣陵兵，故云吴兵。「半渡上遼津，黄雲慘無顔」，言璘不得如初志成渡遼功，遼蓋指漁陽也。東巡歌亦以渡遼爲言。「老母與子别，呼天野草間」，指璘子偒中矢傷遁事。「白馬繞旌旗，悲鳴相追攀」，此言璘之喪敗，亦以比己之追隨不忍舍。「白楊秋月苦，早落豫章山」，一篇居要在此。「樓船若鯨飛，波蕩落星灣」，璘敗後奔鄱陽，守者不納，舟師盡喪，走死。落星灣在鄱湖，正其地。此言己亦欲爲璘畢命，無奈其敗死不可爲耳。

唐宋詩醇云：胡震亨説得詩之意。其以「胡風吹代馬」起，而繼曰「西討何時還」，若曰禄山之亂未弭，璘之起兵，原爲國家討賊耳！故下以「本爲休明人」六句申之。至於鄱湖潰敗，若隱若顯，全不徑露，此白微意所在。其詞意危苦，筆墨沈鬱，真古樂府之遺。

陳沆云：璘敗於江西，故以豫章命篇。胡風指漁陽之叛，吴兵謂璘擁江淮之師。上遼津故隱其詞，寄之邊塞也。「本爲休明人，斬虜素不閑」，言承平帝冑生長深宫，本無武略也。「豈惜戰鬬死」四語，惜其不知一意討賊，勤王北上，縱令敗死，猶不失爲忠義也。落星灣在江州潯陽，璘於此戰敗走鄱陽也。璘死後，肅宗以少所自鞠，不宣其罪，謂左右曰：皇甫侁執吾弟，不送之蜀，而擅殺何耶？終身不用。則朝廷亦憫其無知矣。……當知無論太白之從與不從，先問永王

之是賊非賊，今朝廷尚以永王爲冤，而反議太白之從叛，豈不乖哉？（詩比興箋）

今人詹鍈云：按胡氏釋「北擁魯陽關，吴兵照海雪，半渡上遼津，老母與子別」，皆欠的當。上遼津在豫章郡建昌縣（據通典），與漁陽了無關涉，其説非也。……按全詩皆是實寫，蓋斯時太白方寓豫章，見吴兵西上，征役煩苦，感而賦此。

按：乾元二年，康楚元起兵，次年劉展起兵，吴中皆被征調之苦。張繼詩有云：「耕夫召募逐樓船，春草青青萬頃田。」正可與此詩之「樓船若鯨飛，波蕩落星灣」相印證。蓋吴兵以水師爲主也。胡、陳等説恐未的。

沐浴子

沐芳莫彈冠，浴蘭莫振衣。處世忌太潔，至人貴藏暉。滄浪有釣叟，吾與爾同歸。

【校】

〔至人〕至，兩宋本、繆本、王本俱注云：一作志。咸本、文粹、樂府俱作志，注云：一作至。

【注】

〔題〕蕭云：樂府遺聲遊俠二十一曲有沐浴子。王云：胡震亨曰：沐浴子梁陳間曲也，古辭：「澡身經蘭汜，濯髮傃芳洲。折榮聊躑躅，攀桂且淹留。」

〔彈冠〕文選漁父：屈原曰：吾聞之，新沐者必彈冠，新浴者必振衣。安能以身之察察，受物之汶汶者乎？

【評箋】

唐宋詩醇云：……白因漁父一篇反其意而用之，蓋其涉世之久，英氣將斂，故云然耳。不然，與世浮沉，漫無介節，胡廣中庸，馮道長樂，其可嗤又何如耶！

高句驪

金花折風帽，白馬小遲回。翩翩舞廣袖，似鳥海東來。

【注】

〔折風帽〕北史高句麗傳：人皆頭著折風，形如弁，士人加插二鳥羽。貴者其冠曰蘇骨，多用紫羅爲之，飾以金銀。服大袖衫，大口袴，素皮帶，黄革履。

〔海東〕蕭云：按唐禮樂志：東夷樂有高麗百濟，……中宗時百濟樂工人亡散。岐王爲太常卿，復奏置之。然音伎多闕。舞者二人，紫大褏裙襦，章甫冠，衣履，樂有箏、笛、桃皮觱篥、箜篌、歌而已。金花帽白馬廣袖者，當時樂舞之飾，即所見而詠之。東海俊鶻名海東青，此喻其舞之快捷如海東青之快捷也。

静夜思

牀前看月光，疑是地上霜。舉頭望山月，低頭思故鄉。

【校】

〔看月光〕各本李集均作看月光，唐人萬首亦作看月光。王士禛唐人萬首絶句選及唐詩别裁均作明月光，疑爲士禛所臆改。

〔山月〕蕭注引古詩「明月何皎皎」，再引魏文帝詩「仰看明月光」，似蕭氏以山月爲明月。但刊本仍作山月。唐宋詩醇作明月。

【評箋】

梅鼎祚云：偶然得之，讀不可了。（李詩鈔）

唐宋詩醇云：詩藪謂古今專門大家得三人焉。陳思之古，拾遺之律，翰林之絶，皆天授非人力也。要是確論。至所云唐五言絶多法齊、梁，體製自别，此則氣骨甚高，神韻甚穆，過齊、梁遠矣。

俞樾云：李太白詩：「牀前明月光，疑是地上霜。舉頭望明月，低頭思故鄉。」王昌齡詩：「閨中少婦不知愁，春日凝妝上翠樓。忽見陌頭楊柳色，悔教夫壻覓封侯。」此兩詩體格不倫而意實相準。夫閨中少婦本不知愁，方且凝妝而上翠樓，乃忽見陌頭楊柳色，則悔教夫壻覓封侯矣。此以見春色之感人者深也。牀前明月光初以爲地上之霜耳，乃舉頭而見明月，則低頭而思故鄉矣。此以見月色之感人者深也。蓋欲言其感人之深而但言如何相感，則雖深仍淺矣。以無情言情則情出，從無意寫意則意真。知此者可以言詩乎！（湖樓筆談）

渌水曲

渌水明秋日，南湖採白蘋。荷花嬌欲語，愁殺蕩舟人。

【校】

〔秋日〕日，蕭本、絶句、樂府俱作月。咸本作月，注云：一作日。王本注云：蕭本作月。

【注】

〔題〕王云：渌水本琴曲名，太白襲用其題，以寫所見，其實則採菱、採蓮之遺意也。文選馬融長笛賦：中取度於白雪渌水。

【評箋】

馬位云：少陵「春去春來洞庭闊，白蘋愁殺白頭人」，太白「荷花嬌欲語，愁殺蕩舟人」，風神搖漾，一語百情。李、杜洵敵手也。（秋窗隨筆）

鳳凰曲

嬴女吹玉簫，吟弄天上春。青鸞不獨去，更有攜手人。影滅綵雲斷，遺聲落西秦。

【注】

〔嬴女〕王云：列仙傳：蕭史者，秦穆公時人也。善吹簫，能致孔雀白鶴於庭。穆公有女字弄玉，好之，公遂以女妻焉。日教弄玉作鳳鳴，居數年，吹似鳳聲，鳳凰來止其屋，公爲作鳳臺，夫婦止其上，不下數年。一旦皆隨鳳凰飛去。故秦人爲作鳳女祠於雍，宮中時有簫聲而已。秦，嬴姓也，故稱秦女曰嬴女。陳子昂詩：「結交嬴臺女，吟弄昇天行。」△嬴音盈。

〔青鸞〕太平御覽卷九一六決録注曰：……凡象鳳者有五，多赤色者鳳，多黄色者鵷雛，多青色者鸞，多紫者鸑鷟，多白者鵠。

鳳臺曲

嘗聞秦帝女，傳得鳳凰聲。是日逢仙子，當時别有情。人吹彩簫去，天借緑雲迎。曲在身不返，空餘弄玉名。

【校】

〔緑雲〕緑，咸本注云：一作紫。

〔曲在〕曲，兩宋本、繆本俱作心，注云：一作曲。王本注云：一作心。

〔身〕咸本注云：一作耳。

【注】

〔題〕蕭云：即古樂府蕭史曲也。王云：按樂府詩集：梁武帝製上雲樂七曲，其一曰鳳臺曲。

〔弄玉〕見前一首鳳凰曲詩注。

從軍行

從軍玉門道，逐虜金微山。笛奏梅花曲，刀開明月環。鼓聲鳴海上，兵氣擁雲間。願斬單于首，長驅静鐵關。

【注】

〔題〕王云：樂府古題要解：從軍行皆述軍旅辛苦之詞也。按樂府詩集：從軍行乃相和歌平調七曲之一。

〔金微山〕王云：北史：史祥出玉門道擊虜，破之。後漢書：竇憲遣左校尉耿夔出居延塞，圍北單于於金微山，破之。

〔梅花曲〕蕭云：古今樂録：鼓角横吹十五曲有梅花落，乃胡笳曲也。

〔鐵關〕王云：唐書地理志：自焉耆西五十里過鐵門關。法苑珠林：自高昌至於鐵門，凡經一十六國。其鐵門者，即是漢之西屏。鐵門之關，見漢門扇一豎一卧，外鐵裹木，加懸諸鈴，必掩此關，實惟天固。釋迦方誌：鐵門關左右石壁，其色如鐵，鐵固門扉懸鈴尚在，即漢塞之西門也。出鐵門關便至覩貨邏國。

秋思

春陽如昨日，碧樹鳴黄鸝。蕪然蕙草暮，颯爾涼風吹。天秋木葉下，月冷莎雞悲。坐愁羣芳歇，白露凋華滋。

【注】

〔題〕蕭云：秋思，古琴操商調之曲。

〔黄鸝〕王云：張華禽經注：倉庚今謂之黄鶯，黄鸝是也。野民曰黄栗留，語聲轉耳。其色黧黑而黄，故名黧黄。詩云黄鳥，以色呼也。北人呼爲楚雀，云此鳥鳴時，蠶事方興，蠶婦以爲候。

〔莎雞〕見卷四獨不見詩注。

春思

燕草如碧絲，秦桑低緑枝。當君懷歸日，是妾斷腸時。春風不相識，何事入羅帷？

【評箋】蕭云：燕北地寒，生草遲，當秦地柔桑低緑之時，燕草方生。興其夫方萌懷歸之志，猶燕草之方生。妾則思君之久，猶秦桑之已低緑也。末句喻此心貞潔非外物所能動，此詩可謂得國風不淫不誹之體矣。

胡云：郭茂倩、梅禹金收春思及秋思入樂府者，殊屬牽合，今入古詩。

王夫之云：字字欲飛，不以情不以景。華嚴有兩鏡相入義，唯供奉不離不墮。（唐詩評選）

秋思

燕支黄葉落，妾望白登臺。海上碧雲斷，單于秋色來。胡兵沙塞合，漢使玉關回。征客無歸日，空悲蕙草摧。

【校】

〔題〕同題有兩詩，樂府兩首爲一題。

〔燕支〕兩宋本、繆本、樂府俱作閼氏。王本注云：繆本作閼氏。

〔白登〕白，蕭本作自。咸本注云：一作自。王本注云：蕭本作自。

〔海上〕兩宋本、繆本、王本俱注云：一作月出。樂府與一作同。

〔單于〕兩宋本、繆本、王本俱注云：一作蟬聲。樂府作蟬聲，注云：一作單于。

【注】

〔燕支〕見卷四王昭君第一首注。

〔白登臺〕王云：史記正義：括地志云：朔州定襄縣，本漢平城縣，縣東北三十里有白登山，山上有臺，名曰白登臺。漢書匈奴傳云：冒頓圍高帝於白登七日即此也。服虔曰：白登，臺名，去平城七里。如淳曰：平城旁之高地若丘陵也。李穆叔趙記云：平城東七里有土山高百餘尺，方十餘里，亦謂此也。水經注：今平城東十七里有臺，即白登臺也。臺南對岡阜，即白登山也。故漢書稱上遂至平城上白登者也，爲匈奴所圍處。太平寰宇記：白登臺在雲州雲中縣東北三十里。山西通志：白登山在大同府大同縣城東一百四十里，上有白登臺，即冒頓圍漢高帝處。梁元帝横吹曲云：朝跋青陂道，暮上白登臺，謂此。

〔單于〕舊唐書地理志：單于都護府，秦漢時雲中郡地也。龍朔三年，置雲中都護府。麟德元年，改爲單于大都護府。東北至朔州五百五十七里，在京師東北二千三百五十里，去東都二千里。按：日知録卷二七云：「海上碧雲斷，單于秋色來」，單于是地名。通典：麟德元年，改雲中都護府爲單于大都護府，領縣一，曰金河。有長城，有金河、李陵臺、王昭君墓。舊唐書突厥傳：車鼻既破之後，突厥盡爲封疆之臣，於是分置單于瀚海二都護府。單于都護領狼山、雲中、桑乾三都督，蘇、農等一十四州。新書言磧以北蕃州悉隸瀚海，南隸雲中。雲中者，義成公主所居也。頡利滅，李靖徙突厥羸破數百帳居之，以阿史德爲之長，衆稍盛，即建言願以諸王爲可汗，遥統之。帝曰：今可汗，古單于也，乃改雲中府爲單于大都護府，以殷王旭輪爲單于都護。通鑑注引宋白曰：唐振武軍，舊單于都護府即漢定襄郡之盛樂縣也。在陰山之陽，黄河之北，後魏所都盛樂是也。唐平突厥，於此置雲中都督府，後改單于府。新唐書地理志曰：唐之盛時，開元天寶之際，東至安東，西至安西，南至日南，北至單于府。徐九皋詩題曰：「送部四鎮人往單于」，崔顥詩題曰：「送單于裴都護赴西河」，岑參輪臺即事詩「輪臺風物異，地是古單于」，是也。又按：楊注云：單于，匈奴號也。此與繆本注一作蟬聲者，皆未知單于亦可作地名用也。

【評箋】

蕭云：按春思、秋思二詩，戍婦詞爾。征夫不歸，春而秋矣，登臺而望，木葉黄落矣。秋高馬肥，戎事興矣。漢使之出關者，亦既回矣。今而不歸，是無歸之日矣。蘭蕙乃女人所佩以宜男者，亦復就摧，是一年之光景又虛度矣。思婦之心，當如何其悲也。東山「其新孔嘉，其舊如之何」之氣象，安得復見於後世哉！子見所注指以爲二公主之事，非也。

梅鼎祚云：此征婦詞也。楊齊賢指爲二公主事，妄。蕭士贇有辨。（李詩鈔）

王夫之云：神藻飛動，乃所謂龍躍天門，虎卧鳳闕也。以此及「塞虜乘秋下」相比擬，則知五言近體正閏之分。（唐詩評選）

子夜吴歌四首

秦地羅敷女，採桑緑水邊。素手青條上，紅妝白日鮮。蠶飢妾欲去，五馬莫留連。

【校】

〔題〕兩宋本、繆本下俱注春夏秋冬四字，每首復標春夏秋冬。樂府題作子夜四時歌，分春夏秋冬歌四首。

〔鮮〕咸本作仙，注云：一作鮮。

【注】

〔吴歌〕王云：宋書：子夜歌者，有女子名子夜，造此聲。晉孝武太元中，瑯琊王軻之家有鬼歌子夜。殷允爲豫章時，豫章僑人庾僧度家亦有鬼歌子夜。殷允爲豫章，亦是太元中，則子夜是此時以前人也。樂府古題要解：子夜，舊史云，晉有女子曰子夜所作，聲至哀，後人因爲四時行樂之詞，謂之子夜四時歌，吴聲也。

〔羅敷〕陌上桑古辭：「日出東南隅，照我秦氏樓。秦氏有好女，自名爲羅敷。羅敷善蠶桑，採桑城南隅。青絲爲籠系，桂枝爲籠鉤。頭上倭墮髻，耳中明月珠。緗綺爲下裙，紫綺爲上襦。使君從南來，五馬立踟躕。使君遣吏往，問是誰家姝。秦氏有好女，自名爲羅敷。羅敷年幾何？二十尚不足，十五頗有餘。使君謝羅敷，寧可共載不？羅敷前致辭，使君一何愚！使君自有婦，羅敷自有夫。」

〔欲去〕梁武帝子夜四時歌：「君住馬已疲，妾去蠶欲飢。」

其二

鏡湖三百里，菡萏發荷花。五月西施採，人看隘若耶。回舟不待月，歸去越王家。

【注】

〔鏡湖〕通典卷二：漢順帝永和五年，馬臻爲會稽太守，始立鏡湖，築塘周迴三百十里，灌田九千餘頃。

〔菡萏〕詩陳風澤陂：有蒲菡萏。毛傳：菡萏，荷華也。王云：説文：芙蓉，未發爲菡萏，已發爲芙蓉。△菡，户感切，音撼；萏，徒感切，談上聲。

〔西施〕吴越春秋：……越王曰善，乃使相者於國中得苧蘿山鬻薪之女曰西施鄭旦，飾以羅縠，教以容步，習於土城，臨于都巷，三年學服而獻於吴。

〔若耶〕方輿勝覽卷六：若耶溪在會稽縣東南二十五里，北流與鏡湖合。……西施採蓮、歐冶鑄劍之所。參見卷四採蓮曲注。

其三

長安一片月，萬户擣衣聲。秋風吹不盡，總是玉關情。何日平胡虜，良人罷遠征？

【注】

〔擣衣〕文選有謝惠連擣衣詩。

〔良人〕詩唐風綢繆：見此良人。正義：小戎云：厭厭良人。妻謂夫爲良人。

【評箋】

王夫之云：前四句是天壤間生成好句，被太白拾得。（唐詩評選）

沈德潛云：詩貴寄意，有言在此而意在彼者，李太白子夜吴歌，本閨情語而忽冀罷征。經下邳圯橋本懷子房而意實自寓。遠別離本詠英、皇而借以咎肅宗之不振，李輔國之擅權。（説詩晬語）

又云：不言朝家之黷武而言胡虜之未平，立言温厚。（唐詩别裁）

田同之云：李太白子夜吴歌「長安一片月，萬户擣衣聲。秋風吹不盡，總是玉關情。何日平胡虜？良人罷遠征」，余竊謂删去末二句作絶句，更覺渾含無盡。（西圃詩説）

按：古時裁衣必先擣帛，裁衣多於秋風起時，爲寄遠人禦寒之用，故六朝以來詩賦中多假此以寫閨思。此與下章詞意相連。

其四

明朝驛使發，一夜絮征袍。素手抽針冷，那堪把剪刀？裁縫寄遠道，幾日到臨洮？

【注】

〔臨洮〕王云：唐時臨洮郡即洮州也，屬隴右道。與吐蕃相近，有莫門軍、神策軍，在古爲西羌之地。

對酒行

松子棲金華，安期入蓬海。此人古之仙，羽化竟何在？浮生速流電，倏忽變光彩。天地無彫換，容顔有遷改。對酒不肯飲，含情欲誰待？

【校】

〔題〕兩宋本、繆本、樂府俱無行字。

〔换〕咸本作顔，注云：一作换。

〔容〕咸本注云：一作客。

【注】

〔題〕王云：樂府古題要解：對酒行闕古詞，曹魏樂奏武帝所賦「對酒歌太平」，其旨言王者德澤廣被，政理人和，萬物咸遂。若范雲「對酒心自足」，則言但當爲樂，勿徇名自欺也。樂府詩集：張永元嘉技録相和歌十五曲十曰對酒行。

〔松子〕王云：曹植詩：「松子久吾欺。」阮籍詩：「安期步天路，松子與世違。」稱赤松子曰松子，本此。

〔金華〕王云：元和郡縣志：金華山在婺州金華縣北二十里，赤松子得道處。路史：酈氏水經謂赤松子游金華山，自燒而化，故今山上有赤松壇。

〔安期〕抱朴子極言篇：又安期先生者，賣藥於海邊，瑯琊人傳世見之，計已千年，秦始皇請與語，三日三夜，其言高，其旨遠，博而有證。始皇異之，乃賜之金璧，可直數千萬。安期受而置之於阜鄉亭，以赤玉舄一量爲報。留書曰：復數千歲，求我於蓬萊山。參見卷二古風第七首及第二十首注。

〔羽化〕南史卷七五褚伯玉傳：君當思遂其高步，成其羽化。王云：道家謂仙去曰羽化。

【評箋】

蕭云：此詩其太白知非之作乎？白少時見天台司馬承禎，謂其有仙風道骨，繼見賀知章，亦目其爲謫仙人，後從道家流受圖籙，自負爲三十六天帝外臣，有志於仙術亦可知矣。今而老之將至，前説茫無寸驗，因思古之所謂仙人如赤松、安期者，亦不復再見於世，以知自古皆有死，死者無不化，所貴乎仙者，特其精神與天地同流耳，反老還童，留形住世之説誕也。

唐宋詩醇云：人非元氣，安得與之久徘徊。白固非不達於理者，豈復以沖舉爲可待耶？蓬萊煙霧，聊以寄興。此詩乃似胸臆間語，自然流出者耳。

估客行

海客乘天風，將船遠行役。譬如雲中鳥，一去無蹤跡。

【校】

〔題〕行，兩宋本、繆本、樂府俱作樂。

【注】

〔題〕蕭云：梁改爲商旅行，其辭二首，亦曰：「昔經樊鄧後，假楫梅根渚。感昔追往事，意滿情不叙。」二曰：「有信數寄書，無信長相憶。莫作瓶落井，一去無消息。」王云：通典：估客樂者，齊武帝之所製也。布衣時，常游樊、鄧，登阼以後，追憶往事而作歌曰：「昔經樊鄧役，阻潮梅根渚。感憶追往事，意滿情不叙。」使太樂令劉瑶教習，百日無成。或啓釋寶月善音律，帝使寶月奏之便就，勑歌者常重爲感憶之聲，梁改其名爲商旅行。

擣衣篇

閨裏佳人年十餘，嚬蛾對影恨離居。忽逢江上春歸燕，銜得雲中尺素書。玉手開緘長嘆息，狂夫猶戍交河北。萬里交河水北流，願爲雙鳥泛中洲。君邊雲擁青絲騎，妾處苔生紅粉樓。樓上春風日將歇，誰能攬鏡看愁髮！曉吹員管隨落花，夜擣戎衣向明月。明月高高刻漏長，真珠簾箔掩蘭堂。横垂寶幄同心結，半拂瓊筵蘇合香。瓊筵寶幄連枝錦，燈燭熒熒照孤寢。有使憑將金剪刀，爲君留下相思枕。摘盡庭蘭不見君，紅巾拭淚生氤氳。明年若更征邊塞，願作陽臺一段雲。

【校】

〔雙鳥〕鳥，蕭本、咸本俱作燕。王本注云：蕭本作燕。

〔員〕胡本作貧。王本注云：胡本作貧。

〔有使〕使，蕭本、咸本俱作便。王本注云：蕭本作便。

〔生氤氳〕生，兩宋本、繆本、胡本俱作坐。王本注云：繆本作生。

〔若更〕兩宋本、繆本俱作更若。王本注云：繆本作更若。

【注】

〔題〕見本卷子夜吴歌四首詩注。

〔尺素書〕文選古詩：「中有尺素書。」吕向注：尺素，絹也。古人爲書，多書於絹。

〔交河〕王云：漢書車師前國王治交河城，河水分流繞城下，故號交河。去長安八千一百五十里。元和郡縣志：交河縣本漢車師前王庭也。按車師前國王治交河城，自漢訖於後魏，車師君長相承不絶。後魏之後，湮滅無聞。蓋爲匈奴所并。高昌據其地，貞觀十四年於此置交河縣。交河出縣北天山，水分流於城下，因以爲名。按新唐書：隴右道有西州交河郡都督府。貞觀十四年，平高昌，以其地置。開元中，改曰金山都督府。天寶元年，改爲郡。有縣五，一曰交河縣。自縣北出四百餘里，至北庭都護府。府有瀚海軍、清海軍、神山鎮、沙鉢城、耶勒城等處十守捉，其地水皆北流入磧，及入夷播海。

〔中洲〕楚辭湘君：蹇誰留兮中洲。王逸注：中洲，洲中也，水中可居者爲洲。

〔蘇合香〕法苑珠林卷四九：蘇合香，續漢書曰：大秦國合諸香煎其汁，謂之蘇合。廣志曰：蘇合香出大秦國，或云蘇合國。國人採之，笮其汁以爲香膏，乃賣其滓與賈客。或云，合諸香草，煎爲蘇合，非自然一種物也。傅子曰：西國胡言蘇合香者，獸所作也，中國皆以爲怪。

【評箋】

蕭云：末句曰：「明年若更征邊塞，願作陽臺一段雲。」意謂滔滔不歸，則惟有托夢以從其夫於四方上下耳，此亦極其懷思之形容也歟！

邢昉云：子安擣衣尚襲梁、陳，此雖綺麗有餘，而神骨自勝矣。（唐風定）

胡應麟云：太白擣衣篇等亦是初唐格調。蜀道難、夢遊天姥吟、遠別離、鳴皋歌皆學騷者。白頭吟、登高丘、公無渡河、獨漉諸篇出自樂府，烏夜啼、楊叛兒、白紵辭、長相思諸篇出自齊、梁，至堯祠、單父、憶昔洛陽之類，則太白己調耳。（詩藪）

少年行

君不見，淮南少年游俠客，白日毬獵夜擁擲。呼盧百萬終不惜，報讎千里如咫尺。少年游俠好經過，渾身裝束皆綺羅。蘭蕙相隨喧妓女，風光去處滿笙歌。驕矜自言不可有，俠士堂中養來久。好鞍好馬乞與人，十千五千旋沽酒。赤心用盡爲知己，黄金不惜栽桃李。桃李栽來幾度春，一回花落一回新。府縣盡爲門下客，王侯皆是平交人。男兒百年且樂命，何須徇書受貧病？男兒百年且榮身，何須徇節甘風塵？衣冠半是征戰士，窮儒浪作林泉民。遮莫枝根長百丈，不如當代多還往。遮莫姻親連帝城，不如當身自簪纓。看取富貴眼前者，何用悠悠身後名？

【校】

〔題〕兩宋本、繆本此首與前首互易先後。樂府同。

〔渾身〕身，蕭本、咸本俱作成。

〔徇書〕徇，胡本作讀。

〔姻親〕兩宋本、繆本、樂府俱作親姻。王本注云：繆本作親姻。

【注】

〔題〕蕭云：樂府遺聲游俠三十一曲有少年行。

〔呼盧〕珊瑚鉤詩話：樗蒲起自老子，今謂之呼盧，取純色而勝之之義以名之耳。

〔旋沽酒〕張相詩詞曲語辭匯釋云：旋猶漫也，猶云漫然爲之或隨意處之也。李白少年行：

「好鞍好馬乞與人，十千五千旋沽酒。」言不惜金錢漫然沽酒也。

〔遮莫〕王云：鶴林玉露：詩家用遮莫字，蓋今俗語所謂儘教是也。漁隱叢話：藝苑雌黄云：遮莫，俚語猶言儘教也。自唐以來有之。故當時有「遮莫你古時五帝，何如我今日三郎」之說。然詞人亦稍有用之者。杜詩云：「久拚野鶴如霜鬢，遮莫鄰雞下五更。」李太白詩云：「遮莫枝根長百丈，不如當代多還往。遮莫親姻連帝城，不如當身自簪纓。」琦按：「遮莫你古時五帝」二語，乃明皇時劉朝霞温泉宫賦中語也，然搜神記中已有「遮莫千試萬試」之辭，則自晉時已有此語矣。

【評箋】

蕭云：此篇末章十二句辭意迫切，似非太白之作，巨眼者必能辨之。

魏慶之云：太白集中少年行只有數句類太白，其他皆淺近浮俗，非太白之作，必誤入也。

（詩人玉屑）

長歌行

桃李得日開，榮華照當年。東風動百物，草木盡欲言。枯枝無醜葉，涸水吐清泉。大力運天地，羲和無停鞭。功名不早著，竹帛將何宣？桃李務青春，誰能貰白日？富貴與神仙，蹉跎成兩失。金石猶銷鑠，風霜無久質。畏落日月後，强歡歌與酒。秋霜不惜人，倏忽侵蒲柳。

【校】

〔得日〕得，蕭本、咸本俱作待。王本注云：蕭本作待。

〔貰〕兩宋本、蕭本、胡本俱作貫。王本注云：蕭本作貫。

〔强歡〕歡，蕭本、咸本俱作飲。王本注云：蕭本作飲。

【注】

〔題〕王云：樂府古題要解：長歌行古辭：「青青園中葵，朝露待日晞。」言榮華不久，當努力爲樂，無至老大乃傷悲也。曹魏改奏文帝所賦「西山一何高」，言仙道洪濛不可識，如王喬、赤松，皆空言虚詞，迂怪難信，當觀聖道而已。晉陸士衡「逝矣經天日」，復言人運短促，當乘閑長歌，不與古文合。按樂府詩集：長歌行乃相和歌平調七曲之一。

〔貰〕音世，亦音射。

〔蒲柳〕世説言語篇：顧悦與簡文同年而髮早白。簡文曰：「卿何以先白？」對曰：「蒲柳之姿，望秋而落；松柏之姿，經霜彌茂。」

【評箋】

蕭云：古詩：「浩浩陰陽移，年命如朝露。人生忽如寄，壽無金石固。萬歲更相送，聖賢莫能度。服藥求神仙，多爲藥所誤。不如飲美酒，被服紈與素。」又：「人生非金石，豈能長壽考？奄忽隨物化，榮名以爲寶。」此詩意全出於此。富貴神仙，蹉跎兩失，亦白自嘆之意歟！

徐文弼云：虚字有力，便生出情來。如桃李務青春，春風不相識，春風知别苦之類是也。知識字説得春風有心，務字説得桃李有事。（詩法度鍼）

長相思

日色欲盡花含烟，月明如素愁不眠。趙瑟初停鳳凰柱；蜀琴欲奏鴛鴦絃。此曲有意無人傳，願隨春風寄燕然，憶君迢迢隔青天。昔時横波目，今作流淚泉。不信妾腸斷，歸來看取明鏡前。

【校】

〔欲盡〕欲，兩宋本作色。王本注云：一作已。樂府與一作同。

〔如素〕如，兩宋本、繆本、咸本、樂府俱作欲。王本注云：一作欲。

〔趙瑟〕王本誤刊作趙琴，今據各本改。

〔今作〕作，兩宋本、繆本、胡本俱作爲。王本注云：繆本作爲。

【注】

〔題〕楊云：鳳凰柱，刻瑟柱爲鳳凰形也。

〔燕然〕王云：漢書匈奴傳：貳師引兵還至速邪烏燕然山。顏師古注：速邪烏，地名也。燕然山在其中。燕音一千反。後漢書竇憲傳：遂登燕然山，去塞三千餘里，刻石勒功，紀漢威德。是知燕然山爲漠北極遠之地。又唐時有燕然州，寄在靈州迴樂縣界，是突厥九姓部落所處，見舊唐書地理志。

〔横波〕文選傅毅舞賦：目流睇而横波。李善注：横波言目邪視，如水之横流也。

猛虎行

朝作猛虎行，暮作猛虎吟。腸斷非關隴頭水，淚下不爲雍門琴。旌旗繽紛兩河道，戰鼓驚山欲傾倒。秦人半作燕地囚，胡馬翻銜洛陽草。一輪一失關下兵，朝降夕叛幽薊城。巨鼇未斬海水動，魚龍奔走安得寧？頗似楚漢時，翻覆無定止。朝過博浪沙，暮入淮陰市。張良未遇韓信貧，劉項存亡在兩臣。暫到下邳受兵略，來投漂母作主人。賢哲栖栖古如此，今時亦棄青雲士。有策不敢犯龍鱗，竄身南國避胡塵。寶書玉劍挂高閣，金鞍駿馬散故人。昨日方爲宣城客，掣鈴交通二千石。有時六博快壯心，遶牀三匝呼一擲。楚人每道張旭奇，心藏風雲世莫知。三吴邦伯皆顧盼，四海雄俠兩追隨。蕭曹曾作沛中吏，攀龍附鳳當有時。溧陽酒樓三月春，楊花茫茫愁殺人。胡雛緑眼吹玉笛，吴歌白紵飛梁塵。丈夫相見且爲樂，槌牛撾鼓會衆賓。我從此去釣東海，得魚笑寄情相親。

【校】

〔題〕行，兩宋本、繆本、王本俱注云：一作吟。又此首兩宋本、繆本列在鳳臺曲之後，從軍行之前。

〔虎吟〕以上二句，兩宋本、繆本、王本俱注云：一作行亦猛虎吟，坐亦猛虎吟。

〔旌旗〕兩宋本、繆本、文粹、樂府俱作旍旌，注云：一作旌旗。王云：繆本作旍旌誤，旍字即旌字也。英華作旗旌。

〔傾倒〕傾，蕭本作顛。王本注云：蕭本作顛。

〔暮入〕入，英華作宿，注云：一作入。

〔賢哲〕哲，英華作達，注云：一作哲。

〔栖栖〕英華作悽悽，兩宋本、繆本俱作恓恓。

〔敢犯〕犯，英華作干，注云：一作犯。

〔玉劍〕玉，文粹、樂府俱作長。

〔挂〕英華作束，注云：一作挂。

〔快壯心〕兩宋本、繆本、樂府俱注云：一作快寸心。王本快下注云：一作寸。

〔皆顧盼〕皆，兩宋本、繆本、王本、樂府俱注云：一作多。盼，王本注云：許本作眄。胡本、繆本作眄。

〔兩追隨〕兩宋本、繆本、王本俱注云：一作皆相推。樂府作皆相推，注云：一作兩追隨。胡本作相追隨。

〔曾作〕曾，英華作亦，注云：一作曾。

〔茫茫〕兩宋本、繆本俱注云：一作漠漠。樂府作漠漠，注云：一作茫茫。

〔胡雛〕雛，文粹、咸本、樂府俱作人。

〔相見〕兩宋本、繆本、王本、樂府俱注云：一作到處。

【注】

〔題〕王云：樂府古題要解：猛虎行，陸士衡渴不飲盜泉水，言從遠役猶耿介不以艱險改節也。按樂府詩集：王僧虔技録相和歌平調七曲内有猛虎行。古辭云：「飢不從猛虎食，暮不從野雀棲，野雀安無巢，遊子爲誰驕？」蓋取首句二字以命題也。

〔隴頭水〕見卷二古風第二十二首注。

〔雍門琴〕説苑善説篇：雍門子周以琴見孟嘗君，孟嘗君曰：「先生鼓琴，亦能令文悲乎？」雍門子周曰：「臣之所能令悲者窮，……窮焉固無樂已，臣一爲之徽膠援琴而長太息，則流涕沾襟矣。今若足下，千乘之君也。……雖有善鼓琴者，固未能令足下悲也。……然臣之所爲足下悲者一事也。夫聲敵帝而困秦者君也，連五國之約南面而伐楚者又君也。天下未嘗無事，不從則横，從成則楚王，横成則秦帝。楚王秦帝而報讎於弱薛，譬之摩蕭斧而伐朝菌也，必不留行矣。天下有識之士，無不爲足下寒心者。千秋萬歲之後，廟堂必不血食矣。高臺既以壞，曲池既以漸，墳墓既以下而青廷矣，嬰兒豎子樵採薪蕘者，躑躅其足而歌其上。衆人見之，無不愀焉爲足下悲之，曰：夫以孟嘗君尊貴，乃可使若此乎！」於是孟嘗君泫然泣涕，承睫而未隕。雍門子周引琴而鼓之，徐動宮徵，微揮羽角，切終而成曲。孟嘗君涕浪汗，增欷而就之曰：「先生之鼓琴，令文若破國亡邑之人也。」

〔兩河〕王云：兩河道，謂河南、河北兩道也。

〔幽薊城〕楊云：一輸一失，謂正月安慶緒寇潼關，哥舒翰擊却之。六月，上遣使促翰進兵復陝、洛，翰撫膺慟哭，引兵出關，遇崔乾祐軍於靈寶西，大敗。乾祐遂克潼關，火拔歸仁執翰以降。朝降夕叛，謂至德二載正月，安慶緒殺禄山即位，以史思明爲范陽節度，牛廷玠領安陽軍事。十月，廣平王俶與回紇葉護入洛陽，慶緒走保鄴，耿仁智説思明歸朝廷，思明即囚安承慶，遣其將竇子昂奉表，以所部十三郡及兵八萬來降，并帥河東節度高秀巖亦降。十二月，子昂至京師，上以思明爲歸義王、范陽節度。乾元元年六月，李光弼以思明終叛，陰使烏承恩圖之，承恩多以私財募部曲，及數衣婦人服詣諸將營説誘之，諸將以白思明，思明執承恩，集將佐西向大哭曰：「臣以三十萬衆降朝廷，何負陛下而欲殺臣？」命表云：「陛下不爲臣誅光弼，臣當自引兵就太原誅之。」乾元二年再反，正月，僭稱大聖周王，夏四月，更號大燕，自稱應天皇帝。　王云：通鑑：天寶十四載十一月，安禄山發所部兵及同羅、奚、契丹、室韋凡十五萬衆，號二十萬，反於范陽。引兵而南，步騎精鋭，煙塵千里，鼓譟震地。時海内久承平，百姓累世不識兵革，猝聞范陽兵起，遠近震駭。河北皆禄山統内，所過州縣望風瓦解。守令或開門出迎，或棄城竄匿，或爲所擒戮，無敢拒之者。十二月，禄山陷東京。丙戌，高仙芝將五萬人發長安，上遣宦者邊令誠監其軍，屯於陝。會封常清戰敗，帥餘衆至陝，謂仙芝曰：「潼關無兵，若賊豕突入關，則長安危矣。陝不可守，不如引兵先據潼關以拒之。」仙芝乃帥見兵西趣潼關。賊尋至，官軍狼狽走，無復部伍，士馬相騰踐，死者甚衆。至潼關，修完守備，賊至不得入而去。禄山使其將崔乾祐屯陝，臨汝、弘農、濟陰、濮陽、雲中諸郡皆降於禄山。邊令誠入奏事，具言仙芝、常清撓敗之狀，且云：常清以賊摇衆，而仙芝棄陝地數百里。上大怒，遣令誠齎敕，即軍中斬仙芝、常清。太白意以仙芝不戰而走，損傷士馬，既一輸矣。明皇不責以桑榆之效而按以失律之誅，非又一失著乎？蓋高將本非孱帥，棄靈寶而守潼關，舊史謂賊騎至關，已有備，不能攻而去，仙芝之力也，是其策亦非謬計。自出軍至被戮，僅僅十八日，驅烏合之兵，當鴟張之虜，爲日無多，徒以宦者之一言，而遽棄干城之將。太白蓋深以爲非矣。又按通鑑：十二月，常山太守顏杲卿起兵，命崔安石等徇諸郡云，大軍已下井陘，朝夕當至，先平河北諸郡。先下者賞，後至者誅。於是河北諸郡響應，凡十七郡皆歸朝廷。其附禄山者，唯范陽、盧龍、密雲、漁陽、汲、鄴六郡而已。杲卿起兵裁八日，守備未完。史思明、蔡希德引兵皆至城下。壬戌，城陷，史思明、蔡希德引兵擊諸郡之不從者，所過殘滅。於是廣平、鉅鹿、趙、上谷、博陵、文安、魏、信都等郡復爲賊守。朝降夕叛幽薊城，當指此事。舊注引史思明歸降復叛事，非是。

〔博浪沙〕史記留侯世家：留侯張良者，其先韓人也。……秦皇帝東游，良與客狙擊秦皇帝博浪沙中，誤中副車，秦皇帝大怒，……良乃更名姓，亡匿下邳。良嘗間從容步游下邳圯上，有一老父……出一編書曰：讀此，則爲王者師矣。……旦日視其書，乃太公兵法也。

〔淮陰市〕史記淮陰侯列傳：淮陰侯韓信者，淮陰人也。……信釣於城下，諸母漂，有一母見信飢，飯信，竟漂數十日。信謂漂母曰：「吾必有以重報母。」母怒曰：「大丈夫不能自食，吾哀王孫而進食，豈望報乎？」……項梁渡淮，信仗劍從之。……項梁敗，又屬項羽，數以策干羽，羽不用。信亡楚歸漢，……漢王……以爲大將。……漢五年，徙齊王信爲楚王，都下邳。信至國，召所從食漂母賜千金。集解：韋昭曰：以水擊絮爲漂，故曰漂母。

〔龍鱗〕韓非子説難篇：夫若龍之爲蟲也，柔可擾狎而騎也，然其喉下有逆鱗徑尺，人有嬰之者則必殺人。人主亦有逆鱗，説之者能無嬰人主之逆鱗則幾矣。

〔宣城客〕楊云：宣城客者，太白自道也。嘗有贈宣城宇文太守及贈宣城趙太守悦詩。

〔掣鈴〕王云：唐時官署多懸鈴於外，出入則引鈴以代傳呼。按：王説不知何據，元稹詩注云：院有懸鈴以備夜直，警急文書出入皆引之以代傳呼。此專指學士院而言。李詩所謂掣鈴當指魏晉時鈴閣而言。

〔二千石〕漢書百官公卿表：郡守秦官，掌治其郡，秩二千石，……景帝中二年更名太守。

〔六博〕楚辭招魂：菎蔽象棊，有六簙些。王逸注：菎玉，蔽簙箸，以玉飾之也。或言菎蕗今之箭囊也。投六箸，行六棊，故爲六簙也。方言：秦晉間謂之簙，吴楚間謂之蔽，或謂之箭，或謂之棊。

〔遶牀〕晉書卷八五劉毅傳：後在東府，聚摴蒱大擲，一判應至數百萬，餘人並黑犢以還，唯劉裕及毅在後，毅次擲得雉大喜，褰衣繞牀叫，謂同坐曰：「非不能盧，不事此耳。」裕惡之，因挼五木久之，曰：「老兄試爲卿答。」既而四子俱黑，其一子轉躍未定，裕厲聲喝之，即成盧焉。

〔張旭〕王云：宣和書譜：張旭，蘇州人，官至長史。初爲常熟尉時，有老人持牒求判，信宿又來，旭怒而責之。老人曰：「愛公墨妙，欲家藏，無他也。」老人因復出其父書，旭視之，天下奇筆也。自是盡其法。旭喜酒，叫呼狂走方落筆。一日酣，以髮濡墨作大字，既醒視之，自以爲神，不可復得。嘗言初見擔夫争道，又聞鼓吹而知筆意。及觀公孫大娘舞劍，然後得其神。其名本以顛草，至於小楷行書又復不減草字之妙。其草字雖奇怪百出，而求其源流無一點畫不該規矩者。或謂張顛不顛者是也。後之論書，凡歐、虞、褚、薛皆有異論，至旭無非短者。

〔三吴〕水經注漸江水：一吴也，後分爲三，世號三吴，吴興、吴郡，會稽其一焉。

〔邦伯〕書召誥：命庶殷侯甸男邦伯。孔傳：邦伯，方伯，即州牧也。

〔顧盼〕王云：盼，普患切，攀去聲；盻音係；眄音免。三字音既不同，義亦各别，世多混書，非也。

〔蕭曹〕史記曹相國世家：平陽侯曹參者，沛人也。秦時爲沛獄掾，而蕭何爲主吏，居縣爲豪吏矣。

〔溧陽〕王云：溧陽縣以在溧水之陽而名。本漢舊縣，屬丹陽郡。唐時屬江南道之宣州。上元元年隸昇州，昇州廢，還隸宣州。

〔白紵〕晉書樂志：白紵舞，按舞辭有巾袍之言，紵本吴地所出，宜是吴舞也。晉俳歌又云：皎皎白緒，節節爲雙。吴音呼緒爲紵，疑白紵即白緒也。

〔梁塵〕見卷三夜坐吟注。

〔摑〕職瓜切，音髽。

〔東海〕莊子外物篇：任公子……投竿東海，旦旦而釣。

【評箋】

嚴羽云：太濫漫，疑非白詩，然聲情却似。（嚴羽評點李集）

王云：琦按是詩當是天寶十五載之春，太白與張旭相遇於溧陽，而太白又將遨遊東越，與旭宴别而作也。於時禄山叛逆，河北河南州郡相繼陷没，故有「旌旗繽紛兩河道，戰鼓驚山欲傾倒」之句。高仙芝所率之兵，多關中子弟，今既敗走，半爲賊所擒虜，故有「秦人半作燕地囚」之句。又唐書李泌傳言賊掠子女玉帛，悉送范陽，是又燕地囚之一證也。東京既陷，則胡騎充斥，偏於郊圻，故有「胡馬翻銜洛陽草」之句。明皇聽宦者之讒，不責仙芝以孟明之效，而即加以子玉之誅，是賊再勝而官軍再敗也。故有「一輸一失關下兵」之句。常山太守顔杲卿起兵討賊，河北十七郡皆歸朝廷，及常山破敗，河北諸郡復爲賊守，故有「朝降夕叛幽薊城」之句。禄山方熾，未能授首，天下將帥，疲於奔命，故有「巨鰲未斬海水動，魚龍奔走安得寧」之句。以下泛引張韓未遇之事，以起己之懷長策而見棄。當時竄身南國，流寓宣城，書劍蕭條，僅寄壯心於六博，宜其有腸斷淚下之悲矣。張旭以下六句皆是美旭之詞，旭嘗爲常熟尉，故以沛中豪吏比之，而賞其胸藏風雲，知其必有遇合之時也。溧陽酒樓指其相會之地，三月楊花記其相遇之時。「丈夫相見且爲樂，槌牛撾鼓會衆賓」，想見一時在會諸人，多有四海雄俠，非齷齪儔伍，傾心倒意，其樂宜矣。而太白於此又將有東越之游，故曰「我從此去釣東海，得魚笑寄情相親」，以示眷戀不忘之意。詩之大旨，最爲明晰。楊、蕭二氏以「秦人半作燕地囚」爲西京破後之事，「一輸一失關下兵」爲哥舒翰靈寶敗績，潼關失守，「朝降夕叛幽薊城」爲史思明奉表歸降，已復背叛。此皆十五載春三月以後事，引證殊欠甄確。或謂天寶十五載以前長安未破，則與「秦人半作燕地囚」之句不合。河北十七郡雖歸朝廷，而幽州乃范陽郡，薊州乃漁陽郡，二州實爲賊守，則與「朝降夕叛幽薊城」之句不合。似未可以舊説爲非也。琦按劉昫唐書：高仙芝領飛騎彍騎及朔方、河西、隴西應赴京兵馬，并召募關輔五萬人，繼封常清出潼關進討，是其兵多秦人也。既敗之後，半爲燕人囚執，據此引證，有何不合？至於河北一道，俱爲禄山所管轄之地，故舉其大勢而言曰幽薊。又按唐書地理志：河北道蓋古幽、冀二州之境，薊字或是冀字之訛，亦未可定。若必據文責實，則思明之以幽薊降也，在至德二載之十二月。其叛也，在乾元元年之十月。相去一年，朝降夕叛之句，與此亦不相合。而與杲卿起兵八日之間，而諸郡降叛相尋，則甚當矣。況思明背逆之時，在太白流夜郎之後，詩中並無一語言及，而竄身南國，作客宣城，正天寶十五載時事，乃歷歷言之。故予斷以爲是年所作而無疑耳。或曰：張旭生卒諸書皆無考，何以知是時尚在而與白相遇耶？琦按：長史有乾元二年帖，見山谷集中，據此推之，則其時尚在可知矣。至蕭氏訾此詩非太白之作，以爲用事無倫理，徒爾肆爲狂誕之詞，首尾不相照，脈絡不相貫，語意斐率，悲歡失據，必是他人詩竄入集中者。蘇東坡、黄山谷於懷素草書悲來乎、笑矣乎等作嘗致辯矣。愚於此篇，亦有疑焉。今細閲之，其所謂無倫理肆狂誕者，必是楚、漢翻覆劉、項存亡等字，疑其有高視禄山之意，而不知正是傷時之不能收攬英雄，遂使逆豎得以蒼狂耳。何爲以數字之辭而害一章之意耶？至其悲也，以時遇之艱，其歡也，以得朋之慶。兩意本不相礙，首尾一貫，脈絡分明，浩氣神行，渾然無跡。有識之士，自能别之。

今人詹鍈李白詩論叢之五李詩辨僞略云：蘇涣贈零陵僧兼送謁徐廣州詩云：「張顛没在二十年，……」新唐書藝文志：蘇涣詩一卷，注云，湖南崔瓘辟從事，瓘遇害，涣走交廣，與哥舒晃反，伏誅。舊唐書代宗紀：大曆十年十一月丁未，路嗣恭攻破廣州，擒哥舒晃。知蘇涣之詩作於大曆十年以前。按吴廷燮唐方鎮年表，大曆中只徐浩一人，而浩又擅書法，則蘇涣詩中之徐廣州必指徐浩。舊唐書代宗紀：大曆二年二月，以徐浩爲廣州刺史；……三年十月，以李勉爲廣州刺史。涣詩之作既在大曆二三年間，逆數二十年，至天寶六七載，張旭卒。今詩中所叙皆禄山亂時事，而猶盛稱張旭，則其必爲僞作明矣。又因宋代張長史僞書甚多，謂乾元二年帖殆亦其中之一，不可據之以證張旭晚卒。

按：此詩自楊蕭以後均指爲僞作，詹氏又據張旭之卒年與王氏相辨，其實詩中只一處涉及張旭，並未確言與張旭本人相酬答，所謂丈夫相見且爲樂者，亦非必謂與張旭相見也。詳玩詩意，蓋有人盛稱張旭，聊藉此發端以自抒懷抱耳。古人非先製題後作詩，亦非必一詩專寫一事，不必執一二字爲辨。前人疑此詩者大抵以「頗似楚漢時」一語似非唐之臣子所宜言，而不知唐人于此等文字不似後人之計較，以本集崔宗之贈詩中「分明楚漢事」一語證之，已可知其不足怪矣。

去婦詞

古來有棄婦，棄婦有歸處。今日妾辭君，辭君遣何去？本家零落盡，慟哭來時路。憶昔未嫁君，聞君卻周旋。綺羅錦繡段，有贈黄金千。十五許嫁君，二十移所天。自從結髮日未幾，離君緬山川。家家盡歡喜，孤妾長自憐。幽閨多怨思，盛色無十年。相思若循環，枕席生流泉。流泉咽不掃，獨夢關山道。及此見君歸，君歸妾已老。物情惡衰賤，新寵方妍好。掩淚出故房，傷心劇秋草。自妾爲君妻，君東妾在西。羅幃到曉恨，玉貌一生啼。自從離别久，不覺塵埃厚。常嫌玳瑁孤，猶羨鴛鴦偶。歲華逐霜霰，賤妾何能久？寒沼落芙蓉，秋風散楊柳。以此顦顇顔，空持舊物還。餘生欲何寄，誰肯相牽攀？君恩既斷絶，相見何年月？悔傾連理杯，虚作同心結。女蘿附青松，貴欲相依投。浮萍失緑水，教作若爲流？不嘆君棄妾，自嘆妾緣業。憶昔初嫁君，小姑纔倚牀，今日妾辭君，小姑如妾長。回頭語小姑，莫嫁如兄夫。

【校】

〔自從〕王本注云：二字衍文。

〔物情〕情，兩宋本、繆本俱作華。王本注云：繆本作華。

〔以此〕以，蕭本作似。郭本作以。王本注云：許本作似。

〔君棄妾〕妾，兩宋本俱作妻。

【評箋】

蕭云：此篇是顧況棄婦辭也。後人添增數句，竄入太白集中，語俗意重，斧鑿之痕斑斑可見。可謂作僞心勞日拙者矣。

按：王本雖仍列此詩，而才調集明指爲顧況作，題爲棄婦詞，所多不過四句，其他差異亦甚少，英華選此詩，亦以爲疑。

李白集校注卷七

古近體詩二十八首

襄陽歌

落日欲没峴山西，倒著接䍠花下迷。襄陽小兒齊拍手，攔街争唱白銅鞮。傍人借問笑何事，笑殺山公醉似泥。鸕鷀杓，鸚鵡杯。百年三萬六千日，一日須傾三百杯。遥看漢水鴨頭緑，恰似葡萄初醱醅。此江若變作春酒，壘麴便築糟丘臺。千金駿馬换小妾，笑坐雕鞍歌落梅。車旁側挂一壺酒，鳳笙龍管行相催。咸陽市中嘆黄犬，何如月下傾金罍？君不見！晉朝羊公一片石，龜頭剥落生莓苔。淚亦不能爲之墮，心亦不能爲之哀。清風朗月不用一錢買，玉山自倒非人推。舒州杓，力士鐺。李白與爾同死生。襄王雲雨今安在？江水東流猿夜聲。

【校】

〔題〕兩宋本、繆本題下俱注云：襄漢。

〔接䍦〕以上四字，兩宋本、繆本、王本俱注云：一作行客辭歸。

〔山公〕公，蕭本作翁，英華亦作翁，注云：一作公。王本注云：蕭本作翁。

〔緑〕兩宋本、繆本俱作渌。王本注云：繆本作渌。

〔恰似〕英華注云：一作疑是。

〔初〕英華作新，注云：一作初。

〔千金〕文粹作金鞍。

〔小妾〕小，繆本、宋乙本俱作少。王本注云：繆本作少。

〔笑坐〕笑，兩宋本、繆本俱作醉。英華作笑，注云：一作醉。王本注云：繆本作醉。

〔雕鞍〕雕，英華、文粹俱作金，注云：一作雕。

〔市中〕中，英華、文粹作上，注云：一作中。

〔一片石〕兩宋本、繆本俱作一片古碑材。咸本注云：一本作一片古碑材。英華古碑材下注云：一作古碑在。王本注云：繆本作一片古碑材。按：作材字者必誤。作在字者近似。

〔龜頭剥〕剥，英華作駮，注云：一作龜龍剥。文粹頭作龍。咸本作龍，注云：一作頭。

〔之哀〕此下兩宋本、繆本有誰能憂彼身後事，金鳧銀鴨葬死灰二句。王本注云：繆本於哀字下多誰能憂彼身後事，金鳧銀鴨葬死灰二句。

〔舒州〕以下六字，兩宋本、繆本、王本俱注云：一作黄金爵白玉瓶。

〔李白〕兩宋本、繆本、王本俱注云：一作酒仙。

〔夜聲〕聲，英華注云：一作鳴。

【注】

〔題〕楊云：唐禮樂志：襄陽歌，宋隨王誕作。按：楊所云乃襄陽曲，此詩自是李白懷古之作，非擬樂府。

〔峴山〕見卷五襄陽曲詩注。

〔接䍦〕見卷五襄陽曲詩注。

〔白銅鞮〕演繁露卷一三：玉臺新詠載襄陽白銅鞮歌，大抵主言送别，且皆在襄陽。沈約曰：「分香桃林岸，送别峴山頭。君若寄音息，漢水向東流。」無名氏一首曰：「陌頭征人去，閨中女下機。含情不能言，送别淚霑衣。」其末云：「龍馬紫金鞍，翠毦白玉羈。照耀雙闕下，知是襄陽兒。」郭茂倩樂録，本襄陽踏蹄梁武西下所作。玉臺新詠兩首皆沈約和白銅鞮，即太白所謂「襄陽小兒齊拍手，攔街争唱白銅鞮」者也。

〔似泥〕晉書卷四三山簡傳：永嘉三年，出爲征南將軍，都督荆、湘、交、廣四州諸軍事，假節鎮襄陽。于時四方寇亂，天下分崩，王威不振，朝野危懼。簡優游卒歲，唯酒是耽。諸習氏荆土豪族，有佳園池。簡每出遊嬉，多之池上，置酒輒醉，名之曰高陽池。時有童兒歌曰：「山公出何許，往至高陽池。日夕倒載歸，酩酊無所知。時時能騎馬，倒著白接籬。舉鞭問葛彊，何如并州兒？」彊家在并州，簡愛將也。

〔鸕鷀杓〕王云：楊齊賢曰：鸕鷀水鳥，其頸長，刻杓爲之形。太平廣記：鸚鵡螺旋尖處屈而朱，如鸚鵡嘴，故以爲名。殼上青緑斑，大者可受二升。殼内光瑩如雲母，裝爲酒盃，奇而可玩。薛道衡詩：「同傾鸚鵡杯。」嫏嬛記：金母召羣仙宴於赤水，坐有碧玉鸚鵡杯，白玉鸕鷀杓，杯乾則杓自挹，欲飲則杯自舉。故太白詩云「鸕鷀杓，鸚鵡杯」，非指廣南海螺杯也。謝氏詩源亦載此事，説頗新僻。然他書未有言及者，恐是因太白詩語而僞造此事，未可知也。△鷀音慈。

〔三百杯〕見卷三將進酒詩注。

〔鴨頭緑〕顔師古急就篇注卷二：春草雞翹鳧翁皆謂染采而色似之，若今染家言鴨頭緑、翠毛碧云。

〔醱醅〕王云：博物志：西域有蒲萄酒，積年不敗，彼俗云可十年，飲之醉彌日乃解。演繁露：錢希白南部新書曰：太宗破高昌，收馬乳蒲萄種於苑中，並得酒法，仍自損益之，造酒緑色，長安始識其味。太白命蒲萄之酒以爲緑者，蓋本此也。庾信春賦：石榴聊泛，葡萄醱醅。廣韻：醱醅，酘酒也。醅，酒未漉也。韻會：酘謂之醱。又云：酘，重釀酒也。然則醱醅者，其重釀之酒而未漉者歟！△醱音撥，醅音坯。參見卷二十五對酒詩注。

〔糟丘〕王云：論衡：紂沉湎於酒，以糟爲丘，以酒爲池。韓詩外傳：桀爲酒池，可以運舟，糟丘足以望十里。

〔小妾〕高步瀛唐宋詩舉要云：樂府詩集卷七三有梁簡文帝愛妾换馬，題解引樂府解題曰：愛妾换馬，舊説淮南王所作，疑淮南王即劉安也。古辭今不傳。獨異志：後魏曹彰性倜儻，偶逢駿馬愛之，其主所惜也。彰曰：予有美妾可换，惟君所選。馬主因指一妓，彰遂换之。馬號曰白鶻，後因獵獻於文帝。

〔鳳笙〕風俗通義卷六：謹案世本：隨作笙，長四寸，十三簧（宋本作十二簧，王注引作十三簧），像鳳之身，正月之音也。

〔黄犬〕見卷一擬恨賦注。

〔金罍〕詩周南卷耳：我姑酌彼金罍。孔穎達正義：罍制，韓詩説，金罍大夫器也。天子以玉，諸侯大夫皆以金，士以梓。△罍音雷。

〔片石〕王云：世説注：晉諸公贊曰：羊祜在南夏，吴人悦服，稱曰羊公，莫敢名者。晉書：羊祜樂山水，每風景必造峴山置酒，言詠終日不倦。卒時年五十八，襄陽百姓於峴山祜平生遊憩之所建碑立廟，歲時享祭焉。望其碑者，莫不流涕。杜預因名爲墮淚碑。朝野僉載：

温子昇作韓陵山寺碑，庾信見而寫其本，南人問信曰：「北方文字何如？」信曰：「惟有韓陵山一片石堪共語。」

〔自倒〕世説容止篇：山公曰：嵇叔夜之爲人也，巖巖若孤松之獨立，其醉也，傀俄若玉山之將崩。

〔力士鐺〕王云：新唐書地理志：舒州同安郡隷淮南道，土貢酒器鐵器。又韋堅傳有豫章力士甆飲器茗鐺釜。△鐺音撐。

〔雲雨〕見卷二古風第五十八首注。

【評箋】

蕭云：宋歐陽永叔曰：「落日欲没峴山西，倒著接䍦花下迷。襄陽小兒齊拍手，大家争唱白銅鞮」，此常語也。至於「清風明月不用一錢買，玉山自倒非人推」，然後見其横放，其所以驚動千古者固不在此乎！

胡云：梅鼎祚云：筆端横蕩，遂不覺其重。（在力士鐺句下）

唐宋詩醇云：意曠神逸，極頹唐之趣，入後俯仰移情，乃有心人語。「韜精日沉飲，誰知非荒宴？」亦同此懷抱耳。子美云：「長鑱長鑱白木柄，我生託子以爲命」，語奇矣。此詩云：「舒州杓，力士鐺，李白與爾同死生。」苦樂不同，造語正復匹敵。

方東樹云：筆如天半游龍，斷非學力所能到，然讀之使人氣王。笑殺句借山公自興。遥看二句又借興換筆換氣。此江句起稜。千金駿馬謂以妾換得馬也。咸陽二句言所以飲酒者正見此耳。君不見二句，以上許多都爲此故。玉山句束題，正意藏脈，如草蛇灰線。此所謂筆墨化爲煙雲，世俗作死詩者千年不悟，只借作指點，供吾驅駕發洩之料耳。（昭昧詹言）

南都行

南都信佳麗，武闕横西關。白水真人居，萬商羅鄽闤。高樓對紫陌，甲第連青山。此地多英豪，邈然不可攀。陶朱與五羖，名播天壤間。麗華秀玉色，漢女嬌朱顔。清歌遏流雲，豔舞有餘閒。遨遊盛宛洛，冠蓋隨風還。走馬紅陽城，呼鷹白河灣。誰識卧龍客，長吟愁鬢斑？

【注】

〔南都〕王云：文選有張衡南都賦，李善注：摯虞曰：南陽郡治宛，在京之南，故曰南都。按南陽是光武舊里，即位之後，建都洛陽，以南陽爲别都，謂之南都。

〔武闕〕文選張衡南都賦：爾其地勢則武闕關其西，桐柏揭其東。李善注：武闕山爲關，而在西弘農界也。

〔真人〕王云：後漢書：王莽篡位，忌惡劉氏，以錢文有金刀，故改爲貨泉。或以貨泉字爲白水真人。宋書：王莽忌惡漢，而錢文有金刀，改鑄貨泉以易之。既而光武起於舂陵之白水鄉，貨泉之文爲白水真人也。元和郡縣志：後漢代祖宅在隨州棗陽縣東南三十里，宅南三里有白水，東京賦所謂龍飛白水也。

〔鄽闤〕王云：漢書：南陽其俗夸奢，上氣力，好商賈。蜀都賦：市鄽所會，萬商之淵。趙岐孟子注：廛，市宅也。説文：闤，市垣也。

〔甲第〕文選張衡西京賦：北闕甲第，當道直啓。薛綜注：第，館也。甲言第一也。李善注：漢書曰：贈霍光甲第一區，音義曰：有甲乙次第，故曰第也。

〔陶朱〕史記越世家：齊人聞其賢，以爲相。范蠡喟然嘆曰：「居家則致千金，居官則至卿相，此布衣之極也。久受尊名，不祥。」乃歸相印，盡散其財，以分與知友鄉黨，而懷其重寶，間行以去，止于陶，以爲此天下之中，交易有無之路通，爲生可以致富矣。於是自謂陶朱公，復約要父子耕畜，廢居候時轉物，逐什一之利，居無何，則致貲累巨萬，天下獨陶朱公。

〔五羖〕史記秦本紀：晉獻公滅虞虢，虜……百里傒……以爲秦繆公夫人媵於秦。百里傒亡秦走宛，楚鄙人執之。繆公聞百里傒賢，欲重贖之，恐楚人不與，乃使人謂楚曰：「吾媵臣百里傒在焉，請以五羖羊皮贖之。」楚人遂許與之。當是時，百里傒年已七十餘，繆公釋其囚，與語國事三日，……繆公大悦，授之國政，號曰五羖大夫。史記集解：秦王妙論曰：范蠡，南陽人。史記正義：百里奚南陽宛人。水經注：百里奚，宛人也。於秦爲賢大夫，所謂迷虞智秦者也。又曰：宛城南三十里有一城，名三公城，城側有范蠡祠。蠡宛人，祠即故宅也。

〔麗華〕後漢書卷一〇后紀：光烈陰皇后諱麗華，南陽新野人。初光武適新野，聞后美，心悦之。後至長安，見執金吾車騎甚盛，因嘆曰：「仕宦當作執金吾，娶妻當得陰麗華。」更始元年六月，遂納后於宛當成里。

〔流雲〕列子湯問篇：薛譚學謳於秦青，未窮青之技，自謂盡之，遂辭歸。秦青弗止，餞於郊衢，撫節悲歌，聲振林木，響遏行雲。

〔宛洛〕謝朓詩：「宛洛佳遨遊，春色滿皇州。」古詩：「驅車策駑馬，游戲宛與洛。」李周翰注：宛，南陽也；洛，洛陽也。

〔紅陽〕漢書地理志，南陽郡有紅陽侯國。王先謙補注：一統志：故城今舞陽縣西北，紅山南。紀要：紅山在城北，故名。

〔白河〕明一統志卷三〇：淯水在（南陽）府城東三里。俗名白河，其源出自嵩縣雙雞嶺，東南流經南陽新野，會梅溪、洱、灌、湍水、留山、黄渠、栗、鵶、泗、潦、刁等河，與泌水合流，南至襄陽入漢江。

〔卧龍客〕王云：三國志：諸葛亮字孔明，躬耕隴畝，好爲梁父吟。先主屯新野，徐庶謂先主曰：「諸葛孔明者，卧龍也。將軍豈願見之乎！」漢晉春秋：亮家於南陽之鄧縣，在襄陽城西二十里，號曰隆中，出師表所謂臣本布衣躬耕南陽是也。

江上吟

木蘭之枻沙棠舟，玉簫金管坐兩頭。美酒樽中置千斛，載妓隨波任去留。仙人有待乘黄鶴；海客無心隨白鷗。屈平詞賦懸日月；楚王臺榭空山丘。興酣落筆摇五岳，詩成笑傲凌滄洲。功名富貴若長在，漢水亦應西北流。

【校】

〔題〕兩宋本、繆本、王本俱注云：一作江上遊。

〔樽中〕樽，兩宋本、繆本、王本俱注云：一作當。

〔去留〕留，兩宋本、繆本俱作流。王本注云：繆本作流，非。

〔隨白鷗〕隨，兩宋本、繆本、王本俱注云：一作狎。

〔笑傲〕笑，兩宋本、繆本、胡本俱作嘯。王本注云：繆本作嘯。

【注】

〔木蘭〕文選左思蜀都賦：其樹則有木蘭梫桂。劉逵注：木蘭，大樹也，葉似長生，冬夏榮，常以冬華，其實如小柿甘美，南人以爲梅，其皮可食。

〔枻〕王云：楚辭：桂櫂兮蘭枻。王逸注：枻，船旁板也。韻會：枻，楫也，一曰柂。△枻，弋制切，音曳。

〔沙棠〕述異記：漢成帝與趙飛燕游太液池，以沙棠木爲舟。其木出崑崙山，食其實入水不溺。

〔去留〕王云：沈約詩：「金管玉柱響洞房」，穆天子傳：獻酒千斛。郭璞山海經贊：安得沙棠，制爲龍舟。聊以逍遥，任波去留。吴書：鄭泉博學有奇志，而性嗜酒，其閑居每曰：願得美酒滿五百斛船，以四時甘脆置兩頭，反覆没飲之，憊即住而啖肴膳，酒有斗升減，隨即益之，不亦快乎！太白詩意蓋出於此。

〔黄鶴〕高步瀛唐宋詩舉要云：元和郡縣志曰：江南道鄂州：城西臨大江，西南角因磯名樓爲黄鶴樓。案黄鶴樓因黄鵠磯而名，鶴鵠字通，此説自正。而後人附會仙人乘鶴有數説：唐閻伯瑾黄鶴樓記引圖經曰：費禕登仙，嘗駕鶴返憩於此，遂以名樓。文苑英華卷八一〇、太平寰宇記卷一一二從之。此一説也。述異記曰：荀瓌字叔偉，東遊憩江夏黄鶴樓上，望西南有物飄然降自霄漢，俄頃已至，乃駕鶴之賓也。……已而辭去，跨鶴騰空而滅，此又一説也。輿地紀勝卷六六引南齊志以爲世傳仙人王子安每乘黄鶴過此。此又一説也。神仙之説不可究詰矣。清一統志曰：湖北武昌府：黄鶴樓在江夏縣西南。

〔白鷗〕列子黄帝篇：海上之人有好鷗鳥者，每旦之海上，從鷗鳥遊，鷗鳥之至者百，住而不止。

〔日月〕史記屈原列傳：屈平之作離騷，蓋自怨生也。……推此志也，雖與日月争光可也。

〔臺榭〕王云：楚王臺榭，若章華臺、陽雲臺之類，皆楚君所嘗游憩者。鄭康成禮記注：闍者謂之臺，有木者謂之榭，是榭乃臺上有屋者也。

【評箋】

蕭云：此達者之詞也。漢水無西北流之理，功名富貴不能長在，亦猶是乎！

朱諫云：按：此詩文不接續，意無照應，故爲豪放，而無次序，似白而實非也。故疑而闕之，不敢强爲之説。辭頗整飭，又非猛虎行、去婦詞可比。雖非白作，亦是當時之能詩者，不知何故混入白之集中，爲可疑耳。（李詩辨疑）

梅鼎祚云：此詩朱諫删入辨疑，大瞶。（李詩鈔）

王云：琦按：仙人一聯，謂篤志求仙，未必即能沖舉。而忘機狎物，自可縱適一時。屈平一聯，謂留心著作，可以傳千秋不刊之文。而溺志豪華，不過取一時盤遊之樂。有孰得孰失之意。然上聯實承上文泛舟行樂而言，下聯又照下文興酣落筆而言也。特以四古人事排列於中，頓覺五色迷目，令人驟然不得其解。似此章法雖出自逸才，未必不少加慘淡經營，恐非斗酒百篇時所能搆耳。

侍從宜春苑奉詔賦龍池柳色初青聽新鶯百囀歌

東風已緑瀛洲草，紫殿紅樓覺春好。池南柳色半青青，縈烟裊娜拂綺城。垂絲百尺挂雕楹。上有好鳥相和鳴。間關早得春風情。春風卷入碧雲去，千門萬户皆春聲。是時君王在鎬京，五雲垂暉耀紫清。仗出金宫隨日轉；天回玉輦繞花行。始向蓬萊看舞鶴；還過茝若聽新鶯。新鶯飛繞上林苑，願入簫韶雜鳳笙。

【校】

〔題〕兩宋本、繆本題下俱注云：長安。

〔侍從〕從，英華作遊。

〔茝若〕若，蕭本作石。王本注云：蕭本作石。

【注】

〔宜春苑〕王云：雍録：天寶中，即東宫置宜春北苑。唐詩紀事：龍池，興慶宫池也。明皇潛龍之地。長安志：龍池在躍龍門南，本是平地，自垂拱載初後，因雨水流潦成小池，後又引龍首渠支分溉之，日以滋廣。至神龍景龍中，彌亘數頃，澄瀁皎潔，深至數丈。常有雲氣，或見黄龍出其中，本以坊名池。俗呼五王子池，置宫後謂之龍池。

〔鎬京〕詩小雅魚藻：王在在鎬，豈樂飲酒。鄭箋：武王何所處乎？處於鎬京，樂八音之樂，與羣臣飲酒而已。△鎬，胡老切。

〔五雲〕王云：五雲，五色雲也。宋書：雲有五色，太平之應也。

〔紫清〕見卷三春日行注。

〔蓬萊〕雍録卷三：（唐東内大明宫），宫南端門名丹鳳門，……北三殿相沓，皆在山上。至紫宸又北則爲蓬萊殿，殿北有池，亦名蓬萊池。

〔茝若〕王云：三輔黄圖：未央宫有芷若殿。西都賦作茝若。芷茝古字通用。△茝音止。

〔上林苑〕三輔黄圖：漢武帝建元三年，開上林苑，東南至藍田、宜春、鼎湖、御宿、昆吾，旁南山而西，至長楊、五柞，北繞黄山，瀕渭水而東，周袤三百里，離宫七十所，皆容千乘萬騎。

〔簫韶〕王云：尚書：簫韶九成，鳳凰來儀。孔傳曰：韶，舜樂名，言簫見細器之備。公羊傳疏鄭注云：蕭韶，舜所制樂。

【評箋】

王夫之云：兩層重叙，供奉于是亦且入時，虧他以光響合成一片，到頭本色，自非天才固不當效此。（唐詩評選）

吴喬云：聽新鶯歌首叙境，次出鶯，次以鶯合境，次出人，次收歸鶯而以自意結，甚有法度。（圍爐詩話）

玉壺吟

烈士擊玉壺，壯心惜暮年。三盃拂劍舞秋月，忽然高詠涕泗漣。鳳凰初下紫泥詔，謁帝稱觴登御筵。揄揚九重萬乘主，謔浪赤墀青瑣賢。朝天數換飛龍馬，勅賜珊瑚白玉鞭。世人不識東方朔，大隱金門是謫仙。西施宜笑復宜嚬，醜女效之徒累身。君王雖愛蛾眉好，無奈宮中妒殺人。

【校】

〔三盃〕王本注云：二句一作三盃拂劍舞，秋月忽高懸。兩宋本、繆本高詠涕泗漣下俱注云：一作秋月忽高懸。

〔累身〕累，兩宋本、繆本俱作集。王本注云：繆本作集。

【注】

〔玉壺〕世説豪爽篇：王處仲每酒後輒詠：老驥伏櫪，志在千里。烈士暮年，壯心不已。以如意擊唾壺，壺口盡缺。

〔紫泥〕王云：太平寰宇記：隴右記云：武都紫水有泥，其色亦紫而粘，貢之用封璽書，故詔誥有紫泥之美。東漢會要：漢舊儀曰：璽皆玉螭虎紐，凡六璽，皆以武都紫泥封之。

〔揄揚〕文選班固兩都賦序：雍容揄揚，著於後嗣。李善注：揄，引也。揚，舉也。

〔謔浪〕爾雅釋詁：謔浪笑傲，戲謔也。

〔青瑣〕王云：漢書元后傳：曲陽侯根驕奢僭上，赤墀青瑣。孟康注：青瑣以青畫户邊鏤中，天子制也。如淳注：門楣格再重，如人衣領再重，裹者青，名曰青瑣，天子門制也。顔師古注：孟説是，青瑣者，刻爲連瑣文而以青塗之也。又梅福傳：涉赤墀之塗。應劭注：以丹掩泥塗殿上也。李善文選注：説文曰：墀，塗地也。禮，天子赤墀也。

〔飛龍〕王云：胡三省通鑑注：仗内六廐，飛龍廐最爲上乘馬。元微之詩自注：學士初入，例借飛龍馬。

〔金門〕史記褚先生補東方朔傳：朔行殿中，郎謂之曰：「人皆以先生爲狂。」朔曰：「如朔者，所謂避世於朝廷間者也。古之人乃避世於深山中。」時坐席中酒酣，據地歌曰：陸沉於俗，避世金馬門。宫殿中可以避世全身，何必深山之中，蒿廬之下。金馬門者，宦署門也。門旁有銅馬，故謂之金馬門。文選王康琚反招隱詩：「小隱隱林藪，大隱隱朝市。」參見卷二古風第三十首注。

〔宜嚬〕王云：梁簡文帝鴛鴦賦：亦有佳麗自如神，宜羞宜笑復宜嚬。莊子：西施病心而嚬，其里之醜人美之，亦捧心而嚬。

【評箋】

蕭云：此詩乃太白自述其知遇始末之辭也。觀太白傳及前後詩集序，其意自見矣。

吴喬云：太白云：「君王雖愛娥眉好，無奈宫中妒殺人。」無餘味。襄陽歌無意苟作。聽新鶯歌首叙境，次出鶯，次以鶯合境，次出人，次收歸鶯，而以自意結，甚有法度。（圍爐詩話）

豳歌行上新平長史兄粲

豳谷稍稍振庭柯，涇水浩浩揚湍波。哀鴻酸嘶暮聲急，愁雲蒼慘寒氣多。憶昨去家此爲客，荷花初紅柳條碧。中宵出飲三百杯，明朝歸揖二千石。寧知流寓變光輝，胡霜蕭颯繞客衣。寒灰寂寞憑誰暖，落葉飄揚何處歸？吾兄行樂窮曛旭，滿堂有美顔如玉。趙女長歌入彩雲，燕姬醉舞嬌紅燭。狐裘獸炭酌流霞，壯士悲吟寧見嗟？前榮後枯相翻覆，何惜餘光及棣華？

【校】

〔題〕兩宋本、繆本題下俱注云：陝西。

〔此爲客〕此，蕭本作早。王本注云：許本作早。

〔出飲〕出，蕭本作長，郭本作出。王本注云：許本作長。

〔憑誰〕憑，兩宋本、繆本俱作竟。王本注云：繆本作竟。

【注】

〔新平〕舊唐書地理志：關内道邠州，開元十三年，改豳爲邠。天寶元年，改爲新平郡。乾元元年復爲邠州。

〔長史〕王云：唐制：州之佐職有長史一人，上州者從五品上，中州者正六品下，下州則不設，其位在別駕之下，司馬之上，如今之通判是也。按：舊唐書職官志：……長史……掌貳府州之事，以綱紀衆務，通判列曹，歲終則更入奏計。又按：唐制，大都督府之長史爲從三品，中下都督府遞降。邠州乃中州，品秩不高，職務亦非重要。

〔粲〕按：新書世系表，趙郡李氏東祖房有粲，濮州刺史，或其人後遷此官。

〔豳谷〕王云：太平寰宇記：古豳地在邠州三水縣西南三十里，有古豳城，在隴川水西，蓋古公劉之邑，即此城也。國都城記：豳國者，后稷之曾孫曰公劉始都焉。豳，谷名也，與故栒邑城相去約五十餘里。漢志注云豳鄉是也。何大復雍大記：豳谷在邠州東北三十里故三水縣公劉立國處。陝西通志：三水廢城在邠州三水縣東五里故豳谷。

〔稍稍〕文選謝朓酬王晉安詩：稍稍枝早勁。吕向注：稍稍，樹枝勁強無葉之貌。

〔涇水〕王云：郭璞山海經注：涇水出安定朝那縣西笄頭山，東南經新平扶風，至京兆高陵縣入渭。詩地理考：涇水出原州百泉縣涇谷，東南流至涇州臨涇、保定二縣，又東南流至邠州之宜禄、新平、永壽三縣，又東北流至京兆之醴泉、高陵、雲陽三縣以入渭。

〔二千石〕見卷六猛虎行注。

〔曛旭〕王云：廣韻：曛，日入也。又黄昏時。旭，日旦出貌。初學記：日初出曰旭。

〔獸炭〕晉書卷九三羊琇傳：琇性豪侈，費用無復齊限，而屑炭和作獸形，以温酒，洛下豪貴咸競效之。

〔餘光〕史記樗里子甘茂列傳：甘茂之亡秦奔齊，逢蘇代，代爲齊使於秦，甘茂曰：「臣得罪於秦，懼而遯逃，無所容跡。臣聞貧人女與富人女會績，貧人女曰：我無以買燭，而子之燭光幸有餘，子可分我餘光，無損子明而得一斯便焉。今臣困而君方使秦而當路矣，茂之妻子在焉，願君以餘光振之。」

〔棣華〕詩小雅常棣：常棣之華，鄂不韡韡。鄭箋：承花者鄂，不當作拊。拊，鄂足也。鄂足得華之光明，則韡韡然盛興者，喻弟以敬兄，兄以榮覆弟，恩義之顯亦韡韡然。

【評箋】

按：此詩及卷九贈新平少年、卷十九酬坊州王司馬與閻正字對雪見贈、卷二一登新平樓等詩，歷來俱誤爲天寶初去朝後遊邠州、坊州作，據稗山李白兩入長安辨（中華文史論叢第二輯），此數詩當作於開元間李白初入長安時。

西岳雲臺歌送丹丘子

西岳崢嶸何壯哉！黄河如絲天際來。黄河萬里觸山動，盤渦轂轉秦地雷。榮光休氣紛五彩，千年一清聖人在。巨靈咆哮擘兩山，洪波噴流射東海。三峯却立如欲摧，翠崖丹谷高掌開。白帝金精運元氣，石作蓮花雲作臺。雲臺閣道連窈冥，中有不死丹丘生。明星玉女備灑掃，麻姑搔背指爪輕。我皇手把天地户，丹丘談天與天語。九重出入生光輝，東求蓬萊復西歸。玉漿儻惠故人飲，騎二茅龍上天飛。

【校】

〔轂轉〕轂，兩宋本、繆本、王本俱注云：一作谷。英華作谷，注云：集作轂。

〔噴流射東海〕兩宋本、繆本注云：一作箭射流東海。王本注云：一作箭流射東海，蕭本作噴箭射東海。胡本流下注云：一作箭。

〔如欲〕欲，蕭本作玉。王本注云：許本作玉。

〔連窈冥〕兩宋本、繆本、王本俱注云：一作人不到。英華全句作閣道窈冥人不到，注云：集作雲臺閣道連窈冥。

〔東求〕求，蕭本作來。英華作海，注云：集作求。王本注云：蕭本作來。

〔儻惠〕惠，蕭本作或。王本注云：蕭本作或。

【注】

〔西岳〕爾雅釋山：華山爲西岳。

〔雲臺〕王云：（華山）在今陝西西安府華陰縣南十里，高數千仞，石壁層疊，有如削成。上有芙蓉、落雁、玉女三峯，又有八卦池、太乙池、白蓮池、菖蒲池、二十八宿池、細辛坪、玉女洗頭盆、老君洞、仙棋臺、蒼龍嶺、日月崖、仙掌巖諸勝。所謂雲臺者，乃其東北之峯也。兩巘競高，四面懸絶，崔嵬獨秀，有若臺形。下有穴，昔有人入此穴，出東方山而行，云經黄河底，聞上有流水之聲。

〔丹丘子〕梅鼎祚李詩鈔卷三：丹丘即元丹丘，楊注引開皇神告録唐高祖事近鑿。按：同卷元丹丘歌，卷十三聞丹丘子於城北山營石門幽居……，卷十五潁陽别元丹丘之淮陽，卷十九以詩代書答元丹丘，同卷酬岑勛見尋就元丹丘對酒……，卷二十三與元丹丘方城寺談玄作，同卷尋高鳳石門山中元丹丘，卷二十四觀元丹丘坐巫山屏風，卷二十五題元丹丘山居，同卷題元丹丘潁陽山居，又同卷題嵩山逸人元丹丘山居，或稱丹丘子，或稱元丹丘，自係一人。又按：卷三十漢東紫陽先生碑銘云：天寶初，威儀元丹丘……弟子元丹丘等……，是元丹丘爲道士，受法於紫陽。李白與元丹丘訂交甚早，其稱元丹者當即一人。卷二十六上安州裴長史書已云故交元丹親接斯議，卷二十八冬夜於隨州紫陽先生餐霞樓送烟子元演隱仙城山序云：吾與霞子元丹、烟子元演氣激道合，結神仙交，可資互證。

〔黄河〕王云：癸辛雜識：五岳惟華岳極峻，直上四十五里，遇無路處，皆挽鐵絙以上。有西岳廟在山頂，望黄河一衣帶水耳。

〔盤渦〕文選郭璞江賦：盤渦轂轉，淩濤山頹。李善注：渦，水旋流也。張銑注：盤渦言水深風壯，流急相衝，盤旋作深渦，如轂之轉。△渦音窩。

〔榮光休氣〕太平御覽卷六一中候曰：榮光出河，休氣四塞。榮光即五色。

〔千年一清〕太平御覽卷六一拾遺記曰：黄河千年一清，聖王之大瑞也。

〔巨靈〕文選張衡西京賦：綴以二華，巨靈贔屓，高掌遠蹠，以流河曲，厥跡猶存。薛綜注：巨靈，河神也。華山對河東首陽山，黄河流於二山之間。古語云：此本一山當河，河水過之而曲行，河之神以手擘開其上，以足踏離其下，中分爲二，以通河流。手足之跡，於今尚在。遁甲開山圖曰：有巨靈胡者，徧得坤元之道，能造山川，出江河。

〔三峯〕王云：太平寰宇記：名山記云：華岳有三峯，直上數千仞，基廣而峯峻，自下小岑疊秀，迄於嶺表，有如削成。今博山香爐形實象之。華山記：太華山削成而四方，直上至頂，列爲三峯。其西爲蓮花峯，峯之石窳隆不一，皆如蓮葉倒垂，故名是峯曰蓮花。其南曰落雁峯，上多松檜，故亦曰松檜峯。白帝宫在其間，俯眺三秦，曠莽無際，黄河如一縷水，繚繞岳下。其東峯曰朝陽峯，峯之左脇，中有一峯，狀甚秀異，如爲東峯所抱者，曰玉女峯，乃東峯之支峯也。世之談三峯者，數玉女而不數朝陽，非矣。

〔高掌〕王云：山之東北則爲仙人掌，即所謂巨靈掌也。巖壁黑色，石膏自壘中流出，凝結成痕，黄白相間。遠望之，見其大者五岐如指，好奇者遂傳爲巨靈劈山之掌跡。掌長三十丈許，五指參差，中指直冠峯頂，長二十丈。唐王涯作太華仙掌辯，謂太華之首峯有五崖，比壑破巖而列，自下遠望之，偶爲掌形，俗傳則曰巨靈劈剖，掌跡猶存。賈氏談録：華岳掌其色丹紫，正如肉色，每太陽對照，則盡見之，及日暮則漸隱而不見。樵者曰仙掌者，蓋絶地之上，羣壑聚會之所，石色赬然，望之適類於掌耳。其説皆闢巨靈掌跡之訛，似矣而猶不得其體狀。明王履游華山，坐玉女峯東北巖上，細察而後得之。乃曰王涯所辨，似得於傳聞，未嘗如吾之近觀也。蓋山石本黑，膏出於壘，從上溜下，作淡黄微白色，間之黑壁中。上則五岐，下則片屬，岐者如指，屬者如掌。復有細溜無數，雜五岐間。自遠望之，細者不見，惟見其大者，故五岐如指耳。寧有五崖比壑破巖而列哉？且膏所溜處，比比皆有，豈惟此掌爲然？此掌之外，日月巖最多，其次則東峯西壁，近於楊氏石室者，其色狀與此掌漏痕不殊。但彼不類物形，故不以爲異而見稱耳。

〔白帝〕王云：枕中書：金天氏爲白帝，治華陰山。

〔雲作臺〕王云：愼蒙名山記：李白詩「石作蓮花雲作臺」，今觀山形外羅諸山如蓮瓣，中間三峯特出如蓮心，其下爲雲臺峯，自遠望之，宛如青色蓮花開於雲臺之上也。參見卷二古風第十九首注。

〔玉女〕見卷二古風第十九首注。

〔麻姑〕神仙傳：麻姑手爪似鳥，蔡經見之，心中念曰：背大痒時，得此爪以爬背，當佳也。王遠已知經心中所言，即使人牽經鞭之，曰：「麻姑，神人也，汝何忽謂其爪可爬背耶？」

〔天地户〕漢武帝内傳：王母命侍女法安嬰歌元靈之曲曰：天地雖廓寥，我把天地户。

〔談天〕史記孟子荀卿列傳：故齊人頌曰：談天衍……集解：劉向别録曰：鄒衍之所言五德終始，天地廣大。書言天事，故曰談天。

〔玉漿〕楊云：仙傳拾遺曰：嵩山北有大穴，一叟嘗誤墮其中，行十許日，見草屋一區，有二仙對棋，局下有數杯白飲，叟告飢，棋者與飲，飲畢，氣力十倍。半年出蜀青城山，歸洛問張華，曰：此仙館，所飲者玉漿也。

〔茅龍〕見卷二古風第二十首注。

元丹丘歌

元丹丘，愛神仙。朝飲潁川之清流，暮還嵩岑之紫烟。三十六峯常周旋。長周旋，躡星虹。身騎飛龍耳生風。横河跨海與天通。我知爾遊心無窮。

【校】

〔愛〕兩宋本、繆本、王本俱注云：一作好。

〔潁川〕川，兩宋本、繆本俱注云：一作水。胡本作水。

〔常周旋〕常，兩宋本、繆本、敦煌殘卷俱作長。

〔跨海〕跨，英華作矯，注云：集作跨。敦煌殘卷作矯。

〔遊心〕英華作心遊，注云：集作遊心。

【注】

〔元丹丘〕按：卷十三聞丹丘子於城北山營石門幽居……，卷十五潁陽别元丹丘之淮陽，卷十九以詩代書答元丹丘及酬岑勛見尋就元丹丘對酒相待……，卷二十三與元丹丘方城寺談玄作及尋高鳳石門山中元丹丘，卷二十四觀元丹丘坐巫山屏風，卷二十五題元丹丘山居，題元丹丘潁陽山居及題嵩山元丹丘山居，皆前後同爲一人所作，可參看。

〔潁川〕水經潁水：潁水出潁川陽城縣西北少室山。酈道元注：山海經曰：潁水出少室山。地理志曰：出陽城縣陽乾山，今潁水有三源岐發，右水出陽乾山之潁谷，其水東北流。……中水導源少室通阜，東南流徑負黍亭東，……與右水合。左水出少室南溪，東合潁水。

〔三十六峯〕王云：河南通志：嵩山居四岳之中，故謂之中岳。其山二峯，東曰太室，西曰少室。南跨登封，北跨鞏邑，西跨洛陽，東跨密縣，緜亘一百五十餘里。少室山，潁水之源出焉。其山有三十六峯，曰朝岳，曰望洛，曰太陽，曰少陽，曰石城，曰石筍，曰檀香，曰丹砂，曰鉢盂，曰香爐，曰連天，曰紫霄，曰羅漢，曰七佛，曰來仙，曰清涼，曰寶勝，曰瑞應，曰瓊壁，曰紫蓋，曰翠華，曰藥室，曰紫微，曰白道，曰帝宇，曰卓劍，曰白雲，曰金牛，曰明月，曰凝璧，曰迎霞，曰玉華，曰寶柱，曰繫馬，曰白鹿，曰靈隱。

扶風豪士歌

洛陽三月飛胡沙，洛陽城中人怨嗟。天津流水波赤血，白骨相撑如亂麻。我亦東奔向吴國，浮雲四塞道路賒。東方日出啼早鴉，城門人開掃落花。梧桐楊柳拂金井，來醉扶風豪士家。扶風豪士天下奇，意氣相傾山可移。作人不倚將軍勢，飲酒豈顧尚書期？雕盤綺食會衆客，吴歌趙舞香風吹。原嘗春陵六國時，開心寫意君所知。堂中各有三千士，明日報恩知是誰。撫長劍，一揚眉。清水白石何離離！脱吾帽，向君笑。飲君酒，爲君吟。張良未逐赤松去，橋邊黄石知我心。

【校】

〔東奔向吴國〕兩宋本、繆本、王本俱注云：一作來奔溧溪上。

〔天下奇〕奇，咸本注云：一作知。

【注】

〔扶風〕舊唐書地理志：關内道鳳翔府：隋扶風郡，武德元年改爲岐州。天寶元年，改爲扶風郡。

〔天津〕見卷二古風第十八首注。

〔撐〕音抽庚切。

〔亂麻〕王云：陳琳詩：「君獨不見長城下，死人骸骨相撐拄。」說文：撐，邪柱也。史記：死人如亂麻。

〔賒〕王云：韻會：賒，遠也。△賒音奢。

〔東方〕蕭云：此太白避亂東土時，言道路艱阻，京國亂離，而東土之太平自若也。扶風乃三輔郡，意豪士亦必同時避亂於東吳，而與太白銜杯酒接殷勤之歡者。

〔將軍勢〕辛延年詩：「昔有霍家奴，姓馮名子都。依倚將軍勢，調笑酒家胡。」

〔尚書期〕漢書卷九二陳遵傳：遵耆酒，每大飲，賓客滿堂，輒關門，取客車轄投井中，雖有急，終不得去。嘗有部刺史奏事過遵，值其方飲，刺史大窮，候遵霑醉時，突入見遵母，叩頭自白當對尚書有期會狀，母乃令從後閤出去。

〔三千士〕史記呂不韋列傳：當是時，魏有信陵君，楚有春申君，趙有平原君，齊有孟嘗君，皆下士，喜賓客以相傾，……呂不韋亦招致士厚遇之，至食客三千人。按：汪師韓詩學纂聞云：此皆本諸文選。班固西都賦曰：節慕原、嘗，名亞春、陵。

〔清水〕王云：江暉詩：「恐君不見信，撫劍一揚眉。」古豔歌行：「語卿且勿盼，水清石自見。」

「清水白石何離離」即水清石見之意。蕭氏注以清水喻目，白石喻齒，恐未是。

〔脱吾帽向君笑〕通鑑卷百五四梁紀：（爾朱）榮方與上黨王天穆博，（城陽王）徽脱榮帽歡舞盤旋。胡注：唐李太白詩云：「脱君帽，爲君笑。」脱帽歡舞，蓋夷禮也。按：此兩句詩與今本李集有異。或胡氏誤記也。

〔黄石〕史記留侯世家：子房始所見下邳圯上老父與太公書者，後十三年，從高帝過濟北，果見穀城山下黄石，取而葆祠之，留侯死，並葬黄石冢。參見卷六猛虎行詩注。

【評箋】

胡云：洛陽光景作快活語，在杜甫不會，在李白不可。

梅鼎祚云：此篇天寶十六載安禄山據洛陽，廣平王入援，陳兵天津橋時作。（李詩鈔）

趙執信云：此歌行之極則，神變不可方物矣。（聲調譜）

桂天祥云：流離中有如此風韻，如此調蕩。高適少年行，「未知肝膽向誰是，令人卻憶平原君」已爲佳句。及觀太白「春、陵、原、嘗」數語，其逸氣尤覺曠蕩，比高警策。撫長劍以下，是太白真處。末句尤調笑入神，不可及。（李詩選）

吴汝綸云：觀清水白石句，知此豪士非太白知己也。（唐宋詩舉要）

今人詹鍈云：寧國府志卷三十一人物志隱逸類：萬巨，世居震山，天寶間以材薦不就。李白有扶風豪士歌，即巨也。因巨遠祖漢槐里侯修封扶風，因以爲名。（涇縣）未知其何所據。

詹氏又云：蕭曰：此李白避亂東土時詩。求闕齋讀書録：洛陽三月四句言安禄山破東京，我亦東奔四句自叙避亂來吴，因至扶風豪士之家，扶風豪士當亦秦人而同時避亂於吴者。按詩云：我亦東奔向吴國，一作我亦來奔溧溪上，文苑英華與一作同，則此詩或作於溧水一帶。又起句云：「洛陽三月飛胡沙，洛陽城中人怨嗟，天津流水破赤血，白骨相撑如亂麻。」楊注謂此四句指廣平王入洛陽，大陳兵於天津橋。按廣平王收復東京乃至德二載十月事，此詩如爲此而作，當在乾元元年三月，然斯時太白方貶夜郎，斷不在溧水也。當依求闕齋讀書録之説定爲至德元載三月作，是時東京已陷，玄宗尚未幸蜀也。

按：洪亮吉北江詩話云：李白扶風豪士歌，在吴中所作，非贈人也。涇縣舊志以爲贈縣人萬巨所作，鑿矣。

同族弟金城尉叔卿燭照山水壁畫歌

高堂粉壁圖蓬瀛，燭前一見滄洲清。洪波洶湧山峥嶸，皎若丹丘隔海望赤城。光中乍喜嵐氣滅，謂逢山陰晴後雪。迴谿碧流寂無喧，又如秦人月下窺花源。了然不覺清心魂，祇將疊嶂鳴秋猿。與君對此歡未歇，放歌行吟達明發。却顧海客揚雲帆，便欲因之向溟渤。

【校】

〔叔卿〕叔，兩宋本、繆本、王本俱注云：一作升。

〔滄洲清〕清，英華作情，注云：集作清。胡本作情，注云：一作清。

〔乍喜〕喜，英華作言，注云：集作喜。咸本注云：一作言。

〔歡未〕歡，英華作心，注云：一作歡。

〔行吟〕行，英華作閑，注云：一作行。

【注】

〔金城〕王云：唐書地理志：京兆興平縣，本名始平。景龍二年，中宗送金城公主降吐蕃至此，改曰金城。至德二載，更名興平。延州敷政縣本名固城。武德二年，徙治金城鎮，更名金城。天寶元年更名敷政。蘭州五泉縣，咸亨二年，更名金城。天寶元年，復名五泉。蘭州廣武縣，乾元二年，更名金城。凡金城更名者有四處，未知孰是。

〔叔卿〕王云：李季卿三墳記：先侍郎之子曰叔卿，字萬，天質琅琅，德光文蔚，識度標邁，弱冠以明經擢，國授薦邑虞、樂二尉，魏守崔公沔洎相國晉公甲科第之，進等舉之。轉金城尉，吏不敢欺。按：李季卿名見兩唐書。貞松老人遺稿：栖先塋記跋云：李季卿，舊書附見李適之傳，新書附見李適傳。予往歲據此記考從新書爲得。頃讀全唐文載獨孤及唐故正議大夫右散騎常侍贈禮部尚書李季卿墓誌稱公烈考曰適，神龍中歷官中書舍人，昭文館學士，工部侍郎。子馮翊縣令霸。又云：尚書右丞長樂賈至作銘以銘之。於此記外又得一證。岑仲勉貞石證史：三墳記云：余按季卿，新書二〇二附見其父適傳，舊書九九誤附李適之傳，考異已辨之，王（昶）氏謂四人皆無傳者，未詳考也。……李白同族弟金城尉叔卿燭照山水壁畫歌，姓名、官歷與集古目合，則集古目謂仲名叔卿當不妄。適萬年人，白出隴西，故曰族弟。

〔丹丘〕楚辭：仍羽人於丹丘。王逸注：丹丘，晝夜常明也。

〔赤城〕王云：太平御覽：孔靈符會稽記曰：赤城山土色皆赤，巖岫連沓，狀似雲霞，懸溜千仞，謂之瀑布。飛流洒散，冬夏不竭，山谷絕澗，峥嶸無底，長松葛藟，幽藹其上。方輿勝覽：赤城山在台州天台縣北六里，一名燒山。其上石壁，皆如霞色，望之如雉堞然，故後人以此名山。天台山志：赤城山，天台山之一小山也，石皆赤色，壁立如城。參見卷十五夢遊天姥吟注及卷十六送王屋山人魏萬歸王屋詩注。

〔嵐〕王云：韻會：嵐，山氣也。△嵐音盧含切。

〔山陰〕王云：新唐書地理志：會稽郡有山陰縣，以其在會稽山之北故名。水經注：山陰縣川明土秀，亦爲勝地，故王逸少云，從山陰道上猶如鏡中行也。

〔花源〕王云：謂武陵之桃花源。

〔嶂〕音帳。

〔溟渤〕王云：鮑照詩：「穿池類溟渤。」李善注：溟渤二海名。郭璞山海經注：渤海，海岸曲崎頭也。

【評箋】

今人詹鍈云：按新唐書地理志：金城更名有四處，此當指京兆府金城縣而言。詩云：「却顧海客揚雲帆，便欲因之向溟渤。」蓋白出金門後作也。

白毫子歌

淮南小山白毫子，乃在淮南小山裏。夜卧松下雲，朝餐石中髓。小山連綿向江開，碧峯巉巖渌水迴。余配白毫子，獨酌流霞杯。拂花弄琴坐青苔。綠蘿樹下春風來。南窗蕭颯松聲起，憑崖一聽清心耳。可得見，未得親。八公攜手五雲去，空餘桂樹愁殺人。

【校】

〔松下雲〕雲，兩宋本、繆本俱作雪。胡本作雪，注云：一作雲。王本注云：繆本作雪。

〔連〕兩宋本、繆本、王本俱注云：一作聯。

〔渌水迴〕咸本作水澶迴，注云：一作渌水迴。

〔拂花〕拂，咸本注云：一作樓。疑爲摟之訛字。

〔未得〕未，兩宋本、繆本、王本俱注云：一作不。

【注】

〔小山〕王云：王逸楚辭序：招隱士者，淮南小山之所作也。昔淮南王安好古，招懷天下俊偉之士，自八公之徒，咸慕其德而歸其仁，各竭才智，著作篇章，分造辭賦，以類相從，故或稱大山，或稱小山。其意猶詩有大雅小雅也。古今注：淮南王，淮南小山之所作也。淮南服食求仙，徧禮方士，遂與八公相攜俱去，莫知所在。小山之徒，思戀不已。乃作淮南王之曲焉。琦按：上句之淮南小山本楚辭序以贊美白毫子之才，下句之淮南小山則指白毫子隱居之地而言。白毫子蓋當時逸人，嚴滄浪以爲太白呼八公爲白毫子，非矣。

〔石中髓〕王云：列仙傳：印疏者，周封史也。能行氣鍊形，煮石髓而服之，謂之石鍾乳。神仙傳：王烈獨之太行山中，忽聞山東崩，地殷殷如雷聲。烈往視之，乃見山破石裂數百丈，兩畔皆是青石。石中一穴口徑闊尺許，中有青泥流出如髓，烈取泥試丸之，須臾成石，如投熱蠟之狀，隨手堅凝，氣如粳米飯，嚼之亦然。烈合數丸如桃大，用攜少許歸，與嵇叔夜曰：「吾得異物。」叔夜甚喜，取而視之，已成青石，擊之琤琤如銅聲。叔夜即與烈往視之，斷山已復如故。烈曰：「叔夜未合得道故也。」按神仙經曰：神山五百年輒開，其中石髓出，得而食之，壽與天相畢。烈前得者必是也。

〔流霞〕論衡道虚篇：……〔項〕曼都曰：……有數仙人將我上天，……口飢欲食，仙人輒飲我以流霞一杯，每飲一杯，數月不飢。

〔桂樹〕文選淮南王招隱士：桂樹叢生兮山之幽。

梁園吟

我浮黄河去京闕，挂席欲進波連山。天長水闊厭遠涉，訪古始及平臺間。平臺爲客憂思多，對酒遂作梁園歌。却憶蓬池阮公詠，因吟淥水揚洪波。洪波浩蕩迷舊國，路遠西歸安可得？人生達命豈暇愁？且飲美酒登高樓。平頭奴子摇大扇，五月不熱疑清秋。玉盤楊梅爲君設，吴鹽如花皎白雪。持鹽把酒但飲之，莫學夷齊事高潔。昔人豪貴信陵君，今人耕種信陵墳。荒城虚照碧山月，古木盡入蒼梧雲。梁王宫闕今安在？枚馬先歸不相待。舞影歌聲散淥池，空餘汴水東流海。沉吟此事淚滿衣，黄金買醉未能歸。連呼五白行六博，分曹賭酒酣馳暉。歌且謡，意方遠。東山高卧時起來，欲濟蒼生未應晚。

【校】

〔題〕兩宋本、繆本題下俱注云：一作梁苑醉酒歌。又注云：梁、宋。敦煌殘卷作梁園醉歌。

〔我浮〕浮，兩宋本、繆本、王本俱注云：一作乘。
〔黄河〕河，蕭本作雲。兩宋本、繆本、胡本、王本俱注云：一作雲。
〔京闕〕闕，兩宋本、繆本、咸本俱作關。敦煌淺卷作關。王本注云：繆本作關。
〔欲進〕進，兩宋本、繆本、王本俱注云：一作往。
〔對酒〕兩宋本、繆本、王本俱注云：一作醉來。
〔豈暇〕暇，兩宋本、繆本俱作假。王本注云：繆本作假。
〔疑清秋〕疑，兩宋本、繆本、王本俱注云：一作如。胡本作如。
〔玉盤〕玉，兩宋本、繆本俱注云：一作素。敦煌殘卷作素。
〔楊梅〕楊，兩宋本、繆本、王本俱注云：一作青。蕭本作梅，誤。
〔白雪〕白，兩宋本、繆本、王本俱注云：一作如。
〔莫學〕此句兩宋本、繆本、胡本、王本俱注云：一作何用孤高比雲月，一作咄咄書空字還滅。敦煌殘卷作世上悠悠不堪説。
〔虚照〕虚，兩宋本、繆本、王本俱注云：一作遠。
〔宫闕〕兩宋本、繆本、王本俱注云：一作賓客。敦煌殘卷作賓客。
〔枚馬〕咸本注云：一作投刺。
〔未能〕兩宋本、繆本、王本俱注云：一作莫言。

〔行六博〕行，兩宋本、繆本、王本俱注云：一作投。
〔酣馳暉〕酣，兩宋本、繆本、王本俱注云：一作看，下同。
〔時起來〕時，兩宋本、繆本、王本俱注云：一作忽，又作還。

【注】

〔梁園〕楊云：漢梁王都睢陽，北界太山，西至高陽，四十餘城，孝王築東苑，方三百里，廣睢陽城七十里，大治宮室，爲複道自宮連屬於平臺二十餘里。九域志：南京睢陽郡治宋城縣，有平臺複宮三十六。蕭云：西京雜記：梁孝王好營宮室苑囿之樂，作曜華之宮，築兔園，園中有百靈山，山有膚寸石，落猿巖、栖龍岫，又有雁池，池間有鶴洲、鳧渚。其諸宮觀相連，延亘數十里。奇果異樹，瑰禽怪獸畢備。王日與宮人賓客弋釣其中，此梁園名之所由始也。王云：一統志：梁園在河南開封府城東南，一名梁苑，漢梁孝王遊賞之所。

〔挂席〕文選謝靈運遊赤石進帆海詩：「挂席拾海月。」李善注：揚帆、挂席，其義一也。

〔平臺〕王云：漢書：梁孝王大治宮室，爲複道自宮連屬於平臺。如淳注：平臺在大梁東北，離宮所在也。顔師古注：今其城東二十里所有故臺基，其處寬博，土俗云平臺也。水經注：晉灼曰：平臺在城中東北角，亦或言兔園在平臺側。如淳曰：平臺，離宮所在。今城東二十里有臺，寬廣而不甚極高，俗謂之平臺。予按漢書梁孝王傳，稱王以功親爲大國，築東苑，方三百里，廣睢陽城七十里，大治宮室，爲複道自宮連屬於平臺三十餘里。複道自宮東出揚州之門左陽門，即睢陽東門也。連屬於平臺則近矣，屬之城隅則不能。是知平臺不在城中也。梁王與鄒、枚、司馬相如之徒極游於其上。故齊隨郡王山居序所謂西園多士，平臺盛賓，鄒馬之客咸在，伐木之歌屢陳。是用追芳昔娱，神遊千古，故亦一時之盛事。謝氏雪賦亦云，梁王不悦，遊於兔園，今也歌堂淪宇，律管埋音。孤基塊立，無復曩日之望矣。元和郡縣志：平臺在宋州虞城縣西四十里。左傳，宋皇國父爲宋平公所築。漢梁孝王大治宫室，爲複道自宫連屬於平臺三十餘里，與鄒、枚、相如之徒並游其上，即此也。按：歷代詩話卷三〇：阮嗣宗詠懷詩：「駕言發魏都，南向望吹臺。簫管有餘音，梁王安在哉？」吴旦生曰：楊升庵謂本師曠吹臺，梁孝王增築，班史稱平臺，唐稱吹臺。又因謝惠連嘗爲雪賦，又名雪臺。余按水經注：陳留縣有師曠城，上有列仙之吹臺，梁王增築，即嗣宗所謂吹臺。文昌雜録云：東京天清寺繁臺，梁孝王按歌吹之臺，後有繁氏居其側，里人呼爲繁臺。青箱雜記云：梁高祖常閲武於此，改爲講武臺，此則吹臺之始末也。至於平臺者，按漢書晉灼注云：兔園在平臺側。如淳注云：睢陽城東二十里有臺，寬闊而不甚高，俗謂之平臺。宋書謝靈運傳所云綴平臺之遺響也。今觀統志云：惠連於此賦雪。蓋謝居江左，安得云於此賦雪？升庵以平臺即吹臺，未必然也。漢梁孝王傳云：王以功親爲大國，大治宫室園苑，則所築亦非一處耳。

〔洪波〕阮籍詠懷詩：「徘徊蓬池上，還顧望大梁。淥水揚洪波，曠野莽茫茫。走獸交横馳，飛鳥相隨翔。是時鶉火中，日月正相望。朔風厲嚴寒，陰氣下微霜。羈旅無儔匹，俛仰懷哀傷。」

〔平頭〕王云：梁武帝詩：平頭奴子擎履箱。按：平頭者，蓋奴子不得戴冠巾，以别於奴主之裝束。

〔吴鹽〕按：吴鹽蓋用漢書吴王濞傳東煮海水爲鹽事，自此吴地所産爲四方所食也。

〔信陵墳〕王云：按史記魏公子無忌封信陵君，仁而下士，士無賢不肖皆謙而禮交之，不敢以其富貴驕士。士以此方數千里争往歸之，致食客三千人。諸侯以公子賢多客，不敢加兵謀魏。後奪晉鄙兵進擊秦軍，秦軍解去，遂救邯鄲存趙。又率五國之兵破秦軍於河外，乘勝逐秦軍，至函谷關抑秦兵，秦兵不敢出。當是時，公子威震天下。太平寰宇記：信陵君墓在開封府浚儀縣南十二里。

〔蒼梧雲〕太平御覽卷八：歸藏曰：有白雲出自蒼梧入大梁。

〔枚馬〕漢書卷五一枚乘傳：枚乘字叔，淮陰人。……游梁，梁客皆善屬詞賦，乘尤高。又卷五七司馬相如傳：司馬相如字長卿，蜀郡成都人，……爲武騎常侍，非其好也。……是時梁孝王來朝，從遊説之士鄒陽枚乘……之徒，相如見而説之，因病免客游梁，得與諸侯游士居。

〔汴水〕明一統志卷二六：汴河舊自滎陽縣東經（開封）府城内，又東合蔡河，名蒗菪渠，又名通濟渠，東注泗州，下入于淮。

〔六博〕王云：招魂：菎蔽象棊，有六簙些。分曹並進，遒相迫些。成梟而牟，呼五白些。王逸注：投六箸，行六棊，故爲六簙也。倍勝爲牟。五白，簙齒也。言己棊已梟，當成牟勝，射張食棊，下兆於屈，故呼五白以助投也。吳曾漫録：五木之戲，其四爲玉采，貴也。其八爲珉采，賤也。五木之中，有采曰白，蓋五木俱白也。楚辭：成梟而牟呼五白。梟二爲珉采。牟者，勝也。欲勝其梟，必呼五白也。海録碎事：六博用十二棋，分黑白各半擲之。參見卷六猛虎行注。

〔且謡〕詩魏風園有桃：我歌且謡。毛傳：曲合樂曰歌，徒歌曰謡。

〔東山〕世説排調篇：謝公在東山，朝命屢降而不動。後出爲桓宣武司馬，將發新亭，朝士咸出瞻送。高靈時爲中丞，亦往相祖。先時多少飲酒，因倚如醉，戲曰：「卿屢違朝旨，高卧東山，諸人每相與言，安石不肯出，將如蒼生何！今亦蒼生將如君何！」謝笑而不答。

【評箋】

王云：作梁園歌而忽間以信陵數語，謂以信陵之賢，名震一世，至今日而墓域且不克保。況梁孝王之賢不及信陵，其歌臺舞榭又焉能保其常在乎？此文章襯託法，不是爲信陵致慨，乃是爲梁王釋恨，並爲自己解愁，以見不如及時行樂之爲得也。故下遂接以「沉吟此事淚滿衣」云云。

方東樹云：起四句叙。平臺二句入題情，正點一篇提局。卻憶句轉放開展，用筆頓折渾轉。平頭二句酣恣肆放。玉盤四句鋪。昔人數句詠嘆以足之。情文相生，情景交融，所謂興會才情忽然涌出花來者也。空餘句頓挫，沉吟句轉正意。太白亦自沉痛如此，其言神仙語乃其高情所寄，實實有見，小兒子強欲學之，便有令人嘔吐之意。讀太白者辨之。因見梁園有阮公、信陵、梁王諸迹，今皆不見，足爲憑弔感慨。他人萬手同知如此用意，而不解如此作法。此卻從自己遊歷多愁説入，又自解不必如此。所謂借他人酒杯澆自己塊壘，死活仙凡全在如此。尋常俗士但知正衍故實，以爲詠古炫博，或叙後人議論，炫才識，而不知此凡筆也。此卻以自己爲經，偶觸此地之事，借作指點慨歎，以發洩我之懷抱，全不專爲此地考古跡發議論起見。所謂以題爲賓爲緯，於是實者全虛，憑空御風，飛行絶迹，超超乎仙界矣。脱離一切凡夫心胸識見矣。杜公詠懷古迹便是如此，解此可通之近體，一也。詩最忌段落太分明，讀此可得音節轉換及章法大規。（昭昧詹言）

今人詹鍈云：蔡夢弼杜工部草堂詩箋外集酬唱附録引此作梁園醉歌。定爲白與杜甫、高適同遊梁宋時作。詩云：「我浮黄河去京闕，挂席欲進波連山。天長水闊厭遠涉，訪古始及平臺間。」杜甫寄李十二白所云「醉舞梁園夜」，即此時事也。

鳴皋歌送岑徵君

若有人兮思鳴皋，阻積雪兮心煩勞。洪河凌兢不可以徑度，冰龍鱗兮難容舠。

邈仙山之峻極兮，聞天籟之嘈嘈。霜崖縞皓以合沓兮，若長風扇海，湧滄溟之波濤。玄猿緑羆，舔舕崟岌；危柯振石，駭膽慄魄；羣呼而相號。峯崢嶸以路絶，挂星辰於巖嶅。送君之歸兮，動鳴皐之新作。交鼓吹兮彈絲，觴清泠之池閣。君不行兮何待？若返顧之黄鶴。掃梁園之羣英，振大雅於東洛。巾征軒兮歷阻折，尋幽居兮越巘崿。盤白石兮坐素月，琴松風兮寂萬壑。望不見兮心氛氲，蘿冥冥兮霰紛紛。水横洞以下淥，波小聲而上聞。虎嘯谷而生風，龍藏溪而吐雲。冥鶴清唳，飢鼯嚬呻。塊獨處此幽默兮，愀空山而愁人。雞聚族以争食，鳳孤飛而無鄰。蝘蜓嘲龍，魚目混珍。嫫母衣錦，西施負薪。若使巢由桎梏於軒冕兮，亦奚異於夔龍蹩躠於風塵。哭何苦而救楚？笑何誇而却秦。吾誠不能學二子，沽名矯節以耀世兮，固將棄天地而遺身。白鷗兮飛來，長與君兮相親。

【校】

〔題〕此下王本注云：原注：時梁園三尺雪，在清泠池作。兩宋本、繆本注同王本，無原注二字。

〔淩兢〕王本兢作競，誤，今依各本改。

〔仙山〕兩宋本、繆本、王本俱注云：一作神仙。

〔長風〕風，兩宋本、繆本、王本俱注云：一作虹。

〔崟岌〕兩宋本、繆本俱作岌危，無崟字，岌下注云：一作崟。王本注云：繆本作岌危，一作岑危。

〔危柯〕危，兩宋本、繆本俱屬上句，柯上有咆字。王本危下注云：繆本作咆。

〔黄鶴〕鶴，王本誤刊作鵠，不叶韻，顯非，今依各本改。

〔寂萬壑〕寂，兩宋本、繆本、王本俱注云：一作昇。

〔而上聞〕而，英華注云：集作兮。

〔冥鶴〕冥，蕭本、咸本、英華俱作寡。兩宋本、繆本、王本俱注云：一作寡。

〔塊獨〕塊，蕭本作魂。王本注云：蕭本作魂。

〔愀空山〕愀，兩宋本、繆本、王本俱注云：一作啼。

〔而愁人〕而，兩宋本、繆本、王本俱注云：一作兮。

〔異於〕於，蕭本作乎。

【注】

〔鳴臯〕王云：元和郡縣志：鳴臯山在河南府陸渾縣東北十五里。按：今本元和郡縣志作明臯山。元和郡縣圖志（卷五）攷證云：李太白集王注引作鳴臯山，河南志同。

〔岑徵君〕按：卷十七有送岑徵君歸鳴臯山詩，王注以爲岑文本之後。卷十九有酬岑勛見尋就元丹丘對酒相待以詩見招詩，據其與元丹丘之關係，此岑徵君應即爲岑勛。

〔若有人兮〕楚辭山鬼：若有人兮山之阿。

〔煩勞〕張衡四愁詩：「何爲懷憂心煩勞。」

〔洪河〕文選班固西都賦：帶以洪河、涇、渭之川。吕向注：洪河，大河也。

〔凌兢〕漢書卷八七揚雄傳：馳閶闔而入凌兢。顔師古注：凌兢者言寒涼戰栗之處也。

〔龍鱗〕王云：冰龍鱗者，冰有鋸齒，參差如鱗也。

〔舠〕王云：韻會：舠，小船也，形如刀。集韻或作䑼，通作刀。詩：曾不容刀。釋名云：二百斛以上曰艇，三百斛曰刀。

〔天籟〕莊子齊物論篇：子游曰：「地籟則衆竅是已，人籟則比竹是已，敢問天籟。」子綦曰：「夫吹萬不同，而使其自已也，咸其自取，怒者其誰耶？」

〔縞〕音稿。

〔玄猿緑羆〕王云：上林賦：玄猿素雌。李善注：玄猿，猿之雄者玄色也。西京雜記：熊羆毛有緑光，皆長二尺者直百金。

〔舔舕〕王云：吐舌貌。△舔音餂，舕音炎上聲。

〔崟〕音吟。

〔巉嶮〕王云：木華海賦：戛巉嶮。釋名：山多小石曰嶮。嶮，嶢也。每石嶢嶢獨處而出見也。

〔清泠池〕楊云：九域志：南京睢陽郡有清泠池。

〔巾征軒〕王云：孔叢子：巾車命駕。鄭玄周禮巾車注：巾猶衣也。李善文選注：軒，車通稱也。巾征軒者，以帷蒙征車之上也。高步瀛唐宋詩舉要云：説文巾部段注曰：以巾拭物曰巾。吴都賦：吴王乃巾玉路，陶淵明文：或巾柴車，皆謂拂拭用之，不同鄭説也。按：此詩當從段説。

〔巘崿〕文選謝靈運晚出西射堂詩：「連鄣疊巘崿。」李善注：巘崿，崖之別名。△巘音年上聲，崿音鄂。

〔氛氳〕文選謝惠連雪賦：氛氳蕭索。李善注：氛氳，盛貌。△氛音分，氳音醖平聲。

〔吐雲〕王云：淮南子：虎嘯而谷風至，龍舉而景雲屬。管輅别傳：龍者陽精，以潛爲陰，幽靈上通，和氣感神，二物相扶，故能興雲。虎者陰精而居於陽，依木長嘯，動於巽林，二氣相感，故能運風。

〔唳〕音麗。

〔飢鼯〕王云：謝朓詩：「獨鶴方朝唳，飢鼯此夜啼。」韻會：唳，鶴鳴也。按本草：鼯鼠，鳥名，一名鸓鼠，一名夷由，一名飛生鳥。狀如蝙蝠，肉翅連尾，大如鴟鳶，毛紫色，好夜飛。但能向下，不能向上。恒夜鳴，鳴聲如人呼，湖嶺山中多有之。

〔愀〕音悄，又音秋。

〔蝘蜓〕王云：爾雅翼：蝘蜓似蜥蜴，灰褐色，在人家屋壁間，狀雖似龍，人所玩習。故淮南云：禹南濟於江，黄龍負舟，禹視龍猶蝘蜓，龍亡而去。比之蝘蜓，言不足畏。楊子云：執蝘蜓而嘲龜龍，蓋陋之也。一名守宫，又名壁宫，特善捕蝎，俗號蝎虎。△蝘音偃，蜓音殄。

〔魚目〕王云：李善文選注：雒書曰：秦失金鏡，魚目入珠。鄭玄曰：魚目亂珍珠。

〔嫫母〕淮南子説山篇：嫫母有所美。高誘注：嫫母古之醜女。

〔負薪〕吴越春秋：越王使相者於國中得苧蘿山鬻薪之女曰西施鄭旦，飾以羅縠，教以容步，習於土城，臨於都巷，三年學服而獻於吴。

〔蹩躠〕蹩音别，躠音屑。

〔風塵〕王云：鄭玄禮記注：桎梏，今械也。在足曰桎，在手曰梏。莊子：蹩躠爲仁，踶跂爲義。廣韻：蹩躠，旋行貌，一曰跛也。巢、由以隱居自樂爲志，夔、龍以行道濟時爲志。若使巢、由羈身於軒冕之中，與夔、龍廢棄於風塵之内無異。是皆不適其志願也。

〔救楚〕戰國策楚策：吴與楚戰於柏舉，三戰入郢……棼冒勃蘇曰：「吾披堅執鋭，赴强敵而死，此猶一卒也。不若奔諸侯。」於是嬴糧潛行，上峥山，踰深溪，蹠穿膝暴，七日而薄秦王之朝。雀立不轉，晝吟宵哭，七日不得告，水漿無入口，瘨而殫悶，旄不知人。秦王聞而走之，冠帶不相及，左捧其首，右濡其口，勃蘇乃蘇。秦王身問之：「子孰誰也？」棼冒勃蘇對曰：「臣非異，楚使新造盩棼冒勃蘇。吴與楚戰於柏舉，三戰入郢，寡君身出，大夫悉屬，百姓離散，使下臣來告亡，且求救。」秦王……遂出革車千乘，卒萬人，屬之子蒲與子虎下塞以東與吴人戰於濁水而大敗之。

〔却秦〕文選左思詠史詩：「吾慕魯仲連，談笑却秦軍。」

【評箋】

王云：晁補之曰：李白天才俊麗，不可矩矱，然要長於詩，而文非其所能也。賦近於文，故白大鵬賦辭非不壯，不若其詩盛行於世。至嗚皐歌一篇，本末楚辭也，而世誤以爲詩。因爲出之。其略曰：蝘蜓嘲龍，魚目混珍。嫫母衣錦，西施負薪。此諄諄放屈原卜居及賈誼弔屈原語，而白才自逸蕩，故或離而去之云。楚辭後語曰：白天才絶出，尤長於詩，而賦不能及晉、魏，獨此篇近楚辭，然歸來子猶以爲白才自逸蕩，故或離而去之，亦爲知言云。

唐宋詩醇云：作騷體便覺屈原、宋玉去人不遠，其不規規步趨處正是其才高氣逸爲之耳。望不見兮一段寫出幽居寂寞之況，興起下文，脈絡相貫。陳繹曾謂白詩祖風騷宗漢、魏，善於掉弄，造出奇怪，驚心動目，忽然撇出，妙入無聲，其知言者乎！王世貞以爲歌行縱横，往往強弩之末，間以長語，英雄欺人，是不知其錯落變化自有天然節奏，而輕議之也。

沈德潛云：學楚騷而長短疾徐，横縱馳驟，又復變化其體，是爲仙才。（唐詩別裁）

按：「哭何苦而救楚，笑何誇而却秦」二句爲白自喻之詞，白慕魯仲連之人，已屢見集中，以申包胥自比，見卷二十二奔亡道中詩等篇，蓋其素志然也。

鳴皋歌奉餞從翁清歸五崖山居

憶昨鳴皋夢裏還，手弄素月清潭間。覺時枕席非碧山，側身西望阻秦關。麒麟閣上春還早，著書却憶伊陽好。青松來風吹古道，緑蘿飛花覆烟草。我家仙翁愛清真，才雄草聖淩古人。欲卧鳴皋絶世塵，鳴皋微茫在何處？五崖峽水横樵路。身披翠雲裘，袖拂紫煙去。去時應過嵩少間，相思爲折三花樹。

【校】

〔從翁清〕清，英華作請，注云：集作清。

〔山居〕山，英華作幽，注云：集作山。

〔憶昨〕兩宋本、繆本俱作昨憶。王本注云：繆本作昨憶。

〔古道〕古，兩宋本、繆本、咸本俱作石。胡本注云：一作石。王本注云：繆本作石。

〔仙翁〕翁，兩宋本、繆本作公，英華作翁。胡本注云：一作公。王本注云：繆本作公。

〔五崖〕崖，咸本注云：一作原。

〔峽水〕峽，兩宋本、繆本俱注云：一作溪。蕭本作狹。王本注云：一作溪，蕭本作狹。

〔紫煙〕兩宋本、繆本、王本俱注云：一作雲。英華作雲，注云：集作煙。

【注】

〔麒麟閣〕見卷四司馬將軍歌注。

〔伊陽〕舊唐書地理志：河南道河南府伊陽：唐先天元年十二月，割陸渾縣置。太平寰宇記卷五：鳴皐山在（河南府伊陽）縣東三十五里。

〔草聖〕法書要録：弘農張芝高尚不仕，善草書，精勁絶倫。家之衣帛，必先書而後練。臨池學書，池水盡墨。每書云匆匆不暇草書。人謂之草聖。

〔嵩少〕水經禹貢山水澤地所在篇：嵩高爲中岳，在潁川陽城縣西北。酈注：爾雅曰：山大而高曰嵩，合而言之曰嵩高，分而名之曰二室。西南爲少室，東北爲太室。

〔三花樹〕王云：三花樹即貝多樹也。齊民要術：嵩山記曰：嵩寺中忽有思惟樹，即貝多也。昔有人坐貝多樹下思惟，因以名焉。漢道士從外國來，將子於西山脚下種，極高大，今有四樹，一年三花。

【評箋】

今人詹鍈云：唐詩紀事卷二十四：李清登天寶十二年進士第，不知與此是一人否。

按：新書世系表有常山公清，當非其人。又趙郡李氏有名清者二人。

勞勞亭歌

金陵勞勞送客堂，蔓草離離生道旁。古情不盡東流水，此地悲風愁白楊。我乘素舸同康樂，朗詠清川飛夜霜。昔聞牛渚吟五章，今來何謝袁家郎？苦竹寒聲動秋月，獨宿空簾歸夢長。

【校】

〔題〕此下王本注云：原注：在江寧縣南十五里，古送别之所，一名臨滄觀。兩宋本、繆本注同王本，無原注二字。

〔此地〕地，英華作日。

【注】

〔勞勞亭〕景定建康志卷二二：勞勞亭在城南十五里，古送别之所。吴置亭在勞勞山上，今顧家寨大路東即其所。王云：太平御覽：輿地志曰：丹陽郡秣陵縣新亭隴上有望遠樓，又名勞勞亭，宋改爲臨滄觀，行人分别之所。一統志：勞勞亭在應天府治西南，吴時建。參見卷二十五勞勞亭詩注。

〔舸〕音歌，又音哿。

〔康樂〕王云：謝靈運詩：「可憐誰家郎，緣流乘素舸。」康樂即靈運，以其襲封康樂公，故世稱之曰謝康樂。

〔袁家郎〕世説文學篇注：續晉陽秋曰：（袁）虎少有逸才，文章絶麗，曾有詠史詩，是其風情所寄。少孤而貧，以運租爲業。鎮西謝尚時鎮牛渚，乘秋佳風月，率爾與左右微服泛江。會虎在運租船中諷詠，聲既清會，辭又藻拔，非尚所曾聞，遂往聽之。乃遣問訊，答曰：「是袁臨汝郎誦詩。」即其詠史之作也。尚佳其率有興致，即遣要迎，談話申旦，自此名譽日茂。

〔苦竹〕王云：竹有淡竹、苦竹二種，莖葉不異。以其筍味之苦淡而名。

【評箋】

蕭云：……宏有逸才，文章絶美，曾爲詠史詩，是其風情所寄，此詩意乃太白自比於靈運，而又自嘆其才不減彦伯，而無謝尚之見知。獨宿空簾，寄情歸夢，亦可哀矣。

王云：此詩大意，太白自誇山水之趣既同康樂，而吟詠之妙又不減袁宏，惜無相賞之人與之談話申旦，空簾獨宿，殊覺寂寥，兩事並用，各不相妨，楊注謂康樂乃謝靈運，邀袁虎者乃謝尚，疑太白誤作一事用者，非也。

按：卷二十五尚有勞勞亭一首，此爲懷古，彼爲送別。當皆是客金陵時詩，詞意同一淒苦，恐是放逐後之作。

横江詞六首

人道横江好，儂道横江惡。一風三日吹倒山，白浪高於瓦官閣。

【校】

〔題〕絶句無第一首。

〔人道〕道，兩宋本、繆本俱作言。王本注云：繆本作言。

〔一風〕此句兩宋本、繆本、王本俱注云：一作猛風吹倒天門山。英華作猛風吹倒天門山。

【注】

〔横江〕太平寰宇記卷一二四：横江浦在（和州歷陽）縣東南二十六里。孫策自壽春欲經略江東，揚州刺史劉繇遣將樊能、於麋（今本作于糜，今從王注引）屯横江，孫策破之於此。對江南岸之采石，往來濟渡處。隋將韓擒虎平陳自采石濟，亦此處也。

〔儂〕王云：胡三省通鑑注：吴人率自稱曰儂。

〔瓦官閣〕楊云：采石在太平州當塗縣，距建康八十五里，即古牛渚。瓦官寺古碑云：昔有僧誦法華經，以瓦棺葬於此，棺上生蓮花。寺中有閣，高三十五丈。王云：幽怪録：上元縣有瓦棺寺，寺上有閣，倚山瞰江，萬里在目，亦江湖之極境。游人弭棹，莫不登眺。江南通志：昇元閣在江寧城外，一名瓦官閣，即瓦官寺也。閣乃梁朝所建，高二百四十尺，南唐時猶存。今在城之西南角。楊吴末城時，正與越臺相近，長干之西北也。唐以前江水逼石頭，李白詩「白浪高于瓦官閣」，以此。景定建康志卷二一：昇元閣舊在昇元寺，即瓦棺寺也，在城西南隅。京師寺記：瓦官寺有瓦棺閣，乃梁朝所建，高二百四十尺。按：瓦官爲製甎瓦工場，猶古之鍾官、錦官。瓦棺之説出於附會。焦氏筆乘續集卷七云：晉哀帝興寧二年，詔移陶官於淮水北，遂以南岸窰地施僧慧力造寺，因以瓦官名之。今驍騎衛倉是其遺址。南唐爲昇元寺，登閣江山滿目，最爲佳勝處。太白詩「白浪高於瓦官閣」，正與今倉基所見同。近詔毁私創庵院，集慶庵一黠僧輒妄以瓦官名其處，因得幸免，然於古跡毫無干涉也。姚鼐惜抱軒筆記：焦氏筆乘：晉哀帝興寧二年，移陶官于淮水北，以南岸故窰地施與僧慧力造寺，因名瓦官寺。其解與瓦棺説異。此説出景定建康志。焦又云：今驍騎衛倉是其遺址。南唐爲昇元寺，近詔毁私創庵院，集慶庵一黠僧輒妄以瓦官名其處，因得幸免。余在江寧嘗遊今所云瓦棺寺者作一詩，然心疑其地去江絶遠，何云白浪高於瓦棺閣邪？後見焦説，乃知其謬。至古臨江之瓦棺寺爲宋攻南唐時兵士所毁，上有逃難婦女千餘人一時皆死，事見景定建康志。

其二

海潮南去過尋陽，牛渚由來險馬當。横江欲渡風波惡，一水牽愁萬里長。

【注】

〔尋陽〕王云：唐時江南西道有九江郡，即江州也，治潯陽縣。天寶元年，改名潯陽郡。乾元初復爲江州，今爲江西之九江府，江水經其中，下至揚州入海。

〔牛渚〕王云：方輿勝覽：牛渚山在太平州當塗縣北三十里。山下有磯，古津渡也，與和州横江渡相對。隋師伐陳，賀若弼從此北渡，六朝以來爲屯戍之地。陸放翁入蜀記：采石一名牛渚，與和州對岸，江面比瓜州爲狹。故隋韓擒虎平陳及本朝曹彬下江南皆自此渡。然微風輒浪作不可行。劉賓客云「蘆葦晚風起，秋江鱗甲生」，王文公云「一風微吹萬舟阻」，皆謂此磯也。太平府志：牛渚磯屹然立江流之衝，水勢湍急，大爲舟楫之害。參見卷十二獻從叔當塗宰陽冰詩注。

〔馬當〕王云：元和郡縣志：馬當山在江州彭澤縣東北一百里，横入大江，甚爲險絶，往來多覆溺之懼。太平御覽：九江記曰：馬當山高八十丈，周迴四里，在古彭澤縣北一百二十里。其山横枕大江，山象馬形，回風急擊，波浪涌沸，舟船上下，多懷憂恐，山際立馬當山廟以祀之。按：險馬當謂險過於馬當也。猶「聖主恩深漢文帝」，謂深於漢文帝也。

其三

横江西望阻西秦，漢水東連楊子津。白浪如山那可渡？狂風愁殺峭帆人。

【校】

〔漢水東連〕連，英華作流。兩宋本、繆本、王本俱注云：一作楚水東流。

【注】

〔楊子津〕王云：漢水出嶓冢山，至漢口與岷江合流，東至揚州爲楊子江，入於海。胡三省通鑑注：楊子津在今真州楊子縣南。　參見卷十六送王屋山人魏萬還王屋詩注。

其四

海神來過惡風迴，浪打天門石壁開。浙江八月何如此？濤似連山噴雪來。

【校】

〔來過〕來，英華作東。絶句作東。

〔連山〕連，英華作蓮。

【注】

〔天門〕方輿勝覽卷一五：天門山在（太平州）當塗縣西南三十里，又名蛾眉。山夾大江，東曰博望，西曰梁山。

〔浙江〕水經注漸江水：錢塘……縣東有定、包諸山，皆西臨浙江。水流於兩山之間，江川急濬，兼濤水晝夜再來，來應時刻，常以月晦及望尤大。至二月八月最高，峨峨二丈有餘。

〔連山〕文選木華海賦：波如連山。

其五

橫江館前津吏迎，向余東指海雲生。郎今欲渡緣何事？如此風波不可行。

【注】

〔橫江館〕王云：太平府志：采石驛在采石鎮濱江，即唐時之橫江館也，在明爲皇華驛。

〔津吏〕王云：按唐書百官志：津尉掌舟梁之事。永徽後廢津尉置津吏，上關八人，中關六人，下關四人，無津者不置。

【評箋】

楊慎云：古樂府烏棲曲：「採菱渡頭擬黄河，郎今欲渡畏風波。」太白以一句衍作二句，絶妙。（升庵詩話）

王云：范德機云：絶句一句一絶乃其大本，其次句少意多，極四韻而反覆議論。此篇氣格合歌行之風，使人嗟歎而有無窮之思。乃唐人所長也。諸家詩非不佳，然視李、杜，氣格音調絶異，熟讀自見。

其六

月暈天風霧不開，海鯨東蹙百川迴。驚波一起三山動，公無渡河歸去來。

【校】

〔月暈〕月，英華、絶句俱作日。

〔百川〕百，兩宋本、繆本、王本俱注云：一作衆。英華作衆。

〔公無〕無，兩宋本、繆本、王本俱注云：一作莫。

【注】

〔三山〕王云：山謙之丹陽記：江寧縣北十二里，濱江有三山相接，即名爲三山。舊時津濟道也。一統志：三山在應天府西南五十七里，下臨大江，三峯排列，故名。

【評箋】

楊慎云：太白横江詞六首，章雖分，意如貫珠。俗本以第一首編入長短句，後五首編入七言絶，首尾衡決，殊失作者之意，如杜詩秋興八首之分爲二處。余特正之。凡古人詩歌不可分，類似此。（李詩選）

金陵城西樓月下吟

金陵夜寂涼風發，獨上高樓望吴越。白雲映水摇空城，白露垂珠滴秋月。月下沉吟久不歸，古來相接眼中稀。解道澄江净如練，令人長憶謝玄暉。

【校】

〔題〕咸本無城字。

〔夜寂〕寂，兩宋本、繆本、王本俱注云：一作靜。

〔高樓〕高，兩宋本、繆本、王本俱注云：一作西。英華、又玄俱作西。

〔空城〕空，兩宋本、繆本、王本俱注云：一作秋。英華作秋光，注云：集作空城。

〔垂珠滴秋月〕此下兩宋本、繆本俱注云：一作沾衣溼秋月。垂珠滴，王本注云：一作沾衣溼。垂，英華作如。滴，又玄作溼。

〔沉吟〕沉，兩宋本、繆本、王本俱注云：一作長。又玄作長。

〔古來〕來，兩宋本、繆本俱注云：一作今。

〔長憶〕長，英華作却。兩宋本、繆本注云：一作還。王本注云：一作還。

【注】

〔城西樓〕按：景定建康志卷二一李白酒樓條下引有此詩，當即城西孫楚酒樓。

〔吴越〕楊云：越州會稽郡，勾踐所都。蘇州吴郡，闔閭所都。

〔玄暉〕南齊書卷四七謝朓傳：字玄暉。文選謝朓晚登三山還望京邑詩：「餘霞散成綺，澄江浄如練。」

【評箋】

魏慶之云：太白云：「解道澄江静如練，令人還憶謝玄暉。」至魯直則云：「憑誰説與謝玄暉，休道澄江静如練。」王文海云：「鳥鳴山更幽」，至介甫則曰：「茅簷相對坐終日，一鳥不鳴山更幽。」皆反其意而用之，蓋不欲沿襲之耳。（詩人玉屑）

東山吟

攜妓東土山，悵然悲謝安。我妓今朝如花月，他妓古墳荒草寒。白雞夢後三百歲，灑酒澆君同所懽。酣來自作青海舞，秋風吹落紫綺冠。彼亦一時，此亦一時。浩浩洪流之詠何必奇？

【校】

〔題〕兩宋本、繆本題下注云：去江寧城三十五里，晉謝安攜妓之所。一云醉過謝安東山。王本注云：一作醉過謝安東山。原注：去江寧城三十五里，晉謝安攜妓之所。咸本作醉過謝安東山。

〔攜妓〕妓，兩宋本作奴，誤。

〔東土山〕咸本、胡本俱作東山去。王本注云：胡本作東山去。

〔三百〕三，兩宋本、繆本作五，注云：一作三。王本注云：一作五。

〔之詠〕之，兩宋本、繆本、王本俱注云：一作高。咸本作高。

【注】

〔土山〕王云：太平寰宇記：土山在昇州上元縣南三十里。按丹陽記：晉太傅謝安舊隱會稽東山，因築土像之，無巖石，故謂土山也。有林木臺觀娛遊之所。安就帝請朝中賢士子姓親屬會宴土山。一統志：東山在應天府東南三十里，一名土山。晉謝安舊隱會稽東山，築此擬之，嘗放情游賞。與從子玄圍棊至夜始還。按：景定建康志卷一七：上元縣有兩東山。一在崇禮鄉，即土山是也。晉書謝安傳：寓居會稽，棲遲東山。此安之舊隱也，在會稽，復於土山營築以擬東山，今去縣二十里。一在鍾山鄉蔣廟東北，宋劉勔隱居之地。勔嘗經始鍾嶺，以爲棲息，及造園宅，名爲東山，今去縣十五里。陳軒金陵集載李白李建勳東山詩皆指土山而作。

〔白雞〕晉書卷七九謝安傳：又於土山營墅，樓館林竹甚盛。每攜中外子姪往來游集。……安雖受朝寄，然東山之志始末不渝，每形於言色。及鎮新城，盡室而行，造汎海之裝，欲須經略粗定，自江道還東。雅志未就，遂遇疾篤。……因悵然謂所親曰：「昔桓温在時，吾常懼不全，忽夢乘温輿行十六里，見一白雞而止。乘温輿者代其位也。十六里止，今十六年矣。白雞主酉，今太歲在酉，吾病殆不起乎！」乃上疏遜位，……尋薨。

〔三百歲〕楊云：自安至太白三百餘歲，作五百歲非。

〔浩浩洪流〕世説雅量篇：桓公伏甲設饌，廣延朝士，因此欲誅謝安、王坦之。王甚遽，問謝曰：「當作何計？」謝神意不變，謂文度曰：「晉祚存亡，在此一行。」相與俱前。王之恐狀，轉見於色。謝之寬容，愈表於貌。望階趨席，方作洛生詠，諷「浩浩洪流」。桓憚其曠遠，乃趣解兵。　按：蕭注云：嵇康詩曰：「浩浩洪流，帶我邦畿。」安石志在東山，太白志在青山，故有此作，但「浩浩洪流」是嵇康詩，蓋白志在青山，則不以邦畿爲奇也。其説殊淺而滯。

僧伽歌

真僧法號號僧伽，有時與我論三車。問言誦呪幾千徧，口道恒河沙復沙。此僧本住南天竺，爲法頭陀來此國。戒得長天秋月明；心如世上青蓮色。意清浄，貌稜稜。亦不減，亦不增。瓶裏千年舍利骨；手中萬歲胡孫藤。嗟予落泊江淮久，罕遇真僧説空有。一言懺盡波羅夷，再禮渾除犯輕垢。

【校】

〔題〕此首兩宋本、繆本俱列鳴皋歌之後。

〔舍利〕蕭本作鐵柱。胡本注云：一作鐵柱。王本注云：蕭本作鐵柱。

〔落泊〕泊，蕭本、胡本俱作魄。王本注云：蕭本作魄。

〔懺〕蕭本作散。王本注云：許本作散。

【注】

〔僧伽〕王云：太平廣記：僧伽大師，西域人，姓何氏。唐龍朔初來遊北土，隸名於楚州龍興寺。後於泗州臨淮縣信義坊乞地施標，將建伽藍，於標下掘得古香積寺銘記並金像一軀，上有普照王佛字，遂建寺焉。……景龍二年，中宗皇帝遣使迎師入内道場，尊爲國師，尋出居薦福寺。……至景龍四年三月二日，端坐而終。

〔三車〕王云：三車謂羊車、鹿車、牛車也。法華經：長者告諸子言羊車、鹿車、牛車今在門外，可以遊戲，汝等於此火宅宜速出來。注云：羊車喻聲聞乘，鹿車喻緣覺乘，牛車喻菩薩乘，俱以運載爲義，方便設施。舊説聲聞不能化他，如羊不顧後羣，故以羊車譬聲聞乘。緣覺是法行人從他聞法少，自推義多，故以鹿車譬緣覺乘。鹿不依人故也。或云譬鹿猶有回顧之慈。菩薩慈悲化物，如牛之安忍運載，故以牛車譬菩薩乘。琦謂當是以三獸之力有大小，三車之所載有多寡，喻三乘諸賢聖道力之淺深耳。

〔恒河〕王云：恒河，西域中水名。釋典謂西域香山頂上有無熱惱池，四方流出四水，其東方之水謂之殑伽河，即恒河也。廣四十里，水中之沙微細如麪。佛説法之處皆與此河相近，故常取以爲喻。云如恒河中所有沙數，蓋言其數之極多，非算數所能知者耳。

〔南天竺〕王云：舊唐書：天竺國即漢之身毒國，或云婆羅門地也，在葱嶺西北，周三萬餘里。其中分爲五天竺：一曰中天竺，二曰東天竺，三曰南天竺，四曰西天竺，五曰北天竺。地各數千里，城邑數百。南天竺際大海。北天竺拒雪山，四周有山爲壁，南面一谷通爲國門。東天竺東際大海，與扶南、林邑鄰接，西天竺與罽賓、波斯相接。中天竺據四天竺之會，其都城周圍七十餘里，北臨禪連河云。

〔頭陀〕王云：法苑珠林：西云頭陀，此云抖擻，能行此法，即能抖擻煩惱，去離貪著，如衣抖擻能去塵垢，是故從喻爲名。錦繡萬花谷：頭陀，梵語云杜多，漢言抖擻，謂三毒如塵坌真心，此人能振撣除去，故今訛稱頭陀。

〔秋月〕〔青蓮〕王云：陳永陽王解講疏：戒與秋月共明，禪與春池共潔。華嚴經：菩提心者猶如蓮花，不染一切諸罪垢，故僧肇維摩詰經注：天竺有青蓮花，其葉修而廣，青白分明。

〔舍利〕王云：魏書：佛既謝世，香木焚尸，靈骨分碎，大小如粒，擊之不壞，焚亦不焦，或有光明神驗。胡言謂之舍利，弟子收奉，置之寶瓶，竭香花致敬慕。法苑珠林：舍利者，西域梵語，此云骨身，恐濫凡夫死人之骨，故存梵本之名。舍利有三種：一是骨舍利，其色白。二是髮舍利，其色黑。三是肉舍利，其色赤。是佛舍利椎打不碎，是弟子舍利椎擊便破矣。

〔胡孫藤〕楊云：胡孫藤乃藤杖，手所執者。

〔空有〕王云：後漢書西域傳：清心釋累之訓，空有兼遣之宗。章懷太子注：不執著爲空，執著爲有，兼遣謂不空不有，虛實兩忘也。鳩摩羅什維摩詰經注：佛法有二種，一者有，二者空，若常在有則累於想著，若常在空則捨於善本，若空有迭用則不設二過，猶日月代明，萬物以成。胡三省通鑑注：釋氏以面陳悔過爲懺。

〔波羅夷〕〔輕垢〕王云：波羅夷者，華言棄，謂犯此罪者，永棄佛法邊外。法苑珠林云：波羅夷者，此云極重罪是也。輕垢罪者，比重減輕一等，凡玷汙浄行之類皆是。據梵網經：重戒有十，犯者得波羅夷罪，輕戒有四十八，犯者爲輕垢罪。

〔懺〕音攙去聲。

【評箋】

王云：廣川書跋：僧伽傳，蔣穎叔作，其謂李太白嘗以詩與師論三車者誤也。詩鄙近知非太白所作。世以昔人類在集中，信而不疑，且未嘗深求其言而知其不類。予爲之校其年始知之。太白死在代宗元年，上距大足二年壬寅爲六十年而白生，當景龍四年白生九歲，固不與僧伽接。然則其詩爲出於世俗，而復不考歲月，殆湼其服者托白以爲重，而儒者信之又增異也。

白雲歌送劉十六歸山

楚山秦山皆白雲，白雲處處長隨君。長隨君。君入楚山裏。雲亦隨君渡湘水。

湘水上，女蘿衣。白雲堪卧君早歸。

【評箋】

唐汝詢云：按本集白雲歌有二，此當是未改定者。其一云：「君歸楚山裏。雲亦隨君渡湘水。湘水上，女蘿衣。白雲堪卧君早歸。」鍾、譚愛三叠字，因選此作，請並陳之，以俟識者詳品。（唐詩十集壬集）

王云：方弘静曰：太白賦新鶯百囀與白雲歌，無詠物句，自是天仙語，他人稍有擬象，即是凡辭。

金陵歌送别范宣

石頭巉巖如虎踞，凌波欲過滄江去。鍾山龍盤走勢來，秀色横分歷陽樹。四十餘帝三百秋，功名事跡隨東流。白馬小兒誰家子，泰清之歲來關囚。金陵昔時何壯哉！席卷英豪天下來。冠蓋散爲烟霧盡，金輿玉座成寒灰。扣劍悲吟空咄嗟，梁陳白骨亂如麻。天子龍沉景陽井，誰歌玉樹後庭花？此地傷心不能道，目下離離長春草。送爾長江萬里心，他年來訪南山皓。

【校】

〔題〕兩宋本、繆本題下俱注云：金陵。

〔滄江〕江，英華作洲，注云：集作江。

〔關囚〕以上二句兩宋本、繆本、王本俱注云：一作白馬金鞍誰家子，吹脣虎嘯鳳皇樓。

〔昔時〕時，英華注云：集作日。

〔玉座〕座，英華注云：一作輦。

〔白骨〕咸本注云：一作之國。

〔此地傷〕英華作此事傷，注云：一作此地悲。

〔目下〕目，兩宋本、繆本、王本俱注云：一作日。英華作城，注云：集作目。

〔南山皓〕皓，蕭本作老。王本注云：一作老。

【注】

〔虎踞〕王云：張勃吴録：劉備曾使諸葛亮至京，因觀秣陵山阜，乃嘆曰：「鍾山龍蟠，石頭虎踞，帝王之宅也。」景定建康志：石頭山在城西二里。按輿地志：環七里一百步，緣大江南抵秦淮口，去臺城九里。自六朝以來皆守石頭以爲固，以王公大臣領戍軍爲鎮，其形勝蓋必争之地也。一統志：石頭山在應天府西二里。蜀漢諸葛亮云石頭虎踞是也。陸放翁入蜀記：望石頭山不甚高，然峭立江中，繚繞如垣墻，凡舟皆由此下至建康。故江左有變，必先固守石頭，真控扼要地也。參見卷十六魏萬金陵酬翰林謫仙子詩注。

〔鍾山〕王云：元和郡縣志：鍾山在潤州上元縣西北十八里。按輿地志，古金陵山也。邑縣之名，由此而立。吴大帝時，蔣子文發神異於此，封爲蔣侯，改山曰蔣山。宋復名鍾山。江表上巳常游於此，爲衆山之傑。六朝事跡：鍾阜，圖經云：在縣東北，周迴六十里，高一百五十八丈。東連青龍山，西臨青溪，南自鍾浦，下入秦淮，北接雉亭山。漢末有秣陵尉蔣子文逐盜，死於鍾山，吴大帝爲立廟，封曰蔣侯。大帝祖諱鍾，因改名曰蔣山。按丹陽記云：京師南北，並連山嶺，而蔣山岧嶤嶷異，其形象龍，實作揚都之鎮。諸葛亮嘗至京，觀秣陵山阜，云鍾山龍蟠，蓋謂此也。參見卷十五留別金陵諸公詩注。

〔歷陽〕楊云：和州歷陽郡治歷陽縣。建康圖經：西至本府界十里，自界首至和州八十三里，從采石而濟，蓋南北往來要津。參見卷十二醉後贈王歷陽詩注。

〔三百秋〕王云：楊齊賢曰：按紀年，自孫權定都建鄴傳四主五十九年，而晉并之。元帝渡江，傳十一主一百三年，而宋代之。宋傳八主六十年，而齊代之。齊傳七主二十四年，而梁代之。梁傳四主五十六年，而陳代之。陳傳五主三十三年，而隋并之。凡三十九主三百三十五年。蕭士贇曰：按史書自吴大帝建都金陵後，歷晉、宋、齊、梁、陳，凡六代，共三十九主。此言四十餘帝者，併其間推尊者而混言之也。自吴大帝黄武元年壬寅歲至陳禎明三年己酉，共三百六十八年。吴亡後歇三十六年，只三百三十二年，此言三百秋者，舉成數而言耳。按六代建都之歲，只三百三十二年，楊氏於宋、齊、梁交代之歲各重數一年，故誤爲三百三十五也。

〔白馬〕王云：白馬小兒謂侯景。隋書：大同中童謡曰：「青絲白馬壽陽來。」其後侯景破丹陽，乘白馬，以青絲爲羈勒。梁書：太清二年八月，侯景舉兵反。十月己亥，景自横江濟於采石。辛亥，景師至京。三年三月，攻陷宮城。南齊書：元嘉七年，太一在八宮，關囚惡歲。南史：侯景矯詔禪位，將登太極殿，醜徒數萬同共吹唇唱吼而上。胡云：「虎嘯鳳皇樓」比景石勒，借用倚嘯上東門事。

〔後庭花〕王云：陳書：後主聞兵至，從宮人十餘出後堂景陽殿，將自投於井。袁憲侍側，苦諫不從。後閤舍人夏侯公韻又以身蔽井，後主與争久之，方得入焉。及夜爲隋軍所執。六朝事跡：景陽井，臺城中景陽宮井也。按南史：隋克臺城，陳後主與張麗華、孔貴嬪俱入井，隋軍出之。故杜牧之詩云：「三人出眢井」，謂此也。其井有石欄，上多題字。舊傳云：欄有石脈，以帛拭之，作臙脂痕。或云石脈之色類臙脂，故云。陳書：後主每引賓客，對貴妃等游宴，使諸貴人及女學士與狎客共賦新詩，互相贈答。採其尤豔麗者以爲曲詞，被以新聲。選宮女有容色者以千百數，令習而歌之，分部迭進，持以相樂。其曲有玉樹後庭花、臨春樂等。大指所歸，皆美張貴妃、孔貴嬪之容色也。其略曰：「璧月夜夜滿，瓊樹朝朝新。」通典：玉樹後庭花、堂堂黄鸝留、金釵兩臂垂，並陳後主所造，恒與宮中女學士及朝臣相唱和爲詩。太樂令何胥採其尤輕豔者以爲此曲。

〔南山皓〕王云：南山皓謂漢之四皓，四皓在秦時始入藍田山，後又入地肺山，漢時匿終南山。終南山廣八百餘里，横亘關中南面，故亦謂之南山。凡藍田、地肺諸山亦南山之支脈矣。參見卷二十二商山四皓詩注。

【評箋】

蕭云：此篇似非太白之作，今附卷末。

胡云：蕭士贇疑以爲非白詩，然載文苑英華，非僞也。

笑歌行

笑矣乎，笑矣乎！君不見，曲如鈎，古人知爾封公侯。君不見，直如絃，古人知爾死道邊。張儀所以只掉三寸舌，蘇秦所以不墾二頃田。笑矣乎，笑矣乎！君不見，滄浪老人歌一曲，還道滄浪濯吾足。平生不解謀此身，虛作離騷遺人讀。笑矣乎，笑矣乎！趙有豫讓楚屈平，賣身買得千年名。巢由洗耳有何益？夷齊餓死終無成。君愛身後名，我愛眼前酒。飲酒眼前樂，虛名何處有？男兒窮通當有時，曲腰向君君不知。猛虎不看机上肉，洪爐不鑄囊中錐。笑矣乎，笑矣乎！甯武子，朱買臣，叩角行歌背負薪。今日逢君君不識，豈得不如佯狂人？

【校】

〔机上肉〕机，蕭本、王本俱誤作機，今從兩宋本、繆本改正。

悲歌行

悲來乎，悲來乎！主人有酒且莫斟，聽我一曲悲來吟。悲來不吟還不笑，天下無人知我心。君有數斗酒，我有三尺琴。琴鳴酒樂兩相得，一杯不啻千鈞金。悲來乎，悲來乎！天雖長，地雖久，金玉滿堂應不守。富貴百年能幾何，死生一度人皆有。孤猿坐啼墳上月，且須一盡杯中酒。悲來乎，悲來乎！鳳鳥不至河無圖，微子去之箕子奴。漢帝不憶李將軍，楚王放却屈大夫。悲來乎，悲來乎！秦家李斯早追悔，虛名撥向身之外。范子何曾愛五湖，功成名遂身自退。劍是一夫用，書能知姓名。惠施不肯干萬乘，卜式未必窮一經。還須黑頭取方伯，莫謾白首爲儒生。

【校】

〔鳳鳥〕蕭本作鳳凰。鳥下王本注云：蕭本作凰。

【評箋】

王云：蘇東坡曰：今太白集中有悲來乎、笑矣乎及贈懷素草書數詩，決非太白作。蓋唐末五代間貫休、齊己輩詩也。予舊在富陽，見國清院太白詩絶凡近，過彭澤唐興院，又見太白詩亦非是。良由太白豪俊，語不甚擇，集中往往有臨時率然之句，故使妄庸敢爾。若杜子美，世豈復有僞撰者耶？

沈德潛云：太白七古，想落天外，局自變生。大江無風，波浪自湧；白雲從空，隨風變滅。此殆天授，非人可及。集中如笑矣乎、悲來乎、懷素草書歌等作，皆五代凡庸子所擬。後人無識，將此入選，嗷訾者爲粗淺人作俑矣。讀李詩者，於雄快之中，得其深遠宕逸之神，才是謫仙面目。（唐詩别裁）

按：以上二首，各家均定爲僞作，王注殊覺贅疣，今删去，但存原詩。

李白集校注卷八

古近體詩五十三首

秋浦歌十七首

秋浦長似秋，蕭條使人愁。客愁不可度，行上東大樓。正西望長安，下見江水流。寄言向江水，汝意憶儂不？遥傳一掬淚，爲我達揚州。

【校】

〔題〕兩宋本、繆本題下俱注云：秋浦。

〔度〕兩宋本、繆本俱作渡。王本注云：繆本作渡。

【注】

〔秋浦〕王云：唐池州有秋浦縣，其地有秋浦水，故取以立名，隸江南西道。按：輿地紀勝卷二二池州：秋浦在提舉司。池陽記云：北帶郡城，南走驛道，爲舟楫之路。又元和郡縣志卷二八：秋浦水在（秋浦）縣西八十里。

〔大樓〕王云：江南通志：大樓山在池州府城南六十里。

〔不〕方鳩切，音近浮。

〔掬〕王云：小爾雅：兩手謂之掬。△掬音菊。

其二

秋浦猿夜愁，黄山堪白頭。青溪非隴水，翻作斷腸流。欲去不得去，薄遊成久遊。何年是歸日？雨淚下孤舟。

【校】

〔青溪〕青，蕭本、胡本俱作清。

〔雨淚〕淚，咸本作涕，注云：一作淚。

【注】

〔黄山〕王云：江南通志：黄山在池州府城南九十里，高百餘丈。

〔青溪〕按：當作清溪。輿地紀勝卷二二池州：清溪：劉長卿有次秋浦界清溪館詩。王云：清溪在池州府城北五里，源出考溪，與上路嶺水合流，經郡城至大江。

〔隴水〕見卷二古風第二十二首注。

其三

秋浦錦駝鳥，人間天上稀。山雞羞渌水，不敢照毛衣。

【注】

〔駝鳥〕王云：太平寰宇記：歙州土産駝鳥。……郡國志云：翎下青黄相映若垂綬，其狀如蜀雞背如朱。祥符新安圖經：鴕鳥一名楚雀，尤愛其羽，中矰弋則守死不動。海録碎事：駝鳥出秋浦，如吐綬雞。

〔山雞〕博物志：山雞有美毛，自愛其色，終日映水，目眩則溺死。參見本卷山鷓鴣詞注。

其四

兩鬢入秋浦，一朝颯已衰。猿聲催白髮，長短盡成絲。

【評箋】

陸游云：李太白往來江東，此州（池州）所賦尤多。如秋浦歌十七首及九華山、清溪、白笴陂、玉鏡潭諸詩是也。秋浦歌云：「秋浦長似秋，蕭條使人愁。」又云：「兩鬢入秋浦，一朝颯已衰。猿聲催白髮，長短盡成絲。」則池州之風物可見矣。然觀太白此歌，高妙乃爾，則知姑熟十詠決爲贋作也。杜牧之池州諸詩，正爾觀之，亦清婉可愛；若與太白詩並讀，醇醨異味矣。（入蜀記）

其五

秋浦多白猿，超騰若飛雪。牽引條上兒，飲弄水中月。

【校】

〔飛雪〕飛，蕭本作冰。王本注云：蕭本作冰。

其六

愁作秋浦客，強看秋浦花。山川如剡縣，風日似長沙。

【校】

〔秋浦客〕客，宋乙本、繆本、王本俱注云：一作曲。咸本作曲，注云：一作客。

【注】

〔剡縣〕九域志：剡縣在越州會稽郡東南一百八十里。世説言語篇：顧長康從會稽還，人問山川之美，顧云：千巖競秀，萬壑争流，草木蒙蘢，其上若雲興霞蔚。

〔長沙〕王云：一統志：秋浦在池州府城西南八十里，長八十餘里，闊三十里。四時景物，宛如瀟湘洞庭。唐時潭州治長沙縣，亦謂之長沙郡，隸江南西道。瀟湘、洞庭皆在其境内。

其七

醉上山公馬，寒歌甯戚牛。空吟白石爛，淚滿黑貂裘。

【注】

〔山公〕見卷五襄陽曲注。

〔甯戚〕太平御覽卷八九八引史記曰：甯戚欲仕齊，候桓公出，牽牛叩角而歌曰：「南山粲，白石爛。短布單衣裁至骭。生不逢堯與舜禪，長夜漫漫何時旦？」桓公聞之。

〔黑貂裘〕戰國策秦策：蘇秦……説秦王，書十上而説不行，黑貂之裘敝，黄金百斤盡。

【評箋】

按：十七首中惟此首不涉秋浦風物，亦正惟此首直抒作詩時心境，疑是天寶十二載在江南時作，蓋已多年漫遊無所遇也。

其八

秋浦千重嶺，水車嶺最奇。天傾欲墮石，水拂寄生枝。

【校】

〔水車嶺〕兩宋本、繆本、王本俱注云：一作人行路。

【注】

〔水車嶺〕王云：一統志：水車嶺在池州府齊山。胡震亨曰：貴池志：縣西南七十里有姥山，又五里爲水車嶺，陡峻臨淵，奔流冲激，恒若桔槔之聲。舊注以爲在齊山者誤。

〔寄生枝〕王云：名醫别録：寄生，松上、楊上、楓上皆有，形類一般，但根津所因處爲異，則各隨其樹名之。生樹枝間，根在肢節之内，葉圓青赤厚澤易折，旁自生枝節。冬夏生，四月花白，五月實，赤大如小豆，處處皆有。蜀本草：諸樹多有寄生，莖葉並相似，云是烏鳥食一物子，糞落樹上，感氣而生。葉如橘而厚軟，莖如槐而肥脆。

其九

江祖一片石，青天掃畫屏。題詩留萬古，緑字錦苔生。

【注】

〔江祖〕王云：一統志：江祖山在池州府城西南二十五里，有一石突然出水際，其高數丈，上有仙人蹟，名曰江祖石。

其十

千千石楠樹，萬萬女貞林。山山白鷺滿，澗澗白猿吟。君莫向秋浦，猿聲碎客心。

【校】

〔鷺滿〕兩宋本、繆本、王本鷺下俱注云：一作鷴。咸本作鷴鳥，注云：一作鷺滿。

【注】

〔石楠〕王云：唐本草：石楠葉似菵草，凌冬不凋。關中者葉細，江以南者葉長大如枇杷。

〔女貞〕王云：顔師古漢書注：女貞樹，冬夏常青，未嘗凋落，若有節操，故以名焉。

【評箋】

唐宋詩醇云：周南采蘋章，連用六于以字，十九首「青青河畔草」連用六疊字句，白詩祖之。

王云：首四句皆疊二字，蓋仿古詩中「青青河畔草」一體。

其十一

邏人横鳥道，江祖出魚梁。水急客舟疾，山花拂面香。

【校】

〔邏人〕人，胡本作叉。王本注云：胡本作叉。

〔江祖〕祖，咸本注云：一作相。

〔客舟〕舟，胡本注云：一作行。

【注】

〔邏人〕王云：胡震亨曰：貴池志：城西六十里，李陽河出李陽大江，中流有石，槎牙横突，爲攔江羅叉二磯。昔周湛鑿新河，以避其勢。今本作邏人誤。琦按：鳥道是高山峭嶺人迹稀到之處，而邏叉横其間，今以水中磯石當之，亦恐未是。又魚梁，論其跡，亦當在池州。注者或以徽州之魚梁當之，不知徽州之水南流入於浙江，池州之水北流入於安慶大江。源流各異，未可混也。△邏音羅去聲；又音羅。

其十二

水如一匹練，此地即平天。耐可乘明月，看花上酒船。

【注】

〔匹練〕王云：論衡：見其上若一匹練狀。練，熟素繒也。

〔耐可〕王云：田汝成曰：杭人言寧可曰耐可，音如能可。漢書：揚越之人耐暑。注：與能同。鄭康成禮記注：耐，古書能字也。按通俗編卷三三：李白詩：「耐可乘明月」，又：「耐可乘流直上天」，按耐音略讀如能，亦俗言寧可之轉。

其十三

渌水浄素月，月明白鷺飛。郎聽採菱女，一道夜歌歸。

【注】

〔採菱〕王云：爾雅翼：吴、楚之風俗，當菱熟時，士女相與采之，故有采菱之歌以相和，爲繁華流蕩之音。文選謝靈運道路憶山中詩：「采菱調易急。」李善注：楚辭：涉江採菱發揚荷。王逸曰：楚人歌曲也。

其十四

爐火照天地，紅星亂紫烟。赧郎明月夜，歌曲動寒川。

【注】

〔爐火〕王云：琦按唐書地理志：秋浦有銀有銅，此篇蓋詠鼓鑄之景也。楊注以爲煉丹之火，蕭注以爲漁人之火。此二火者安能照天地耶？赧與赧同，面慚而赤也。楊注：言媿汝明月之夜，歌曲之聲振動寒川。蕭注：赧郎，吴音也，歌者助語之詞，未知是否。按：王説甚確。搜神記：陶安公者，六安鑄冶師也。數行火，火一朝散上，紫色沖天。其寫鼓鑄時之景象正相合，可證其由實驗而得也。

〔赧〕音難上聲。

其十五

白髮三千丈，緣愁似箇長。不知明鏡裏，何處得秋霜？

【注】

〔箇〕按：唐人語「箇」，即今語「這樣」。

【評箋】

王云：起句怪甚，得下文一解，字字皆成妙義，洵非老手不能，尋章摘句之士，安可以語此？

郭兆麒云：太白詩「白髮三千丈」，「燕山雪花大如席」，語涉粗豪，然非爾便不佳。「十月吴山曉，梅花落敬亭」，「江城五月落梅花」，用語皆活相，又不大段修飾，乃其天分過人處，後人不能步其塵。如少陵言愁，斷無「白髮三千丈」之語，只是低頭苦煞耳。故學杜易，學李難。然讀杜後不可不讀李，他尚非所急也。（梅崖詩話）

湯大奎云：世説：顧長康哭桓宣武，聲如震雷破山，淚如傾河注海，形容盡致，讀之令人失笑。唐人詩「今朝不用臨河别，垂淚千行便濯纓」，淚已不少。至杜工部「猶有淚成河，從天復東注」，視虎頭抑又甚矣。此與太白「白髮三千丈，愁來似箇長」，同一語意。（炙硯瑣録）

其十六

秋浦田舍翁，採魚水中宿。妻子張白鷴，結罝映深竹。

【注】

〔白鷴〕王云：圖經本草：白鷴出江南，雉類也，白色而背有細黑文，可畜。按：王氏在本卷通塘曲注云：鄭樵爾雅注：白鷴似鴿而大，白色紅臉可愛。

〔結罝〕文選張衡西京賦：結罝百里。薛綜注：罝，網也。△罝音嗟。

其十七

桃波一步地，了了語聲聞。闇與山僧别，低頭禮白雲。

【注】

〔桃波〕王云：集内有清溪玉鏡潭詩，謂潭在秋浦桃胡陂下，然則桃波其桃陂之訛歟！

〔闇〕王云：闇，默也。△闇音陰，又音庵。

【評箋】

今人詹鍈云：黄山谷書自草秋浦歌後：紹聖三年五月乙未，新開小軒，聞幽鳥相語，殊樂，戲作草，遂書徹李白秋浦歌十五篇。似山谷所見太白集秋浦歌只十五篇，其今本秋浦歌十七首之中尚有二首僞作耶？

按：絶句收十二首，無「秋浦長似秋」、「秋浦猿夜愁」、「兩鬢入秋浦」、「千千石楠樹」、「淥水净素月」五首。

當塗趙炎少府粉圖山水歌

峨眉高出西極天，羅浮直與南溟連。名工繹思揮綵筆，驅山走海置眼前。滿堂空翠如可掃，赤城霞氣蒼梧烟。洞庭瀟湘意渺緜，三江七澤情洄沿。驚濤洶湧向何處，孤舟一去迷歸年。征帆不動亦不旋，飄如隨風落天邊。心摇目斷興難盡，幾時可到三山巔？西峯崢嶸噴流泉，横石蹙水波潺湲。東崖合沓蔽輕霧，深林雜樹空芊綿。此中冥昧失晝夜，隱几寂聽無鳴蟬。長松之下列羽客，對座不語南昌仙。南昌仙人趙夫子，妙年歷落青雲士。訟庭無事羅衆賓，杳然如在丹青裏。五色粉圖安足珍？真仙可以全吾身。若待功成拂衣去，武陵桃花笑殺人。

【校】

〔題〕粉上六字，咸本無。

〔高出西極天〕英華作西出高極天。

〔名工〕工，蕭本、咸本俱作公。王本注云：蕭本作公。

〔繹思〕繹，英華作逸。

〔驅山〕驅，英華作馳，注云：集作驅。

〔如可〕可，咸本、英華俱作何，注云：一作可。

〔霞氣〕霞，英華作日。

〔難盡〕盡，英華注云：又作窮。

〔東崖〕崖，英華作岸。
〔蔽輕霧〕蔽，英華作開，注云：集作蔽。
〔芊綿〕綿，英華作眠，注云：集作綿。
〔丹青〕青，宋乙本、繆本、王本俱注云：一作霄。
〔真仙〕宋乙本、繆本俱作真山，王本亦作真山，注云：蕭本作仙。但與其注不相應，釋仍據真仙爲說。咸本亦作仙，今據改。

【注】

〔當塗〕唐江南西道宣州有當塗縣。見舊唐書地理志。
〔趙炎少府〕按：卷十三有寄當塗趙少府炎詩，卷十六有送當塗趙少府赴長蘆詩，即其人；卷一十七有春於姑熟亭送趙少府還炎方序，則未知即其人否。王云：少府，縣尉之稱。清波雜志：古治百里之邑，令附其俗，尉督其奸，故令曰明府，尉曰少府。嬾真子：令呼明府，故尉呼少府，以亞於縣令。
〔峨眉〕王云：四川通志：峨眉山在嘉定州峨眉縣南一百里，兩山相對，狀如蛾眉，故名。周圍千里，高八十里。有石龕一百十二，大小洞四十，南北有臺，重巖複澗，莫測遠近，爲蜀山第一。佛刹以千百計。昔西竺僧謂其高出五嶽，秀甲九州，爲震旦國第一山。參見卷三蜀道難注及本卷上皇西巡南京歌第七首注。

〔羅浮〕元和郡縣志卷三四：羅浮山在循州博羅縣西北二十八里。羅山之西有浮山，蓋蓬萊之一阜，浮海而至，與羅山並體，故曰羅浮。高三百六十丈，周迴三百二十七里，峻天之峯四百三十有二。參見卷十三禪房懷友人岑倫詩注。

〔赤城〕見卷七同族弟金城尉叔卿燭照山水壁畫歌。

〔三江〕王云：三江之名不一，以岷山之江爲中江，嶓冢之江爲北江，豫章之江爲南江，此説禹貢之三江也。或以松江、錢塘江、浦陽江爲三江，或以松江、東江、婁江爲三江，此説吴越之三江也。或以岷江爲西江，澧江爲中江，湘江爲南江，此説岳陽之三江也。此詩從畫意泛説，不必定指一處。

〔七澤〕王云：子虛賦：楚有七澤，後只稱雲夢一澤，其六皆未詳所在。

〔洄沿〕文選謝靈運過始寧墅詩：「水涉盡洄沿。」李善注：爾雅曰：逆流而上曰遡洄，孔安國尚書傳曰：順流而下曰沿。

〔潺湲〕文選謝靈運七里瀨詩：「石淺水潺湲。」李善注：楚辭曰：觀流水兮潺湲。雜字曰：潺湲，水流貌。吕延濟注：潺湲，水聲。

〔合沓〕文選謝朓敬亭山詩：「合沓與雲齊。」吕向注：合沓，高貌。

〔粉圖〕按：卷二十八金陵名僧頵公粉圖慈親讚有「粉爲造化，筆寫天真」語，粉圖蓋以色粉作畫。

〔真仙〕楊云：梅福爲南昌尉，後棄官歸壽春，王莽專政，一朝棄妻子去九江，至今傳以爲仙，其後有見福於會稽者，變姓名爲吴市門卒云。趙炎爲少府，故比於福云。

【評箋】

嚴羽云：通篇皆賦題目，只此是達胸情。始知作詩貴本色，不貴著色。（嚴羽評點李集）

謝榛云：屈原曰：「衆人皆醉我獨醒。」王績曰：「眼看人盡醉，何忍獨爲醒。」左思曰：「功成不受爵，長揖歸田廬。」太白曰：「若待功成拂衣去，武陵桃花笑殺人。」王、李二公善于翻案。（四溟詩話）

唐宋詩醇云：寫畫似真，亦遂驅山走海，奔輳腕下。「杳然如在丹青裏」，文以真爲畫，各有奇趣。康樂之模山範水，從此另開生面。

永王東巡歌十一首

永王正月東出師，天子遥分龍虎旗。樓船一舉風波静，江漢翻爲雁鶩池。

【校】

〔題〕兩宋本、繆本題下俱注云：永王軍中。

【注】

〔永王〕舊唐書卷一〇七永王璘傳：永王璘，玄宗第十六子也。……天寶十四載十一月安禄山反范陽。十五載六月，玄宗幸蜀，至漢中郡，下詔以璘爲山南東路及嶺南、黔中、江南西路四道節度採訪等使，江陵郡大都督，餘如故。……十二月，擅領舟師東下，……乃使渾惟明取（李）希言，季廣琛趣廣陵，……季廣琛召諸將割臂而盟，以貳於璘，……遂敗，將南投嶺外，爲江西採訪使皇甫侁下防禦兵所擒，因中矢而薨。按：唐大詔令集卷三九：降永王璘庶人詔，……朕乘輿南幸，遵古公避狄之仁；皇帝受命北征，興少康復禹之績。猶以藩翰所寄，非親莫可。永王璘，謂能堪事，令鎮江陵，庶其克保維城，有裨王室。而乃棄分符之任，專用鉞之威，擅越淮海，公行暴亂。違君父之命，既自貽殃；走蠻貊之邦，欲何逃罪？據其凶悖，理合誅夷，尚以骨肉之間，有所未忍。皇帝誠深孝友，表請哀矜。……宜寬伏鑕之命，俾黜析珪之典，可悉除爵土，降爲庶人，仍於房陵郡安置，所由郡縣，勿許東西。……

〔雁鶩池〕西京雜記：梁孝王好營宮室苑囿之樂，……又有雁池，池間有鶴洲、鳧渚。

其二

三川北虜亂如麻，四海南奔似永嘉。但用東山謝安石，爲君談笑静胡沙。

【注】

〔永嘉〕王云：三川謂洛陽，北虜謂禄山。永嘉晉懷帝年號。永嘉五年，劉曜陷洛陽，百官士庶死者三萬餘人。中原衣冠之族，相率南奔，避亂江左。舊唐書：兩京蹂於胡騎，士君子多以家渡江東。

【評箋】

劉克莊云：按永王璘客如孔巢父亦在其間，白其一耳，此篇所謂謝安石不知屬誰，可見自負不淺。然十篇只目王爲帝子，受命東巡，與王衍阮籍勸進事不同。（後村詩話新集）

丁紹儀云：「但起東山謝安石，爲君談笑凈胡塵」，太白詩也。人或譏其大言不慚，然其時鄴侯、汾陽均未顯用，殆有所指，非自況也。（聽秋聲館詞話）

其三

雷鼓嘈嘈喧武昌，雲旗獵獵過尋陽。秋毫不犯三吴悦，春日遥看五色光。

【注】

〔雷鼓〕荀子解蔽篇：雷鼓在側而耳不聞。楊倞注：雷鼓，大鼓聲如雷者。

〔雲旗〕漢書司馬相如傳：上林賦：靡雲旗。張揖注：畫熊虎於旒爲旗，似雲氣。

〔獵獵〕文選鮑照還都道中詩：「獵獵曉風遒。」吕延濟注：獵獵，風聲。

〔尋陽〕見卷七横江詞第二首注。

〔三吴〕楊云：吴王夫差都姑蘇，吴王濞都廣陵，孫權都建鄴，是謂三吴。王云：范成大吴郡志：三吴之説，世未有定論。十道四番志以吴郡及丹陽、吴興爲三吴。又以義興、吴興及吴郡爲三吴。郡國志謂吴興、義興、吴郡爲三吴。又云：丹陽亦曰三吴。元和郡國圖志亦曰：吴郡與吴興、丹陽爲三吴。酈元注水經云：永建中陽羨周嘉上書，以縣遠赴會至難，求得分置，遂以浙江西爲吴，東爲會稽，後分爲三，號三吴，吴興、吴郡、會稽其一焉。

其四

龍盤虎踞帝王州，帝子金陵訪古丘。春風試暖昭陽殿；明月還過鳷鵲樓。

【注】

〔帝王州〕王云：一統志：南京，古金陵之地，自周末時已有王氣，秦始皇謂東南有天子氣，諸葛亮謂龍蟠虎踞，真帝王之都，即此地也。謝朓詩：「金陵帝王州。」

〔鳷鵲樓〕王云：南齊書：羊貴嬪居昭陽殿西，范貴妃居昭陽殿東。隋書：侯景作亂，遂居昭陽殿。一統志：昭陽殿乃太后所居，在臺城内。吴均詩：「春生鳷鵲樓」，是皆謂金陵之昭陽殿、鳷鵲樓也。舊注以爲在長安者非是。

其五

二帝巡遊俱未迴，五陵松柏使人哀。諸侯不救河南地，更喜賢王遠道來。

【注】

〔二帝〕楊云：二帝，明皇幸蜀，肅宗即位靈武，俱未迴長安也。

〔五陵〕王云：五陵，高祖、太宗、高宗、中宗、睿宗之陵也。唐會要：高祖葬獻陵，在京兆府三原縣界；太宗葬昭陵，在京兆府醴泉縣界；高宗葬乾陵，在京兆府奉天縣界；中宗葬定陵，在京兆府富平縣界；睿宗葬橋陵，在京兆府奉先縣界。

〔河南〕楊云：河南，洛陽也。時禄山據洛陽。

其六

丹陽北固是吳關，畫出樓臺雲水間。千巖烽火連滄海，兩岸旌旗繞碧山。

【校】

〔巖〕胡本作崖。

【注】

〔北固〕王云：唐時江南東道有丹陽郡，即潤州也。領丹徒、丹陽、金壇、延陵四縣，今爲鎮江府。太平寰宇記：北固山在潤州丹徒縣北一里。南徐州記云：城西北有别嶺，斜入江，三面臨水，高數十丈，號曰北固。劉楨京口（按：王本誤引作日）記云：回嶺入江，懸水峻壁。

舊北顧作固字，梁高祖云：作鎮作固，誠有其語。然北望海口，實爲壯觀，以理而推，宜改爲顧望之顧。輿地志云：天清景明，登之望見廣陵城，如在青霄中，相去鳥道五十餘里。方輿勝覽：北固山在鎮江府州北一里，迴嶺下臨長江，其勢險固，即府治所據，及甘露寺基。建康實録：梁武帝幸京口，登北固樓，遂改名北顧。楊云：圖經：丹陽山，古雲陽縣也。漢丹陽郡治宛陵，晉丹陽郡治秣陵，山多赤柳，故名。北固山在鎮江府北一里，迴嶺下臨長江，其勢險固，即府治所據，乃城中最高處。旁視甘露金山，如屏障中畫出，信江南之絶致也。後改曰連滄觀，是又摘太白詩語而名之，太白之詩信紀實之作也。

其七

王出三江按五湖，樓船跨海次揚都。戰艦森森羅虎士，征帆一一引龍駒。

【校】

〔三江〕江，蕭本作山。王本注云：蕭本作山。

〔揚都〕揚，蕭本作陪。王本注云：蕭本作陪，非。

【注】

〔五湖〕王云：周禮：東南曰揚州，其川三江，其浸五湖。賈公彦疏：按禹貢云：九江今在廬江尋陽南，皆東合爲大江。揚州所以得有三江者，江至尋陽南合爲一，東行至揚州，入彭蠡，復分爲三道而入海，故得有三江也。韻會：徐按江出岷山，至楚都名南江，至潯陽爲九道，名中江，至南徐州名北江，入海。琦按禹貢以岷江之委爲中江，漢水之委爲北江，三江僅有其二，鄭康成以彭蠡之水爲南江，以備三江之數，其説近是，而駁者紛紛然。詳其水道，辨其大小，則諸説未免近訛，不可爲據。若他書所稱三江之名，亦多各隨地而分，與禹貢周禮所記之三江不必相同，學者或據其一説而争以相難，其何以異於扣盤捫燭之見也歟！玉海：五湖在蘇州西四十里。太平寰宇記：太湖者以其廣大名之，又名五湖。韋昭三吴郡國志云：太湖邊有遊湖、莫湖、胥湖、貢湖，就太湖爲五湖。又云：胥湖、蠡湖、洮湖、滆湖，就太湖爲五也。又云：天下如此者五。虞仲翔川瀆記云：太湖東通長洲松江水，南通烏程霅溪水，西通義興荆溪水，北通晉陵滆湖水，西南通嘉興韭溪水，凡五道，謂之五湖。

〔虎士〕周禮夏官司馬：虎士八百人。鄭玄注：虎士徒之選有勇力者。

其八

長風挂席勢難迴，海動山傾古月摧。君看帝子浮江日，何似龍驤出峽來。

【注】

〔古月〕王云：古月，胡字隱語也，出十六國春秋。參見卷四司馬將軍歌注。

〔龍驤〕晉書武帝紀：咸寧五年十一月，大舉伐吴，遣龍驤將軍王濬、廣武將軍唐彬率巴蜀之卒，浮江而下。

其九

祖龍浮海不成橋，漢武尋陽空射蛟。我王樓艦輕秦漢，却似文皇欲渡遼。

【校】

〔文皇〕文，兩宋本、咸本俱作天。王本注云：蕭、楊本作天，非。按：蕭本亦作文，王氏云：蕭、楊本作天，未知何據。胡本注云：文皇亦作天皇。

【注】

〔成橋〕王云：水經注：三齊略記曰：始皇于海中作石橋，海神爲之豎柱，始皇求爲相見。神曰：「我形醜，莫圖我形，當與帝相見。」乃入海四十里見海神，左右莫動手，工人潛以脚畫其狀。神怒曰：「帝負約，速去。」始皇轉馬還，前脚猶立，後脚隨奔，僅得登岸，畫者溺死於海，衆山之石皆傾注，今猶岌岌東趣。

〔射蛟〕漢書武帝紀：元封五年冬，行南巡狩，……自尋陽浮江親射蛟江中，獲之。

〔樓艦〕王云：陳書：樓艦馬步宜指臨川。胡三省通鑑注：樓艦即樓船，兩面施重板，列戰格，故謂之樓艦。

〔渡遼〕王云：文皇帝即太宗也。舊唐書太宗本紀：貞觀十九年二月庚戌，上親統六軍發洛陽。四月癸卯，誓師於幽州城南，因大享六軍以遣之。五月丁丑，車馬渡遼。

【評箋】

蕭云：合十一篇而觀，此篇用事非倫，句調鄙俗，别是一格，贋僞無疑，識者必能辨之。

按：蕭氏所謂用事非倫，即明人游潛夢蕉詩話所謂公然以天子之事爲永王比擬，不無啓其覬僭之心，適成其爲庸俗之見。此篇正其自寫抱負，説詳後。

其十

帝寵賢王入楚關，掃清江漢始應還。初從雲夢開朱邸，更取金陵作小山。

【注】

〔雲夢〕王云：爾雅：楚有雲夢。郭璞注：今南郡華容縣東南巴丘湖是也。邢昺疏：周禮：荆州，其澤藪曰雲曹。鄭注云：雲曹在華容。禹貢云：雲土夢作乂。又昭三年左傳：楚子與鄭伯田於江南之夢。又定四年，楚子涉雎濟江，入於雲中。杜預云：南郡枝江縣西有雲夢城，江夏安陸縣東南亦有夢城。或曰：南郡華容縣東南有巴丘湖，江南之夢也。雲夢一澤而每處有名者，司馬相如子虛賦云：雲夢者方九百里，則此澤跨江南北，亦得單稱雲，單稱夢，曹即夢也。鄭樵注：江北爲雲，江南爲夢。雲今之長沙、監利、景陵等縣是，夢今之公安、石首、建寧等縣是。太平寰宇記：雲夢澤在安州安陸縣東南，闊數十里，南接荆、襄。

〔朱邸〕王云：謝朓詩：「黄旗映朱邸。」李善注：史記曰：諸侯朝天子，於天子之所立宅舍曰邸。漢書曰：代王入代邸，諸侯王朱户，故曰朱邸。△邸音底。

〔小山〕王云：方輿勝覽：鍾山在今上元縣東北十八里。輿地志：古曰金陵山。小山用淮南王小山事，然借作山嶺用，與古説殊異。

其十一

試借君王玉馬鞭，指揮戎虜坐瓊筵。南風一掃胡塵静，西入長安到日邊。

【注】

〔日邊〕楊云：晉書：明帝幼而聰哲，元帝所寵異，數嘗置膝前。會長安使來，因問帝曰：「汝謂日與長安孰遠。」對曰：「長安近，不聞人從日邊來，居然可知也。」元帝異之，明日宴羣僚，又問之，對曰：「日近。」元帝失色，曰：「何乃異間者之言乎？」對曰：「舉頭見日，不見長安。」由是益奇之。後人因之謂帝所爲日邊。王云：琦按晉書陸雲傳已有「雲間陸士龍，日下荀鳴鶴」之對，似不始於東晉。疑日爲君象，故邦畿之地有日邊日下之名耳。

【評箋】

胡仔云：蔡寬夫詩話云：太白之從永王璘，世頗疑之。唐書載其事甚略，亦不明辨其是否。獨其詩自序云：「半夜水軍來，尋陽滿旌旃。空名適自誤，迫脅上樓船。徒賜五百金，棄之若浮烟。辭官不受賞，翻謫夜郎天。」太白豈從人爲亂者哉？蓋其學本出縱横，以氣俠自任，當中原擾攘時，欲藉之以立奇功，故其東巡歌有「但用東山謝安石，爲君談笑静胡沙」之句。其卒章云：「南風一掃胡塵静，西入長安到日邊。」亦可見其志矣。大抵才高意廣，如孔北海之徒，固未必有成功，而知人料事，尤其所難。議者或責以璘之猖獗，而欲仰以立事，不能如孔巢父、蕭穎士察於未萌，斯可矣。若其志，亦可哀已。（苕溪漁隱叢話）

今人詹鍈云：其三云：「秋毫不犯三吴悦」，其四云：「龍盤虎踞帝王州，帝子金陵訪古丘。春風試暖昭陽殿，明月還過鳷鵲樓」，其六云：「丹陽北固是吴關」，其七云：「樓船跨海次揚都」，其十云：「更取金陵作小山」，可見此詩蓋作於金陵一帶。王譜繫至德二載下，注云：按舊唐書，至德元載十二月甲辰，江陵大都督永王璘擅領舟師下廣陵。新唐書玄宗本紀亦以璘反爲十二月甲辰事。肅宗本紀又以璘反爲十月事，陷鄱陽郡爲二載正月事。與此事所謂永王正月東出師者殊異，恐正字有誤。按第三首云：「春日遥看五色光」，明言春季，正字不當有誤。永王之反固在至德元載十二月，而其抵金陵當在擊敗吴郡太守李希言、廣陵長史李成式之後，是時已届至德二載正月矣。新唐書蕭穎士傳云：禄山死，往客金陵，永王璘召之不見。可以爲證。

按：永王東巡歌既爲李白自抒抱負之作，亦足證天寶至德間史事，非淺人所解也。通鑑卷二一九載李泌爲肅宗畫策，令李光弼自太原出井陘，郭子儀自馮翊入河東，而建寧王倓爲范陽節度大使，並塞北出，覆其巢穴。是爲至德元載事。而當時帝王將相皆無遠識，僅能與安、史相持於數百里之間，卒之屈身厚幣以假外援，方得收復兩京，而河南、北糜爛如故。終于不得不置幽燕于化外，兵連禍結數百年無寧日。當時玄宗號令不出劍門，肅宗崎嶇邊塞，忠於唐室之諸將皆力不足以敵安、史，則身處江南如李白者，安得不思抒奇計以濟時艱？綜觀此詩次第，第十首以前皆寫永王東巡爲據金陵以圖恢復，第九首最爲一篇之警策，其主張永王用舟師泛海直取幽燕，意已昭然可覩，然欲行此策，必以金陵爲根本，故第十首有「更取金陵作小山」之語也。至第十一首終之以「南風一掃胡塵静，西入長安到日邊」，則切實表明仍擁護長安，非圖自立，與第五首之「二帝巡遊俱未回」互作補充。永王事敗被害，其志已無由自明，然當時幕中必有人與李泌抱相類似之見解者固可揣而知。而況此時南北音信阻隔，人之未敢遽信李、郭竟能成功，必更甚於李泌之見聞真切者，安得不寓其希望於永王乎？人或疑永王本鎮在江陵，而鎮廣陵者爲盛王琦，永王越俎而擅引兵東出無解于謀叛，殊不知玄宗諸子中惟永王出鎮在前，事在天寶十四載，而次年與盛王、豐王同被命時，二王皆始終未行，則永王之獨以興兵恢復爲己任何容疑乎？李白之佐永王，在永王初敗時誠不得不稍自隱飾以求免責，未幾而事過境遷亦不必諱矣。

在唐時且不諱，後人反欲百計爲之回護，尤可笑也。此事不從當時情勢探究，皆未能得要領。

上皇西巡南京歌十首

胡塵輕拂建章臺，聖主西巡蜀道來。劍壁門高五千尺，石爲樓閣九天開。

【注】

〔南京〕王云：天寶十五載六月，安禄山兵破潼關，帝出幸蜀。七月庚辰，帝次蜀郡。八月癸巳，皇太子即皇帝位於靈武，尊帝曰上皇天帝。至德二載十月丁巳，皇帝復京師。癸亥，遣太子太師韋見素迎上皇天帝於蜀郡。十二月丙午，上皇天帝至自蜀郡。戊午大赦，以蜀郡爲南京。蜀地於天下近西，而謂之南京者，以其在長安之南故也。

〔建章臺〕王云：三輔黄圖：建章宫有神明臺，應德璉有侍五官中郎將建章臺集詩，庾肩吾有過建章故臺詩。

〔劍壁〕王云：張載劍閣銘：惟蜀之門，作鎮作固。是曰劍閣，壁立千仞。吕延濟注：劍閣言其峯如劍，其勢如閣。元和郡縣志：大劍鎮在劍州普安縣東四十八里，本姜維拒鍾會壘也。去開遠戍東十一里。其山峭壁千丈，下瞰絶澗，飛閣以通行旅。老學菴筆記：劍門關皆石，無寸土。參見卷一劍閣賦注。

其二

九天開出一成都，萬户千門入畫圖。草樹雲山如錦繡，秦川得及此間無？

【注】

〔成都〕王云：漢書地理志：蜀郡有成都縣，然唐時統謂蜀郡爲成都。

〔千門〕文選王延壽魯靈光殿賦：千門相似，萬户如一。

〔秦川〕王云：胡三省通鑑注：秦地四塞以爲固，渭水貫其中，渭川左右，沃壤千里，世謂之秦川。

其三

華陽春樹似新豐，行入新都若舊宫。柳色未饒秦地緑；花光不減上陽紅。

【校】

〔華陽〕華，宋乙本、咸本、繆本、絶句俱作德。王本注云：繆本作德。

〔似新豐〕似，蕭本作號。王本注云：蕭本作號。

〔上陽〕陽，兩宋本、繆本俱作林。王本注云：繆本作林。

【注】

〔華陽〕王云：華陽國志：蜀志云：地稱天府，原曰華陽。是稱蜀地爲華陽，其來舊矣。或以唐書地理志蜀郡有華陽縣，有新都縣，爲實指二縣而云，不知華陽縣舊名蜀縣，至乾元二年始更名，至德中尚無此稱。而新都以奮宫相比，則非實指二縣可知。若夫德陽乃漢州之郡名，南至蜀郡百里，玄宗未嘗駐蹕於此，何得以新豐相擬耶？

〔新豐〕西京雜記：太上皇徙長安，居深宫，悽愴不樂。高祖竊因左右問其故，以平生所好皆屠販少年，酤酒賣餅，鬭雞蹴鞠，以此爲歡。今皆無此，故以不樂。高祖乃作新豐，移諸故人實之，太上皇乃悦。故新豐多無賴，無衣冠子弟故也。高祖少時嘗祭枌榆之社，及移新豐，亦還立焉。高祖既作新豐，并移舊社。衢巷棟宇，物色惟舊。士女老幼，相攜路首，各知其室。放犬羊雞鴨於通途，亦競識其家。其匠人胡寬所營也，移者皆悦其似而德之，故競加賞贈，月餘致累百金。蕭士贇曰：肅宗即位靈武，尊明皇爲太上皇，故用此事。

〔上陽〕見卷二古風第十八首注。

其四

誰道君王行路難？六龍西幸萬人歡。地轉錦江成渭水；天迴玉壘作長安。

【注】

〔六龍〕王云：天子駕六，書稱若朽索之馭六馬。漢書袁盎傳：今陛下騁六飛，是也。何休公羊傳注：天子馬曰龍，高七尺以上。稱車駕爲六龍，其義疑出於此。或謂取時乘六龍以御天之義，又或謂韓非子黄帝駕象車而六蛟龍，春秋命曆序有神人右耳蒼色大肩駕六龍出輔，號曰神農，六龍字義本此者，非也。參見卷三蜀道難注。

〔錦江〕王云：錦水，錦江也。劉逵蜀都賦注：譙周益州志曰：成都織錦既成，濯於江水，其文分明，勝於初成。他水濯之不如江水也。太平寰宇記：濯錦江即蜀江，水至此濯錦，錦彩鮮潤於他水，故曰濯錦江。九域志：笮橋江水亦名濯錦江，俗云以此水濯錦鮮明。參見卷四白頭吟注。

〔渭水〕王云：渭水出今臨洮府渭源縣之鳥鼠山，東流遶西安府城之北，西安府即唐之西京也。又東流至華陰縣入於河。凡秦地諸水，若灞、若滻、若涇、若灃、若鎬、若潏、若澇、若彪，莫不入之，而後同歸於河。故秦中諸水惟渭爲大。

〔玉壘〕王云：元和郡縣志：玉壘山在彭州導江縣西北二十九里。蜀都賦曰：包玉壘而爲宇。方輿勝覽：玉壘山在茂州汶川縣東四里，出璧玉。名山志：玉壘山在成都府灌縣。衆峯叢擁，遠望無形，惟雲表崔嵬稍露，山石瑩潔可爲器，亦碔砆之類。

【評箋】

唐宋詩醇云：渭水長安隱寓故都之感，且以幸其早還，非誇成都佳麗也。

其五

萬國同風共一時，錦江何謝曲江池？石鏡更明天上月，後宫親得照娥眉。

【校】

〔親得〕親，兩宋本、繆本、王本俱注云：一作新。

〔更明〕明，蕭本作名。王本注云：蕭本作名。

【注】

〔同風〕漢書卷六四終軍傳：今天下爲一，萬里同風。

〔曲江池〕王云：劇談録：曲江池本秦世隑洲。開元中疏鑿，遂爲勝景。其南有紫雲樓、芙蓉苑，其西有杏園、慈恩寺。花卉環周，烟水明媚，都人遊翫，盛於中和、上巳之節。綵幄翠幬，匝於隄岸，鮮車健馬，比肩擊轂。上巳即賜宴臣僚，京兆府大陳筵席，長安、萬年兩縣以雄盛相較，錦繡珍玩無所不施。百辟會於山亭，恩賜太常及教坊聲樂，池中備綵舟數隻，唯宰相、三使、北省官與翰林學士登焉。每歲傾動皇州，以爲盛觀。入夏則菰蒲葱翠，柳陰四合，碧波紅蕖，湛然可愛。好事者賞芳晨，翫清景，聯騎攜觴，亹亹不絕。長安志：昇道坊龍華尼寺南有流水屈曲，謂之曲江，其深處下不見底。司馬相如賦云臨曲江之隑洲，蓋其所也。

〔石鏡〕華陽國志蜀志：武都有一丈夫化爲女子，美而艷，蓋山精也。蜀王納爲妃，不習水土，欲去。王必留之，乃爲東平之歌以樂之。無幾物故，蜀王哀念之，乃遣五丁之武都擔土，爲妃作冢。蓋地數畝，高七丈，上有石鏡。今成都北角武擔是也。太平寰宇記：冢上有一石，厚五寸，徑五尺，瑩徹號曰石鏡。王見悲悼，遂作臾邪之歌，龍歸之曲。

其六

濯錦清江萬里流，雲帆龍舸下揚州。北地雖誇上林苑；南京還有散花樓。

【注】

〔濯錦〕王云：濯錦江即岷江也。過成都爲錦江，至三峽爲峽江，至漢口爲漢江，至揚州爲揚子江，東流入海。漢書地理志：禹貢岷山在西徼外，江水所出，東南至江都入海，過郡七，行二千六百六十里。此云萬里者，蓋侈言其流之遠耳。左思詩：「振衣千仞岡，濯足萬里流。」

〔龍舸〕王云：方言：南楚江湘凡船大者謂之舸。龍舸，畫龍於大舟之首及兩旁者也。

〔散花樓〕楊云：成都志：宣華苑城上有散花樓，隋蜀王秀所立。參見卷二十一登錦城散花樓詩注。

其七

錦水東流繞錦城，星橋北挂象天星。四海此中朝聖主，峨眉山上列仙庭。

【校】

〔山上〕上，宋乙本、繆本、王本俱注云：一作下。蕭本作下。

【注】

〔錦城〕太平御覽：成都記曰：府城本呼爲錦城，秦滅蜀，張儀所築也。每面各三里，周迴十二里，高七丈。

〔星橋〕王云：華陽國志：蜀郡……有七橋，直西門郫江中冲治橋，西南石牛門曰市橋，城南曰江橋，南渡流曰萬里橋，西上曰夷里橋，亦曰笮橋。從冲治橋西出折曰長昇橋，郫江上西有永平橋。長老傳言，李冰造七橋，上應七星，故世祖謂吴漢曰：安軍宜在七星間。太平寰宇記：漢州雒縣七星橋，昔秦李冰開江，置七星橋，橋各一鐵鎖，上應七星。故世祖謂吴漢曰：安軍宜在七星間。謂五星日月云。李膺記：一長星橋，今名萬里；二圓星橋，今名安樂；三璣星橋，今名建昌；四夷星橋，今名笮橋；五尾星橋，今名禪尼；六冲星橋，今名永平；七曲星橋，今名昇仙。

〔峨眉〕楊云：按峨眉縣大峨山之顛一名勝峯，佛書以爲普賢大士所居，常有光相見。中峯有普賢閣，背倚白厓峯，餘十七峯共環之。茂真尊者舊庵在峯下，其旁一峯號呼而應，孫思邈所往來，傳云茂真與孫常相呼而應，故以名。大峨絶頂有七寶巖，巖下六十里，半山間有白水寺，寺前雙溪，入林數十步合爲一溪。既出巖竇，又散爲寶現溪。葉三藏自西域歸，過溪見兩石子，鬥攬得其一，今藏黑水寺，石上有一目，端正透底，溪以此得名，日照其石，常五色光現。蕭云：圖經：大峨山、中峨山、小峨山並在嘉州峨眉縣南，大峨山兩山相對如蛾眉。山記云：其山周匝千里，有石龕百一十二，大洞十二，小洞二十八，南北有臺，中峨山有葛仙洞，小峨山有季仙洞，是爲三峨。王云：華陽國志：犍爲郡南安縣有峨嵋山，山去縣八十里。孔子地圖言有仙藥。漢武帝遣使者祭之，欲致其藥不能得。名山洞天福地記：峨嵋山周圍三百里，名靈陵太妙之天。在蜀嘉州。

其八

秦開蜀道置金牛，漢水元通星漢流。天子一行遺聖跡，錦城長作帝王州。

【注】

〔金牛〕水經注沔水：秦惠王欲伐蜀而不知道，作五石牛，以金置尾下，言能屎金。蜀王負力令五丁引之成道，秦使張儀、司馬錯尋路滅蜀，因曰石牛道。按：李商隱井絡詩：「將來爲報奸雄道，莫向金牛訪舊蹤。」金牛蓋唐人常語。

〔漢流〕王云：韻會：漢水出興元府嶓冢山，至漢陽爲漾水，至武都爲漢水，一名沔水。地理今釋：漾水出今陝西漢中府寧羌州北嶓冢山，東至漢中府南鄭縣南爲漢水，漢水元通星漢流者，謂其所出高遠，如從星漢而來，即「水從銀漢落」及「黄河之水天上來」意也。琦按興元府即今漢中府，爲自秦入蜀咽喉要道。金牛峽在沔縣西一百七十里，是五丁開道引石牛之處。嶓冢山在沔縣西一百二十里，爲漢水發源之所，皆屬漢中地。首二句用此，見蜀地自昔與中國隔遠，未嘗爲帝王巡幸。以反起下文今得天子一行，遂成都邑之美也。

〔一行〕蕭云：一行，僧也。唐史載玄宗狩蜀至成都，過此問橋名，左右對曰萬里橋。上因嘆曰：「開元末，僧一行謂朕曰：更二十年國有難，陛下當遠遊至萬里之外，此是也。」由是駐蹕成都。一行讖之，明皇實之。故曰天子與一行遺此聖跡也。按：蕭氏所引雖出唐世傳聞，非無據。但唐語林卷五云：「明皇幸東都，秋宵，與一行師登天宮寺閣，臨眺久之。上四顧，凄然嘆息，謂一行曰：『吾甲子得終無患乎？』一行曰：『陛下行幸萬里，聖祚無疆。』及西巡至成都，前望大橋，上乃舉鞭問左右曰：『是何橋也？』節度使崔圓躍馬進曰：

「萬里橋。」上嘆曰：「一行之言，今果符合，吾無憂矣。」或曰：一行開元中嘗奏上云：陛下行幸萬里，聖祚無疆。故天寶中幸東都，庶盈萬數，及上幸蜀，至萬里橋，方悟焉。雖同爲無稽之談，較蕭氏所引近理，然在此處則非指僧一行，蕭説出於附會。胡震亨亦云：天子一行，自言玄宗行也。舊注傅會讖語，以爲指僧一行，殊謬。

其九

水渌天青不起塵，風光和暖勝三秦。萬國烟花隨玉輦，西來添作錦江春。

【校】

〔渌〕蕭本作緑。王本注云：蕭本作緑。

【注】

〔三秦〕三輔黄圖：項籍滅秦，分其地爲三：以章邯爲雍王，都廢丘；司馬忻爲塞王，都櫟陽；董翳爲翟王，都高奴。謂之三秦。

其十

劍閣重關蜀北門，上皇歸馬若雲屯。少帝長安開紫極，雙懸日月照乾坤。

【注】

〔紫極〕文選潘岳西征賦：「厭紫極之閑敞。」李善注：「紫極，星名，王者爲宫以象之。」

【評箋】

嚴羽云：十首皆於蕭條奔寄中作壯麗語，是爲得體，舉秦蜀形勢不忘故都，是爲用意。（嚴羽評點李集）

王夫之云：女也不爽，士貳其行。士也罔極，二三其德。語似排偶，而下三語與上一語相匹。李白「劍閣重關蜀北門，……」竊取此法而用之。蓋從無截然四方八段之風雅也。（詩繹）

按：舊唐書肅宗紀：至德二載十二月丙午上皇至自蜀。所謂「上皇歸馬」指此。又「南京還有散花樓」之句，則以上皇歸後改蜀郡爲南京也。

峨眉山月歌

峨眉山月半輪秋，影入平羌江水流。夜發清溪向三峽，思君不見下渝州。

【校】

〔題〕兩宋本、繆本題下俱注云：峽路。

【注】

〔平羌〕〔清溪〕〔三峽〕〔渝州〕楊云：峨眉山在嘉州峨眉縣羅目鎮。平羌江在嘉州龍游縣，有平羌山。資州清溪縣，乾德五年省入内江，内江在州東九十八里，資州東至昌州二百二十八里，昌州南至渝州三百里，自渝州明月峽至夔州西陵峽四千里（按四千里字恐誤），巴峽、明月峽、巫峽是爲三峽。王云：蕭士贇曰：圖經：平羌江在雅州嚴道縣東北城下，至嘉州亦號平羌江。一統志：平羌江在雅州城北，舊傳羌夷入寇，諸葛亮於此平之，故名。琦按：後周保定間，置平羌郡及平羌縣，以其境内有平羌山，郡縣皆依之以立名。其地在今嘉定州之南十八里。隋初郡廢，改縣曰峨眉，别置一平羌縣，在今嘉定州之東六十里。唐屬嘉州，宋熙寧間，省入龍游縣。唐之嘉州即今之嘉定州，龍游縣即今之夾江縣，平羌山今在夾江縣地，可考。平羌江者，即經流平羌縣中之水也。因其流而及其源，故自雅州至嘉州一水通流，皆謂之平羌江。太白所指乃嘉州之江，非雅州之江，蓋峨眉山在嘉州之南，而清溪又與嘉州相近，若雅州則在峨眉山之上流，去清溪又遠，故知其非也。輿地紀勝：清溪驛在嘉州犍爲縣。王阮亭曰：清溪在納溪縣西五里，太白詩「夜發清溪向三峽」即此。或謂李詩本三溪，三溪在嘉州平羌峽，非是。楊注以清溪爲資州縣名。按新唐書地理志：劍南道資州有清溪縣，本名牛鞞，天寶元年始更名清溪。此詩約是開元中，太白未出蜀以前之作，則指清溪爲縣名者亦恐未是。蜀都賦：經三峽之峥嶸。劉淵林注：巴東永安縣有高山相對，相去可二十丈。左右崖甚高，人謂之峽。江水過其中。太平御覽：庾仲雍荆州記曰：巴陵，楚之世有三峽，明月峽、兹不峽、東突峽，即今之巫峽、秭歸峽、歸鄉峽。峽程記曰：三峽者，明月峽、巫山峽、廣溪峽，其他瞿塘、灧澦、燕子、屏風之類皆不預三峽之數。琦按書記，或以西峽、巫峽、歸峽爲三峽，或以廣溪峽、巫峽、西陵峽爲三峽，或以巫峽、巴峽、明月峽爲三峽，蓋川河之中，峽名甚多。然據古歌巴東三峽巫峽長一語推之，知古之所稱三峽者，皆在巴東。大抵起自夔州府奉節、巫山二縣之東，達於歸州夷陵州之西。連山疊嶂，隱天蔽日，凡六七百里，水極險迅。在巫山下者爲巫峽，巫峽之上爲廣溪峽，巫峽之下爲西陵峽，過西陵峽則水漫爲平流，而險始平矣。或以瞿塘爲三峽之門，或以瞿塘即西陵峽，或以明月峽即廣溪峽，紛紜傳指，難可憑依矣。渝州，周時爲巴子國，秦漢爲巴郡之地。至唐爲渝州，以渝水得名。後改南平郡，今爲重慶府巴縣地。

【評箋】

王云：王鳳洲曰：此是太白佳境，二十八字中有峨眉山、平羌江、清溪、三峽、渝州，使後人爲之，不勝痕跡矣。益見此老鑪錘之妙。王麟洲曰：談藝者有謂七言律一句中，不可入兩故事，一篇中不可重犯故事，此病犯者固多，拈出亦見精嚴，吾以爲皆非妙悟也。作詩到精神傳處，隨分自佳，下得不覺痕跡，使一句兩入，兩句重犯，亦自無傷。如太白峨眉山月歌：四句入地名者五，古今目爲絕唱，殊不厭重。蜂腰鶴膝，雙聲疊韻，沈休文三尺法也，古今犯者不少，寧盡汰之耶？

沈德潛云：月在清溪山月之間，半輪亦不復見矣，君字即指月。（唐詩別裁）

金獻之云：王右丞早朝詩，五用衣服字；李供奉峨眉山月歌五用地名字；古今膾炙。然右丞用之八句中，終覺重複；供奉只四句，而天巧渾成，毫無痕迹，故是千秋絶調。（唐詩選脈會通）

峨眉山月歌送蜀僧晏入中京

我在巴東三峽時，西看明月憶峨眉。月出峨眉照滄海，與人萬里長相隨。黄鶴樓前月華白，此中忽見峨眉客。峨眉山月還送君，風吹西到長安陌。長安大道横九天，峨眉山月照秦川。黄金師子乘高座；白玉麈尾談重玄。我似浮雲滯吴越，君逢聖主遊丹闕。一振高名滿帝都，歸時還弄峨眉月。

【校】

〔月出峨眉〕兩宋本、繆本、王本俱注云：一作峨眉山月。

〔乘高座〕乘，兩宋本、繆本俱作承。王本注云：繆本作承。

〔滯〕蕭本、胡本俱作殢。王本注云：蕭本作殢。

〔歸時〕時，兩宋本、繆本、王本俱注云：一作來。

【注】

〔中京〕王云：唐書肅宗本紀：至德二載十二月，以蜀郡爲南京，鳳翔郡爲西京，西京爲中京。胡三省曰：以長安在洛陽、鳳翔、蜀郡、太原之中，故爲中京。

〔巴東〕舊唐書地理志：山南西道歸州，天寶元年，改爲巴東郡。

〔黄鶴樓〕王云：元和郡縣志：江夏城西臨大江，西南角因磯爲樓，名黄鶴樓。太平寰宇記：黄鶴樓在鄂州江夏縣西二百八十步。昔費褘登仙，每乘黄鶴於此樓憩駕，故號爲黄鶴樓。陸放翁入蜀記：黄鶴樓舊傳費褘飛昇於此，後忽乘黄鶴來歸，故以爲樓號，爲天下絶景。崔顥詩最傳，而太白奇句得於此者尤多。今樓已廢，故址亦不復存。問老吏，云在石鏡亭南樓之間，正對鸚鵡洲，猶可想見其地。據此，則南宋之初，基址已不可考。今之所立，後人想象其處而爲之者也。參見卷七江上吟詩注。

〔師子〕王云：法苑珠林：龜兹王造金師子座，以大秦錦褥鋪之，令鳩摩羅什升而説法。釋氏要覽：智度論：問云：何名師子座？爲佛化作爲實師子，爲金銀木石作耶？答云：是號師子座，非實也。佛爲人中師子，凡佛所坐若牀若地，皆名師子座。夫師子獸中獨步無畏，能伏一切。佛亦如是，於九十六種外道一切人天中，一切降伏，得無所畏。故稱人中師子。

〔重玄〕王云：世説：王夷甫容貌整麗，妙於談玄，恒捉白玉柄麈尾，與手都無分别，重玄即老子玄之又玄之義。晉書索襲傳：味無味於慌惚之間，兼重玄於衆妙之内。

【評箋】

嚴羽云：是歌當識其主伴變幻之法。題立峨眉作主，而以巴東三峽、滄海、黄鶴樓、長安陌、秦川、吴越伴之，帝都又是主中主。題用月作主而以風雲作伴，我與君又是主中主。迴環散見，映帶生輝。真有月映千江之妙，非擬議所能學。又云：巧如蠶，活如龍，迴身作繭，嘘氣成雲，不由造得。（嚴羽評點李集）

今人詹鍈云：王譜於至德二載下附考云：是年十二月改西京爲中京，白有峨眉山月歌送蜀僧晏入中京詩，乃自後五年中之作。按新唐書地理志：上元二年中京復曰西京。則此詩之作又當在上元二年以前。詩云：「黄鶴樓前月華白，此中忽見峨眉客。……我似浮雲滯吴越，君逢聖主遊丹闕。」求闕齋讀書録曰：觀黄鶴樓前二句，太白時在江夏逢僧晏也。我滯吴越句當指前事言之耳。細按詩意，滯吴越即指留居江夏而言，非指前事。此詩疑是太白流夜郎歸至江夏時作。

赤壁歌送别

二龍争戰決雌雄，赤壁樓船掃地空。烈火張天照雲海，周瑜於此破曹公。君去滄江望澄碧，鯨鯢唐突留餘跡。一一書來報故人，我欲因之壯心魄。

【校】

〔題〕兩宋本、繆本題下俱注云：江夏。

〔望澄碧〕望，兩宋本、繆本、王本俱注云：一作弄。胡本作弄。

〔因之〕因，兩宋本、繆本、王本俱注云：一作觀。

【注】

〔赤壁〕王云：元和郡縣志：赤壁山在鄂州蒲圻縣西一百二十里。北臨大江，其北岸即烏林，與赤壁相對。即周瑜用黄蓋策焚曹公舟船敗走處。故諸葛亮論曹公危於烏林是也。楊齊賢曰：盛弘之荆州記：蒲圻縣沿江一百里南岸赤壁，周瑜、黄蓋乘大艦破魏武兵於烏林，烏林赤壁東西一百六十里也。予嘗往來江、漢間，研求赤壁所在，正在今鄂州上流八十里，與百人山相對。江邊石皆赤色，故號爲赤壁磯。東坡賦所謂東望夏口，西望武昌，非曹公之赤壁也。一統志：赤壁山在武昌府城東南九十里。唐元和志：在蒲圻縣西一百二十里。……圖經云：在嘉魚縣西七十里，其地今屬嘉魚。宋蘇軾指黄州赤鼻山爲赤壁。按劉備居樊口，進兵逆操，遇於赤壁，則赤壁當在樊口之上。又赤壁初戰，操兵不利，引次江北，則赤壁當在江南，亦不應在江北。今江、漢間言赤壁者五：漢陽、漢川、黄州、嘉魚、江夏，惟江夏之説合於史。按：明一統志之説蓋本於王象之，輿地紀勝卷七九漢陽軍：荆州記：臨漳山南峯謂之烏林峯，亦謂之赤壁，周瑜破曹操處。元和郡縣志云：在汉川縣西八十里。古今地理書多言是曹公敗處。象之按：三國志，則赤壁不在汉川也，何則？曹公既從江陵水軍至巴丘赤壁，又在巴丘下軍敗引還南郡，周瑜水軍退，並是大江中，與汉川殊爲乖繆。蓋是側近居人見崖岸赤色，因呼爲曹公赤壁敗處也。舊經引荆門記云：臨漳山南有烏林峯，亦名赤壁。又寰宇記引舊圖經云：烏林爲赤壁。新經云：今江漢間言赤壁者有五：黄州、嘉魚、江夏、漢陽、漢川，其記各有所據。惟江夏之説近古而合於史，漢陽之説蓋出於荆州記，漢川之説蓋以赤壁草市爲赤壁（草市説見元和郡縣志），今其近處亦有烏林，而唐漢陽圖經云：赤壁城又名烏林，在汉川縣西八十里，跨汉南北（汉川即今漢川）。據此二説相去不遠，然曹操初敗赤壁，再敗烏林，乃二地。今以爲一地二名，既已失之，况曹操舟師自江陵順流而下，周瑜自柴桑（柴桑今江州）泝流而上，兩軍相遇於赤壁，則赤壁當臨大江。今臨漳及漢川各非臨江處，通典及元和郡縣志皆嘗辨汉川繆，則臨漳之繆亦可知。黄州之説蓋出於齊安拾遺，以赤鼻山爲赤壁（赤鼻山見水經），以三江下口爲夏口，以武昌縣華容鎮爲曹操敗走華容道，其説尤謬。蓋周瑜自柴桑至樊口（在武昌縣）而後遇于赤壁，則赤壁當在樊口之上，今赤鼻山止在樊口對岸，何待進軍而後遇之乎？又赤壁初戰，操軍不利，引次江北而後有烏林之敗。則赤壁當在江之南岸。今赤鼻山乃在江北，亦非也。又曹操既敗，自華容道走退保南郡，漢南郡今江陵，華容今監利也，武昌華容鎮豈亦南郡路乎？東坡赤壁賦中皆疑似語。嘉魚之説，蓋出於唐人章懷太子注。東漢劉表傳云：

赤壁，山名也，在今鄂州蒲圻縣。通典引檢地志，亦與此同。元和郡縣志則云：赤壁山在蒲圻縣。水經述江水源流至今巴陵之下云：江水左逕止烏林南。酈道元注云：右逕赤壁山北，昔周瑜與黄蓋詐魏武大軍所起處。據此則赤壁、烏林相去二百餘里，然疑烏林、赤壁二戰相繼，烏林之捷，又自赤壁始，及觀江表傳，赤壁敗後，黄蓋與操詐降書，始曹以衆寡不敵，交鋒之日蓋爲前鋒，至戰日蓋始用火攻之策，操乃敗走，如此則二戰初不同日，後漢紀總書爲烏林、赤壁，觀者不審，故指烏林、赤壁爲一地，要之道元乃後魏人，去三國尚近，考驗必得其真。楊守敬晦明軒稿答友人書云：赤壁之地，諸説紛紜，有謂烏林即赤壁者。御覽一百六十九引荆州記：臨漳山南峯謂之烏林，亦謂之赤壁。此以赤壁在江北。又有謂赤壁在漢川縣西八十里者，李吉甫已辨駁之。御覽七百七十引英雄記謂曹操北至江上，欲從赤壁渡江，無船，作竹簰，使部曲乘之，從漢水下出大江浦口。此亦以赤壁在江北。然周瑜傳言遇曹公於赤壁，初一交戰，公軍敗退，引次江北。則赤壁在江南審矣。且張昭明言操得劉表水軍蒙衝鬬艦以千數，何謂無船？然今嘉魚下有簰洲，當亦因此得名。文選注三十引盛宏之荆州記：蒲圻縣百二十里所，本在江南岸，與操敗引次江北似合。然此山自名蒲磯山，故一統志駁之。惟水經注在百人山南，謂即黄蓋詐魏武處，而其上又云：黄蓋敗魏武於烏林，相去幾二百里，足下遂疑其自相矛盾。余以爲此不必疑也。蓋曹將以水陸軍沿江而下，聲言八十萬，周瑜謂所將中國人不過十五六萬，所謂表衆不過七八萬，是則曹軍亦實有二十三四萬，以二十三四萬之衆，夫豈一二山林所能容？劉先主伐吳，連營七百里，以首尾不能相顧致敗。然以二百里較之，固不相侔也。且水經注言赤壁之下有大軍山、小軍山，紀要謂是以吳魏相持陳兵名，又其下有黃軍浦，水經注亦謂是黃蓋屯軍所。夫吳以三萬人拒曹操，其屯兵處已幾及百里，合劉先主劉琦之兵二萬餘人，亦不過五萬餘人。蓋赤壁爲操前鋒所及，烏林爲操後軍所止。吳軍以蒙衝鬬艦數十艘從南岸引次俱前，同時發火。（觀此則知自赤壁至烏林同時以火攻之。）蓋由南而北，非必由下而上也。觀周瑜傳自明，是水經注所據於當時軍勢至合，其他方志附會之詞正不必一一辨論也。

〔雌雄〕王云：漢書彭越傳：兩龍方鬬且待之。項羽傳：羽使人謂漢王曰：「天下匈匈，徒以吾兩人，願與王挑戰決雌雄，毋徒罷天下父子爲也。」

〔唐突〕王云：左傳：古者明王伐不敬，取其鯨鯢而封之，以爲大戮。杜預注：鯨鯢大魚名，以喻不義之人吞食小國。後漢書：轉相招結，唐突諸郡。唐突，犯觸也。

【評箋】

沈炳巽云：筠廊偶筆云：輿圖考載楚中赤壁有二：一在嘉魚，一在黃州。嘉魚乃周瑜破曹操處，蘇子瞻以黃州赤𡼖山爲赤壁謬也。噫！此說起而世人爭誚子瞻。然唐杜牧之齊安晚秋句云：「可憐赤壁爭雄渡，惟有蓑翁坐釣磯。」則何以說乎？蓋當年舳艫千里，旌旗蔽空，由黃州至嘉魚皆屬戰爭之所，烏辨其某舟泊某山，某山爲火焚而赤乎？即以黃州之赤𡼖爲赤壁可也。此説久不定，余爲辨之云云。炳巽按陸放翁入蜀記云：圖經及傳者俱以黄州赤壁磯爲周公瑾敗曹操之地，然江上多此名，不可考質。李太白歌云：「烈火張天照雲海，周瑜於此敗曹公。」不指言在黄州，蘇公尤疑之，故賦云：此非困於周郎者乎？樂府云：故壘西邊，人道是三國周郎赤壁。蓋一字不輕下如此，據此，則東坡原不曾確指黄州赤壁爲周公瑾敗曹瞞處。後人讀書不細，故多議論，何西陂亦據世俗之論而强爲之説邪？至云當年舳艫千里即以黄州之赤嶼爲赤壁亦可，此論亦屬支離。不必曲爲坡公諱也。（權齋老人筆記）

江夏行

憶昔嬌小姿，春心亦自持。爲言嫁夫壻，得免長相思。誰知嫁商賈，令人卻愁苦。自從爲夫妻，何曾在鄉土？去年下揚州，相送黄鶴樓。眼看帆去遠，心逐江水流。只言期一載，誰謂歷三秋。使妾腸欲斷，恨君情悠悠。東家西舍同時發，北去南來不逾月。未知行李遊何方，作箇音書能斷絶。適來往南浦，欲問西江船。正見當壚女，紅妝二八年。一種爲人妻，獨自多悲悽。對鏡便垂淚，逢人只欲啼。不如輕薄兒，旦暮長追隨。悔作商人婦，青春長别離。如今正好同歡樂，君去容華誰得知？

【校】

〔長追隨〕追，蕭本、咸本、胡本俱作相。王本注云：一作相。

【注】

〔江夏〕舊唐書地理志：江南西道鄂州，天寶元年改爲江夏郡。

〔行李〕王云：演繁露：今人謂出行資裝爲行李。琦按杜氏左傳注：行李，行人也。後人多據之，而訾以行裝爲行李者爲非是。方密之云：使人行必有裝，鄭當時之治行，孟子之治任是已。則以行李爲隨行之物，何不可耶？

〔能〕胡云：能，善也，吴音。

〔南浦〕王云：太平寰宇記：南浦在鄂州江夏縣南三里。離騷云：送美人兮南浦。其源出景首山，西入大江，秋冬涸竭，春夏泛漲，商旅往來，皆於浦停泊，以其在郭之南，故曰南浦。

〔一種〕張相詩詞曲語辭匯釋云：一種猶云一樣或同是也。李白江夏行：「一種爲人妻，獨自多悲悽。」言同是爲人妻也。

【評箋】

胡云：按白此篇及前長干行篇並爲商人婦詠，而其源似出西曲。蓋古者吴俗好賈，荆、郢、樊、鄧間尤盛。男女怨曠，哀吟清商諸西曲所由作也。第其辭五言二韻，節短而情有未盡。太白往來襄、漢、金陵，悉其土俗人情，因采而演之爲長什。一從長干上巴峽，一從江夏下揚州，以盡乎行賈者之程，而言其家人失身誤嫁之恨，盼歸怨望之傷。使夫謳吟之者，足動其逐末輕離之悔，回積習而裨王風。雖其才思足以發之，而踵事以增華，自從西曲本辭得來，取材固有在也。凡太白樂府皆非泛然獨造，必參觀本曲之詞與所借用之曲之詞，始知其源流之自，點化奪換之妙，要不獨此二篇爲然，聊發凡資讀者觸解云。

懷仙歌

一鶴東飛過滄海，放心散漫知何在？仙人浩歌望我來，應攀玉樹長相待。堯舜之事不足驚，自餘囂囂直可輕。巨鰲莫載三山去，我欲蓬萊頂上行。

【校】

〔題〕懷，胡本作憶。王本注云：胡本作憶。

〔囂囂直〕兩宋本、繆本俱作嚣嚣真。王本注云：繆本作嚣嚣真。按：嚣字誤。

〔莫載〕載，蕭本、英華俱作戴。王本注云：許本作戴。

〔我欲〕我，宋乙本、繆本作吾，注云：一作我。王本注云：一作吾。

【注】

〔滄海〕十洲記：滄海島在北海中，地方三千里，去岸二十一萬里，海四面繞島各廣五千里，水皆蒼色，仙人謂之滄海也。

〔玉樹〕山海經海内西經：開明北有……文玉樹。郭注：五彩玉樹。參見卷五宫中行樂詞第四首注。

【評箋】

蕭云：此詩太白睠顧宗國，繫心君王，冀復進用之作也。一鶴自喻，仙比人君，玉樹比爵位，時肅宗即位於靈武，明皇就遜位，時物議有非之者，太白豪俠曠達之士，亦曰法堯禪舜自古有之，何足驚怪，爲是嚚嚚者不知古今，直可輕也。末句其拳拳安史之滅，宗社之安，或者用我乎！身在江湖，心存魏闕，白有之云。

朱諫云：語無倫次，意多牽強，徒以大言欲效謫仙，不可得也。較於江夏行等篇，無有村俗之氣，雖曰過之，然亦未免於張皇也。（李詩辨疑）

梅鼎祚云：朱諫删入辨疑，非。（李詩鈔）

胡云：以下新題樂府，白自製名。

玉真仙人詞

玉真之仙人，時往太華峯。清晨鳴天鼓，飇欻騰雙龍。弄電不輟手，行雲本無蹤。幾時入少室，王母應相逢。

【校】

〔仙人〕仙，兩宋本、繆本俱作真，注云：一作仙。王本注云：一作真。

〔時往〕兩宋本、繆本、王本俱注云：一作西上。

〔弄電〕電，文粹作霓。

〔少室〕室，咸本作廣，注云：一作室。

【注】

〔玉真〕胡云：玉真公主，睿宗女，太極元年出家爲道士，築觀京師以居。魏顥言白爲公主所薦達，而白亦有客公主别館詩，此詞豈其所獻於公主者歟！按：唐語林卷七：政平坊安國觀，明皇時玉真公主所建。金石録卷二七：右唐玉真公主墓誌，王縉撰。誌云：公主法號無上，真字玄玄，天寶中更賜號曰持盈，而唐史但言字持盈爾。誌又云，中宗時封昌興縣主，睿宗時封昌興公主，後改封玉真，進爲長公主。唐史但云封崇昌縣主而以昌興爲崇昌者，皆其闕誤。誌又云，元年建辰月卒，而史以爲卒于寶應中，亦非也。又按：卷九有玉真公主别館苦雨贈衛尉張卿一詩。

〔天鼓〕王云：雲笈七籤：九真高上寶書神明經曰：扣齒之法，左相扣名曰打天鐘，右相扣名曰槌天磬，中央上下相扣名曰鳴天鼓。若卒遇凶惡不祥，當打天鐘三十六遍。若經凶惡辟邪威神大呪，當槌天磬三十六遍。若存思念道致真招靈，當鳴天鼓，以正中四齒相扣，閉口緩頰，使聲虛而深響也。

〔弄電〕太平御覽卷一三漢武帝內傳：西王母曰：東方朔爲太山仙官，太仙使至方丈，助三天司命，朔但務山水游戲，擅弄雷電，激波揚風，風雨失時。

〔少室〕元和郡縣志卷五：少室山在河南府告成縣西北五十里，登封縣西十里，高十六里，周回三十里。潁水源出焉。

【評箋】

蕭云：按唐史，玉真公主字持盈，始封崇昌縣主，俄進號上清玄都大洞三景法師。天寶三載，上言曰：「先帝許妾捨家，今仍叨主第，食租賦，願去公主號，罷邑司，歸之王府。」玄宗不許。又言：「妾高宗之孫，睿宗之女，陛下之女弟，於天下不爲賤。何必名繫主號，資湯沐，然後爲貴？請入數百家之產，延千年之命。」帝知至意乃許之。薨寶應時。竊意此詞必公主出家時，時賢皆有詩以詠其事，仙人，褒稱也。

清溪行

清溪清我心，水色異諸水。借問新安江，見底何如此？人行明鏡中，鳥度屏風裏。向晚猩猩啼，空悲遠遊子。

【校】

〔題〕兩宋本、繆本題下俱注云：宣城，一作宣州青溪。王本題下注云：一作宣州清溪。按：此首文粹與卷二十之宣城清溪並列爲一題。

【注】

〔清溪〕見本卷秋浦歌第二首注。

〔新安江〕王云：元和郡縣志：新安江自歙州黟縣界流入桐廬縣，東流入浙江。蕭云：圖經：清溪屬宣城，新安即今徽州，在唐爲歙州，在隋爲新安郡，凡水發源於徽者皆曰新安江。自歙者出黟山，自休寧者出率山，自績溪者出大嶂山，自婺源者出浙山，自浙江泝休寧者爲灘三百六十。

【評箋】

胡仔云：復齋漫録云：山谷言：「船如天上坐，人似鏡中行。」又云：「船如天上坐，魚似鏡中懸。」沈雲卿詩也。老杜云「春水船如天上坐」，祖述佺期之語也；繼之以「老年花似霧中看」，蓋觸類而長之。予以雲卿之詩，原於王逸少鏡湖詩所謂「山陰路上行，如坐鏡中遊」之句。然李太白入青溪山亦云：「人行明鏡中，鳥度屏風裏。」雖有所襲，然語益工也。（苕溪漁隱叢話）

酬殷明佐見贈五雲裘歌

我吟謝脁詩上語，朔風颯颯吹飛雨。謝脁已没青山空，後來繼之有殷公。粉圖珍裘五雲色，曄如晴天散綵虹。文章彪炳光陸離，應是素娥玉女之所爲。輕如松花落金粉，濃似錦苔含碧滋。遠山積翠横海島，殘霞飛丹映江草。凝毫採掇花露容，幾年功成奪天造。故人贈我我不違，著令山水含清暉。頓驚謝康樂，詩興生我衣。襟前林壑斂瞑色，袖上雲霞收夕霏。羣仙長歎驚此物，千崖萬嶺相縈鬱。身騎白鹿行飄颻，手翳紫芝笑披拂。相如不足誇鷫鸘，王恭鶴氅安可方？瑶臺雪花數千點，片片吹落春風香。爲君持此淩蒼蒼，上朝三十六玉皇。下窺夫子不可及，矯手相思空斷腸。

【校】

〔題〕兩宋本、繆本題下俱注云：謝脁宅在當塗青山下。明佐，兩宋本、繆本、咸本俱作佐明。王本注云：繆本作佐明。

〔金粉〕金，咸本作塗，注云：一作金。

〔似錦苔〕咸本作成苔錦，注云：成一作似。

〔殘霞〕霞，咸本注云：一作花。

〔飛丹〕飛，宋乙本、繆本俱作霏。王本注云：一作霏。

〔江草〕江，咸本注云：一作紅。

〔露容〕露，咸本、胡本俱作霧，注云：一作露。

〔清暉〕兩宋本、繆本、咸本俱作晴暉。按：上文含碧滋，此句又作含清輝，疑有誤。

〔雲霞〕雲，兩宋本、繆本俱作煙。王本注云：繆本作煙。胡本注云：並用康樂詩句，蓋以作煙者爲誤。

〔長歎〕歎，咸本注云：一作欲。

〔矯手〕手，蕭本、胡本俱作首。

【注】

〔殷明佐〕見後評箋。

〔五雲裘〕楊云：五雲裘者，五色絢爛如雲，故以五雲名之。

〔青山〕王云：江南通志：青山在太平府城東南三十里，齊宣城太守謝朓嘗築室山南，又名謝公山，有謝公井、白雲泉。

〔夕霏〕王云：謝靈運石壁精舍還湖中詩：「林壑斂暝色，雲霞收夕霏。」李善注：霏，雲飛貌。言裘上所畫具此詩意。

〔鸘鷞〕王云：西京雜記：司馬相如以所著鸘鷞裘就市人楊昌貰酒。張華禽經注：鸘鷞，鳥名，其羽可爲裘以辟寒。見卷四白頭吟詩注。

〔鶴氅〕世説企羡篇：孟昶未達時，家在京口，嘗見王恭乘高輿，披鶴氅裘。於時微雪，昶於籬間窺之，嘆曰：此真神仙中人。王云：鶴氅，析鶴羽而爲衣也。△氅音昌上聲。

〔玉皇〕蕭云：三十六玉皇者，道家所謂三十六天帝王也。

【評箋】

今人詹鍈云：明佐，繆本作佐明，按繆本是也。殷佐明嘗與顏真卿等聯句，見全唐詩，疑佐明即是殷淑之字。詩云：「謝朓已没青山空，後來繼之有殷公。」原注：謝朓宅在當塗青山下。此詩當是在當塗作。

按：郎官石柱題名考卷一七倉部郎中：元和姓纂二十一欣：殷嘉紹再從弟佐明，倉部郎中，陳郡長平縣人。又顏魯公文集卷四：湖州烏程縣杼山妙喜碑，有殷佐明嘗同修韻海鏡源云云。

又按：卷三十有殷十一贈栗岡硯，卷二十二有夜泊黄山聞殷十四吴吟，當與有關。

臨路歌

大鵬飛兮振八裔，中天摧兮力不濟。餘風激兮萬世，遊扶桑兮挂石袂。後人得之傳此，仲尼亡兮誰爲出涕。

【校】

〔挂石〕石，王本注云：當作左。胡本作左。

〔亡兮〕兮，兩宋本、繆本俱作乎。王本注云：繆本作乎。

【注】

〔八裔〕文選木華海賦：迆延八裔。李善注：八裔猶八方也。

〔石袂〕楚辭：嚴忌哀時命：衣攝葉以儲與兮，左袪挂於榑桑。王逸注：袪，袖也。言己衣服長大，攝業儲與，不得舒展，德能弘廣，不能施用，東行則左袖挂於榑桑，無所不覆也。

【評箋】

胡云：擬琴操。仲尼適趙，聞簡子殺鳴犢，臨河不濟而歎作臨河歌。此臨路或河字之誤。

王云：按李華墓誌謂太白賦臨終歌而卒。恐此詩即是，路字蓋終字之譌也。

又云：琦按詩意，謂西狩獲麟，孔子見之而出涕。今大鵬摧於中天，時無孔子，遂無有人爲出涕者。喻己之不遇於時，而無人爲之隱惜。太白嘗作大鵬賦，實以自喻，故此歌復借大鵬以寓言耶！

按：漢書卷六三廣陵王胥傳所載死時自歌云：「千里馬兮駐待路」，疑臨路二字取此義。

古意

君爲女蘿草，妾作兔絲花。輕條不自引，爲逐春風斜。百丈託遠松，纏綿成一家。誰言會面易，各在青山崖。女蘿發馨香，兔絲斷人腸。枝枝相糾結，葉葉竟飄揚。生子不知根，因誰共芬芳？中巢雙翡翠，上宿紫鴛鴦。若識二草心，海潮亦可量。

【校】

〔若識〕若，兩宋本、繆本俱作君。

【注】

〔兔絲〕楊云：陸璣詩疏曰：在草曰兔絲，在木曰松蘿，松蘿蔓松而生枝上青，兔絲蔓聯草上，黄赤如金，與松蘿殊異，或謂兔絲無根不屬地，茯苓是也。抱朴子：兔絲之草下有伏兔之根，無此兔則絲不得生於上，然實不屬也。古詩曰：「與君爲新婚，兔絲附女蘿。」

山鷓鴣詞

苦竹嶺頭秋月輝，苦竹南枝鷓鴣飛。嫁得燕山胡鴈壻，欲銜我向鴈門歸。山雞翟雉來相勸，南禽多被北禽欺。紫塞嚴霜如劍戟，蒼梧欲巢難背違。我心誓死不能去，哀鳴驚叫淚霑衣。

【校】

〔嶺〕胡本作林。

〔背違〕背，蕭本作皆。

〔我心〕心，蕭本、咸本俱作今。王本注云：蕭本作今。

【注】

〔山鷓鴣〕王云：按教坊記：山鷓鴣是曲名，鄭谷詩：「座中亦有江南客，莫向清風唱鷓鴣。」知山鷓鴣者，乃當時南地之新聲。△鷓音蔗，鴣音姑。

〔苦竹嶺〕王云：江南通志：苦竹嶺在池州原三保，李白嘗讀書於此。

〔鷓鴣〕王云：太平廣記：鷓鴣，吴、楚之野悉有，嶺南偏多，臆前有白圓點，背上間紫赤毛，其大如野雞，多對啼。南越志云：鷓鴣雖東西回翔，然開翅之始必先南翥，其名自呼杜薄州。又本草云：自呼鉤輈格磔。李羣玉山行聞鷓鴣詩云：「方穿詰曲崎嶇路，又聽鉤輈格磔聲。」

〔鴈門〕山海經北山經：北水行五百里至于鴈門之山，無草木。郭注：鴈門山即北陵西隃，鴈之所出，因以名云，在高柳北。

〔山雞〕王云：劉淵林三都賦注：山雞如雞而黑色，樹棲晨鳴，今所謂山雞者鷩夷也。合浦有之。禽經：首有彩毛曰山雞。張華注：山雉長尾，尤珍護之，林木之森鬱者不入，恐觸其尾也，雨則避於巖石之下，恐濡濕也。久雨亦不出而求食，死者甚衆。水經注：䳭鸐，山雞也，光色鮮明，五色眩耀，利距善鬬，世以家雞鬬之，則可擒也。博物志：翟雉長尾，雨雪降，惜其尾，棲高樹杪，不敢下食，往往餓死。

【評箋】

胡云：意當時有勸白北依誰氏者，而白安於南不欲去，託爲鷓鴣之言以謝之。其作客於雲夢及岳陽日乎！

王云：按此詩當是南姬有嫁爲北人婦者，悲啼誓死而不忍去，太白見而悲之，遂作此詩。

今人詹鍈云：按樂府詩集近代曲辭有無名氏山鷓鴣二首，題下引歷代歌辭曰：山鷓鴣，羽調曲也。其後又有李益鷓鴣一首，李涉二首，而不及此篇，似乎稍有可疑。但太白集有秋浦清溪雪夜對酒客有唱鷓鴣者一首，詩云：「客有桂陽至，能唱山鷓鴣。」此首或爲唱山鷓鴣者所作新詞也，恐非僞作。

歷陽壯士勤將軍名思齊歌 并序

歷陽壯士勤將軍，神力出於百夫。則天太后召見奇之，授游擊將軍，賜錦袍玉帶，朝野榮之。後拜横南將軍。大臣慕義結十友，即燕公張説、館陶公郭元振爲首，余壯之，遂作詩。

太古歷陽郡，化爲洪川在。江山猶鬱盤，龍虎祕光彩。蓄洩數千載，風雲何霮䨴！特生勤將軍，神力百夫倍。

【校】

〔後拜〕蕭本、咸本俱無後字。王本注云：蕭本少後字。

【注】

〔歷陽〕舊唐書地理志：淮南道和州，天寶元年改爲歷陽郡。

〔勤將軍〕王云：勤將軍之名不載史册，然考許渾集有題勤尊師歷陽山居詩序云：師即思齊之孫。然則其名亦震耀一時者矣。楊升菴述希姓引之，作勒思齊者誤也。按：白居易贈張籍詩謂籍有學仙、董公、商女、勤齊四詩，檢張籍集中勤齊詩已佚，疑即此勤將軍，思齊省稱齊耳。

〔游擊〕通典：游擊將軍爲五品以上武散官。

〔横南〕按：横南將軍之稱非唐代所有，恐出道聽塗説。

〔元振〕王云：張説字道濟，洛陽人。武后時爲相，玄宗時再爲相，封燕國公。郭元振名振，魏州人，以字顯，睿宗時爲相，封館陶縣男，後又封代國公。

〔洪川〕搜神記：歷陽之郡，一夕淪入地中而爲水澤，今麻湖是也。述異記：和州歷陽淪爲湖，昔有書生遇一老姥，姥待之厚。生謂姥曰：「此縣門石龜眼血出，此地當陷爲湖。」姥後數往視之。門吏問姥，姥具答之。吏以硃點龜眼，姥見遂走上北山，顧城遂陷焉。今湖中有明府魚、奴魚、婢魚。按：輿地紀勝卷四八和州：麻湖在歷陽縣西三十里，爲郡巨浸，東西闊二十里，南北一十里。元和郡縣志云：歷湖在縣西三十里。又引淮南子云：歷陽之都一夕爲湖。古歷字作麻，今誤爲麻，今謂之麻湖者謬也。晉地理志淮南阜陵縣下注云，漢明帝時淪爲麻湖。象之竊謂晉志之注有牴牾處。蓋淮南子即淮南王所作，劉安以漢武元狩元年坐罪國除，使歷陽之湖至東漢永平之時始陷，則淮南子生於西漢，其著書也不應預指東漢時事，蓋巢湖歷湖自是兩處，歷湖屬歷陽，巢湖屬巢縣，兩縣之分自是分曉。淮南子所指歷陽之湖，意者即今之麻湖也。東漢史謂永平十一年巢湖出金，非始陷也。二湖之陷俱非明帝年間事。惟晉志合二湖以爲一，故亂而無一統，不可以不辨。

〔靈霼〕文選王延壽魯靈光殿賦：雲覆靈霼。吕延濟注：靈霼，繁雲貌。△靈音潭上聲，霼音兑。

【評箋】

蕭云：按懷素草書歌先儒謂非太白之作，予謂勤將軍歌亦他人者。

宋長白云：漢有勤尊，晉有勤滿，勤，僻姓也。唐有勤思齊，歷陽人。與張説、郭元振爲十友。李供奉詩：特生勤將軍，神力百夫倍。刻本誤作勤，詩亦疑有脱誤。（柳亭詩話）

草書歌行

少年上人號懷素，草書天下稱獨步。墨池飛出北溟魚；筆鋒殺盡中山兔。八月九月天氣涼，酒徒詞客滿高堂。牋麻素絹排數箱，宣州石硯墨色光。吾師醉後倚繩牀，須臾掃盡數千張。飄風驟雨驚颯颯，落花飛雪何茫茫！起來向壁不停手，一行數字大如斗。怳怳如聞神鬼驚，時時只見龍蛇走。左盤右蹙如驚電，狀同楚漢相攻戰。湖南七郡凡幾家，家家屏障書題徧。王逸少，張伯英，古來幾許浪得名。張顛老死不足數，我師此義不師古。古來萬事貴天生，何必要公孫大娘渾脱舞。

【校】

〔向壁〕壁，兩宋本、繆本俱作筆。王本注云：繆本作筆。

【注】

〔懷素〕王云：國史補：長沙僧懷素，好草書，自言得草聖三昧。棄筆堆積，埋於山下，號曰筆塚。宣和書譜：釋懷素字藏真，俗姓錢，長沙人。徙家京兆，玄奘三藏之門人也。初勵律法，晚精意於翰墨，追倣不輟，秃筆成冢。一夕觀夏雲隨風，頓悟筆意，自謂得草書三昧，斯亦見其用志不分，乃凝於神也。當時名流，如李白、戴叔倫、竇臮、錢起之徒，舉皆有詩美之。狀其勢以爲若驚蛇走虺，驟雨狂風，人不以爲過論。又評者謂張長史爲顛，懷素爲狂，及其晚年益進，則復評其與張芝逐鹿，兹亦有加無已。故其譽之者亦若是耶！考其平日得酒發興，要欲字字飛動，圓轉之妙，宛若有神。一統志：懷素，零陵人，覩二王真跡及二張草書而學之，書漆盤三面俱穴，贈之歌者三十七人，皆當世名流。顔真卿作序。

〔墨池〕王云：法書要録：弘農張芝善草書，臨池學書，池水盡墨。太平寰宇記：墨池，王右軍洗硯池也。并舊宅在蕺山下，去會稽縣二里餘。方輿勝覽：紹興府戒珠寺本王羲之故宅，門外有二池，曰墨池、鵝池。

〔中山兔〕王云：元和郡縣志：中山在宣州溧水縣東南十五里，出兔毫，爲筆精妙。太平寰宇記：溧水縣中山又名獨山，在縣東南十里，不與羣山連接。古老相傳，中山有白兔，世稱爲筆最精。按：景定建康志卷一七引藝苑雌黄云：王羲之嘆江東下溼，兔毫不及中山。由是而言，則宣城亦有兔毫，不及北方勁健爲可用也。然則毛穎傳、李太白詩所言中山，非溧水之中山明矣。

〔素絹〕王云：箋麻，皆紙也。以五色染成，或砑光，或金銀泥畫花樣者爲箋紙，其以麻爲之，爲麻紙。唐時詔書用黄麻、白麻是也。絹素皆繒名，繒中至下者謂之絹，絹之精白者謂之素。

〔繩牀〕王云：十六國春秋：佛圖澄坐繩牀，燒安息香。胡三省通鑑注：程大昌演繁露曰：今之交牀，制本自虜來，始名胡牀。隋以讖有胡，改名交牀。唐穆宗於紫宸殿御大繩牀見羣臣，則又名穆繩牀矣。余按交牀繩牀今人家有之，然二物也。交牀以木交午爲足，足前後皆施横木，平其底，使措之地而安，足之上端其前後亦施横木，而平其上。横木列竅，以穿繩絛，使之可坐。足交午處復爲圓穿，貫之以鐵，斂之可挾，放之可坐。以其足交，故曰交牀。繩牀，以板爲之。人坐其上，其廣前可容膝，後有靠背，左右有托手可以擱臂，其下四足著地。錦繡萬花谷：繩牀以繩穿爲坐器，即俗謂之交椅也。

〔七郡〕王云：湖南七郡謂長沙郡、衡陽郡、桂陽郡、零陵郡、連山郡、江華郡、邵陽郡，此七郡皆在洞庭湖之南，故曰湖南。

〔王逸少〕世説言語篇注：文字志曰：王羲之，字逸少，琅邪臨沂人。少朗拔，爲叔父廙所賞，善草隸，累遷江州刺史，右軍將軍、會稽内史。

〔張伯英〕王云：後漢書：張芝，字伯英，善草書，至今稱傳之。衛恒四體書勢：漢興而有草書，不知作者姓名。至章帝時，齊相杜度號稱善作篇，後有崔瑗、崔寔，亦皆稱工。杜氏結字甚安，而書體微瘦。崔氏甚得筆勢，而結字小踈。弘農張伯英者，因而轉精其巧。凡家之衣帛，必書而後練之。臨池學書，池水盡黑。下筆必爲楷則，常曰匆匆不暇草書，寸紙不見遺，至今世尤寶其書。韋仲將謂之草聖。

〔張顛〕王云：國史補：張旭草書得筆法，後傳崔邈、顔真卿，旭言始吾見公主擔夫争路，而得筆法之意。後見公孫氏舞劍器，而得其神。旭飲醉輒草書，揮筆大叫，以頭揾水墨中而書之，天下呼爲張顛，醒後自視，以爲神異，不可復得。後輩言筆札者，歐、虞、褚、薛或有異論，至張長史則無間言矣。舊唐書：吴郡張旭善草書而好酒，每醉後號呼狂走，索筆揮洒，變化無窮，若有神助。時人號爲張顛。

〔渾脱舞〕王云：杜甫觀公孫大娘弟子舞劍器行序：開元三載，予尚童稺，記於郾城觀公孫氏舞劍器渾脱，瀏灕頓挫，獨出冠時。自高頭宜春、梨園二教坊内人洎外供奉，曉是舞者，聖文神武皇帝初，公孫一人而已。往時吴人張旭善草書帖，數嘗於鄴縣見公孫大娘舞西河劍器，自此草書長進，豪蕩感激。樂府雜録：開元中有公孫大娘善舞劍器，僧懷素見之，草書遂長。蓋準其頓挫之勢也。渾脱，唐時舞名。唐書郭山惲傳：將作大匠宗晉卿爲渾脱舞是也。按：通鑑卷二〇九胡注：長孫無忌以烏羊皮爲渾脱氈帽，人多效之，謂之趙公渾脱，因演以爲舞。渾脱，蓋以全羊皮製成之名。

【評箋】

蕭云：按懷素草書歌，先儒謂非太白之作。予謂勤將軍歌亦他人者。胡應麟云：太白懷素草書歌，誠爲僞作。而校者不能删削，以無左驗故。今觀素師自叙，錢起、盧綸等句，無不備録，顧肯遺太白？此證甚明。「天若不愛酒」，本馬子才詩，近又舉李墨迹爲證，尤可笑。詩可僞，筆不可僞耶！（詩藪内編）

王云：蘇東坡謂草書歌決非太白所作，爲唐末五代效禪月而不及者。且訾其「牋麻絹素排數箱」之句，村氣可掬。墨池編云：此詩本藏真自作，駕名太白者。琦按以一少年上人而故貶王逸少、張伯英以推奬之，大失毁譽之實。至張旭與太白既同酒中八仙之遊，而作詩稱詡有「胸藏風雲世莫知」之句，忽一旦而訾其老死不足數。太白決不没分别至此，斷爲僞作，信不疑矣。

按：此詩不載英華，蕭、胡二氏亦疑之，玩其詞氣稍近疎薄，不獨與白平日詩格不類，且不似盛唐時人口吻。朱氏最喜雌黄，獨於此詩許爲「詞氣清順，頗有音節」（李詩辨疑），殊不可解。至詹氏摭湖南七郡之語，謂廣德二年始置湖南節度使，此又過泥，湖南猶江南嶺南，形之於詩者非必作爲行政區域，唐詩中如錢起之「湖南遠去有餘情」，比比也。其他繁説不具引，要之在存疑之列。

和盧侍御通塘曲

君誇通塘好，通塘勝耶溪。通塘在何處？遠在尋陽西。青蘿嫋嫋挂烟樹，白鷴處處聚沙堤。石門中斷平湖出，百丈金潭照雲日。何處滄浪垂釣翁，鼓棹漁歌趣非一。相逢不相識，出没繞通塘。浦邊清水明素足，别有浣紗吴女郎。行盡緑潭潭轉幽，疑是武陵春碧流。秦人雞犬桃花裹，將比通塘渠見羞。通塘不忍别，十去九遲迴。偶逢佳境心已醉，忽有一鳥從天來。月出青山送行子，四邊苦竹秋聲起。長吟白雪望星河，雙垂兩足揚素波。梁鴻德耀會稽日，寧知此中樂事多？

【校】

〔遠在〕遠，兩宋本、繆本俱作宛。王本注云：繆本作宛。

〔挂烟樹〕挂，宋甲本、繆本俱作拂。王本注云：繆本作拂。

〔將比〕比，宋乙本作此，誤。

【注】

〔盧侍御〕按：當即卷十四盧山謡寄盧侍御虚舟之盧侍御。

〔耶溪〕見卷四採蓮曲注。

〔梁鴻〕王云：後漢書：梁鴻因東出關，過京師，作五噫之歌。肅宗聞而非之，求鴻不得，乃易姓運期，名燿，字侯光，與妻子居齊、魯之間。有頃，又去適吴，依大家皐伯通，居廡下，爲人賃春。每歸，妻爲具食，不敢於鴻前仰視，舉案齊眉。伯通察而異之曰：「彼庸能使其妻敬之如是，非凡人也。」乃方舍之於家。鴻潛閉著書十餘篇。琦按：梁鴻所適之地在今蘇州，而云會稽者，蓋其地古屬吴國，秦屬會稽郡，漢仍其舊不改。至後漢順帝永建四年，始分置吴郡。鴻在肅宗朝，尚未有吴郡之名。史臣本古國名而言，故曰吴。與上齊魯一例通稱。太白則指其本時之郡而言，則曰會稽，似乎乖異而實不相妨也。

〔德耀〕梁鴻妻孟光，字德耀。

李白集校注卷九

古近體詩四十三首

贈孟浩然

吾愛孟夫子，風流天下聞。紅顏棄軒冕，白首卧松雲。醉月頻中聖，迷花不事君。高山安可仰？徒此揖清芬。

【校】

〔題〕兩宋本，繆本題下俱注云：襄漢。

〔徒此〕徒，兩宋本、繆本俱作從。王本注云：繆本作從。

【注】

〔孟浩然〕新唐書卷二〇三孟浩然傳：孟浩然，字浩然，襄州襄陽人。少好節義，喜振人患難。隱鹿門山，年四十乃游京師。嘗於太學賦詩，一座嗟伏，無敢抗。張九齡、王維雅稱道之。維私邀入内署，俄而玄宗至，浩然匿牀下，維以實對。帝喜曰：「朕聞其人而未見也，何懼而匿？」詔浩然出。帝問其詩，浩然自誦所爲，至「不才明主棄」之句，帝曰：「卿不求仕，而朕未嘗棄卿，奈何誣我？」因放還。採訪使韓朝宗約浩然偕至京師，欲薦諸朝，會故人至，劇飲歡甚。或曰：「君與韓公有期。」浩然叱曰：「業已飲，遑恤他？」卒不赴，朝宗怒，辭行，浩然不悔也。張九齡爲荆州，辟置于府，府罷，開元末，病疽背卒。按：卷十五有黄鶴樓送孟浩然之廣陵詩。至卷十四之春日歸山寄孟浩然詩，則語意不類，胡、王均以爲有誤。

〔中聖〕三國志魏志卷二七徐邈傳：魏國初建，爲尚書郎，時科酒禁，而邈私飲至於沉醉。校事趙達問以曹事，邈曰：「中聖人。」達白之太祖，太祖甚怒，度遼將軍鮮于輔進曰：「平日醉客，謂酒清者爲聖人，濁者爲賢人，邈性修慎，偶醉言耳。」王云：中聖之中本作去聲讀，協音當作平聲。

〔高山〕詩小雅車舝：高山仰止，景行行止。

【評箋】

謝榛云：……太白贈浩然詩，前云「紅顏棄軒冕」，後云「迷花不事君」，兩聯意頗相似。劉文房靈祐上人故居詩，既云「幾日浮生哭故人」，又云「雨花垂淚共沾巾」，此與太白同病，興到而成，失於檢點，意重一聯，其勢使然。兩聯意重，法不可從。（四溟詩話）

今人詹鍈云：詩云：「紅顏棄軒冕，白首卧松雲。」是時當在浩然自京放還之後。

贈從兄襄陽少府皓

結髮未識事，所交盡豪雄。卻秦不受賞，擊晉寧爲功？小節豈足言？退耕舂陵東。歸來無産業，生事如轉蓬。一朝烏裘敝，百鎰黄金空。彈劍徒激昂，出門悲路窮。吾兄青雲士，然諾聞諸公。所以陳片言，片言貴情通。棣華儻不接，甘與秋草同。

【校】

〔題〕贈從兄三字下咸本無襄陽少府四字。皓，兩宋本、繆本、王本俱注云：一作晧。

〔擊晉〕兩宋本、繆本、王本俱注云：一作救趙。

〔爲功〕此下兩宋本、繆本、咸本、胡本俱有託身白刃裏，殺人紅塵中，當朝揖高義，舉世欽英風四句。咸本注云：一本無此四句。王本注云：繆本此下多託身白刃裏，殺人紅塵中，當朝揖高義，舉世欽英風四句。

〔烏裘〕烏，兩宋本、繆本俱作狐，注云：一作烏。王本注云：一作狐。

【注】

〔皓〕按：本卷有贈臨洺縣令皓弟詩，不應同名。又新書世系表：趙郡李氏東祖房有皓，許州司馬，似即其人。

〔結髮〕漢書卷五四李廣傳：且臣結髮而與匈奴戰。顔師古注：言始勝冠即在戰陣也。

〔卻秦〕魯仲連事，見卷二古風第十首注。

〔擊晉〕朱亥事，見卷三俠客行注。

〔春陵〕元和郡縣志卷二一：春陵故城在（隨州棗陽）縣東南三十五里。按：楊注云：春陵在今道州，誤。李白嘗游隨州，未嘗至道州也。

〔轉蓬〕文選曹植雜詩：「轉蓬離本根，飄颻隨長風」李善注：説苑曰：魯哀公曰：秋蓬惡其本根，美其枝葉，秋風一起，根本拔矣。

〔烏裘〕見卷八秋浦歌第七首注。

〔鎰〕王云：韻會：國語，二十四兩爲鎰。趙岐、孟康皆曰二十兩，鄭玄曰三十兩。

〔彈劍〕見卷三行路難第二首注。

〔路窮〕晉書卷四九阮籍傳：時率意獨駕，不由徑路，車迹所窮，輒慟哭而反。

〔棣華〕左傳僖二十四年：召穆公思周德之不類，故糾合宗族於成周，而作詩曰：常棣之華，鄂不韡韡。凡今之人，莫如兄弟。杜預注：常棣，棣也。鄂，鄂然花外發；不韡韡言韡韡以喻兄弟和睦，則強盛而有光輝韡韡然。參見卷七豳歌行上新平長史兄粲詩注。

【評箋】

按：繆、咸本所多四句中有云：「當朝揖高義，舉世欽英風。」此必非李白自稱之詞。此下「小節豈足言，退耕舂陵東，歸來無産業，生事如轉蓬」，乃其自叙處境之艱困，意不銜接。不應毫無照應若此，似以無此四句者爲是。

又按：此詩末云「棣華儻不接，甘與秋草同」，與卷七之豳歌行上新平長史兄粲末云「何惜餘光及棣華」語意相似，唐人干乞之詞如此露骨，自是一時風氣，非後人所能解。然亦可見白之生事艱窘矣。

淮海對雪贈傅靄

朔雪落吴天，從風渡溟渤。海樹成陽春；江沙皓明月。興從剡溪起；思繞梁園發。寄君郢中歌，曲罷心斷絶。

【校】

〔題〕兩宋本、繆本、王本題下俱注云：一作淮海對雪贈孟浩然。

〔吴天〕吴，兩宋本、繆本、王本俱注云：一作潮。

〔海樹〕海，蕭本作梅。樹，兩宋本、繆本俱注云：一作木。王本海下注云：蕭本作梅。樹下注云：一作木。

〔明月〕此下兩宋本、繆本俱有飄飖四荒外，想像千花發。瑶草生階墀，玉塵散庭闕四句。英華無。王本注云：繆本下多飄飖四荒外，想像千花發。瑶草生階墀，玉塵散庭闕四句。

〔梁園〕園，兩宋本、繆本俱作山。王本注云：繆本作山。

〔斷絶〕斷，王本訛作繼，據兩宋本、繆本、蕭本、胡本、郭本改正。又此下兩宋本、繆本、胡本、王本俱注云：後四句一作：剡溪興空在，郢路歌未歇，寄君梁父吟，曲盡心斷絶。

【注】

〔淮海〕王云：禹貢：淮海惟揚州。謂揚州之域，北至淮，東南至海也。後人稱揚州曰淮海本此。

〔傅靄〕按：卷二十七有早夏於將軍叔宅與諸昆季送傅八之江南序，未知即一人否。

〔剡溪〕世説任誕篇：王子猷居山陰，夜大雪，眠覺開室，命酌酒，四望皎然，因起仿偟，詠左思招隱詩，忽憶戴安道。時戴在剡，即便夜乘小船就之，經宿方至。造門不前而返。人問其故，王曰：「吾本乘興而行，興盡而反，何必見戴？」一統志：剡溪在紹興府嵊縣治南，一名戴溪，即晉王徽之雪夜訪戴逵處。嘉泰會稽志卷一〇：剡溪在（嵊）縣南一百五十步。溪有二源，一出天台，一出婺之武義。△剡音閃。

〔梁園〕文選謝惠連雪賦：歲將暮，時既昏。寒風積，愁雲繁。梁王不悦，遊於兔園。乃置旨酒，命賓友。召鄒生，延枚叟。相如末至，居客之右。俄而微霰零，密雪下。王乃歌北風於衞詩，詠南山於周雅。授簡於司馬大夫曰：「抽子祕思，騁子妍詞，侔色揣稱，爲寡人賦之。」

〔郢中〕見卷二古風第二十一首及卷四白紵詞第二首注。

【評箋】

按：一本傅靄作孟浩然，似非，文苑英華題下亦無此注。集中贈孟浩然詩，詞意深摯，而此詩似無甚交情者，自當是别一人。至詹氏以詩有梁國二字謂似當作於客梁園之後，但唐人往往以梁園與剡溪作爲對雪之典故，與客梁園恐不相涉。

贈徐安宜

白田見楚老，歌詠徐安宜。製錦不擇地，操刀良在兹。清風動百里，惠化聞京師。浮人若雲歸，耕種滿郊岐。川光浄麥隴，日色明桑枝。訟息但長嘯，賓來或解頤。青橙拂户牖，白水流園池。遊子滯安邑，懷恩未忍辭。翳君樹桃李，歲晚託深期。

【校】

〔青橙〕橙，兩宋本、繆本、咸本俱作槐。王本注云：繆本作槐。

〔白水〕白，兩宋本、繆本、咸本、王本俱注云：一作碧。

〔翳〕兩宋本、繆本俱作繄。王本注云：繆本作繄。

〔樹〕蕭本作獨。王本注云：蕭本作獨。

【注】

〔安宜〕舊唐書地理志：淮南道楚州寶應：武德四年，置倉州，領安宜一縣，七年州廢，縣屬楚州。肅宗上元三年建巳月，於此縣得定國寶十三枚，因改元寶應，仍改安宜爲寶應。

〔白田〕王云：江南通志：白田渡在寶應縣南門外。

〔楚老〕王云：楚老，楚地父老也。

〔製錦〕左傳襄三十一年：子皮欲使尹何爲邑。子産曰：「少，未知可否。」子皮曰：「愿，吾愛之，使夫往而學焉，夫亦愈知治矣。」子産曰：「人之愛人，求利之也。今吾子愛人則以政，猶未能操刀而使割也，其傷實多。……子有美錦，不使人學製焉。大官大邑，身之所庇也，而使學者製焉，其爲美錦，不亦多乎！」杜預注：製，裁也。

〔浮人〕楊云：浮人，流人也。

〔長嘯〕後漢書卷九七黨錮列傳：南陽太守成公孝，弘農成瑨但坐嘯。

〔解頤〕漢書卷八一匡衡傳：諸儒爲之語曰：「無説詩，匡鼎來。匡説詩，解人頤。」注，如淳曰：使人笑不能止也。

〔安邑〕王云：即安宜也。按：楊注以爲河東之安邑，非。

〔翳〕王云：翳，惟也。又發語聲。左傳：翳我獨無。△翳音伊。參校記。

〔桃李〕説苑卷六：陽虎得罪於衛，北見簡子曰：「自今以來，不復樹人矣。」簡子曰：「……夫樹桃李者，夏得休息，秋得食焉。樹蒺藜者，夏不得休息，秋得其刺焉。今子之所樹者，蒺藜也，自今以來，擇人而樹之，毋已樹而擇之。」

贈任城盧主簿潛

海鳥知天風，竄身魯門東。臨觴不能飲，矯翼思凌空。鐘鼓不爲樂，烟霜誰與同？歸飛未忍去，流淚謝鴛鴻。

【校】

〔題〕兩宋本、繆本題下俱注云：魯中。

〔潛〕蕭本無此字。王本注云：蕭本少潛字。

〔矯翼〕此句咸本注云：一本云：翼思淩虚空。

【注】

〔任城〕舊唐書地理志：河南道兖州任城：漢縣，北齊於縣置高平郡，隋廢，縣屬兖州。

〔主簿〕王云：唐官制，縣令之佐有主簿，其位在丞之下，尉之上。京縣二人，從八品。畿縣上縣者正九品，中縣下縣者從九品，各一人。按：王説本於舊唐書職官志。

〔海鳥〕莊子至樂篇：昔者海鳥止於魯郊，魯侯御而觴之于廟，奏九韶以爲樂，具太牢以爲膳，鳥乃眩視憂悲，不敢食一臠，不敢飲一杯，三日而死。

早秋贈裴十七仲堪

遠海動風色，吹愁落天涯。南星變大火，熱氣餘丹霞。光景不可迴，六龍轉天車。荆人泣美玉，魯叟悲匏瓜。功業若夢裏，撫琴發長嗟。裴生信英邁，屈起多才華。歷抵海岱豪，結交魯朱家。復攜兩少妾，豔色驚荷葩。雙歌入青雲，但惜白日斜。窮溟出寶貝，大澤饒龍蛇。明主儻見收，烟霄路非賒。時命若不會，歸應鍊丹砂。

【校】

〔吹愁〕愁，咸本作秋。兩宋本、繆本、王本俱注云：一作秋。

〔夢裏〕裏，兩宋本、繆本、王本俱注云：一作中。

〔撫琴〕撫，兩宋本、繆本、王本俱注云：一作推。

〔信〕兩宋本、繆本、王本俱注云：一作實。

〔屈〕兩宋本、繆本、咸本、胡本俱作崛。郭本作屈。王本注云：繆本作崛。

〔歷抵〕此二句兩宋本、繆本、王本俱注云：一作歷遊趙魏豪，結交列如麻。又此下多良圖竟來展，意欲飛丹砂。破産且救人，遺身不爲家四句。

〔少妾〕妾，兩宋本、繆本、咸本俱作女。兩宋本、繆本俱注云：一作妾。王本注云：一作女。

〔葩〕兩宋本、繆本、咸本俱作花。王本注云：繆本作花。

〔窮〕兩宋本、繆本、王本俱注云：一作滄。

〔儻〕兩宋本、繆本、王本俱注云：一作必。

〔時命〕此二句兩宋本、繆本俱作知飛萬里道，勿使歲寒差。注云：一作時命若不會，歸應鍊丹砂。王本注云：一作知飛萬里道，勿使歲寒嗟。

【注】

〔大火〕王云：南星，南方之星也。大火，心星也。初昏之時，大火見南方，於時爲夏。若轉而西流，則爲秋矣。郭璞爾雅注：大火，心也，在中最明，故時候主焉。參見卷五黄葛篇注。

〔美玉〕見卷二古風第三十六首注。

〔匏瓜〕論語陽貨篇：吾豈匏瓜也哉？焉能繫而不食？何晏注：匏，瓠也。言瓠瓜得繫一處者，不食故也。吾自食物，當東西南北，不得如不食之物，繫滯一處。

〔屈起〕後漢書卷五二十八將論：至於扶翼王運，皆武人屈起。章懷太子注：屈起，猶勃起也。

〔海岱〕書禹貢：海岱惟青州。孔傳：東北據海，西南距岱。

〔朱家〕史記游俠列傳：魯朱家者，與高祖同時。魯人皆以儒教，而朱家用俠聞，所藏活豪士以百數，其餘庸人不可勝言。然終不伐其能，歆其德，諸所嘗施，惟恐見之，振人不贍，先從貧賤始。家無餘財，衣不完采，食不重味，乘不過軥牛。專趨人之急，甚己之私。既陰脱季布將軍之阸，及布尊貴，終身不見也。自關以東，莫不延頸願交焉。

〔葩〕説文：葩，華也。△葩，普巴切。

〔寶貝〕文選木華海賦：豈徒積太顛之寶貝，……李善注：琴操曰：紂徙文王於羑里，擇日欲殺之，於是太顛、散宜生、南宫适之屬，得水中大貝以獻，紂立出西伯。又：翔天沼，戲窮溟。李善注：莊子曰：窮髮之北，有溟海者，天池也。

〔龍蛇〕左傳襄二十一年：深山大澤，實生龍蛇。

贈范金鄉二首

君子枉清盼，不知東走迷。離家未幾月，絡緯鳴中閨。桃李君不言，攀花願成蹊。那能吐芳信？惠好相招攜。我有結緑珍，久藏濁水泥。時人棄此物，乃與燕石齊。摭拭欲贈之，申眉路無梯。遼東慙白豕，楚客羞山雞。徒有獻芹心，終流泣玉啼。祇應自索漠，留舌示山妻。

【校】

〔題〕金鄉，郭本、咸本俱作金卿，誤。王本鄉下注云：蕭本作卿。

〔燕石〕石，兩宋本、繆本俱作珉，注云：一作石。王本注云：一作珉。

〔摭〕兩宋本、繆本、咸本俱作拂。王本注云：繆本作拂。

〔泣玉〕玉，兩宋本、繆本、王本俱注云：一作血。

【注】

〔金鄉〕舊唐書地理志：河南道兖州金鄉：後漢縣，武德四年，於縣置金州。……貞觀十七年，州廢。按：稱金鄉者，謂其人爲金鄉令也。

〔東走〕淮南子説山訓：狂者東走，逐者亦東走，東走則同，所以東走則異。

〔成蹊〕漢書卷五四李廣傳贊：桃李不言，下自成蹊。顔師古注：蹊謂徑道也，言桃李以其花實之故，非有所召呼而人争歸趨，來往不絶，其下自然成徑。以喻人懷誠信之心，故能潛有所感也。

〔結緑〕史記范雎列傳：周有砥砨，宋有結緑，梁有縣黎，楚有和璞，此四寶者，土之所生，良工之所失也。

〔燕石〕見卷二古風第五十首注。

〔摭〕説文：摭，拾也。△摭音炙。

〔白豕〕後漢書卷六三朱浮傳：往時遼東有豕，生子白頭，異而獻之。行至河東，見羣豕皆白，懷慙而還。

〔山雞〕太平廣記卷四六一引笑林：楚人有擔山雞者，路人問曰：「何鳥也？」擔者欺之曰：「鳳皇也。」路人曰：「我聞鳳皇久矣，今真見之，汝賣之乎？」曰：「然。」乃酬十金，弗與。請加倍，乃與之。方將獻楚王，經宿而鳥死。路人不遑恤其金，惟恨不得以獻王，國人傳之，咸以爲真鳳而貴，宜欲獻之，遂聞於楚王，王感其欲獻己也，召而厚賜之，過買鳳之價十倍。

〔獻芹〕列子楊朱篇：昔人有美戎菽、甘枲莖芹萍子者，對鄉豪稱之，鄉豪取而嘗之，蜇於口，慘於腹。文選嵇康與山巨源絶交書：野人有快炙背而美芹子者，欲以獻之至尊。雖有區區之意，亦已疏矣。

〔留舌〕史記張儀列傳：張儀嘗從楚相飲，已而楚相亡璧，門下意張儀，曰：「儀貧無行，必此盜相君之璧。」共執張儀，掠笞數百，不服，醳之。其妻曰：「嘻！子無讀書遊説，安得此辱乎？」張儀謂其妻曰：「視吾舌尚在不？」其妻笑曰：「舌在也。」儀曰：「足矣。」

其二

范宰不買名，絃歌對前楹。爲邦默自化，日覺冰壺清。百里雞犬静；千廬機杼鳴。浮人少蕩析，愛客多逢迎。遊子覩嘉政，因之聽頌聲。

【注】

〔絃歌〕史記仲尼弟子列傳：言偃，吴人，字子游，少孔子四十五歲。子游既已受業，爲武城宰。孔子過，聞絃歌之聲，孔子莞爾而笑曰：「割雞焉用牛刀？」

〔自化〕老子：我無爲而民自化。

〔冰壺〕文選鮑照白頭吟：「清如玉壺冰。」

〔蕩析〕書盤庚：今我民用蕩析離居。

贈瑕丘王少府

皎皎鸞鳳姿，飄飄神仙氣。梅生亦何事？來作南昌尉。清風佐鳴琴，寂寞道爲貴。一見過所聞，操持難與羣。毫揮魯邑訟，目送瀛洲雲。我隱屠釣下，爾當玉石分。無由接高論，空此仰清芬。

【校】

〔道爲貴〕宋乙本、繆本俱注云：一作爲誰貴。王本爲下注云：一作爲誰。

【注】

〔瑕丘〕舊唐書地理志：河南道兗州瑕丘：郭下。宋置兗州於魯瑕邑故治，隋因置瑕丘縣。

〔梅生〕漢書卷六七梅福傳：梅福，字子真，九江壽春人也。……爲郡文學，補南昌尉，後去官歸壽春。……至元始中，王莽顓政，福一朝棄妻子去九江，至今傳以爲仙。其後人有見福於會稽者，變名姓爲吳門市卒云。

〔鳴琴〕史記仲尼弟子列傳：宓不齊，字子賤，……子賤爲單父宰。正義：説苑云：宓子賤理單父，彈琴，身不下堂，單父理。巫馬期以星出，以星入，而單父亦理。巫馬期問其故，宓子賤曰：「我之謂任人，子之謂任力，任力者勞，任人者逸。」

東魯見狄博通

去年别我向何處？有人傳道遊江東。謂言挂席度滄海，却來應是無長風。

【校】

〔東魯〕絶句作魯國。

【注】

〔狄博通〕王云：按唐書宰相世系表：博通，梁公狄仁傑之曾孫，户部郎中光濟之孫。按：新唐書宰相世系表作户部郎中光嗣。元和姓纂（卷十）二十三錫：光嗣户部郎中，孫博通、博濟。王氏引作光濟，蓋爲光嗣之誤。

〔却來〕按：唐人語，却來即返回之意。謂本謂渡海，而今復回，當是無長風之故。

見京兆韋參軍量移東陽二首

潮水還歸海，流人却到吴。相逢問愁苦，淚盡日南珠。

【校】

〔題〕兩宋本、繆本題下俱注云：吴中。絶句收此首，題爲見韋參軍量移東陽。

【注】

〔京兆〕舊唐書地理志：京兆府：開元元年，改雍州爲京兆府，復隋舊名。

〔量移〕日知録卷三二：唐朝人得罪貶竄遠方，遇赦改近地，謂之量移。舊唐書玄宗紀：開元二十年十一月庚午，祀后土於脽上，大赦天下，左降官量移近處。二十七年二月己巳，加尊號，大赦天下，左降官量移近處。量移字始見於此。按：顧氏即引此詩爲證。

〔東陽〕舊唐書地理志：江南東道婺州東陽：垂拱二年，分烏傷縣，取舊郡名。

〔流人〕莊子徐無鬼篇：子不聞夫越之流人乎？陸德明注：流人，有罪自流徙者也。

〔淚盡〕文選左思吴都賦：淵客慷慨而泣珠。劉淵林注：俗傳鮫人從水中出，曾寄寓人家，積日賣綃，綃者竹孚俞也。鮫人臨去，從主人索器，泣而出珠滿盤，以與主人。

〔日南〕王云：洞冥記：吠勒國去長安九千里，在日南。人長七尺，被髮至踵，乘犀象之車，乘象入海底取寶，宿於鮫人之舍，得淚珠，則鮫人所泣之珠也。庾信擬連珠：日南枯蚌，猶含明月之珠。

其二

聞説金華渡，東連五百灘。全勝若耶好，莫道此行難。猿嘯千谿合，松風五月寒。他年一攜手，摇艇入新安。

【注】

〔新安〕王云：一統志：五百灘在金華府城西五里，灘之最大者，俗傳舟行挽牽，五百人方可渡。若耶溪在紹興府城南二十五里，下與鏡湖合。西施採蓮、歐冶鑄劍於此。新安江一名青溪，出徽州，自歙縣經淳安縣界，至嚴州府城南，合婺港，東入浙江。

【評箋】

今人詹鍈云：按舊唐書玄宗紀：開元中，左降官凡兩度量移近處，一在開元二十年，一在開元二十七年。開元二十年，太白正居安陸，去東陽甚遠，疑詩之作在本年（開元二十七年）。

按：詩題云見京兆韋參軍云云，詩中云「相逢問愁苦」，參以「日南珠」之語，疑韋乃自海南量移，而李白於何處遇之，未可遽定，繆本注云吴中，不過沿舊注耳。非必即在東陽近處遇之。

贈丹陽横山周處士惟長

周子横山隱，開門臨城隅。連峯入户牖，勝槩凌方壺。時枉白紵詞，放歌丹陽湖。水色傲溟渤，川光秀菰蒲。當其得意時，心與天壤俱。閑雲隨舒卷，安識身有無？抱石恥獻玉，沉泉笑探珠。羽化如可作，相攜上清都。

【校】

〔開門〕開，咸本作閉。

〔枉〕咸本作作。王本注云：一作作。

〔舒卷〕蕭本作卷舒。王注引舒誤作施。胡本亦作卷舒。王本注云：蕭本作卷施。

〔安識〕識，英華作議。

〔相攜〕此句下兩宋本、繆本、王本俱注云：一作攜手止清都。

【注】

〔丹陽〕舊唐書地理志：江南東道潤州丹陽：漢曲阿縣，……天寶元年，改爲丹陽縣，取漢郡名。

〔横山〕王云：太平御覽：山謙之丹陽記曰：丹陽縣東十八里有横山，連亘數十里。傳云，楚子重至於横山是也。江南通志：横山在江寧府江寧縣東南一百二十里，高淳縣東二十里。其山四方望之皆横，故曰横山。亦名横望山。太平府志：横山在當塗縣東六十里，高二百丈，周八十里。穹窿嵁峻，蒼翠亘天際，四望皆横，故名横山。與江寧、溧水接壤。丹陽湖在其南，春秋楚子重伐吴所至之地。輿地紀勝卷一八太平州：横望山在當塗縣東北六十里，亦名衡山。其山四望皆横，故名。有陶貞白書堂，今爲澄心院五井，丹竈藥臼在焉。漢晉以來，陶氏諸墓域環繞山麓凡二十里。

〔方壺〕見卷一明堂賦注。

〔白紵詞〕見卷四白紵辭三首詩注。

〔丹陽湖〕王云：江南通志：丹陽湖在江寧府高淳縣西南三十里，太平府當塗縣東南七十里。以湖之中流分界。其源有三：徽州、高淳、寧國、廣德諸溪皆匯之。通爲三湖：一曰石臼，一曰固城，一曰丹陽，而丹陽最大，蓋總名也。周圍三百餘里。

〔菰蒲〕王云：謝靈運詩：「菰蒲冒清淺。」本草：蘇頌曰：菰根，江湖陂澤中皆有之，生水中，葉如蒲葦，刈以秣馬甚肥。春末生白芽如筍，即菰菜也，又謂之茭白。生熟皆可啖，甜美。其中心如小兒臂者名菰手，作菰首者非矣。寇宗奭曰：菰乃蒲類，河朔邊人止以飼馬作薦，八月開花如葦，結青子，合粟爲粥，食甚濟飢。李時珍曰：蒲叢生水際，似莞而褊，有脊而柔，二三月生苗，八九月收葉，以爲席，亦可作扇，軟滑而温。

〔探珠〕莊子列禦寇篇：人有見宋王者，錫車十乘，以其十乘驕穉莊子。莊子曰：「河上有家貧恃緯蕭而食者，其子没於淵，得千金之珠。其父謂其子曰：取石來鍛之。夫千金之珠，必在九重之淵而驪龍頷下，子能得珠者，必遭其睡也。使驪龍而寤，子尚奚微之有哉？今宋國之深，非直九重之淵也。宋王之猛，非直驪龍也。子能得車者，必遭其睡也。使宋王而寤，子爲韲粉夫！」

玉真公主別館苦雨贈衞尉張卿二首

秋坐金張館，繁陰晝不開。空烟迷雨色，蕭颯望中來。翳翳昏墊苦；沉沉憂恨催。清秋何以慰？白酒盈吾杯。吟詠思管樂，此人已成灰。獨酌聊自勉，誰貴經綸才？彈劍謝公子，無魚良可哀。

【校】

〔題〕兩宋本、繆本題下俱注云：長安。

〔秋坐〕秋，繆本、咸本、胡本俱作愁。王本注云：繆本作愁。

〔迷雨〕迷，兩宋本、繆本、咸本俱作送。王本注云：繆本作送。

〔慰〕兩宋本作尉，乃古今字。

【注】

〔玉真公主〕見卷八玉真仙人詞注。

〔別館〕王云：古樓觀紫雲衍慶集：玉真公主與金仙公主俱入道，今樓觀南山之麓，有玉真公主祠堂存焉。俗傳其地曰邸宫，以爲主家别館之遺址也。然碑誌湮没，圖經廢舛，惟開元中戴璇樓觀碑有玉真公主師心此地之語。而王維、儲光羲皆有玉真公主山莊山居之詩，則玉真祠堂爲觀之别館審矣。因盡録唐人題詠，刻之祠中。元祐二年歲在丁卯七月望日，河東薛紹彭題。所謂别館，疑即此地是歟。

〔衛尉〕舊唐書職官志：衛尉寺，卿一員（從三品）。卿之職掌邦國器械文物之事，總武庫、武器、守宫三署之官屬。

〔張卿〕今人詹鍈云：舊唐書張介然傳：天寶中，王忠嗣、皇甫惟明、哥舒翰相次爲節將，並委以營田支度等使，進位衛尉卿。不知是其人否？按：唐文粹卷二一有崔祐甫唐衛尉卿洪州都督張公遺愛碑，張名休，曾爲安禄山判官，牧豪、舒、潤三州，至代宗即位時自嶺南節度遷洪州。未知即其人否？卷十三有秋山寄衛尉張卿及王徵君，卷十九有酬張卿夜宿南陵見贈各詩。又按：玉真公主别館苦雨贈衛尉張卿二首，稗山李白兩入長安辨（中華文史論叢第二輯）謂係李白開元間初入長安時所作，其説良是。又據郁賢皓李白與張垍交游新證（南京師院學報一九七八年第一期）一文考證，此「衛尉張卿」乃張説之子張垍，尚寧親公主，開元十八年已爲衛尉卿。見張九齡開府儀同三司行尚書左丞相燕國公贈太師張公（説）墓誌銘并序。此爲李白開元時入長安之又一佐證。

〔金張館〕文選左思詠史詩：「朝集金張館。」漢書卷五九張湯傳：功臣之世，唯有金氏、張氏，親近寵貴，比於外戚。參見卷二十四詠槿詩第二首注。

〔昏墊〕書益稷：下民昏墊。孔傳：言天下昏昏墊溺，皆困水災。△墊音店。

〔管樂〕三國志蜀志諸葛亮傳：每自比於管仲、樂毅。按：詩中舉管樂，亦言有用世之意也。

其二

苦雨思白日，浮雲何由卷？稷禼和天人，陰陽乃驕蹇。秋霖劇倒井，昏霧横絶巘。欲往咫尺塗，遂成山川限。潨潨奔溜聞，浩浩驚波轉。泥沙塞中途，牛馬不可辨。飢從漂母食，閑綴羽陵簡。園家逢秋蔬，藜藿不滿眼。蠨蛸結思幽，蟋蟀傷褊淺。廚竈無青烟，刀机生緑蘚。投節解鸛鸘，换酒醉北堂。丹徒布衣者，慷慨未可量。何時黄金盤，一斛薦檳榔？功成拂衣去，摇曳滄洲傍。

【校】

〔陰陽〕陽，蕭本作霳，郭本作陽。王本注云：許本作霳。

〔乃〕兩宋本、繆本、咸本俱作仍。王本注云：繆本作仍。

〔溜聞〕聞，兩宋本、繆本、咸本俱作瀉。王本注云：繆本作瀉。

〔羽陵〕陵，兩宋本、繆本俱作林，注云：一作陵。王本注云：一作林。

〔刀机〕机，蕭本誤作機。

〔摇曳〕曳，兩宋本、繆本俱作裔。王本注云：繆本作裔。

【注】

〔稷离〕書舜典：讓于稷、契暨臯陶。孔傳：居稷官者棄也，契、臯陶二臣名。按：离、契字同。

〔天人〕文選班固東都賦：統和天人。

〔劇〕王云：韻會：劇，尤甚也。按：句意謂秋霖甚於倒井也。

〔潨〕王云：韻會：潨，水會也。△潨音叢。

〔牛馬〕莊子秋水篇：秋水時至，百川灌河，涇流之大，兩涘渚崖之間，不辯牛馬。陸德明注：辯，别也，言廣大故望不分别也。

〔綴〕音拙，又音贅。

〔羽陵〕穆天子傳：天子東遊次于雀梁，□蠹書於羽陵。（按：徐陵玉台新詠序亦作羽陵。天一閣刊本作羽林。）

〔藜藿〕王云：漢書司馬遷傳：糲粱之食，藜藿之羹。顔師古注：藜，草似蓬也。藿，豆葉也。史記正義：藜似藿而赤表。本草綱目：藜處處有之，即灰藋之紅心者，莖葉稍大。河朔人名落藜，南人名臙脂菜，亦曰鶴頂草，皆因形色名也，嫩時亦可食。

〔蠨蛸〕詩豳風東山：蠨蛸在户。毛傳：蠨蛸，長踦也。△蛸音梢。王云：埤雅釋蟲云：蠨蛸長踦，蕭梢長踦之貌，因以名云。郭璞曰：今小蜘蛛長脚者，俗呼喜子，亦如蜘蛛布網，垂絲著人衣，當有親客至。荆州河内之人謂之喜母。

〔蟋蟀〕詩唐風蟋蟀序：蟋蟀，刺晉僖公也，儉不中禮，故作是詩以閔之。王云：陸璣詩疏：蟋蟀似蝗而小，正黑有光澤如漆，有角翅，一名蛬，一名蜻蛚，楚人謂之王孫，幽州人謂之趣織，督促之言也。里語曰「趣織鳴，嬾婦驚」是也。按：詩魏風葛屨序：葛屨，刺褊也。其詩云：維是褊心，是以爲刺。李白此詩似誤以葛屨爲蟋蟀。但唐魏之風本相似，而蟋蟀、葛屨二篇亦有相通處，不必泥也。

〔緑蘚〕王云：太平御覽：古今注曰：苔蘚空室無人行則生。或紫或青，一名圓蘚，一名緑錢，一名緑蘚。

〔鸕鷀〕見卷四白頭吟第二首注。

〔檳榔〕南史劉穆之傳：……謂所親曰：貧賤常思富貴，富貴必踐機危，今日思爲丹徒布衣，不可得也。……穆之少時家貧，誕節嗜酒食，不修拘檢。好往妻兄家乞食，多見辱，不以爲恥。其妻江嗣女，甚明識，每禁不令往。江氏後有慶會，屬令勿來，穆之猶往，食畢求檳榔。江氏兄弟戲之曰：「檳榔消食，君乃常飢，何忽須此？」……及穆之爲丹陽尹，將召妻兄弟，妻泣而稽顙以致謝。穆之曰：「本不匿怨，無所致憂。」及至醉，穆之乃令廚人以金盤貯檳榔一斛以進之。

【評箋】

宋長白云：玉真既云入道，豈張卿曾尚之于先耶！按上元元年，李輔國遷上皇，並出玉真公主，是玉真猶在肅宗之朝。（柳亭詩話）

贈韋祕書子春

谷口鄭子真，躬耕在巖石。高名動京師，天下皆籍籍。斯人竟不起，雲卧從所適。苟無濟代心，獨善亦何益。惟君家世者，偃息逢休明。談天信浩蕩，説劍紛縱横。謝公不徒然，起來爲蒼生。祕書何寂寂！無乃羈豪英！且復歸碧山，安能戀金闕。舊宅樵漁地，蓬蒿已應没。却顧女几峯，胡顔見雲月？徒爲風塵苦，一官已白髮。氣同萬里合，訪我來瓊都。披雲覩青天，捫蝨話良圖。留侯將綺里，出處未云殊。終與安社稷，功成去五湖。

【校】

〔斯人〕斯，兩宋本、繆本俱作其。王本注云：繆本作其。

〔徒爲〕此下蕭本别爲一首。王云：蕭本自徒爲風塵苦以下五聯另作一首，髮字作鬚，叶下韻也。今按此詩一氣貫注，不能斷乙，通作一首爲是，故校從古本。

〔白髮〕髮，咸本、蕭本俱作鬚。王本注云：蕭本作鬚。

〔綺里〕里，兩宋本、繆本、咸本俱作季。王本注云：繆本作季。

【注】

〔祕書〕王云：唐書百官志，祕書省有監一人，少監二人，丞一人，祕書郎三人，校字郎十人，正字二人，未詳子春爲省中何職。按：新唐書百官志，祕書省祕書郎三人，校書郎十人，正字四人，所屬之著作局，則郎二人，著作佐郎二人，校書郎二人，正字二人。舊唐書職官志則云祕書省祕書郎四員，校書郎八人，餘同。王氏所引既誤，亦未言所屬尚有著作局也。

韋子春見後評箋。

〔谷口〕王云：高士傳：鄭樸，字子真，谷口人也。修道静默，世服其清高。成帝時大將軍王鳳以禮聘之，遂不屈。揚雄盛稱其德曰：谷口鄭子真，耕於巖石之下，名振京師。雍録：谷口在雲陽縣西四十里，鄭樸字子真隱於此。

〔休明〕按：此二句指韋氏在唐高宗、武后朝，思謙、承慶、嗣立等相繼爲相。

〔談天〕史記孟子荀卿列傳：騶衍之術迂大而閎辯，奭也文具難施，淳于髡久與處，時有得善言，故齊人頌曰：談天衍，雕龍奭，炙轂過髡。集解：駰案：劉向别録曰：騶衍之所言，五德終始，天地廣大，盡言天事，故曰談天。

〔説劍〕王云：莊子有説劍篇。按：莊子説劍之意，即戰國策士縱横之言，故云「説劍紛縱横」。

〔蒼生〕晉書卷七九謝安傳：征西大將軍桓温請爲司馬，將發新亭，朝士咸送，中丞高崧戲之曰：「卿屢違朝旨，高卧東山，諸人每相與言，安石不肯出，將如蒼生何！蒼生今亦將如卿何！」

〔寂寂〕按：祕書省所屬乃閒官，故惜韋爲所羈也。

〔女几〕王云：元和郡縣志：女几山在河南府福昌縣西南三十四里。一統志：女几山在河南宜陽縣西九十里。唐李賀集：杜蘭香（今本杜作白）神女上昇，遺几在焉，故名。

〔青天〕世説賞譽篇：衛伯玉爲尚書，見樂廣與中朝名士談議，……命子弟造之，曰，此人，人之水鏡也，見之若披雲霧覩青天。

〔捫蝨〕晉書卷一一四苻堅載記王猛：桓温入關，猛被褐而詣之，一面談當世之事，捫蝨而言，旁若無人。

【評箋】

今人詹鍈云：宋高僧傳卷十七唐越州焦山大歷寺神邕傳：釋神邕……開元二十六年勑度……著作郎韋子春，有唐之外臣也，剛氣而贍學，與之酬抗，子春折角。滿座驚服。舊唐書玄宗紀：天寶八載四月，著作郎韋子春貶端溪尉，李林甫陷之也。王季友有寄韋子春詩。按：韋子春見新唐書永王璘傳，與卷二十之韋司馬疑是一人。玩此詩之意，韋亦懷才未申者，與白素相契合，白之入永王幕，或即由韋汲引也。如詹氏所引，韋官著作郎至十年以上，當是其間不居官而漫游，故李云「訪我來瓊都」，未知二人會於何地。詹以此詩爲在長安作，恐非。王季友寄韋子春詩，一作山中贈十四秘書兄。（全唐詩）詩有「山中誰余密，白髮日相親」之句，與白此詩意亦差合。又郭沫若李白與杜甫謂「瓊都」指廬山，韋子春乃永王璘謀主之一，此詩即白天寶十五載在廬山贈韋所作。

贈韋侍御黄裳二首

太華生長松，亭亭淩霜雪。天與百尺高，豈爲微飇折？桃李賣陽豔，路人行且迷。春光掃地盡，碧葉成黄泥。願君學長松，慎勿作桃李。受屈不改心，然後知君子。

【校】

〔天與〕與，英華作賜。

〔百尺〕尺，兩宋本作人。

〔陽豔〕陽，兩宋本、繆本俱作摇。王本注云：繆本作摇。

〔掃〕英華作拂，注云：集作掃。胡本注云：一作拂。

〔碧葉〕葉，英華作蕊，注云：集作葉。

【注】

〔侍御〕因話録：御史臺三院：一曰臺院，其僚曰侍御史，衆呼爲端公。二曰殿院，其僚曰殿中侍御史，衆呼爲侍御。三曰察院，其僚曰監察御史，衆呼亦曰侍御。

〔黄裳〕按：黄裳名見新書世系表。舊書肅宗紀：乾元元年十二月，以昇州刺史韋黄裳爲蘇州刺史、浙西節度使，蓋即其最後所居官。太平廣記卷三七七引廣異記，以黄裳卒時爲衢州刺史，而其時代亦在上元中，似不應爲兩人，恐志怪之書不足據也。

其二

見君乘驄馬，知上太行道。此地果摧輪，全身以爲寶。我如豐年玉，棄置秋田草。但勗冰壺心，無爲歎衰老。

【校】

〔太行〕行，王本注云：舊本皆作山，今依文苑英華本校作行。按宋本英華注云：集作山。

【注】

〔驄馬〕後漢書卷六七桓典傳：舉高第，拜侍御史。是時宦官秉權，典執政無所回避，常乘驄馬，京師畏憚，爲之語曰：「行行且止，避驄馬御史。」説文：驄，馬青白雜毛也。△驄音聰。

〔摧輪〕文選魏武帝苦寒行：「北上太行山，艱哉何巍巍！羊腸坂詰屈，車輪爲之摧。」按：「知上太行道」之語，蓋韋方奉使至并州。

〔豐年玉〕世説賞譽篇：世稱庾文康爲豐年玉，稚恭爲荒年穀。

【評箋】

今人詹鍈云：據舊唐書王鉷傳：韋黄裳於天寶九載頃爲萬年尉。又舊唐書肅宗紀：乾元元年十二月甲辰以昇州刺史韋黄裳爲蘇州刺史、浙西節度使。黄裳之名略見於此。此詩之作當在天寶九載以後。第二首云：「我如豐年玉，棄置秋田草。」亦可見爲遭讒以後所作。

贈薛校書

我有吴越曲，無人知此音。姑蘇成蔓草，麋鹿空悲吟。未誇觀濤作，空鬱釣鼇心。舉手謝東海，虚行歸故林。

【校】

〔吴越〕越，兩宋本、繆本、胡本俱作趨，似是。王本注云：繆本作趨。

【注】

〔校書〕王云：按唐書百官志，弘文館有校書郎二人，集賢殿書院有校書四人，祕書省有校書郎十人，著作局有校書郎二人，崇文館有校書郎二人，司經局有校書四人，皆九品。

〔吴越〕王云：古今注：吴趨曲，吴人以歌其地也。陸機詩：「四坐並清聽，聽我歌吴趨。」劉良注：趨，步也。此曲吴人歌其土風也。按：此詩首句自以作吴趨者爲是，王注吴趨，蓋亦主繆本。

〔悲吟〕王云：吴越春秋：吴宫爲墟，庭生蔓草。漢書伍被傳：子胥諫吴王，吴王不用，乃曰：臣今見麋鹿游姑蘇之臺也。

〔觀濤〕文選枚乘七發：將以八月之望，與諸侯遠方交遊兄弟，並往觀濤乎廣陵之曲江。

贈何七判官昌浩

有時忽惆悵，匡坐至夜分。平明空嘯咤，思欲解世紛。心隨長風去，吹散萬里雲。羞作濟南生，九十誦古文。不然拂劍起，沙漠收奇勳。老死阡陌間，何因揚清芬？夫子今管樂，英才冠三軍。終與同出處，豈將沮溺羣？

【校】

〔阡陌〕阡，兩宋本、繆本、咸本俱作田。王本注云：繆本作田。

【注】

〔判官〕按：舊唐書職官志，節度使下有判官二人。原注：皆天寶後置，檢討未見品秩。考唐代朝廷所命諸使，其常置者如度支鹽鐵轉運使，暫置者如入蕃使，皆有判官以執行其文書事務，兼爲之參贊。舊唐書武元衡傳：時奉德宗山陵，元衡爲儀仗使。監察御史劉禹錫，叔文之黨也，求充儀仗判官。……此即其例。各有本官，事畢即解，故無品秩。此何昌浩當是西北面節度使之判官，故有「沙漠收奇勳」及「英才冠三軍」之句。

〔何昌浩〕按：卷十四有涇溪南藍山下有落星潭可以卜築余泊舟石上寄何判官昌浩詩，此云：

「終與同出處，豈將沮溺羣？」彼云：「所期俱卜築，結茅鍊金液。」語意互相關顧。

〔惆〕音抽，又音儔。

〔匡坐〕莊子讓王篇：匡坐而絃。司馬彪注：匡，正也。

〔夜分〕後漢書卷八五清河孝王慶傳：每朝謁陵廟，常夜分嚴裝，衣冠待明。章懷太子注：分，半也。

〔嘯咤〕詩召南江有汜：其嘯也歌。鄭箋：嘯，蹙口而出聲。△咤，丑亞切。

〔古文〕漢書卷八八儒林傳：伏生，濟南人也。故爲秦博士。孝文時，求能治尚書者，天下無有。聞伏生治之，欲召，時伏生年九十餘，老不能行。於是詔太常，使掌故朝錯往受之。顔師古注：衛宏定古文尚書序云：伏生老不能正言，言不可曉也，使其女傳言教錯，齊人語多與潁川異，錯所不知者凡十二三，略以其意屬讀而已。按：詩中所謂古文，泛指古代文字，非漢書儒林傳「孔氏有古文尚書」之古文。伏生所傳之尚書爲今文尚書，恰與古文尚書相反。

〔沮溺〕論語微子篇：長沮、桀溺耦而耕。何晏集解：鄭曰：長沮、桀溺，隱者也。

【評箋】

吴汝綸云：起接超忽不平，一片奇氣，其志意英邁，乃太白本色。（唐宋詩舉要引）

周珽云：開口慷慨，便能吞吐凡俗。蓋用世之志，由夜及旦，思得同心者並驅建樹，以揚芬千古。故既羞爲章句宿儒，復不甘與耕隱同類。白自負固高，其贊何亦不淺也。（唐詩選脈

〔會通〕

讀諸葛武侯傳書懷贈長安崔少府叔封昆季

漢道昔云季，羣雄方戰争。霸圖各未立，割據資豪英。赤伏起頹運，卧龍得孔明。當其南陽時，隴畝躬自耕。魚水三顧合，風雲四海生。武侯立岷蜀，壯志吞咸京。何人先見許，但有崔州平。余亦草間人，頗懷拯物情。晚途值子玉，華髮同衰榮。託意在經濟，結交爲弟兄。無令管與鮑，千載獨知名。

【校】

〔題〕蕭本無書字。王本注云：蕭本少書字。

〔壯志〕志，兩宋本、繆本俱作士。王本注云：繆本作士。

〔草間人〕人，兩宋本、繆本、王本俱注云：一作士。

〔衰榮〕此句下咸本注云：一本無此二句。

【注】

〔叔封〕按：卷十九有答長安崔少府叔封遊終南翠微寺……詩，可互參。

〔赤伏〕後漢書光武帝紀：光武先在長安時，同舍生彊華自關中奉赤伏符曰：「劉秀發兵捕不道，四夷雲集龍鬬野，四七之際火爲主。」

〔南陽〕文選諸葛亮出師表：臣本布衣，躬耕南陽。

〔州平〕三國志蜀志諸葛亮傳：諸葛亮字孔明，琅琊陽都人也。……躬耕隴畝，好爲梁父吟。身長八尺，每自比於管仲、樂毅。時人莫之許也，惟博陵崔州平、潁川徐元直與亮友善，謂爲信然。時先主屯新野，徐庶……謂先主曰：「諸葛孔明者卧龍也，將軍豈願見之乎？」先主曰：「君與俱來。」庶曰：「此人可就見，不可屈致也。將軍宜枉駕顧之。」由是先主遂詣亮，凡三往乃見。……於是與亮情好日密，關羽、張飛等不悦。先主解之曰：「孤之有孔明，猶魚之有水也，願諸君勿復言。」羽、飛乃止。

〔子玉〕後漢書卷八二崔駰傳附：瑗字子玉，早孤，鋭志好學，盡能傳其父業。……與扶風馬融、南陽張衡特相友好。

〔管與鮑〕史記管晏列傳：管仲夷吾者，潁上人也。少時嘗與鮑叔牙游，鮑叔知其賢。管仲貧困，嘗欺鮑叔，鮑叔終善遇之，不以爲言。已而鮑叔事齊公子小白，管仲事公子糾。及小白立爲桓公，公子糾死，管仲囚焉。鮑叔遂進管仲。……鮑叔既進管仲，以身下之。

【評箋】

胡云：既云州平，不得復云子玉，況又云管、鮑乎！或謂余，子玉不如改爲之子，則管、鮑亦不妨用，是則然，但青蓮政不如此拘拘耳。

贈郭將軍

將軍少年出武威，入掌銀臺護紫微。平明拂劍朝天去，薄暮垂鞭醉酒歸。愛子臨風吹玉笛，美人向月舞羅衣。疇昔雄豪如夢裏，相逢且欲醉春暉。

【校】

〔將軍少年出武威〕兩宋本、繆本俱注云：一云將軍□□□天威，將軍下缺三字，檢英華乃「豪蕩有」三字，胡本、王本注亦云：一作豪蕩有天威。

〔入掌〕入，英華作昔。胡本注云：一作昔。

〔向月〕向，兩宋本、繆本俱作騰，注云：一作向，又作嬌。王本注云：一作騰，一作嬌。

〔疇昔〕此二句兩宋本、繆本俱注云：一云：今日相逢俱失路，何年灞上弄春輝。

【注】

〔武威〕舊唐書地理志：涼州：隋武威郡，……天寶元年改爲武威郡。

〔銀臺〕見卷六相逢行注。

〔紫微〕見卷一明堂賦注。

【評箋】

按：詩中有「入掌銀臺護紫微」之句，此郭將軍當是諸衛將軍。舊唐書職官志：左右衛將軍之職，掌統領宫廷警衛之法，以督其屬之隊仗，而總諸曹之職務。其實在唐之中葉，此亦等於位置武人之閒官而已。舊唐書王忠嗣傳：假如明主見責，豈失一金吾羽林將軍歸朝宿衛乎？正可爲證。此詩有「疇昔雄豪如夢裏」之句，則郭將軍亦必失兵權之武人也。

駕去温泉宫後贈楊山人

少年落魄楚漢間，風塵蕭瑟多苦顔。自言管葛竟誰許？長吁莫錯還閉關。一朝君王垂拂拭，剖心輸丹雪胸臆。忽蒙白日迴景光，直上青雲生羽翼。幸陪鸞輦出鴻都，身騎飛龍天馬駒。王公大人借顔色，金章紫綬來相趨。當時結交何紛紛？片言道合唯有君。待吾盡節報明主，然後相攜卧白雲。

【校】

〔題〕駕去，敦煌殘卷作從駕。蕭本無宫字。王本注云：蕭本缺宫字。

〔落魄〕魄，兩宋本、繆本俱作托。敦煌殘卷作拓。

〔管葛〕兩宋本、繆本俱作介蕫，注云：一作管葛。王本注云：一作介蕫。

〔莫錯〕敦煌殘卷作錯漠。

〔君王〕敦煌殘卷作逢君。

〔借顔色〕借，蕭本作惜。王本注云：蕭本作惜。

〔金章〕章，蕭本、咸本俱作璋。敦煌殘卷作印。王本注云：蕭本作璋。

〔然後相攜〕兩宋本、繆本、王本俱注云：一作攜手滄洲。

【注】

〔温泉宮〕新唐書地理志：關内道京兆府昭應……有宮在驪山下，貞觀十八年置。咸亨二年始名温泉宮。天寶元年，更驪山曰會昌山。……六載，更温泉曰華清宮，治湯井爲池，環山列宮室，又築羅城，置百司及十宅。

〔楊山人〕按：卷十七有送楊山人歸嵩山詩，疑其人亦同入長安而後還山者。

〔落魄〕漢書卷四三酈食其傳：家貧落魄，無衣食業。注：鄭氏曰：魄音薄。應劭曰：志行衰惡之貌也。師古曰：落魄，失業無次也，鄭音是。補注：王先謙曰：集解：晉灼曰：落薄、落託義同。案落託亦作落拓。王云：琦按揚雄解嘲：何爲官之拓落也。顔師古曰：拓落，不耦也。落拓蓋倒用以取新耳。△魄音薄。按：疊韻聯綿字上下多可互用，非取新也。王説未確。

〔莫錯〕按：莫錯即錯莫（見贈别從甥高五詩），亦即索漠（見早秋贈裴十七仲堪詩），皆寂寞之意。宋長白柳亭詩話云：鮑照行路難：「今朝見我顔色衰，意中錯莫與先異。」沈滿願詩：「風彌葉落未離索，神往形返情錯莫。」此二字老杜用之瘦馬行，餘則元詩屢見。太白詩「長吁莫錯還閉關」，莫錯二字（不）數見，豈即錯莫之訛歟！

〔閉關〕文選江淹恨賦：閉關却掃，塞門不仕。李善注：司馬彪續漢書曰：趙壹閉關却掃，非德不交。說文：關，以木横持門户也。

〔鴻都〕後漢書靈帝紀：光和元年，始置鴻都門學生。章懷太子注：鴻都，門名也，於内置學，時其中諸生，皆勅州郡三公舉召能爲尺牘詞賦及工書鳥篆者，相課試至千人焉。

〔天馬駒〕王云：翰林志：唐制：學士初入院，賜中廄馬一匹，謂之長借馬。漁隱叢話：唐學士例借飛龍厩馬。唐書兵志：其後禁中增置飛龍厩。漢書西域傳：大宛國多善馬，馬汗血，言其先天馬子也。顔師古注：大宛國有高山，其上有馬不可得，因取五色母馬置其下與集，生駒皆汗血，因號曰天馬子云。傅玄詩：寄言飛龍天馬駒。

〔紫綬〕漢書百官公卿表：相國丞相皆秦官，金印紫綬。

温泉侍從歸逢故人

漢帝長楊苑，誇胡羽獵歸。子雲叨侍從，獻賦有光輝。激賞摇天筆，承恩賜御衣。逢君奏明主，他日共翻飛。

【注】

〔獻賦〕漢書卷八七揚雄傳：其十二月，羽獵，雄從。……故聊因校獵賦以風。……上將大誇胡人以多禽獸，……雄從自射熊館還，上長楊賦。……

〔御衣〕楊云：白爲宫詞，明皇賜以宫錦袍。按：杜甫寄李十二白十二韻云「獸錦奪袍新」，即是時實事，可與此詩參證。

【評箋】

嚴羽云：太白情曠，亦復情熱如此。（嚴羽評點李集）

今人詹鍈云：按兩唐書玄宗紀：天寶三載正月辛丑，幸温泉宫，二月庚午，至自温泉宫。二詩之作非天寶二年冬即三載正二月間也。

贈裴十四

朝見裴叔則，朗如行玉山。黄河落天走東海，萬里寫入胸懷間。身騎白黿不敢度，金高南山買君顧。徘徊六合無相知，飄若浮雲且西去。

【校】

〔寫入〕入，兩宋本作又，誤。

【注】

〔玉山〕世説容止篇：裴令公有儁容儀，脱冠冕，粗服亂頭皆好，時人以爲玉人。見者曰：見裴叔則如玉山上行，光映照人。

〔白黿〕楚辭九歌：乘白黿兮逐文魚。

〔買君顧〕列女傳節義傳：鄭子瞀者，……楚成王之夫人也。初成王登臺，子瞀不顧。王曰：「顧，吾又與女千金。」子瞀遂不顧。按：此借用鄭子瞀事。

贈崔侍御

黄河三尺鯉，本在孟津居。點額不成龍，歸來伴凡魚。故人東海客，一見借吹噓。風濤儻相因，更欲淩崑墟。

【校】

〔題〕贈，英華作寄，注云：集作贈。侍御，蕭本作侍郎。王本御下注云：蕭本作郎。

〔三尺〕三，蕭本、胡本俱作二。王本注云：蕭本作二。

〔在〕英華作住，注云：集作在。

〔伴〕兩宋本、繆本、王本俱注云：一作作。

〔相因〕蕭本、咸本俱作相見。因，胡本注云：今本作見。

〔崑墟〕此下王本注云：繆本下多何當赤車使，再往召相如二句。兩宋本、咸本、英華亦有此二句。車，兩宋本、繆本俱作草，誤。

【注】

〔崔侍御〕按：本卷有贈崔侍御一首，此云：「故人東海客，一見借吹噓。」彼云：「君乃輶軒佐，余叨翰墨林。高風摧秀木，虛彈落驚禽。不取回舟興，而來命駕尋。扶搖應借力，桃李願成陰。」語意略同，蓋二人皆在失意中。崔與李白之蹤跡大抵以在宣城時爲多，故卷十二贈宣城宇文太守兼呈崔侍御有「英才苦迍邅」之句，卷十四寄崔侍御有「夫子雖蹭蹬，瑶臺雪中鶴」之句。其他卷十四宣城九日聞崔四侍御……二首，卷十五聞李太尉……留別金陵崔侍御十九韻，卷十九酬崔侍御及翫月城西……訪崔四侍御，卷二十一登敬亭北二小山余時客逢崔四侍御等篇皆可參看。據卷十九附載攝監察御史崔成甫詩，崔侍御當即成甫，其詩「我是瀟湘放逐臣」句亦與李白詩意合。又按：本書雖已注釋李白詩中之「崔侍御」、「崔四侍御」（卷十五聞李太尉留別金陵崔侍御十九韻一詩除外）即崔成甫，但所徵引有關成甫生平之資料極簡略。僅李華崔孝公（沔）文集序云：「長子成甫，進士擢第，校書郎，陝縣尉，知名當時，不幸早世。」顔真卿崔孝公宅陋室銘記云：「長子成甫，倜儻有才名，進士，校書郎，早卒。」故注家如王琦懷疑「崔成甫」與「崔四侍御」並非一人（李太白年譜），而今人研究者復有兩「崔成甫」及「崔侍御」即「崔宗之」之誤。據北京圖書館藏拓片有唐朝散大夫守汝州長史上柱國安平縣開國男贈衛尉少卿崔公（暟）墓誌後崔祐甫附記、有唐朝散大夫行祕書省著作佐郎嗣安平縣開國男崔公（衆甫）墓誌、唐朝議郎攝魏郡魏縣令崔公（夷甫）墓誌銘、有唐通議大夫守太子賓客贈尚書左僕射崔孝公（沔）墓誌後崔祐甫附記、崔渾妻盧梵兒墓誌、崔沔妻王方大墓誌、唐魏州冠氏縣尉盧招夫人崔氏（嚴愛）墓誌，可知崔成甫同祖弟兄五人，同祖姊妹五人。成甫伯父崔渾三子孟孫、衆甫、夷甫，崔暟次子崔沔二子成甫、祐甫。崔渾妻盧梵兒生一女，適李氏。崔沔妻王方大生三女：長女適芮城尉盧沼，次女嚴愛適冠氏尉盧招，少女適盧衆甫。一女無考。崔成甫乃庶出，其弟祐甫爲崔沔嫡子。其伯父崔渾嫡子衆甫爲大宗，故嗣安平縣男。又全唐文卷四〇九崔祐甫上宰相箋云：「祐甫天倫十人，身處其季。夙遭險釁，幾不聞存没。左右提攜，仰于兄姊。頃屬中夏覆没，舉家南遷，内外相從，百有餘口。長兄宰豐城間歲，遭罹不淑。仲姊寓吉郡周年，繼以鞠凶。呱呱孤甥，斬焉在疚。宗兄著作，自蜀來吴，萬里歸復。羈孤之日，斯所依焉。豈期積善之人，昊天不弔，門緒淪替，山頹梁折，今兹夏末，宗兄辭代。顧眇眇之身，巋然獨在。……」則其中之「長兄宰豐城」非崔成甫（今人箋釋此文誤爲成甫），而爲曾任向城縣令之同祖長兄孟孫。「仲姊」即崔沔妻王氏所生之次女嚴愛，乾元二年九月卒于吉州官舍。「宗兄著作」指襲嗣祖爵、爲著作佐郎之大房嫡長子衆甫，寶應元年卒于洪州。當安、史亂時，舉家南遷，成甫、祐甫兄弟不在一處，故上宰相箋中未及成甫。又考舊唐書崔祐甫傳、崔祐甫墓誌、崔嚴愛墓誌，祐甫生于開元九年，祐甫仲姊生于開元五年，據此推定，則成甫約生于開元元年前後。若成甫十八歲進士擢第，即仕祕書省校書郎，以李白澤畔吟序中所云「從宦二十有八載」計，則卒于乾元元年，約四十六歲左右。其在同祖弟兄中小于孟孫、衆甫、夷甫，排行第四，故可稱爲「崔四侍御」。以上據郁賢皓李白詩中崔侍御考辨（文史哲一九七九年第一期）一文補注。

〔凡魚〕王云：水經注：爾雅云：鱣，鮪也。出鞏穴，三月則上度龍門，得度則爲龍矣。否則點額而還。白氏六帖：大鯉魚登龍門，化爲龍，不登者點額暴腮矣。太平廣記：龍門山在河東界，禹鑿山斷如門一里餘，黄河自中流下，兩岸不通車馬。每暮春之際，有黄鯉魚逆流而上，得上者便化爲龍。林登云：龍門之下每歲季春，有黄鯉魚自海及諸川爭來赴之。一歲中登龍門者，不過七十二。初登龍門，即有雲雨隨之，天火自後燒其尾，乃化爲龍矣。其龍門水浚箭湧，下流七里深三里，出三秦記。水經注：魏土地記曰：梁山北有龍門山，大禹所鑿，通孟津。河口廣八十步，巖際鐫跡，遺功尚存。尚書正義：孟津，孟是地名，津是津處，在孟地置津，謂之孟津。杜預云：盟津，河内河陽縣南孟津也。在洛陽城北，都道所湊，古今常以爲津。武王渡之，近世以來，呼爲武濟。

〔崑墟〕王云：山海經：海内崑崙之墟在西北，帝之下都。崑崙之墟方八百里，高萬仞。初學記：楚國先賢傳曰：神龍朝發崑崙之墟，暮宿於孟諸。超騰雲漢之表，婉轉四海之裏。

【評箋】

阮閲云：李白贈崔侍御詩云：「黄河三尺鯉，本在孟津居；點額不成龍，歸來伴凡魚。何當赤車使，再往召相如。」相如蓋自謂也。觀此不可謂白之無心於仕進者。然當時慢侮力士略不爲身謀，致貶逐而曾不悔。使其欲仕之心切，必不如是。先是蘇頲爲益州長史，見白異之曰：「是子天才英特，少益以學比相如。」故白詩中每以相如自比，贈從弟之遥曰：「漢家天子馳駟馬，赤車蜀道迎相如」；自漢陽病酒歸曰：「聖主還聽子虚賦，相如却欲論文章」；贈張鎬曰：「十五觀奇書，作賦凌相如」；白自比爲相如非止一詩也。（詩話總龜）

述德兼陳情上哥舒大夫

天爲國家孕英才，森森矛戟擁靈臺。浩蕩深謀噴江海；縱横逸氣走風雷。丈夫立身有如此，一呼三軍皆披靡。衛青謾作大將軍，白起真成一豎子。

【校】

〔天爲〕天，蕭本、咸本俱作人。王本注云：蕭本作人。

〔謾〕兩宋本、繆本俱作漫。王本注云：繆本作漫。

【注】

〔哥舒〕新唐書卷一三五哥舒翰傳：哥舒翰，其先蓋突騎施酋長哥舒部之裔。……能讀左氏春秋、漢書，通大義，疏財多施予，故士歸心。爲大斗軍副使，……遷左衛郎將。吐蕃盜邊，與翰遇苦拔海，吐蕃枝其軍爲三行，從山差池下。翰持半段槍迎擊，所向輒披靡，名蓋軍中。擢授右武衛將軍、副隴右節度，爲河源軍使。……翰嘗逐虜，馬驚陷於河，吐蕃三將欲刺翰，翰大呼，皆擁矛不敢動，救兵至追殺之。……拜鴻臚卿，爲隴右節度副大使。……踰年，築神威軍青海上，吐蕃攻破之，更築於龍駒島。……翰相其川原宜畜牧，謫罪人二千戍之，由是吐蕃不敢近青海。天寶八載，詔翰以朔方河東羣牧兵十萬攻吐蕃石堡城，數日未克，捽其將高秀巖張守瑜將斬之。秀巖請三日期，如期而下。遂以赤嶺爲西塞，開屯田，備軍實。加特進，賜賚彌渥。十一載，加開府儀同三司，……久之封涼國公，兼河西節度使，……進封西平郡王。

〔大夫〕王云：胡三省通鑑注：唐中世以前率呼將帥爲大夫。白居易詩所謂「武官稱大夫」是也。　按：稱大夫者，以哥舒翰嘗加攝御史大夫故也。是時節鎮以帶臺長爲榮。

〔靈臺〕莊子庚桑楚篇：不可内於靈臺。郭象注：靈臺，心也。

〔衛青〕史記衛將軍驃騎列傳：大將軍衛青者，平陽人也。……天子使使者持大將軍印，即軍中拜車騎將軍青爲大將軍，諸將皆以兵屬大將軍，大將軍立號而歸。

〔白起〕史記白起王翦列傳：白起者，郿人也。善用兵，事秦昭王。又，平原君虞卿列傳：毛遂按劍而前曰：……白起，小豎子耳，率數萬之衆，興師以與楚戰，一戰而舉鄢郢，再戰而燒夷陵，三戰而辱王之先人。……

【評箋】

按：杜甫集中亦有投贈哥舒開府二十韻詩，當時皆以哥舒爲名將而加以頌揚。述德陳情爲唐人上權要之習用語。見李商隱集。朱諫李詩辨疑云：述德則有之，無有陳情之辭，疑當有闕文。不知投贈即是陳情，此疑所不必疑也。

雪讒詩贈友人

嗟余沉迷，猖獗已久。五十知非，古人常有。立言補過，庶存不朽。包荒匿瑕，蓄此煩醜。月出致譏，貽媿皓首。感悟遂晚，事往日遷。白璧何辜？青蠅屢前。羣輕折軸，下沉黄泉。衆毛飛骨，上淩青天。萋斐暗成，貝錦粲然。泥沙聚埃，珠玉不鮮。洪焱爍山，發自纖烟。滄波蕩日，起於微涓。交亂四國，播於八埏。拾塵掇蜂，疑聖猜賢。哀哉悲夫！誰察予之貞堅？

【校】

〔題〕兩宋本、繆本題下俱注云：四言。

〔猖獗〕獗，兩宋本、繆本、咸本俱作蹶。王本注云：繆本作蹶。

〔包荒〕荒，胡本作羞。

〔煩醜〕煩，兩宋本、繆本俱作頑，似是。王本注云：繆本作頑。

〔上淩〕淩，兩宋本、繆本俱作陵。王本注云：繆本作陵。

〔萋斐〕斐，兩宋本、繆本俱作菲。王本注云：繆本作菲。

〔暗成〕咸本注云：一本無此六句。指以上言。

〔不鮮〕鮮，蕭本作憐。王本注云：蕭本作憐。

〔餤〕兩宋本、繆本俱作炎。王本注云：繆本作炎。

〔滄〕蕭本作蒼。王本注云：蕭本作蒼。

〔起於〕於，兩宋本、繆本、咸本俱作乎。王本注云：繆本作乎。

【注】

〔猖獗〕文選丘遲與陳伯之書：沉迷猖獗，以至於此。

〔知非〕淮南子原道訓：……故蘧伯玉年五十而有四十九年非。

〔不朽〕左傳襄二十四年：太上有立德，其次有立功，其次有立言，雖久不廢，此之謂不朽。

〔包荒〕易泰卦：包荒用馮河。王弼注：能包含荒穢，受納馮河者也。

〔匿瑕〕左傳宣十五年：瑾瑜匿瑕。杜預注：匿，藏也，雖美玉之質，亦或居藏瑕穢。說文：瑕，玉小赤也。

〔月出〕詩陳風月出序：月出，刺好色也，在位不好德而悅美色焉。

〔青蠅〕王云：埤雅：青蠅糞尤能敗物，雖玉猶不免，所謂蠅糞點玉是也。蓋青蠅善亂色，故詩人以刺讒。爾雅翼：説者以青蠅點白爲黑，點黑爲白，自昔相傳如此。今青蠅之行，好遺矢於物上，遇物之潔者則見。論衡曰：清受塵，白受垢。青蠅所污，常在練素。此所謂點白爲黑也。參見卷二十四翰林讀書言懷呈集賢諸學士詩注。

〔折軸〕史記張儀列傳：臣聞之，積羽沉舟，羣輕折軸，衆口鑠金，積毀銷骨。

〔貝錦〕詩小雅巷伯：萋兮斐兮，成是貝錦。彼譖人者，亦已太甚！毛傳：萋斐，文章相錯也。貝錦，錦文也。鄭箋：錦文者，文如餘泉餘蚳之貝文也。興者，喻讒人集作已過以成於罪，猶女工之集采色以成錦文。正義：李巡曰：餘蚳貝甲，黄爲質，白爲文采；餘泉貝甲，以白爲質，黄爲文采。

〔爍〕音式灼切。

〔四國〕詩小雅青蠅：讒人罔極，交亂四國。

〔八埏〕文選司馬相如封禪文：下泝八埏。注：孟康曰：埏，地之八際也。

〔拾塵〕家語卷五：孔子厄於陳蔡，從者七日不食，子貢以所齎貨竊犯圍而出，告糴於野人，得米一石焉。顔回、仲由炊之於壞屋之下，有埃墨墮飯中，顔回取而食之。子貢自井望見之不悦，以爲竊食也，以告孔子。子曰：「吾信回之爲仁久矣，雖汝有云，弗以疑也，其或者必有故乎！吾將問之。」召顔回曰：「疇昔予夢見先人，豈或啓佑我哉！子炊而進飯，吾將進焉。」對曰：「向有埃墨墮飯中，欲置之則不潔，欲棄之則可惜，回即食之，不可祭也。」孔子曰：「然乎！吾亦食之。」顔回出，孔子顧謂二三子曰：「吾之信回也，非特今日也。」二三子由此乃服之。

〔掇蜂〕王云：琴操：尹吉甫，周上卿也。有子伯奇，伯奇母死，更娶後妻，生伯邦。乃譖伯奇於吉甫曰：「見妾有美色，然有欲心。」吉甫曰：「伯奇爲人慈仁，豈有此也？」後妻曰：「試置妾空居中，君登樓而察之。」後妻知伯奇仁孝，乃取毒蜂緣衣領，伯奇前持之。於是吉甫大怒，放伯奇於野。宣王出遊，吉甫從，伯奇乃作歌，感之於宣王。宣王曰：此放子詞。吉甫乃收伯奇，射殺後妻。陸機詩：「掇蜂滅天道，拾塵惑孔顔。」

彼人之猖狂，不如鵲之彊彊。彼婦人之淫昏，不如鶉之奔奔。坦蕩君子，無悦簧言。擢髮續罪，罪乃孔多。傾海流惡，惡無以過。人生實難，逢此織羅。積毁銷金，沉憂作歌。天未喪文，其如予何！

【校】

〔彼人〕彼下兩宋本、繆本、咸本俱有一婦字。王本注云：繆本下多一婦字。

〔坦蕩〕兩宋本、繆本、胡本俱注云：一作皎皎。王本注云：一作皎皎。

〔續〕兩宋本、胡本俱作贖，非。

【注】

〔奔奔〕詩鄘風鶉之奔奔：鶉之奔奔，鵲之彊彊。人之無良，我以爲兄。鄭箋：奔奔彊彊，言其居有常匹，飛則相隨之貌。刺宣姜與頑非匹偶。

〔坦蕩〕論語述而篇：君子坦蕩蕩，小人長戚戚。何晏集解：坦蕩蕩，寬廣貌。

〔簧言〕詩小雅巧言：巧言如簧，顔之厚矣。正義：巧爲言語，結構虚辭，速相待合，如笙中之簧，聲相應和。

〔續罪〕史記范雎蔡澤列傳：擢賈之髮以續賈之罪尚未足。按：王云：續贖古通州，蓋據史記評林等書，恐非史記本意。續罪乃數其罪，故云擢髮不足。擢髮無贖罪理也。

〔流惡〕王云：祖君彦爲李密檄洛州文：罄南山之竹，書罪無窮；決東海之波，流惡難盡。按：此文見舊唐書卷五三李密傳。

〔人生〕左傳成二年：人生實難，其有不獲死乎！

〔銷金〕漢書卷五一鄒陽傳：衆口鑠金，積毁銷骨。王先謙補注：金骨皆以最堅者言，衆口積毁，雖金可鑠，骨可銷也。

〔喪文〕論語子罕篇：子畏於匡，曰：文王既没，文不在兹乎？天之將喪斯文也，後死者不得與於斯文也，天之未喪斯文也，匡人其如予何！何晏集解：馬曰：其如予何者，猶言奈我何也。天之未喪此文，則我當傳之，匡人欲奈我何，言其不能違天以害己也。

妲己滅紂，褒女惑周。天維蕩覆，職此之由。漢祖呂氏，食其在傍。秦皇太后，毐亦淫荒。螮蝀作昏，遂掩太陽。萬乘尚爾，匹夫何傷！辭殫意窮，心切理直。如或妄談，昊天是殛。子野善聽，離婁至明。神靡遁響，鬼無逃形。不我遐棄，庶昭忠誠。

【校】

〔太后〕太，蕭本作成。王云：蕭本作成。

〔妄談〕王本誤作談妄，據各本改正。

【注】

〔妲己〕史記殷本紀：帝紂……好酒淫樂，嬖於婦人，愛妲己，妲己之言是從。……周武王遂斬紂頭，懸之白旗，殺妲己。

〔褒女〕史記周本紀：當幽王三年，……以褒姒爲后。……褒姒不好笑，幽王欲其笑萬方，故不笑。幽王爲烽燧大鼓，有寇至則舉烽火，諸侯悉至，至而無寇，褒姒乃大笑。幽王説之，爲數舉烽火，其後不信，諸侯益亦不至。……又廢申后去太子也，申侯怒，與繒西夷犬戎攻幽王，幽王舉燧火徵兵，兵莫至，遂殺幽王驪山下，虜褒姒。

〔天維〕文選張衡西京賦：振天維。薛綜注：維，綱也。

〔職此〕左傳襄十四年：蓋言語漏洩，則職汝之由。杜預注：職，主也。

〔食其〕史記呂后本紀：以辟陽侯審食其爲左丞相。左丞相不治事，令監宫中，如郎中令。食其故得幸太后，常用事，公卿皆因而決事。△食其音異基。

〔秦皇〕史記呂不韋列傳：呂不韋乃進嫪毐，……遂得侍太后，太后私與通，絶愛之，有身。太后恐人知之，詐卜當避時，徙宫居雍，嫪毐常從，賞賜甚厚，事皆決於嫪毐。……始皇九年，有告嫪毐實非宦者，常與太后私亂，生子二人皆匿之，與太后謀曰：王即薨，以子爲後。於是秦王下吏治，具得情實，事連相國呂不韋。九月，夷嫪毐三族，殺太后所生兩子，而遂遷太后於雍。△毐音靄。

〔蝃蝀〕詩鄘風蝃蝀：蝃蝀在東，莫之敢指。毛傳：蝃蝀，虹也。夫婦過禮，則虹氣盛。按：爾雅釋天：螮蝀，虹也。蝃作螮。此處語意與古風第二首相近，參見卷二注同條。

〔子野〕文選李善注：子野，師曠字。

〔離婁〕孟子離婁篇：孟子曰：離婁之明，……趙岐注：離婁者，古之明目者，蓋以爲黄帝之時人也。黄帝亡其玄珠，使離朱索之。離朱即離婁也，能視於百步之外，見秋毫之末。

〔遐棄〕詩周南汝墳：既見君子，不我遐棄。

【評箋】

洪邁云：李太白以布衣入翰林，既而不得官。唐史言高力士以脱韡爲恥，摘其詩以激楊貴妃，爲妃所沮止。今集中有雪讒詩一章，大率言婦人淫亂敗國。……予味此詩，豈非貴妃與禄山淫亂，而太白曾發其奸乎！不然，則飛燕在昭陽之句何足深怨也？（容齋隨筆）

劉克莊云：史言明皇欲官太白，爲妃所沮，余觀飛燕在昭陽之語不足深憾。雪讒詩自序甚詳，略云：漢祖吕氏，食其在旁，秦皇太后，毐亦淫荒。時妃以禄山爲兒，史云宫中有醜聲，而白肆言無忌若此。他人於玉環事皆微婉其詞。如云：「養在深閨人不識」，又云：「薛王沈醉壽王醒」，又云：「不從金輿惟壽王」，白獨昌言之，可見剛稜嫉惡，坡公疑其以此召怨，力士因借此以報脱韡之辱。豈飛燕之句能爲祟哉？（後村詩話）

嚴羽云：一篇告神文，不應入詩。然亦疑僞。（嚴羽評點李集）

趙翼云：青蓮自翰林被放還山，固不能無怨望，然其詩尚不甚露懟憾之意。如贈蔡舍人雄云：「遭逢聖明主，敢進興亡言。白璧竟何辜，青蠅遂成冤。」贈崔司户云：「布衣侍丹墀，密勿草絲綸。才微惠渥重，讒巧生緇磷。」答王十二寒夜獨酌云：「一談一笑失顔色，蒼蠅貝錦喧謗聲。」贈宋少府云：「早懷經濟策，特受龍顔顧。白玉棲青蠅，君臣忽行路。」皆不過謂無罪被謗而出耳。獨雪讒詩有云：「彼人之猖狂，不如鵲之彊彊」，則指讒者也。「彼婦人之淫昏，不如鶉之奔奔」，則指楊妃也。其下并以妲己褒姒爲比，甚至以吕后之私審食其，秦后之嬖嫪毐喻楊妃

之淫穢，則更指斥醜行，毫無顧忌，青蓮胸懷浩落，不屑屑於恩怨，何至誹謗如此？恐亦非其真筆也。（甌北詩話）

按：此詩若謂其作於在長安時或出長安後，則豈有楊妃勢盛之日而能以此雪讒乎？謂其作於楊氏已敗之後，則此詩更直可不作。且詩語淺而庸，不與李詩風格相類，趙翼疑之，是也。且細審詩有「坦蕩君子，無悦簧言」及「萬乘尚爾，匹夫何傷」之語，似指友朋間中冓之嫌，非刺淫亂敗國也。又郭沫若李白與杜甫謂李妻劉氏離異後，曾向白之友人播弄是非，故白乃「雪讒」自辨。其説亦可並存。

贈參寥子

白鶴飛天書，南荆訪高士。五雲在峴山，果得參寥子。骯髒辭故園，昂藏入君門。天子分玉帛，百官接話言。毫墨時灑落，探玄有奇作。著論窮天人，千春祕麟閣。長揖不受官，拂衣歸林巒。余亦去金馬，藤蘿同所攀。相思在何處？桂樹青雲端。

【校】

〔探玄〕玄，兩宋本、繆本俱作元。王本注云：繆本作元。

〔所攀〕攀，兩宋本、繆本俱作歡。王本注云：繆本作歡。

【注】

〔參寥子〕王云：參寥子，當時逸士，其姓名無考。蓋取莊子之説以爲號也。莊子：玄冥聞之參寥，參寥聞之疑始。崔云：皆古人姓名，或寓之耳，無其人。李云：參，高也，高邈寥曠不可名也。

〔南荆〕文選陸機演連珠：是以南荆有寡和之歌。按：李善注引宋玉對楚襄王稱郢中陽春白雪歌事，是南荆猶南楚也。

〔五雲〕太平御覽卷八：京房易飛候曰：視四方常有大雲五色，其下賢人隱也。

〔峴山〕見卷七襄陽歌注。

〔骯髒〕後漢書卷一一〇趙壹傳：抗髒倚門邊。章懷太子注：抗髒，高亢婞直之貌也。△骯音抗上聲，髒音葬。

〔話言〕詩大雅抑：告之話言。毛傳：話言，古之善言也。

〔桂樹〕文選劉安招隱士：桂樹叢生兮山之幽。王逸注：桂樹芬香，以興屈原之忠良也。按：桂樹寓隱士之意。

【評箋】

蕭云：按李白本傳曰：白懇求還山，帝賜金放還，作是詩必此時也。

嚴羽云：格如鎖骨，音斷義連，惟五言短韻，故不多得。（嚴羽評點李集）

李日華云：李白贈參寥子詩云：「五雲在峴山，果得參寥子」，又云：「骯髒辭故園，昂藏入君門。……」知爲荆襄間隱人，曾召對放還者。（恬致堂詩話）

贈饒陽張司户燧

朝飲蒼梧泉，夕棲碧海煙。寧知鸞鳳意，遠託椅桐前？慕藺豈曩古？攀嵇是當年。媿非黄石老，安識子房賢？功業嗟落日；容華棄徂川。一語已道意；三山期著鞭。蹉跎人間世；寥落壺中天。獨見遊物祖；探元窮化先。何當共攜手，相與排冥筌？

【校】

〔題〕兩宋本、繆本題下俱注云：燕、魏、太原。燧，兩宋本、繆本俱作璲。王本注云：繆本作璲。

〔媿非〕非，蕭本作此。王本注云：蕭本作此。

〔探元〕探，兩宋本俱作撥。

〔冥〕兩宋本、繆本、王本俱注云：一作罝。

【注】

〔司户〕王云：唐時深州亦謂之饒陽郡，屬河北道，係上州。上州之佐有司户參軍事二人，從七品下。

〔椅桐〕詩鄘風定之方中：樹之榛栗，椅桐梓漆。毛傳：椅，梓屬。莊子秋水篇：夫鵷雛發於南海而飛於北海，非梧桐不止，非練實不食，非醴泉不飲。釋文引李云：鵷雛，鸞鳳之屬也。△椅音衣，協音借讀音倚。

〔慕藺〕史記司馬相如列傳：相如既學，慕藺相如之爲人，更名相如。

〔攀嵇〕文選顔延年五君詠：交吕既鴻軒，攀嵇亦鳳舉。王云：嵇爲嵇康也。

〔黄石老〕見卷七扶風豪士歌詩注。

〔三山〕見卷一大鵬賦注。

〔壺中〕後漢書卷一一二費長房傳：費長房者，汝南人，曾爲市掾。市中有老翁賣藥，懸一壺於肆頭。及市罷，輒跳入壺中。市人莫之見，惟長房於樓上覩之異焉。因往再拜奉酒脯，翁知長房之意其神也，謂之曰：「子明日可更來。」長房旦日復詣翁，翁乃與俱入壺中，唯見玉堂嚴麗，旨酒甘肴，盈衍其中，共飲畢而出。翁約不聽與人言之，後乃就樓上候長房曰：「我神仙之人，以過見責，今事畢當去。」參見卷二十二下途歸石門舊居詩。

〔物祖〕莊子山木篇：浮游乎萬物之祖，物物而不物於物。

〔化先〕文選顔延年應詔觀北湖田收詩：「開冬眷徂物，殘悴盈化先。」

〔冥筌〕文選江淹雜擬詩：「一時排冥筌，泠然空中賞。」李善注：筌，捕魚之器。言魚之在筌，猶人之處塵俗，今既排而去之，超在埃塵之外，故泠然涉空得中而留也。

贈清漳明府姪聿

我李百萬葉，柯條布中州。天開青雲器，日爲蒼生憂。小邑且割雞，大刀伫烹牛。雷聲動四境，惠與清漳流。絃歌詠唐堯，脱落隱簪組。心和得天真，風俗猶太古。牛羊散阡陌，夜寢不扃户。問此何以然，賢人宰吾土。舉邑樹桃李，垂陰亦流芬。河堤繞渌水，桑柘連青雲。趙女不冶容，提籠晝成羣。繅絲鳴機杼，百里聲相聞。訟息鳥下階，高卧披道帙。蒲鞭挂簷枝，示恥無撲抶。琴清月當户，人寂風入室。長嘯無一言，陶然上皇逸。白玉壺冰水，壺中見底清。清光洞毫髮，皎潔照羣情。趙北美嘉政，燕南播高名。過客覽行謡，因之誦德聲。

【校】

〔題〕兩宋本、繆本俱無聿字。

〔猶太古〕猶，兩宋本、繆本俱作由，注云：一作獨。王本注云：一作獨，繆本作由。

〔河堤〕此句咸本注云：一作堤繞緑河水。王本渌下注云：蕭本作緑。

〔白玉〕以下二句，咸本注云：一作白如玉壺冰，冰清見底清。

〔嘉〕兩宋本、繆本、咸本俱作佳。王本注云：繆本作佳。

〔覽〕咸本作鑒。

〔誦德聲〕誦，兩宋本、繆本、咸本俱作頌。兩宋本、繆本俱注云：一作得頌聲。王本誦德下注云：一作得頌，繆本作頌德。

【注】

〔清漳〕舊唐書地理志：河北道洺州：隋武安郡，武德元年，改爲洺州，領永平、洺水、平恩、清漳四縣。……會昌元年，省清漳……。

〔明府〕王云：賓退録：明府，漢人以稱太守，唐人以稱縣令。

〔李聿〕按：全唐文卷四三五李聿小傳：聿，玄宗朝官清漳令，遷尚書郎。

〔我李〕史記老莊申韓列傳：老子者，楚苦縣厲鄉曲仁里人也。姓李氏，……索隱：按葛玄云，李氏女所生，因母姓也。又云，生而指李樹，因以爲姓。蕭云：唐祖老子，白與聿皆帝室之胄，故用李樹之事。葉，世也。柯條猶枝分派别之意。

〔青雲器〕文選顔延年五君詠：仲容青雲器。李善注：青雲，言高遠也。史記：太史公曰：夫閭巷之人，欲砥行立名者，非附青雲之士，惡能施於後代哉？按：李所引史記，見伯夷列傳。

〔割雞〕論語陽貨篇：子之武城，聞絃歌之聲，夫子莞爾而笑曰：「割雞焉用牛刀？」何晏集解：孔曰：言治小何須用大道？

〔漳流〕王云：水經注：清漳水出上黨沾縣西北少山大黽谷，南過縣西，又從縣南屈，東過涉縣西，屈從縣南，東至武安縣南黍窖邑，入於濁漳。

〔唐堯〕文選嵇康琴賦：雅昶唐堯，終詠微子。吕向注：唐堯、微子，操名也。蕭云：絃歌詠唐堯者，即康衢童謡曰：「立我烝民，莫匪爾極。不識不知，順帝之則。」及老人擊壤於路曰：「日出而作，日入而息。鑿井而飲，耕田而食。帝力於我何有哉」之意。

〔道帙〕説文：帙，書衣也。△帙音姪。

〔蒲鞭〕後漢書卷五五劉寬傳：典歷三郡，温仁多恕，雖在倉卒，未嘗有疾言遽色，嘗以爲齊之以刑，民免而無恥，吏人有過，但用蒲鞭罰之，示辱而已，終不加苦。

〔抶〕説文：抶，笞擊也。△抶音叱。

〔上皇〕鄭玄詩譜序：詩之興也，諒不於上皇之世。正義：上皇謂伏羲三皇之最先者，故謂之上皇。

〔燕南〕後漢書卷一〇三公孫瓚傳：前此有童謡曰：「燕南垂，趙北際，中間不合大如礪。」按：洺州仍屬趙境，此亦約略言之，謂政在趙境，而名播於燕耳。

贈臨洺縣令皓弟

陶令去彭澤，茫然太古心。大音自成曲，但奏無絃琴。釣水路非遠，連鼇意何深？終期龍伯國，與爾相招尋。

【校】

〔題〕王本注云：原注：時被訟停官。兩宋本、繆本注同，無原注二字。

〔太古〕太，兩宋本、繆本俱作元。王本注云：繆本作元。

〔音自〕兩宋本俱缺此二字。

〔與爾〕爾，兩宋本、繆本俱作余。王本注云：繆本作余。

【注】

〔臨洺〕舊唐書地理志：河北道洺州臨洺：漢易陽縣，隋改爲臨洺。

〔皓弟〕按：本卷有贈從兄襄陽少府皓詩，可參考。

〔陶令〕晉書卷九四陶潛傳：謂親朋曰：「聊欲絃歌以爲三徑之資可乎！」執事者聞之，以爲彭澤令。……義熙二年，解印去縣。……嘗言夏月虛閒，高卧北窗之下，清風颯至，自謂羲皇上人。性不解音，而蓄素琴一張，絃徽不具，每朋酒之會，則撫而和之，曰：「但識琴中趣，何勞絃上聲？」

〔龍伯〕見卷一大獵賦注。

贈郭季鷹

河東郭有道，於世若浮雲。盛德無我位，清光獨映君。恥將雞並食，長與鳳爲羣。一擊九千仞，相期淩紫氛。

【注】

〔有道〕後漢書卷九八郭太傳：郭太，字林宗，太原界休人也。……司徒黄瓊辟，太常趙典舉有道，或勸林宗仕進者，對曰：「吾夜觀乾象，晝察人事，天之所廢，不可支也。」遂並不應。……卒于家，……同志者乃共刻石立碑，蔡邕爲文，既而謂涿郡盧植曰：「吾爲碑銘多矣，皆有慚德。唯郭有道無愧色耳。」按：郭名泰，范曄避私諱改。又詩稱河東不稱太原，蓋二郡相鄰互稱也，且唐人用河東指太原，是當時之習俗。

鄴中贈王大勸入高鳳石門山幽居

一身竟無託，遠與孤蓬征。千里失所依，復將落葉并。中途偶良朋，問我將何行。欲獻濟時策，此心誰見明？君王制六合，海塞無交兵。壯士伏草間，沉憂亂縱橫。飄飄不得意，昨發南都城。紫鷰櫪上嘶，青萍匣中鳴。投軀寄天下，長嘯尋豪英。恥學瑯邪人，龍蟠事躬耕。富貴吾自取，建功及春榮。我願執爾手，爾方達我情。相知同一己，豈唯弟與兄？抱子弄白雲，琴歌發清聲。臨別意難盡，各希存令名。

【校】

〔題〕鄴中下蕭本、咸本俱無贈字。王本注云：蕭本缺贈字。按：詩意不當有贈字。

〔執爾手〕兩宋本、繆本均作執手□，缺末字。

【注】

〔鄴中〕王云：鄴中即鄴郡，唐時屬河北道，又謂之相州。

〔高鳳〕後漢書卷一〇三高鳳傳：高鳳，字文通，南陽葉人也。……其後遂爲名儒，乃教授業於西唐山中。章懷太子注：山在今唐州湖陽縣西北，酈元注水經云：即高鳳所隱之西唐山也。王云：不言石門山事，庾信作高鳳贊，有「石門雲度，銅梁雨來」云云，後人注者亦未詳其地在何處。豈石門山即西唐山之異名耶？

〔孤蓬〕文選鮑照蕪城賦：孤蓬自振。吕向注：孤蓬，草也。無根而隨風飄轉者。

〔南都〕文選張衡南都賦李善注引摯虞曰：南陽郡治宛，在京之南，故曰南都。

〔紫鷰〕文選顏延年赭白馬賦：將使紫燕駢衡。李善注：尸子曰：我得而民治，則馬有紫燕蘭池。劉邵趙都賦曰：良馬則飛兔奚斯，常驪紫燕。

〔青萍〕文選陳琳答東阿王牋：秉青萍干將之器。吕延濟注：青萍，劍名也。

〔瑯邪人〕指諸葛亮，見前注。

【評箋】

按：集中卷十三有聞丹丘子於城北山營石門幽居詩，卷二十三有尋高鳳石門山中元丹丘詩，與此皆相應。蓋李白暫隱南陽時，亦有棲遁之志，作此詩時已去南陽而求干進矣，故云：「富貴吾自取，建功及春榮。」純爲自述蹤跡之語。兩宋本、繆本、王本鄰中下俱多一贈字，殊不合詩意。蓋勸入石門幽居者乃王大，非白也。詩云：「恥學琅邪人，龍蟠事躬耕。」正不受其勸也。

贈華州王司士

淮水不絶波瀾高，盛德未泯生英髦。知君先負廟堂器，今日還須贈寶刀。

【校】

〔題〕兩宋本、繆本題下俱注云：陝西。

〔波瀾〕波，蕭本、咸本、胡本俱作濤。王本注云：蕭本作濤。

【注】

〔華州〕王云：唐時華州又謂之華陰郡，屬關内道，係上州。上州之佐有司士參軍事一人，從七品下。

〔淮水〕晉書卷六五王導傳：初導渡淮，使郭璞筮之，卦成，璞曰：「吉無不利。淮水絶，王氏滅。」其後子孫繁衍，竟如璞言。

〔英髦〕爾雅釋詁：髦，選也；髦，俊也。郭注：士中之俊，如毛中之髦。

〔寳刀〕晉書卷三三王覽傳：初吕虔有佩刀，工相之，以爲必登三公可服此刀。虔謂祥曰：「苟非其人，刀或爲害。卿有公輔之量，故以相與。」祥固辭，強之乃受。祥臨薨，以刀授覽曰：「汝後必興，足稱此刀。」覽後奕世多賢才，興於江左矣。

【評箋】

按：此純爲酬應之詩，故泛舉王氏故事頌揚之。

贈盧徵君昆弟

明主訪賢逸，雲泉今已空。二盧竟不起，萬乘高其風。河上喜相得，壺中趣每同。滄洲即此地，觀化遊無窮。木落海水清，鼇背覩方蓬。與君弄倒影，攜手淩星虹。

【校】

〔木落〕木，蕭本、郭本俱作水。

〔海水清〕水，蕭本、咸本俱作上。此下王本注云：蕭本作水落海上清。

【注】

〔徵君〕王云：後漢書：黄憲初舉孝廉，又辟公府，友人勸其仕，憲亦不拒之，暫到京師而還，竟無所就，年四十八終。天下號曰徵君。後世徵君名始此。蕭注以盧徵君即是盧鴻，考唐書及他書所載鴻事都不言其有弟同隱，恐此盧又是一人。

〔明主〕按：此二句即王維詩「聖代無隱者，英靈盡來歸」之意。

〔河上〕太平廣記卷十引神仙傳：河上公者，莫知其姓字。漢文帝時，公結草爲菴於河之濱。帝讀老子經，頗好之，有所不解數事，時人莫能道之。聞時皆稱河上公解老子經義，乃使齎所不決之事以問。公曰：「道尊德貴，非可遥問也。」帝即幸其菴躬問之。帝曰：「普天之下，莫非王土，率土之濱，莫非王臣。子雖有道，猶朕民也。……」公即撫掌坐躍，冉冉在虚空中，去地數丈，俛而答曰：「予上不至天，中不累人，下不居地，何臣民之有？」帝下車稽首，……公乃授素書二卷與帝，曰：「……予注此經以來一千二百餘年，凡傳三人，連子四矣。」言畢失其所在。

〔觀化〕莊子至樂篇：吾與子觀化而化及我，我又何惡焉？

〔方蓬〕即海上三神山之方壺、蓬萊。

〔倒影〕即倒景，見卷二古風第二十首注。

贈新平少年

韓信在淮陰，少年相欺淩。屈體若無骨，壯心有所憑。一遭龍顔君，嘯咤從此興。千金答漂母，萬古共嗟稱。而我竟何爲？寒苦坐相仍。長風入短袂，内手如懷冰。故友不相恤，新交寧見矜？摧殘檻中虎，羈紲韝上鷹。何時騰風雲，搏擊申所能？

【校】

〔新平〕平，兩宋本、繆本、王本俱注云：一作豐。

〔興〕咸本作昇，注云：一作興。

〔何爲〕何，兩宋本、繆本俱作胡，注云：一作何。王本注云：一作胡。

〔内手〕内，兩宋本、繆本、王本俱注云：一作兩。

〔申所能〕申，蕭本、咸本俱作中。王本注云：蕭本作中。

【注】

〔新平〕王云：新平，郡名，即邠州也。見卷七豳歌行上新平長史兄粲詩注。新豐縣名，隸京兆府。見卷五東武吟詩注。

〔無骨〕文選潘岳西征賦：入屈節於廉公，若四體之無骨。按：此句所本，指藺相如事。王注引張纘文，在潘岳之後。

〔龍顔〕漢書高帝紀：高祖爲人隆準而龍顔。注：應劭曰：顔，頷顙也。

〔漂母〕見卷六猛虎行注。

〔羈紲〕紲音屑。

〔韝上鷹〕文選鮑照樂府：「昔如韝上鷹。」劉良注：韝，以皮蔽手而臂鷹也。

【評箋】

嚴羽云：太白詩多匠心，衝口似不由推敲，能使推敲者見之而醜，此何以故？（嚴羽評點李集）

按：此詩題既隱約，詩意亦用韓信爲淮陰少年所辱事，豈遊新平時有見侮者乎？參之卷七豳歌行……詩所謂「壯士悲吟寧見嗟」，其困頓動遭白眼可以概見。

贈崔侍御

長劍一杯酒，男兒方寸心。洛陽因劇孟，託宿話胸襟。但仰山岳秀，不知江海深。長安復攜手，再顧重千金。君乃輶軒佐，余叨翰墨林。高風摧秀木，虛彈落驚禽。不取回舟興，而來命駕尋。扶搖應借力，桃李願成陰。笑吐張儀舌，愁爲莊舄吟。誰憐明月夜，腸斷聽秋砧！

【校】

〔侍御〕蕭本作侍郎。王本御下注云：蕭本作郎。

〔託〕兩宋本、繆本俱注云：一作訪。

〔輶軒〕蕭本作軒轅。王本注云：蕭本作軒轅。

〔虛彈〕此句兩宋本、繆本、咸本俱作驚彈落虛禽。王本注云：繆本作驚彈落虛禽。

〔借力〕力，兩宋本、繆本、咸本俱作便，兩宋本、繆本俱注云：一作力。王本注云：一作便。

【注】

〔崔侍御〕見本卷前一首贈崔侍御詩注。

〔劇孟〕漢書卷九二游俠傳：劇孟者，洛陽人也。周人以商賈爲資，劇孟以俠顯。

〔輶軒〕風俗通：周秦常以歲八月遣輶軒之使求異代方言，還奏籍之，藏於祕室。王云：按太白作崔公澤畔吟詩序有中佐憲車之語，是崔嘗以事爲使副，故曰君乃輶軒佐，作軒輶者非是。△輶音由。

〔秀木〕文選李康運命論：木秀於林，風必摧之。劉良注：木高出於林上者，故風吹而先折之。

〔驚禽〕見卷一大獵賦注。

〔莊舄〕王云：史記：越人莊舄仕楚執珪，有頃而病。楚王曰：「舄故越之鄙人也，今仕楚執珪，富貴矣，亦思越否？」中謝曰：「凡人之思故，在其病也。彼思越則越聲，不思越則楚聲。」使人往聽之，猶尚越聲也。王粲登樓賦：莊舄顯而越吟。「笑吐張儀舌」，喻談笑之美。「愁爲莊舄吟」，喻思家之切。

〔砧〕王云：韻會：砧，擣繒石也。△砧音斟。

【評箋】

今人詹鍈云：詩云：「君乃輶軒佐，余叨翰墨林。高風摧秀木，虚彈落驚禽。……扶摇應借力，桃李願成陰。」蓋去朝以後，求崔侍御再薦舉之也。王注：按太白作崔公澤畔吟詩序，有中佐憲車之語，是崔嘗以事爲副使，故曰「君乃輶軒佐」。按唐詩紀事於崔成甫下注云：李白詩崔侍御是也。蓋因李集有攝監察御史崔成甫贈李白詩而言之耳。舊唐書韋堅傳：天寶元年三月，擢堅爲陝郡太守，穿廣運潭，潭成，陝縣尉崔成甫……。新唐書宰相世系表：成甫爲崔沔之子，祐甫之兄。顔真卿崔孝公宅陋室銘記：長子成甫，倜儻有才名，進士，校書郎，早卒。於爲陜縣尉，爲副使，爲侍御史等事均未言及。其斯時别有一崔成甫耶？

走筆贈獨孤駙馬

都尉朝天躍馬歸，香風吹人花亂飛。銀鞍紫鞚照雲日，左顧右盼生光輝。是時僕在金門裏，待詔公車謁天子。長揖蒙垂國士恩，壯心剖出酬知己。一别蹉跎朝市間，青雲之交不可攀。儻其公子重迴顧，何必侯嬴長抱關？

【注】

〔駙馬〕王云：唐書：玄宗女信成公主下嫁獨孤明。初學記：駙馬都尉，漢武置也，掌御馬。歷兩漢，多宗室及外戚與諸公子孫任之。至魏何晏，以主壻拜駙馬都尉，其後杜預尚晉宣帝女高陸公主，拜駙馬都尉，王濟尚晉文帝女常山公主，拜駙馬都尉。後代因晉魏以爲恒，每尚公主，則拜駙馬都尉。通典：唐駙馬都尉，從五品，皆尚主者爲之。開元三年八月，勅駙馬都尉從五品階，宜依令式，仍借紫金魚袋。天寶以前，悉以儀容美麗者充選。

〔鞚〕王云：韻會：鞚，馬勒也。△鞚音空去聲。

〔公車〕漢書哀帝紀：待詔夏賀良等……注：應劭曰：諸以材技徵召，未有正官，故曰待詔。

又卷六五東方朔傳：朔文辭不遜，高自稱譽，上偉之，令待詔公車。注：師古曰：公車令屬衛尉，上書者所詣也。舊唐書職官志：翰林院，天子在大明宮，其院在右銀臺門内。在興慶宮，院在金明門内。若在西内，院在顯福門内。若在東都華清宮，皆有待詔之所。其待詔，有詞學經術合鍊僧道卜祝術藝書弈，各别院以廩之，日晚而退。其所重者詞學。

〔知己〕蕭云：此太白叙述己事。

〔抱關〕史記信陵君列傳：魏有隱士曰侯嬴，年七十，家貧，爲大梁夷門監者。公子……欲厚遺之，不肯受。……公子於是乃置酒，大會賓客。坐定，公子從車騎，虚左，自迎……侯生。侯生攝敝衣冠，直上載公子上坐，不讓。……又謂公子曰：「臣有客在市屠中，願枉車騎過之。」公子引車入市，侯生下見其客朱亥，俾倪故久立，與其客語。微察公子，公子顔色愈和，……乃謝客就車。至家，公子引侯生坐上坐，偏贊賓客。……酒酣，侯生因謂公子曰：「……嬴乃夷門抱關者也，而公子親枉車騎，自迎嬴於衆人廣坐之中，不宜有所過。今公子故過之。然嬴欲就公子之名，故久立公子車騎市中，過客以觀公子，公子愈恭。市人皆以嬴爲小人，而以公子爲長者，能下士也。」於是罷酒，侯生遂爲上客。

【評箋】

今人詹鍈云：詩云：「是時僕在金門裏，待詔公車謁天子。長揖蒙垂國士恩，壯心剖出酬知己。一别蹉跎朝市間，青雲之交不可攀。」當是去朝以後所作。

贈嵩山焦鍊師 并序

嵩山有神人焦鍊師者，不知何許婦人也。又云生於齊梁時，其年貌可稱五六十。常胎息絶穀，居少室廬，遊行若飛，倏忽萬里。世或傳其入東海，登蓬萊，竟莫能測其往也。余訪道少室，盡登三十六峯，聞風有寄，灑翰遥贈。

二室淩青天，三花含紫烟。中有蓬海客，宛疑麻姑仙。道在喧莫染，跡高想已綿。時餐金鵝蕊，屢讀青苔篇。八極恣遊憩，九垓長周旋。下瓢酌潁水，舞鶴來伊川。還歸東山上，獨拂秋霞眠。蘿月挂朝鏡，松風鳴夜絃。潛光隱嵩岳，鍊魄棲雲幄。霓裳何飄颻！鳳吹轉綿邈。願同西王母，下顧東方朔。紫書儻可傳，銘骨誓相學。

【校】

〔題〕兩宋本、繆本題下俱注云：洛陽。

〔嵩山〕山，兩宋本、繆本、咸本俱作丘。

〔神人〕此下蕭本無焦字。王本注云：蕭本缺焦字。

〔居少〕少，文粹作無。

〔竟莫能〕莫，兩宋本、繆本、咸本俱作不。文粹作竟亦不。王本莫下注云：繆本作不。

〔遥贈〕文粹下有云字。

〔二室〕室，咸本注云：一作色。

〔淩青天〕淩，兩宋本、繆本、王本俱注云：一作倚。文粹作倚碧天。咸本注云一作倚碧天。

〔含紫烟〕含，兩宋本、繆本、王本俱注云：一作明。紫，亦注云：一作緑。文粹同。

〔蓬海〕文粹作蓬萊。

〔已綿〕綿，英華作遷，注云一作綿。文粹作遷。

〔金鵝蕊〕兩宋本、繆本俱作金鵝蘂，注云：一作金鵝蕊。王本注云：一作金蛾蕊，繆本作金鵝蘂。鵝，文粹作娥。

〔青苔〕青，蕭本作古。王本注云：蕭本作古。

〔周旋〕此下咸本注云：一本無此六句。

〔還歸〕還，咸本注云：一作遂。文粹作遂。

〔東山〕東，兩宋本、繆本、文粹俱作空。王本注云：繆本作空。

〔夜絃〕此下咸本注云：此二句一本在麻姑仙字下。

〔嵩岳〕岳，咸本作丘，注云：一作岳。

〔雲幄〕雲，咸本作霞，注云：一作雲。

〔霓裳〕裳，兩宋本、繆本、咸本俱作衣。王本注云：繆本作衣。

〔飄飖〕兩宋本、繆本、胡本俱作飄飄，注云：一作萎蕤。文粹作萎蕤。咸本作萎蕤，注云：一作飄飖。王本注云：繆本作飄飄，一作葳蕤。

〔鳳吹〕兩宋本、繆本俱注云：一作羽駕。文粹作羽駕。

〔銘骨〕銘，兩宋本、繆本作冥，注云：一作冥。咸本注云：骨一作心。王本注云：一作冥。

【注】

〔焦鍊師〕王云：孔帖：道士修行，德高思精者謂之鍊師。今人詹鍈云：太平廣記卷四四九焦鍊師條：唐開元中有焦鍊師修道，聚徒甚衆。有黄裙婦人，自稱阿胡，就焦學道術。經三年，盡焦之術，而固辭去。……焦因欲以術拘留之，胡隨事酬答，焦不能及，乃于嵩頂設壇，啓告老君。……出廣異記。鍊師事跡略見於此。按：李頎有寄焦鍊師詩，末云：「仙境若在夢，朝雲如可親。何由覩顔色，揮手謝風塵。」亦是寄女冠語氣。王昌齡亦有謁焦鍊師詩，知焦在當時聲名甚廣。至王維集中贈東嶽焦鍊師詩則别是一人。又按：錢起有題嵩陽焦道士石壁詩云：「三峯花畔石堂懸，錦里真人此得仙。玉體（一作醴）纔飛西蜀雨，霓裳欲向大羅天。彩雲不散燒丹竈；白鹿時藏種玉田。幸入桃源因去世，方期丹訣一延年。」錢知焦爲蜀人，而李云不知何許婦人。蓋欲故神其事耳。

〔胎息〕王云：漢武内傳：王真，字叔經，上黨人。習閉氣而吞之，名曰胎息。習嗽舌下泉而咽之，名曰胎食。真行之，斷穀二百餘日，肉色光美，力並數人。抱朴子：得胎息者，能不以口鼻噓吸，如在胞胎之中，則道成矣。

〔三十六峯〕少室山有三十六峯，見卷七元丹丘歌注。

〔二室〕王云：初學記：嵩高山者，五岳之中岳也。戴延之西征記云：其山東謂太室，西謂少室，相去十七里，嵩其總名也。謂之室者，以其下各有石室焉。少室高八百六十丈，上方十里，與太室相埒，但小耳。

〔三花〕述異志：少室山有貝多樹，與衆木有異，一年三放花，其花白色香美，俗云漢世野人將子種此。參見卷七鳴皋歌注。

〔金鵝蕊〕王云：楊升菴曰：金鵝蕊，桂也。藝文類聚：臨海記曰：郡東南有白石山，高三百餘丈，望之如雪山。上有湖，古老相傳云，金鵝所集，八桂所植。

〔青苔篇〕陳子昂潘尊師碑頌：道逢真人昇玄子，授以寶書青苔紙。

〔九垓〕見卷四司馬將軍歌注。

〔潁水〕王云：山海經：潁水出少室山。郭璞注：今潁水出河南陽城縣乾山東南，經潁川汝陰至淮南下蔡入淮。吕氏春秋：許由遂之箕山之下，潁水之陽，耕而食，終身無經天下之色。太平御覽：琴操曰：許由無有杯器，常以手掬水。人見由無器，以一瓠瓢遺之。由操飲，飲訖，挂瓢於樹，風吹樹瓢動，歷歷有聲，由以爲煩擾，遂取捐之。

〔伊川〕王云：伊川舞鶴用王子晉事。已見卷五鳳笙篇注。

〔東方朔〕博物志：漢武帝好仙道，祭祀名山大澤，以求神仙之道。時西王母遣使乘白鹿告帝當來，乃供帳九華殿以待之。七月七日夜漏七刻，王母乘紫雲車而至，於殿西南面東向。頭上戴七種青氣，鬱鬱如雲。……時東方朔竊從殿南廂朱鳥牖中窺母。母顧之，謂帝曰：「此窺牖小兒，嘗三來盜吾此桃。」帝乃大怪之，由此世人謂方朔神仙也。

〔紫書〕王云：漢武内傳：地真素訣，長生紫書。真誥：道有青要紫書，金根衆文。雲笈七籤：紫書，紫筆繕文也。

口號贈楊徵君

陶令辭彭澤，梁鴻入會稽。我尋高士傳，君與古人齊。雲卧留丹壑，天書降紫泥。不知楊伯起，早晚向關西。

【校】

〔題〕英華無口號二字。楊，兩宋本、繆本俱作陽，王本注云：繆本作陽。君下英華有鴻字。又題下王本注云：原注：此公時被徵。兩宋本、繆本注同，無原注二字。

【注】

〔口號〕王云：詩題有口號，始於梁簡文帝和衛尉新渝侯巡城口號。庾肩吾、王筠俱有此作。至唐遂相襲用之。即是口占之義。蕭本作口號贈徵君鴻，而注云見前贈盧徵君題注，蓋以爲即盧鴻矣，未詳是否。注中被徵，一作被召。

〔高士傳〕隋書經籍志：高士傳六卷，皇甫謐撰，又高士傳二卷，虞槃佐撰。

〔關西〕後漢書卷八四楊震傳：楊震，字伯起，弘農華陰人也。……震少好學，受歐陽尚書於太常桓郁，明經博覽，無不窮究。諸儒爲之語曰：關西孔子楊伯起。

【評箋】

嚴羽云：將頭作尾，亦復無首無尾，此格甚異，若以爲犯，必非知詩者。（嚴羽評點李集）

胡云：既比之陶潛、梁鴻，不得復比之楊震，一篇中用三人，任筆錯雜。此在太白可耳。范德機以爲律詩須守規矩，此篇爲最嚴，非確評也。

今人詹鍈云：按韋莊又玄集選此題作口號贈徵君盧鴻，沈德潛唐詩別裁並同，是則蕭本亦不爲無據。文苑英華則作贈楊徵君鴻，上無口號二字。異文錯出，不知何者爲是。

按：詩中已用陶潛、梁鴻二典，則再用楊伯起一典必切其姓，作盧鴻者恐非。

上李邕

大鵬一日同風起，扶摇直上九萬里。假令風歇時下來，猶能簸却滄溟水。時人見我恒殊調，見余大言皆冷笑。宣父猶能畏後生，丈夫未可輕年少。

【校】

〔扶〕王本作摶，注云：霏玉本作扶。今據文義改從之。

〔簸〕兩宋本、繆本俱作𢯱。王本注云：繆本作𢯱。

〔時人〕時，兩宋本、繆本、胡本俱作世。王本注云：繆本作世。

〔恒〕蕭本、咸本俱作指。王本注云：蕭本作指。

〔見〕王本注云：霏玉本作聞。胡本作聞。

〔宣父〕父，兩宋本作公，誤。

【注】

〔李邕〕舊唐書卷一九〇中李邕傳：李邕，廣陵江都人。……邕少知名，……爲陳州刺史。十三年，玄宗車駕東封迴，邕於汴州謁見，累獻詞賦，甚稱上旨，由是頗自矜衒。……張説爲中書令，甚惡之。俄而陳州贓汙事發，……貶爲欽州遵化縣尉。……累轉括、淄、滑三州刺史，上計京師。邕素負美名，頻被貶斥，皆以邕能文養士，賈生、信陵之流。執事忌勝，剝落在外。人間素有聲稱，後進不識，京、洛阡陌聚觀，以爲古人。或傳眉目有異，衣冠望風，尋訪門巷。又中使臨問，索其新文。復爲人陰中，竟不得進。天寶初，爲汲郡、北海二太守。……嘗與左驍衛兵曹柳勣馬一匹，及勣下獄，吉温令勣引邕議及休咎，厚相賂遺，詞狀連引，勅……就郡決殺之，時年七十餘。按卷二十陪從祖濟南太守泛鵲山湖三首當亦是李邕。卷二十五題江夏修静寺原注此寺是李北海舊宅，亦爲李邕作。又卷十九答王十二寒夜獨酌有懷云：「君不見李北海，英風豪氣今何在？」此皆集中涉及李邕者。

〔大鵬〕莊子逍遥游篇：鵬之徙於南冥也，水擊三千里，摶扶摇而上者九萬里。陸德明注：司馬云上行風謂之扶摇。爾雅云：扶摇謂之飈。郭璞云：暴風從下上也。

〔宣父〕新唐書禮樂志：貞觀十一年，詔尊孔子爲宣父。

【評箋】

蕭云：此篇似非太白之作，今釐在卷末。

今人詹鍈云：錢謙益少陵年譜於天寶四載下注云：李邕爲北海太守，陪宴歷下亭，李白、高適皆有贈邕詩，當是同時。據錢説當是天寶五載夏間於濟南作。蕭曰：此篇似非太白之作。李詩辨疑曰：按李邕於李白爲先輩，邕有文名，時流推重，白至京師，必與相見，白必不敢以敵體之禮自居，當從後進之列。今玩詩，意如語平交，且辭意淺薄而誇，又非所以謁大官見長者待師儒之禮也。白雖不羈，其贈崔侍御、韋祕書、張衛尉、孟浩然等作，辭皆謹重而無褻慢之意，次及徐安宜、盧主簿、王瑕丘、韋參軍、何判官等，雖有尊卑之殊，各盡歡洽之情，無有謾辭，矧李邕乎？以此益可疑矣。按錢氏絳雲樓藏有李翰林草堂集，當是未經樂史及宋敏求增訂之本，李集板刻，此爲最善。錢氏所爲少陵詩箋及年譜，亦最審慎。今錢氏既稱白有贈邕詩，則此首或見於古本，不致爲僞作也。且朱諫以此詩爲白在京師作，按白游長安時，邕方爲靈昌太守，必無相見之理，朱氏亦失之不考。

贈張公洲革處士

列子居鄭圃，不將衆庶分。革侯遁南浦，常恐楚人聞。抱甕灌秋蔬，心閑遊天雲。每將瓜田叟，耕種漢水濱。時登張公洲，入獸不亂羣。井無桔槔事，門絶刺繡文。長揖二千石，遠辭百里君。斯爲真隱者，吾黨慕清芬。

【校】

〔濱〕此下兩宋本、繆本、王本俱注云：一作濆。

【注】

〔張公洲〕王云：楊齊賢曰：張公洲在上元縣。琦按景定建康志：張公洲在城西南五里，周圍三里。湖廣通志：張公洲在武昌府城南二十里。晉隱士張公灌園處，因名。是有二張公洲。觀詩中所云楚人、云漢水，則是謂武昌之張公洲，而非在上元者矣。按：通鑑卷一六四胡注云：張公洲即蔡州，乃指金陵之張公洲也。

〔鄭圃〕列子天瑞篇：子列子居鄭圃四十年，人無識者，國君卿大夫視之，猶衆庶也。

〔將〕見卷一大鵬賦注。

〔南浦〕王云：南浦即張公洲，以在城之南，故曰南浦。

〔桔槔〕莊子天地篇：子貢南遊於楚，反於晉，過漢陰。見一丈人方將爲圃畦，鑿隧而入井，抱甕而出灌，搰搰然用力甚多而見功寡。子貢曰：「有械於此，一日浸百畦，用力甚寡而見功多，夫子不欲乎？」爲圃者卬而視之曰：「奈何！」曰：「鑿木爲機，後重前輕。挈水若抽，數如泆湯。其名爲槔。」爲圃者忿然作色而笑曰：「吾聞之吾師，有機械者必有機事，有機事者必有機心。機心存於胸中，則純白不備。純白不備，則神生不定，神生不定者，道之所不載也。吾非不知，羞而不爲也。」説文：桔槔，汲水器也。

〔刺繡〕史記貨殖列傳：刺繡文不如倚市門。

〔百里君〕王云：二千石謂太守，百里君謂縣令。

李白集校注卷十

古近體詩二十四首

秋日鍊藥院鑷白髮贈元六兄林宗

木落識歲秋，瓶冰知天寒。桂枝日已緑，拂雪淩雲端。弱齡接光景，矯翼攀鴻鸞。投分三十載，榮枯同所歡。長吁望青雲，鑷白坐相看。秋顔入曉鏡；壯髮凋危冠。窮與鮑生賈；飢從漂母餐。時來極天人，道在豈吟嘆？樂毅方適趙；蘇秦初説韓。卷舒固在我，何事空摧殘？

【校】

〔瓶冰〕冰，宋乙本、繆本俱作水，宋甲本作冰。

〔極〕胡本作拯。王本注云：胡本作拯。

〔方〕咸本、蕭本俱作豈。王本注云：蕭本作豈。

【注】

〔鑷〕韻會：鑷，箝也。△鑷音涅。

〔元六兄林宗〕按：卷十四有江上寄元六林宗詩，亦是秋日之景。此云：「投分三十載，榮枯同所歡。」彼云：「勗哉滄洲心，歲晚庶不奪。」意亦相近，蓋與李白舊交。

〔木落〕淮南子說山訓：見一葉落而知歲之將暮，覩瓶中之冰而知天下之寒。

〔壯髮〕太平御覽卷八九：應劭漢官儀曰：元帝額上有壯髮，不欲使人見。

〔鮑生〕見卷九讀諸葛武侯傳書懷贈長安崔少府叔封昆季詩注。

〔樂毅〕史記樂毅列傳：於是燕昭王問伐齊之事，樂毅對曰：「齊，霸國之餘業也，地大人衆，未易獨攻也。王必欲伐之，莫如與趙及楚、魏。」於是使樂毅約趙惠文王，……燕昭王悉起兵，使樂毅爲上將軍，趙惠文王以相國印授樂毅……。

〔蘇秦〕王云：按史記蘇秦列傳，其游說六國，先說燕文侯，二說趙肅侯，三說韓宣惠王，四說魏襄王，五說齊宣王，六說楚威王。今引樂毅適趙、蘇秦說韓二事，皆言功業未成就之意。按：「蘇秦初說韓」之語，與上句「樂毅方適趙」同有用世之意，不必拘說韓之次序也。

【評箋】

今人詹鍈云：按太白少年與元丹丘結爲方外之交，二人先後入朝，元丹丘去京未久，太白亦被譖放歸，與此詩所謂「投分三十載，榮枯同所歡」正合。豈林宗即是元丹丘歟！設太白與林宗弱冠相交，則是時當已年五十矣。

書情贈蔡舍人雄

嘗高謝太傅，攜妓東山門。楚舞醉碧雲，吴歌斷清猿。暫因蒼生起，談笑安黎元。余亦愛此人，丹霄冀飛翻。遭逢聖明主，敢進興亡言。白璧竟何辜？青蠅遂成冤。一朝去京國，十載客梁園。猛犬吠九關，殺人憤精魂。皇穹雪冤枉，白日開昏氛。太階得夔龍，桃李滿中原。倒海索明月，淩山採芳蓀。媿無横草功，虚負雨露恩。跡謝雲臺閣，心隨天馬轅。

【校】

〔題〕兩宋本、繆本俱注云：梁宋。

〔嘗高〕此句兩宋本、繆本、胡本、王本俱注云：一作嘗聞謝安石。

〔亡言〕此下兩宋本、繆本、咸本、胡本俱多蛾眉積讒妒，魚目嗤璵璠二句，咸本注云：一本無此二句。胡本注云：今本無以上二句。王本注云：繆本下多蛾眉積讒妒，魚目嗤璵璠。

〔竟何辜〕兩宋本、繆本、王本俱注云：一作本無瑕。

〔冤枉〕冤，兩宋本、繆本俱作夭。王本注云：繆本作夭。

〔昏氛〕兩宋本、繆本俱作氛昏。王本注云：繆本作氛昏。

〔轅〕蕭本作鞍。

【注】

〔舍人〕舊唐書職官志：中書省，中書舍人六員。舍人掌侍奉進奏參議表章，凡詔旨勑制及璽書册命，皆按典故起草進畫，既下則署而行之。按：唐代之中書舍人與翰林學士並稱内外制，學士階資須視其本官，而舍人則居正五品，故學士正拜舍人後，即距入相不遠。在玄宗時，學士之職任尚不甚重，制誥全由舍人撰擬，舍人尤爲樞要，如賈曾賈至父子在開元末及天寶末均爲中書舍人（見舊唐書卷一九〇中）是也。此詩中有王佐之稱，又有「不日思騰騫」之語，此蔡舍人疑官居中書舍人，而非中書省之起居舍人、通事舍人也。

〔謝太傅〕世説識鑒篇：謝公在東山畜妓。簡文曰：「安石必出，既與人同樂，不得不與人同憂。」劉孝標注：宋明帝文章志曰：安縱心事外，疎略常節，每畜女妓，攜持游肆。

〔黎元〕文選司馬相如封禪文：以浸黎元。吕延濟注：黎元，百姓也。

〔九關〕文選宋玉九辯：豈不鬱陶而思君兮，君之門以九重。猛犬狺狺而迎吠兮，關梁閉而不通。又，招魂：虎豹九關，啄害下人些。按：九關即九重門之意。

〔太階〕見卷一明堂賦注。

〔明月〕史記李斯列傳：有隨和之寶，垂明月之珠。

〔横草〕漢書卷六四下終軍傳：軍無横草之功。顏師古注：言行草中使草偃卧，故云横草也。

〔雲臺〕後漢書卷五二二十八將論：乃圖畫二十八將於南宮雲臺。王云：跡謝雲臺閣，心隨天馬轅，即身在江湖心存魏闕之意。

夫子王佐才，而今復誰論。曾飇振六翮，不日思騰騫。我縱五湖棹，煙濤恣崩奔。夢釣子陵湍，英風緬猶存。徒希客星隱，弱植不足援。千里一迴首，萬里一長歌。黄鶴不復來，清風奈愁何！舟浮瀟湘月，山倒洞庭波。投汨笑古人，臨濠得天和。閑時田畝中，搔背牧雞鵝。别離解相訪，應在武陵多。

【校】

〔英風〕風，兩宋本、繆本俱作氛。胡本作芬。王本注云：繆本作氛。

〔徒希〕蕭本、胡本俱作彼希。徒下王本注云：蕭本作彼。

〔奈愁〕蕭本、胡本俱作愁奈。王本注云：蕭本作愁奈。

〔舟浮〕此句兩宋本、繆本、王本俱注云：一作江横羅刹石。

【注】

〔王佐〕漢書卷五六董仲舒傳：劉向稱董仲舒有王佐之材，雖伊吕亡以加。

〔誰論〕按：此下兩韻指蔡而言，論疑當作倫，謂蔡之才今無其比也。

〔六翮〕王云：古詩：「昔我同門友，高舉振六翮。」韻會：翮，鳥之勁羽也。韓詩外傳：鴻鵠一舉千里，所恃者六翮耳。蓋鳥翅之勁者，左右各六，飛時全藉其力，鎩其六翮，則不能飛矣。

〔五湖〕國語越語：遂滅吴，反至五湖，范蠡辭於王曰：「君王勉之，臣不復入於越國矣。」……遂乘輕舟以浮於五湖，莫知其所終極。

〔崩奔〕文選謝靈運入彭蠡湖口詩：圻岸屢崩奔。按：杜甫詩：「衣冠南渡多崩奔」，崩奔蓋流轉之意。

〔子陵湍〕後漢書卷一一三嚴光傳：後人名其釣處爲嚴陵瀨焉。章懷太子注：顧野王輿地志曰：七里瀨在東陽江下，與嚴陵相接有嚴山，桐廬縣南有子陵漁釣處，今山邊有石，上下可坐千人，臨水，名爲嚴陵釣壇也。參見卷十六送王屋山人魏萬還王屋詩注。

〔客星〕後漢書卷一一三嚴光傳：光以足加帝腹上，明日，太史奏：客星犯御坐甚急。帝笑曰：「朕故人嚴子陵共卧耳。」

〔弱植〕左傳襄三十年：其君弱植。正義：周禮謂草木爲植物，植爲樹立，君志弱不樹立也。

〔投汨〕史記屈原列傳：於是懷石，遂自投汨羅以死。集解：應劭曰：汨水在羅，故曰汨羅也。△汨音覓。

〔臨濠〕莊子秋水篇：莊子與惠子遊於濠梁之上，莊子曰：「鯈魚出遊從容，是魚之樂也。……」又，知北遊篇：齧缺問道乎被衣，被衣曰：「若正汝形，一汝視，天和將至。」

〔武陵〕王云：唐時之武陵郡，即朗州也，屬山南東道。按：舊唐書地理志，朗州屬江南西道，天寶初割屬山南東道。

【評箋】

今人詹鍈云：王譜繫此詩於天寶十二載下，注云：……「一朝去京國，十載客梁園。」是作詩時太白已去朝十年矣。故定爲是時之作。按太白詩好爲誇大之詞，此篇所謂十載客梁園，亦約略計之如是耳，不必以爲確有十年也。詩中又稱「我縱五湖棹，……應在武陵多。」似將南游而告別於蔡舍人也。

憶襄陽舊遊贈馬少府巨

昔爲大堤客，曾上山公樓。開窗碧嶂滿；拂鏡滄江流。高冠佩雄劍，長揖韓荊州。此地別夫子，今來思舊遊。朱顏君未老；白髮我先秋。壯志恐蹉跎，功名若雲浮。歸心結遠夢，落日懸春愁。空思羊叔子，墮淚峴山頭。

【校】

〔題〕兩宋本、繆本、咸本馬上有濟陰二字，咸本無襄陽及巨字。王本注云：繆本下多濟陰二字。

〔壯志〕二句兩宋本、繆本、王本俱注云：一作有意未得言，懷賢若沉憂。

〔空思〕二句兩宋本、繆本、胡本、王本俱注云：一作何時共攜手，更醉峴山頭。

【注】

〔濟陰〕舊唐書地理志：河南道曹州濟陰：郭下，隋縣。

〔大堤〕見卷五大堤曲注。

〔山公樓〕王云：晉時山簡爲襄陽太守，山公樓是其遺跡，今亡所在。

〔碧嶂〕王云：韻會：嶂，山之高險者。增韻：山峯如屏障者。

〔韓荆州〕王云：名朝宗，開元中爲荆州長史，太白謁見，長揖不拜。詳見卷二十六與韓荆州書及附録魏顥李翰林集序。

〔峴山頭〕晉書卷三四羊祜傳：祜樂山水，每風景必造峴山，置酒言詠，終日不倦，嘗慨然歎息，顧謂從事中郎鄒湛等曰：「自有宇宙，便有此山，由來賢達勝士登此遠望，如我與卿者多矣，皆湮滅無聞，使人悲傷，如百歲後有知，魂魄猶應登此也。」湛曰：「公德冠四海，道嗣前哲，令聞令望，必與此山俱傳。至若湛輩，乃當如公言耳。」……襄陽百姓於峴山祜平生游憩之所，建碑立廟，歲時饗祭焉。望其碑者莫不流涕，杜預因名爲墮淚碑。參見卷五襄陽曲第二首注。

對雪獻從兄虞城宰

昨夜梁園裏，弟寒兄不知。庭前看玉樹，腸斷憶連枝。

【校】

〔裏〕兩宋本、繆本、絶句俱作雪。王本注云：繆本作雪。

【注】

〔虞城〕舊唐書地理志：河南道宋州虞城：隋分下邑縣置，武德四年屬宋州。

〔梁園〕見卷七梁園吟注。

〔玉樹〕王云：玉樹，雪中樹也。

〔連枝〕文選蘇武詩：「況我連枝樹，與子同一身。」

【評箋】

按：此詩顯爲李白客梁園時，求助於其作虞城令之從兄。唐人以詩爲竿牘，是當時習慣。

又按：卷二十九有虞城縣令李公去思碑，李名錫，其爲虞城令在天寶四載，時代相當。

訪道安陵遇蓋寰爲余造真籙臨别留贈

清水見白石，仙人識青童。安陵蓋夫子，十歲與天通。懸河與微言，談論安可窮？能令二千石，撫背驚神聰。揮毫贈新詩，高價掩山東。至今平原客，感激慕清風。學道北海仙，傳書蕊珠宫。丹田了玉闕，白日思雲空。爲我草真籙，天人慙妙工。七元洞豁落，八角輝星虹。三災蕩璿璣，蛟龍翼微躬。舉手謝天地，虚無齊始終。黄金滿高堂，答荷難克充。下笑世上士，沉魂北羅酆。昔日萬乘墳，今成一科蓬。贈言若可重，實此輕華嵩。

【校】

〔題〕寰，蕭本、咸本俱作還。

〔七元〕元，兩宋本作亢，誤。

〔滿〕宋乙本、繆本作獻。王本注云：繆本作獻。

〔下〕兩宋本作卜，誤。

〔世上士〕士，兩宋本、繆本俱作事。王本注云：繆本作事。

【注】

〔安陵〕舊唐書地理志：河北道德州安陵：漢縣，屬平原郡，今州治。至隋不改。

〔真籙〕隋書經籍志：……其受道之法，初受五千文籙，次受三洞籙，次受洞玄籙，次受上清籙。籙皆素書，紀諸天曹官屬佐吏之名有多少，又有諸符錯在其間。文章詭怪，世所不識。受者必先潔齋，然後齎金環一，并諸贄幣，以見於師。師受其贄，以籙授之。仍剖金環，各持其半，云以爲約，弟子得籙，緘而佩之。

〔青童〕太平廣記卷一一：大茅君盈南至勾曲之山，漢元壽二年八月己酉，南岳真人赤君，西城王君及諸青童，並從王母降於盈室。

〔懸河〕晉書卷五〇郭象傳：能清言，太尉王衍每云，聽象語如懸河瀉水，注而不竭。

〔微言〕漢書藝文志：昔仲尼没而微言絶。注：李奇曰：隱微不顯之言也。師古曰：精微要妙之言也。

〔山東〕閻若璩潛丘劄記：胡三省於通鑑秦孝公時河山以東彊國六注云：河自龍門上口南抵華陰而東流，秦國在河之西。山自鳥鼠同穴連延爲長安南山，至於泰華。秦國在山之西。韓、魏、趙、齊、楚、燕六國皆在河山以東，可見自秦之外皆謂之山東。太史公自序：蕭何填撫山西，張守節注謂華山之西也。趙充國辛慶忌傳贊曰：山東出相，山西出將。班固明言天水、隴西、安定、北地。知山西，益知其爲山東矣。

〔平原客〕王云：平原客謂平原郡中賓客。按：王説是，此非指戰國時平原君之門客也。

〔北海仙〕王云：北海仙，謂北海高天師如貴。太白於齊州請高天師授道籙，故蓋寰爲之書造真籙也。

〔蕊珠宫〕王云：西昇經：遂徧歷九天，上昇上清白闕丹城蕊珠宫。梁丘子黄庭内景經注：蕊珠，上清境宫闕名也。真靈位業圖有太和殿、寥陽殿、蕊珠宫。

〔玉闕〕王云：黄庭外景經：丹田之中精氣微。梁丘子注：臍下三寸是也。黄庭内景經：肺部之宫似華蓋，下有童子坐玉闕。梁丘子注：玉闕者腎中白氣，上與肺連也。

〔七元〕王云：雲笈七籤：太微黄書八卷：素訣乃含於九天元母，結文空胎，歷歲數劫，以成自然之章。太皇中歲成洞真金真玉光八景飛經，元始天王名之爲八景飛經，廣生太真名之爲八素上經，青真小童名之爲豁落七元。

〔八角〕隋書經籍志：……元始天尊……所説之經，亦稟元一之氣，自然而有，非所造爲。亦與天尊常在不滅。天地不壞，則藴而莫傳。劫運若開，其文自見。凡八字盡道體之奥，謂之天書，字方一丈，八角垂芒，光輝照耀，驚心眩目，雖諸天仙，不能省視。胡云：舊注：七元者北斗七元星君。豁落者，所謂豁落斗也。三洞真經曰：五方真炁之精凝結成文。八角垂芒，或爲雲篆之形或成走獸之狀，所謂八角輝星虹也。

〔三災〕王云：樓炭經：天地有三災變：一者火災變，二者水災變，三者風災變。法苑珠林：二十小劫，中間有小三災，次第輪轉，一疾疫災，二刀兵災，三饑饉災。劉昭後漢書補：璇璣者謂北極星也。晉書天文志：魁四星爲璇璣，杓三星爲玉衡。三災蕩璿璣，謂斗神覆護三災不能爲害也。

〔始終〕文選王康琚反招隱詩：「歸來安所期，與物齊終始。」李善注：莊子有齊物論，又曰：萬物一齊，孰短孰長？又曰：遊乎萬物之所始。孫卿子曰：生，人之始也；死，人之終也。

〔羅酆〕王云：真誥：羅酆山在北方癸地，山高二千六百里，周圍三萬里。其山下有洞天，在山之中，周圍一萬五千里。其上其下並有鬼神宮室。山上有六洞，洞中有六宮，輒周圍千里，是爲六天鬼神之宮也。注云：此即應是北酆鬼王決斷罪人住處。白帖：羅酆山之洞，周一萬五千里，名曰北帝死生之天，皆鬼神所治五帝之宮，考謫之府也。

【評箋】

按：本篇當參看卷十七奉餞高尊師如貴道士傳道籙畢歸北海詩。

贈崔郎中宗之

胡鴈拂海翼，翱翔鳴素秋。驚雲辭沙朔，飄蕩迷河洲。有如飛蓬人，去逐萬里遊。登高望浮雲，彷彿如舊丘。日從海旁没；水向天邊流。長嘯倚孤劍，目極心悠悠。歲晏歸去來，富貴安可求？仲尼七十説，歷聘莫見收。魯連逃千金，珪組豈可酬？時哉苟不會，草木爲我儔。希君同攜手，長往南山幽。

【校】

〔題〕蕭本題作贈崔郎中之金陵。兩宋本、繆本題下俱注云：金陵。

〔胡鴈〕鴈，兩宋本、繆本俱作鷹，注云：一作雁。王本注云：一作鷹。

〔飄蕩〕蕩，英華作薄，注云：集作飄蕩，又作薄霧。

〔河洲〕以上四句，兩宋本、繆本、王本俱注云：一作胡鷹度日邊，兩龍天地秋。哀鳴沙塞寒，風雪迷河洲。

〔有如〕有，兩宋本、繆本、王本俱注云：一作乃。

〔去逐〕兩宋本、繆本、王本俱注云：一作一去。

〔海旁〕旁，咸本注云：一作邊。

〔安可〕可，兩宋本、繆本、咸本俱作所。王本注云：繆本作所。

〔豈可〕兩宋本、繆本、王本俱注云：一作不足。

〔時哉〕哉，英華作歲。咸本注云：一作歲。

〔草木〕草，咸本注云：一作景。

【注】

〔崔宗之〕王云：崔祐甫齊昭公崔府君集序：公嗣子宗之，學通古訓，詞高典册。才氣聲華，邁時獨步。仕於開元中，爲起居郎，再爲尚書禮部員外郎，遷本司郎中。時文國禮，十年三入。終於右司郎中。年位不充，海内嘆息。按唐書：崔宗之乃宰相日用之子，襲封齊國公，好學寬博有風檢，與李白杜甫以文相知。按：卷十三有月夜江行寄崔員外宗之，卷十九有酬崔五郎中，卷二十三有憶崔郎中宗之遊南陽……詩，皆可參證。

〔沙朔〕王云：沙朔謂朔方沙漠之地。薛道衡高祖文皇帝誄：運天策於帷扆，播神威於沙朔。北史：洎乎有魏，定鼎沙朔。

〔舊丘〕文選鮑照結客少年場行：「去鄉三十載，復得還舊丘。」李善注：廣雅曰：丘，居也。

〔富貴〕論語述而篇：子曰：富而可求也，雖執鞭之士，吾亦爲之。如不可求，從吾所好。

〔七十説〕淮南子泰族訓：孔子欲行王道，東西南北，七十説而無所偶。

〔魯連〕見卷二古風第十首注。

〔珪組〕文選左思詠史詩：「吾慕魯仲連，談笑却秦軍。功成恥受賞，高節卓不羣。臨組不肯紲，對珪寧肯分。」李善注：説文曰：組，綬屬也。王逸楚辭注曰：紲，繫也。禮稽命徵曰：諸侯執珪。解嘲曰：析人之珪。

〔南山〕漢書卷六六楊惲傳：是故身率妻子，戮力耕桑。……其詩曰：田彼南山，蕪穢不治。

【評箋】

按：此詩當與卷十九酬崔五郎中及所附崔宗之贈李十二詩參看，據彼詩崔李尚是新交，此詩定在其後矣。舊唐書李白本傳云：（白）乃浪跡江湖，終日沉飲，時侍御史崔宗之謫官金陵，與白詩酒唱和。玩此詩末句希崔偕隱，視彼詩尤爲牢落，自當是兩人俱不得意也。又孟浩然集中有峴山餞房琯崔宗之詩。亦當參看。

贈崔諮議

騄驥本天馬，素非伏櫪駒。長嘶向清風，倏忽淩九區。何言西北至，却走東南隅？世道有翻覆，前期難預圖。希君一剪拂，猶可騁中衢。

【校】

〔騄〕咸本、蕭本俱作緑。王本注云：蕭本作緑。

〔向清〕向下兩宋本、繆本、王本俱注云：一作起。英華向清作起涼，注云：集作起清，又作向清。

〔却走〕走，兩宋本、繆本俱作是，英華作走。王本注云：繆本作是。

〔前期〕期，兩宋本、繆本、王本俱注云：一作程，又作途。英華作程。

〔一〕兩宋本、繆本俱注云：一作前，又作相。以上三字，英華作望君垂。
〔剪拂〕兩宋本、繆本、王本俱注云：一作佛便。
〔猶可〕猶，咸本作令，注云：一作猶。

【注】

〔諮議〕王云：唐書百官志：王府官有諮議參軍事一人，正五品上，掌訏謀議事。按：唐王府官皆閒曹，無實職，詩中猶希其剪拂，蓋其人雖居冷官，頗有資望耳。
〔騄驥〕列子周穆王篇：命駕八駿之乘，右服𦺒（驊）騮而左緑耳。騄亦作緑。
〔伏櫪〕世説豪爽篇：王處仲每酒後輒詠「老驥伏櫪，志在千里。烈士暮年，壯心不已」。
〔剪拂〕見卷三天馬歌注。
〔中衢〕王云：中衢猶中道也。

【評箋】

今人詹锳云：騄驥蓋以自比，蓋去朝以後始作東南之游，猶冀崔氏剪拂之也。曾子固次此詩於贈崔郎中宗之及贈昇州王使君忠臣之間，蓋以爲在金陵作。

按：昇州之置在安史亂時，則白之去長安已久矣。諸詩有干謁求進之意則同，亦未必均在一時。

贈昇州王使君忠臣

六代帝王國，三吴佳麗城。賢人當重寄；天子借高名。巨海一邊静；長江萬里清。應須救趙策，未肯棄侯嬴。

【注】

〔昇州〕王云：唐書地理志：江南道昇州江寧郡，至德二載，以潤州之江寧縣置。上元二年廢。太平寰宇記：安禄山亂，肅宗以金陵自古雄據之地，時遭艱難，不可縣統之，因置昇州，仍加節制，實資鎮撫。時方艱弊，力難興造，因舊縣宇以爲州城。禄山平後復廢州，依舊爲縣。

〔三吴〕見卷六猛虎行注。

〔侯嬴〕見卷三俠客行注。

【評箋】

嚴羽云：格甚緊嚴，意甚曠大。（嚴羽評點李集）

今人詹鍈云：王譜於至德二載下附考云：是年以潤州之江寧縣置昇州，至上元乃廢。白有贈昇州王使君忠臣詩，是四年中之作。舊唐書地理志：至德二年，置江寧郡，乾元元年，於江寧郡置昇州。按至德二載十二月，始罷郡爲州，復以太守爲刺史。昇州之置定在至德二載十二月以後。然太白出尋陽獄後，流夜郎前，其間未嘗一至金陵，則此詩之作至早亦當在乾元二年太白遇赦之後。舊唐書肅宗紀：乾元元年十二月甲辰，以昇州刺史韋黄裳爲蘇州刺史、浙江西道觀察使。留元剛顔魯公年譜：乾元二年六月，爲昇州刺史，充浙西節度使。上元元年二月，追爲刑部尚書。舊唐書肅宗紀：上元元年春正月，以杭州刺史侯令儀爲昇州刺史，充浙江西道節度使。通鑑：上元元年十一月甲午，（劉）展陷潤州，昇州軍士萬五千人謀應展。……侯令儀懼，……棄城走。……丙申，展陷昇州。……使（姜）昌羣領昇州。其間爲昇州刺史之人歷歷可數，王忠臣之爲昇州刺史，定在劉展亂平以後。

贈别從甥高五

魚目高太山，不如一璵璠。賢甥即明月，聲價動天門。能成吾宅相，不減魏陽元。自顧寡籌略，功名安所存？五木思一擲，如繩繫窮猨。櫪中駿馬空，堂上醉人喧。黄金久已罄，爲報故交恩。聞君隴西行，使我驚心魂。與爾共飄飖，雪天各飛翻。江水流或卷，此心難具論。貧家羞好客，語拙覺辭繁。三朝空錯莫，對飯却慙冤。自笑我非夫，生事多契闊。積蓄萬古憤，向誰得開豁？天地一浮雲，此身乃毫末。忽見無端倪，太虚可包括。去去何足道？臨岐空復愁。肝膽不楚越；山河亦衾幬。雲龍若相從，明主會見收。成功解相訪，溪水桃花流。

【校】

〔吾宅相〕吾，兩宋本俱作五，誤。

〔五木〕五，咸本作萬，注云：一作五。

〔驚心〕驚，王本注云：一作清。蕭本作清。

〔雪天〕雪，咸本作雲。

〔積蓄〕兩宋本、繆本、咸本俱作蓄積。王本注云：繆本作蓄積。

〔幬〕兩宋本俱作儔。

〔若相〕若，蕭本作將。王本注云：蕭本作將。

【注】

〔高五〕即高鎮，見本卷醉後贈從甥高鎮詩箋。

〔魚目〕王云：魚目，魚之目睛似珠者也。明月珠，夜光珠也。俱見卷二古風第五十六首注。

〔璵璠〕左傳定五年：陽虎將以璵璠斂。杜預注：璵璠，美玉也。△璵音余，璠音煩。

〔宅相〕晉書卷五一魏舒傳：魏舒，字陽元，任城樊人也。少孤，爲外家甯氏所養，外家起宅，相者云，當出貴甥。外祖母以魏氏甥小而慧，意謂應之。舒曰：當爲外氏成此宅相。

〔五木〕王云：世説：桓宣武與袁彦道樗蒲，袁彦道齒不合，遂厲色擲去五木。元革五木經：樗蒲古戲，其投有五。故白呼爲五木。以木爲之，因謂之木。今則以牙角，尚飾也。演繁露：古惟斲木爲子，一具凡五子，故名五木。後世轉而用石用玉用象用骨，故列子謂之投瓊，律文謂之出玖。

〔三朝〕王云：班固東都賦：春王三朝。章懷太子注：三朝，元日也。謂歲之朝，月之朝，日之朝。李善注：三朝，歲首朔日也。然此詩所謂三朝即三日之義，與東都賦所言不同。

〔錯莫〕王云：鮑照詩：「今朝見我顔色衰，意中錯莫與先異。」按：卷九駕去温泉後贈楊山人詩：「長吁莫錯還閉關」，與此同，即索莫之意。

〔非夫〕左傳宣十二年：且成師以出，聞敵彊而退，非夫也。杜預注：非丈夫。

〔契闊〕詩邶風擊鼓：死生契闊，與子成説。毛傳：契闊，勤苦也。

〔開豁〕文選夏侯湛東方朔畫贊：夫其明濟開豁，包含弘大。

〔毫末〕莊子秋水篇：號物之數謂之萬，人處一焉。……此其比萬物也，不似豪末之在於馬體乎？

〔端倪〕莊子大宗師篇：反覆終始，不知端倪。

〔楚越〕莊子德充符篇：自其異者視之，肝膽楚、越也；自其同者視之，萬物皆一也。

〔衾幬〕詩召南小星：抱衾與裯。毛傳：衾，被也。裯，襌被也。鄭箋：裯，牀帳也。正義：鄭既以衾爲被，不宜復云襌被也。漢世名帳爲裯，蓋因於古，故以爲牀帳。△幬音儔。

【評箋】

唐宋詩醇云：首道贈意，繼敘别情。白蓋與高最厚善者。「自笑我非夫」一段，開豁心胸，遐矚曠覽，沉鬱頓挫，意近杜陵。從此一氣雙收，聲情倍振，使無後幅之雄健，則氣味衰颯矣。大家風格如是。

按：本卷有醉後贈從甥高鎮詩，詞意略同，當即其人。彼首疑作於初遇時，此首則云高將赴隴西，此首當列於後。又今人岑仲勉唐人行第録謂「高五」名未詳，失考。

贈裴司馬

翡翠黄金縷，繡成歌舞衣。若無雲間月，誰可比光輝？秀色一如此，多爲衆女譏。君恩移昔愛，失寵秋風歸。愁苦不窺鄰，泣上流黄機。天寒素手冷，夜長燭復微。十日不滿匹，鬢蓬亂若絲。猶是可憐人，容華世中稀。向君發皓齒，顧我莫相違。

【校】

〔世中〕中，胡本作所。

【注】

〔司馬〕王云：按唐書百官志：刺史之僚佐，有司馬一人，位在别駕長史之下，上州者從五品上，中州者從五品下，下州者正六品上。按：王注所引有誤。唐六典卷三〇：上州司馬一人，從五品下。中州司馬一人，正六品下。下州司馬一人，從六品上。當以唐六典爲正。

〔雲間月〕古白頭吟：「皚如山上雪，皎若雲間月。」

〔秋風〕文選班婕妤怨歌行：「常恐秋節至，涼風奪炎熱。棄捐篋笥中，恩情中道絶。」

〔窺鄰〕文選宋玉登徒子好色賦：臣里之美者，莫若臣東家之子，……然此女登牆闚臣三年，至今未許也。

〔流黄〕文選江淹别賦：晦高臺之流黄。李善注：張載擬四愁詩：「佳人贈我筒中布，何以報之流黄素。」環濟要略曰：間色有五：紺、紅、縹、紫、流黄也。

敘舊贈江陽宰陸調

太伯讓天下，仲雍揚波濤。清風蕩萬古，跡與星辰高。開吴食東溟，陸氏世英髦。多君秉古節，岳立冠人曹。風流少年時，京洛事遊遨。腰間延陵劍，玉帶明珠袍。我昔鬬雞徒，連延五陵豪。邀遮相組織，呵嚇來煎熬。君開萬叢人，鞍馬皆辟易。告急清憲臺，脱余北門厄。間宰江陽邑，剪棘樹蘭芳。城門何肅穆！五月飛秋霜。好鳥集珍木，高才列華堂。時從府中歸，絲管儼成行。但苦隔遠道，無由共銜觴。江北荷花開，江南楊梅鮮。挂席候海色，乘風下長川。多酤新豐醁，滿載剡溪船。中途不遇人，直到爾門前。大笑同一醉，取樂平生年。

【校】

〔多君〕此句王本注云：一作夫子特峻秀。

〔辟易〕辟，兩宋本、繆本俱作闢，誤。

〔蘭芳〕王本注云：一本自腰間延陵劍以下作驂驔紅陽鸞，玉劍明珠袍。一諾許他人，千金雙錯刀。滿堂青雲士，望美期丹霄。我昔北門厄，摧如一枝蒿。有虎挾雞徒，連延五陵豪。邀遮來組織，呵嚇相煎熬。君披萬人叢，脱我如狴牢。此恥竟未刷，且食綏山桃。非天雨文章，所祖託風騷。蒼蓬老壯髮，長策未逢遭。别君幾何時，君無相思否。鳴琴坐高樓，淥水净窗牖。政成聞雅頌，人吏皆拱手。投刃有餘地，迴車攝江陽。錯雜非易理，先威挫豪強。下俱相同。按：王注所云，即兩宋本、繆本注語。虎字上，兩宋本、繆本俱脱有字。兩宋本、繆本、胡本狌俱誤作貌，託誤作記，王改。

〔梅鮮〕鮮，兩宋本、繆本、咸本俱作熟，兩宋本、繆本有正好飲酒時，懷賢在心目二句。王本鮮下注云：繆本作熟，又下多正好飲酒時，懷賢在心目二句。

〔候海色〕蕭本、胡本俱作拾海月。王本注云：蕭本作拾海月。此句下咸本注云：舊本脱此一十五字。

〔乘風〕乘，兩宋本、繆本、咸本俱作當。王本注云：繆本作當。此句下咸本注云：舊云：江北荷花開，江南楊梅鮮，錦帆乘風下長川。

〔好鳥至末句〕按劍合齋帖董其昌臨書李白此詩自好鳥巢珍木以下微有異同，云：好鳥巢珍木，高才列華堂。時從府中歸，絲竹儼成行。但苦隔遠道，無由共銜觴。江北荷花開，江南楊梅熟。正是縱酒時，懷賢在心曲。挂席向海色，當風下長川。多沽新豐醁，滿載剡溪船。中塗不過人，直到爾門前。大笑同一醉，取樂平生緣。（據文物一九六一年八期：啓功碑帖中的文學史資料一文轉引）

【注】

〔江陽〕舊唐書地理志：淮南道揚州江陽：貞觀十八年，分江都縣置，在郭下，與江都分理。

〔太伯〕史記吴太伯世家：吴太伯，太伯弟仲雍，皆周太王之子，而王季歷之兄也。季歷賢而有聖子昌，太王欲立季歷以及昌，於是太伯、仲雍二人乃犇荆蠻，文身斷髮，示不可用，以避季歷。季歷果立，是爲王季，而昌爲文王。太伯之犇荆蠻，自號勾吴。

〔陸氏〕三國志吴志陸遜傳：陸遜，字伯言，吴郡吴人也。本名議，世江東大族。

〔延陵劍〕史記吴太伯世家：季札封於延陵，故號曰延陵季子，……吴使季札聘於魯，……季札之初使，北過徐君，徐君好季札劍，口弗敢言，季札心知之，爲使上國，未獻。還至徐，徐君已死，於是乃解寶劍，繫之徐君冢樹而去。從者曰：「徐君已死，尚誰予乎？」季子曰：「不然，始吾心已許之，豈以死倍吾心哉？」

〔鬬雞〕見卷二古風第二十四首注。

〔五陵〕見卷五白馬篇注。

〔憲臺〕文選潘尼贈侍御史王元貺詩：迴迹清憲臺。李善注：漢官儀曰：御史爲憲臺也。

〔北門〕按：北門未詳所指。考新唐書兵志：及貞觀初，太宗擇善射者百人爲二番，於北門長上曰百騎，……十二年，始置左右屯營於玄武門。唐之北軍爲皇帝私兵，以屯於宫之北門，故以北軍爲號。疑李白以狎遊之故，爲北軍中人所窘，幸遇陸調以憲府之力脱之。

〔蘭芳〕文選袁宏三國名臣贊：思樹芳蘭，剪除荆棘。李善注：芳蘭以喻君子，荆棘以喻小人。

〔秋霜〕按：秋霜以喻陸之威令。

〔挂席〕文選謝靈運遊赤石進帆海詩：「挂席拾海月。」李善注：臨海志曰：……海月大如鏡，白色。揚帆挂席，其義一也。

〔新豐〕按：錢大昕十駕齋養新録卷一一云：丹徒縣有新豐鎮。陸游入蜀記：六月十六日，早發雲陽，過夾岡，過新豐小憩。李太白詩云：「南國新豐酒，東山小妓歌。」又唐人詩云：「再入新豐市，猶聞舊酒香。」皆謂此，非長安之新豐也。然長安之新豐亦有名酒，見王摩詰詩。參見卷四楊叛兒及卷八上皇西巡南京歌第三首注。

〔醁〕王云：廣韻：醁，美酒也。

〔剡溪船〕見卷九淮海對雪贈傅靄詩注。

贈從孫義興宰銘

天子思茂宰，天枝得英才。朗然清秋月，獨出映吴臺。落筆生綺繡；操刀振風雷。蠖屈雖百里；鵬騫望三台。退食無外事，琴堂向山開。緑水寂以閑，白雲有時來。河陽富奇藻；彭澤縱名杯。所恨不見之，猶如仰昭回。

【校】

〔題〕兩宋本、繆本、咸本題下俱注云：亞相李公重之以能政，中丞李公免罷以移官。王本無。

〔振〕咸本注云：一作掘。

【注】

〔義興〕舊唐書地理志：江南東道常州義興：武德七年，置南興州，領義興、陽羡、臨津三縣。

八年，……義興復隸常州。

〔茂宰〕文選謝朓和伏武昌登孫權故城詩：「茂宰深遐眷。」

〔天枝〕按：天枝指帝室之胄。

〔蠖屈〕易繫辭：尺蠖之屈，以求申也。

〔三台〕晉書天文志：三台六星，兩兩而居。起文昌，列抵太微，一曰天柱，三公之位也。在人曰三公，在天曰三台，主開德宣符也。西近文昌，二星曰上台，爲司命，主壽。次二星曰中台，爲司中，主宗室。東二星曰下台，爲司禄，主兵。所以昭德塞違也。

〔退食〕詩召南羔羊：退食自公。按：鄭箋以退食爲減膳，但後人多用作公務休閒解。

〔琴堂〕楊云：宓子賤爲單父宰，彈琴不下堂而單父治，故後世以宰之室爲琴堂。

〔河陽〕晉書卷五五潘岳傳：岳才名冠世，爲衆所疾，遂棲遲十年，出爲河陽令。

〔昭回〕詩大雅雲漢：倬彼雲漢，昭回于天。毛傳：回，轉也。鄭箋：昭，光也。

元惡昔滔天，疲人散幽草。驚川無恬鱗，舉邑罕遺老。誓雪會稽恥；將奔宛陵道。亞相素所重，投刃應桑林。獨坐傷激揚，神融一開襟。絃歌欣再理，和樂醉人心。蠹政除害馬；傾巢有歸禽。壺漿候君來，聚舞共謳吟。農夫棄蓑笠；蠶女墮纓簪。歡笑相拜賀，則知惠愛深。

【校】

〔昔滔天〕昔，蕭本作皆。王本注云：蕭本作皆。

〔恬鱗〕恬，兩宋本、蕭本、胡本、咸本俱作活。王本注云：蕭本作活。

〔共謳吟〕共，蕭本作若。王本注云：蕭本作若。

【注】

〔元惡〕王云：元惡滔天二聯指上元中宋州刺史劉展舉兵爲亂，連陷揚、潤、昇、蘇、湖、濠、楚、舒、和、徐、廬諸州凡三月始平。……常州與蘇、湖、揚、潤四州地界相接，其亂離不遑安處槩可知矣。

〔會稽恥〕春秋繁露：大夫蠡、大夫種、大夫庸、大夫睪、大夫車成，越王與此五大夫謀伐吴，遂滅之，雪會稽之恥。

〔宛陵道〕王云：宛陵即宣城也。唐時宣州宣城郡理宣城縣，本漢之宛陵縣地。

〔亞相〕楊云：太白原注：亞相李公重之以能政，中丞李公免罷以移官。蓋銘以劉展稱兵避難，奔走失官，因二公而復職者也。王云：唐時御史臺有大夫一員，正三品，中丞二員，正四品。亞相謂御史大夫，獨坐謂中丞。海録碎事：御史大夫謂之亞相，蓋御史大夫漢時位爲宰相之副，故唐人謂之亞相。按：亞相指李峘，見後。

〔桑林〕莊子養生主篇：庖丁爲文惠君解牛。手之所觸，肩之所倚，足之所履，膝之所踦，砉然嚮然，奏刀騞然，莫不中音，合於桑林之舞，乃中經首之會。陸德明注：桑林，司馬云：湯樂名。崔云：宋舞樂名。王云：「投刃應桑林」，言其治民之材如投刃得法綽然有餘地也。

〔害馬〕莊子徐無鬼篇：小童曰：「夫爲天下者亦奚以異乎牧馬者哉？亦去其害馬者而已。」

〔纓簪〕王云：曲禮：女子許嫁，纓。孔穎達正義：婦人質弱不能自固，必有繫屬，故恒繫纓。纓有二時，一是少時常佩香纓，二是許嫁時繫纓。何以知然者？内則云：男女未冠笄，衿纓，鄭以爲佩香纓，不云纓之形制。又昏禮：主人入親説婦纓。鄭注云：婦人十五許嫁，笄而禮之，因著纓，明有繫也。蓋以五采爲之，其制未聞。又内則云：婦事舅姑，衿纓。鄭云：婦人有纓，示繫屬也。以此而言，故知有二纓也。按：王以纓爲古制之難明者，故引正義以釋之，詩意此二句極言男女皆歡樂忘形耳。

歷職吾所聞，稱賢爾爲最。化洽一邦上，名馳三江外。峻節貫雲霄，通方堪遠大。能文變風俗，好客留軒蓋。他日一來游，因之嚴光瀨。

【校】

〔貫〕兩宋本、繆本俱作冠。王本注云：繆本作冠。

【注】

〔三江〕見卷八當塗趙炎少府粉圖山水歌注。

〔通方〕漢書卷五二韓安國傳：通方之士不可以文亂。顔師古注：方，道也。

〔嚴光瀨〕水經注漸江水：自〔桐廬〕縣至於潛，凡十有六瀨。第二是嚴陵瀨。瀨帶山，山下有一石室，漢光武時嚴子陵之所居也。故山及瀨皆即人姓名之。山下有盤石，周圍十數丈，交枕潭際，蓋陵所游也。

【評箋】

今人詹鍈云：劉展之敗在上元二年正月，今詩云：「絃歌欣再理，和樂醉人心」，當是劉展亂平後作。詩云：「亞相素所重，投刃應桑林。……」按舊唐書李峘傳：乾元初，兼御史大夫持節都統淮南江南江西節度宣慰觀察處置等使，詩中亞相蓋指峘也。末云：「他日一來游，因之嚴光瀨」，則不在義興明矣。

草創大還贈柳官迪

天地爲橐籥，周流行太易。造化合元符，交媾騰精魄。自然成妙用，孰知其指的？羅絡四季間，緜微無一隙。日月更出没，雙光豈云隻？姹女乘河車，黄金充轅軛。執樞相管轄，摧伏傷羽翮。朱鳥張炎威，白虎守本宅。相煎成苦老，消爍凝津液。髣髴明窗塵，死灰同至寂。擣冶入赤色，十二周律曆。赫然稱大還，與道本無隔。白日可撫弄，清都在咫尺。北酆落死名，南斗上生籍。抑予是何者？身在方士格。才術信縱横，世途自輕擲。吾求仙棄俗，君曉損勝益。不向金闕遊，思爲玉皇客。鸞車速風電，龍騎無鞭策。一舉上九天，相攜同所適。

【校】

〔流行〕行，咸本作聞，注云：一作行。

〔交媾〕媾，兩宋本、繆本、咸本俱作搆。王本注云：繆本作搆。

〔孰知〕孰，兩宋本、繆本俱作熟。王本注云：繆本作熟。

〔無一〕兩宋本、繆本俱作一無。王本注云：繆本作一無。

〔擣治〕兩宋本、繆本俱作鑄治。王本擣下注云：繆本作鑄，非。咸本作鑄，注云：一作擣。

〔抑予〕咸本作伊人，注云：一作柳子。

【注】

〔橐籥〕王云：老子：天地之間其猶橐籥乎！河上公注：天地空虛，和氣流行，萬物自生。其空虛猶橐籥也。參同契：乾坤者，易之門户，衆卦之父母。坎離匡廓，運轂正軸，牝牡四封，以爲橐籥，覆冒陰陽之道。又曰：易有周流屈伸反覆。又曰：易謂坎離。坎離者乾坤二用，二用無爻位，周流行六虛，往來既不定，上下亦無常。

〔造化〕文選陸倕新刻漏銘：入神之制，與造化合符。呂延濟注：造化，謂陰陽也。符，同也。

〔交媾〕王云：參同契：觀夫雌雄交媾之時，剛柔相結而不可解，得其節符，非有工巧以制御之，本在交媾，定制始先。陳子昂詩：「精魄相交媾。」參同契：自然之所爲兮，非有邪僞道，惟斯之妙術兮，審訂不誑語。又曰：坎戊日精，離己月光。日月爲易，剛柔相當。土王四季，羅絡始終。天地媾其精，日月相撢持。蟾蜍與兔魄，日月氣雙明。△媾音垢。

〔姹女〕王云：參同契曰：河上姹女靈而最神，得火則飛，不見埃塵。彭曉注：河上姹女者，真汞也。見火則飛騰。△姹，丑亞切。

〔轅軛〕王云：抱朴子：丹砂可爲黃金，河車可作銀子，得其道可以仙身。軛，轅端橫木，駕馬領者也。

〔管轄〕王云：龍虎經：神室有所象，雞子爲形容。五岳峙潛洞，際會有樞轄。

〔苦老〕王云：淳于叔通大丹賦：升熬於甑山兮，炎火張設下。白虎倡導前兮，蒼液和於後。朱雀翱翔戲兮，飛揚色五采。遭遇網羅施兮，壓止不得舉。嗷嗷聲悲泣兮，如嬰兒慕母。顛倒就湯鑊兮，摧折傷毛羽。俞琰注：朱雀，火也。蕭士贇曰：老者，煉丹火候之老嫩，悉鉛汞相制伏之道耳。

〔明窗塵〕按：彥周詩話云：初不曉此語，後得李氏鍊丹法云：明窗塵，丹砂妙藥也。

〔大還〕王云：參同契：形體爲灰土，狀若明窗塵。擣冶并合之，馳入赤色門。固塞其際會，務令致完堅。炎火張於下，晝夜聲正勤。始文使可修，終竟武乃陳。候視加謹慎，審察調寒温。周旋十二節，節盡更須親。氣索命將絶，休死亡魄魂。色轉更爲紫，赫然成還丹。抱朴子金丹篇：第四之丹名曰還丹，服一刀圭百日僊也。

〔北酆〕見本卷訪道安陵遇蓋寰爲予造真籙臨别留贈詩注。

〔生籍〕搜神記：南斗注生，北斗注死。

〔方士〕後漢書卷五八桓譚傳：臣譚伏聞陛下窮折方士黄白之術，甚爲明矣。章懷太子注：黄白謂以藥化成金銀也。方士，有方術之士也。按：「身在方士格」者，與方士之條律相符也。

〔輕擲〕蕭云：太白自悔其少年任術之輕，故云。

〔金闕〕王云：闕謂朝廷之門闕，金闕猶金門也。

〔玉皇〕王云：真靈位業圖有玉皇道君。太平廣記：木公亦云東王父，亦云東王公，蓋青陽之元氣，百物之先也。冠三維之冠，服九色雲霞之服，亦號玉皇君。居於雲房之間，以紫雲爲蓋，青雲爲城，仙童侍立，玉女散香，真僚仙官，巨億萬計，各有所職，皆稟其命而朝奉翼衛。故男女得道者名籍所隸焉（出仙傳拾遺）。

〔鸞車〕太平御覽卷六七七：尺素訣曰：太微天帝君登白鸞之車，駕黑羽之鳳，遊碧水之境。

贈崔司户文昆季

雙珠出海底，俱是連城珍。明月兩特達，餘輝旁照人。英聲振名都，高價動殊鄰。豈伊箕山故？特以風期親。惟昔不自媒，擔簦西入秦。攀龍九天上，忝列歲星臣。布衣侍丹墀，密勿草絲綸。才微惠渥重，讒巧生緇磷。一去已十年，今來復盈旬。清霜入曉鬢，白露生衣巾。側見緑水亭，開門列華茵。千金散義士，四座無凡賓。欲折月中桂，持爲寒者薪。路旁已竊笑，天路將何因？垂恩儻丘山，報德有微身。

【校】

〔旁照〕兩宋本、繆本、咸本俱作照旁。王本注云：繆本作照旁。

〔忝列〕兩宋本、繆本、咸本俱作别忝。王本注云：繆本作别忝。

〔持爲〕持，蕭本作特。王本注云：蕭本作特。

【注】

〔司户〕王云：唐時州之屬吏有司户參軍事，上州二人，從七品下，中州一人，正八品下，下州一人，從八品下。

〔昆季〕按：卷十八有送崔氏昆季之金陵詩，當即其人。

〔連城〕見卷四鞠歌行注。

〔特達〕文選郭璞遊仙詩：「珪璋雖特達，明月難暗投。」李善注：珪璋、明月皆喻仙也。言珪璋雖有特達之美，而明月之珠（二字從孜異改）難暗投也。

〔箕山〕史記伯夷列傳：堯讓天下於許由，許由不受，恥之逃隱，……太史公曰：余登箕山，其上蓋有許由冢云。

〔擔簦〕史記平原君虞卿列傳：虞卿者，游説之士也。躡屩擔簦，……集解：徐廣曰：……簦，長柄笠，音登，笠有柄者謂之簦。按：簦蓋後世之繖，所以蔽雨也。

〔歲星〕太平廣記卷六：（東方）朔未死時，謂同舍郎曰：「天下人無能知朔，知朔者惟太王公耳。」朔卒後，武帝得此語，召太王公問之，曰：「爾知東方朔乎？」公對曰：「不知。」「公何所能？」曰：「頗善星曆。」帝問諸星皆具在否，曰：「諸星具在，獨不見歲星十八年，今復見耳。」帝仰天嘆曰：「東方朔生在朕旁十八年而不知是歲星哉！」（出洞冥記及朔别傳）

〔丹墀〕文選張衡西京賦：青瑣丹墀。薛綜注：漢官典職曰：丹漆地，故稱丹墀。

〔密勿〕後漢書卷七四胡廣傳：密勿夙夜。章懷太子注：密勿，黽勉。

〔絲綸〕禮記緇衣：王言如絲，其出如綸。鄭玄注：言言出彌大也。綸，今有秩嗇夫所佩也。正義：王言初出，微細如絲，及其出行於外，言更漸大如綸也。言綸粗於絲。

〔緇磷〕論語陽貨篇：不曰堅乎？磨而不磷，不曰白乎？涅而不緇。集解：孔曰：磷，薄也，涅可以染皁。邢疏：緇，黑色也。

〔月中桂〕見卷四古朗月行詩注。

【評箋】

今人詹鍈云：按天寶二年，太白去京以前曾寓南陵，有南陵别兒童入京詩，此首蓋天寶十二載暮秋，於南陵一帶作，故得云一去已十年，今來復盈旬也。

贈溧陽宋少府陟

李斯未相秦，且逐東門兔。宋玉事襄王，能爲高唐賦。嘗聞渌水曲，忽此相逢遇。掃灑青天開，豁然披雲霧。葳蕤紫鸞鳥，巢在崑山樹。驚風西北吹，飛落南溟去。早懷經濟策，特受龍顔顧。白玉棲青蠅，君臣忽行路。人生感分義，貴欲呈丹素。何日清中原？相期廓天步。

【校】

〔陟〕咸本作隣。

【注】

〔溧陽〕舊唐書地理志：江南西道宣州溧陽：漢縣，屬丹陽郡，上元元年十一月割屬昇州，州廢來屬。

〔宋陟〕按：卷十八有賦得白鷺鷥送宋少府入三峽，疑即其人。卷二十九溧陽瀨水貞義女碑銘序中亦有其名。

〔李斯〕見卷一擬恨賦注。

〔高唐賦〕見卷二古風第五十八首注。

〔渌水〕見卷四白紵辭注。

〔雲霧〕晉書卷四三樂廣傳：衛瓘……見廣而奇之，曰：……此人之水鏡，見之瑩然，若披雲霧而覩青天。

〔葳蕤〕文選司馬相如子虚賦：錯翡翠之葳蕤。吕延濟注：葳蕤，羽毛貌。

〔崑山〕按：崑山即崑崙山。

〔青蠅〕見卷九雪讒詩贈友人注。

〔丹素〕楊云：丹素，心也。

〔天步〕詩小雅白華：天步艱難。

【評箋】

按：詩之末句顯爲亂後之作。

戲贈鄭溧陽

陶令日日醉，不知五柳春。素琴本無絃，漉酒用葛巾。清風北窗下，自謂羲皇人。何時到栗里？一見平生親。

【校】

〔不知〕宋乙本作不如。

〔栗里〕栗，兩宋本、繆本、咸本俱作溧。咸本注云：一作栗。王本注云：一作溧。

【注】

〔鄭溧陽〕王云：鄭名晏，爲溧陽令，與上篇宋少府陟俱詳見卷二十九溧陽瀨水貞義女碑銘序。按：卷十三有春日獨坐寄鄭明府，卷二十有遊水西簡鄭明府詩，均當即其人。卷二十九溧陽瀨水貞義女碑銘序稱溧陽令鄭晏。

〔五柳〕晉書卷九四陶潛傳：嘗著五柳先生傳以自況曰：先生不知何許人，不詳姓氏，宅邊有五柳樹，因以爲號焉。

〔葛巾〕宋書卷九三陶潛傳：郡將候潛，值其酒熟，取頭上葛巾漉酒畢，還復著之。

〔羲皇〕宋書卷九三陶潛傳：嘗言五六月北窗下卧，遇涼風暫至，自謂是羲皇上人。

〔栗里〕太平寰宇記卷一一一：栗里原在廬山南，當澗有陶公醉石。

贈僧崖公

昔在朗陵東，學禪白眉空。大地了鏡徹，迴旋寄輪風。攬彼造化力，持爲我神通。晚謁太山君，親見日没雲。中夜卧山月，拂衣逃人羣。授余金仙道，曠劫未始聞。冥機發天光，獨朗謝垢氛。虚舟不繫物，觀化遊江濆。江濆遇同聲，道崖乃僧英。説法動海岳，遊方化公卿。手秉玉麈尾，如登白樓亭。微言注百川，亹亹信可聽。一風鼓羣有，萬籟各自鳴。啓閉八窗牖，託宿掣雷霆。自言歷天台，搏壁躡翠屏。淩兢石橋去，恍惚入青冥。昔往今來歸，絶景無不經。何日更攜手？乘杯向蓬瀛。

【校】

〔崖公〕咸本作道崖。

〔持爲〕持，咸本作特。

〔中夜〕此句兩宋本、繆本、王本俱注云：一作夜卧雪上月。

〔閉八〕兩宋本、繆本、咸本俱作開七。王本注云：繆本作開七。

〔雷霆〕韻語陽秋引作電形。咸本作制電形，注云：一作掣雷霆。

〔自言〕言，兩宋本、繆本、咸本俱作云。王本注云：繆本作云。

〔青冥〕青，咸本作窅，注云：一作杳。

〔乘杯〕杯，宋甲本作林，誤。

【注】

〔朗陵〕元和郡縣志卷九：朗陵山在蔡州朗山縣西北三十里。太平寰宇記卷一一：朗陵故城漢爲縣所治，在今蔡州朗山縣西南三十五里。晉武帝封何曾爲朗陵公，即此城也。

〔白眉空〕王云：白眉空疑是當時釋子之名，猶禪宗所稱南泉願、臨濟元、趙州諗之類。楊注引蜀志馬良白眉事，非矣。按：韻語陽秋已指出白眉空爲人名，詳見下。

〔鏡徹〕楞嚴經：觀諸世間大地山河如鏡鑑明，來無所粘，過無蹤跡。

〔輪風〕王云：法苑珠林依華嚴經云：三千大千世界以無量因緣乃成，且如大地依水輪，水依風輪，風依空輪，空無所依。然衆生業感世界安住。故智度論云：三千大千世界皆依風輪爲基。又新翻菩薩藏經云：諸佛如來成就不思議智故，而能行知諸風雨相。知世有大風名烏盧博迦乃至衆生諸有覺受皆由此風所揺動故。此風輪量高三拘盧舍，於此風上虚空之中復有風起，名曰風雲輪，此風輪量高五拘盧舍，於此風上虛空之中復有風起，名瞻薄迦，此風輪量高十踰繕那，……如是舍利子次第輪上六萬八千拘胝風輪之相，如來應正等覺依止大慧悉能了知。

〔神通〕王云：維摩詰經：維摩詰即入三昧，現神通力，示諸大衆。

〔太山君〕王云：太山君主太山之神也。廣博物志：東岳太山君領羣神五千九百人，主治死生百鬼之主帥也。太山君服青袍，戴蒼璧七稱之冠，佩通陽太平之印，乘青龍。

〔金仙〕王云：金光明經：如來之身金色微妙，後世稱佛有金仙之號以此。

〔曠劫〕隋書經籍志：天地之外，四維上下，更有天地，亦無終極。然皆有成有敗。一成一敗，謂之一劫。楞嚴經：我曠劫來心得無礙。

〔天光〕莊子庚桑楚篇：宇泰定者，發乎天光。

〔虛舟〕莊子列禦寇篇：汎若不繫之舟，虛而遨遊者也。

〔江瀆〕蕭云：爾雅注：大水溢出，別爲小水爲瀆。故詩有汝瀆淮瀆，此云江瀆者，江水別出之涯也。

〔同聲〕易乾卦：同聲相應，同氣相求。

〔遊方〕莊子大宗師篇：孔子曰：彼遊方之外者，而丘遊方之内者也。

〔玉麈〕晉書卷四三王衍傳：妙善玄言，唯談老莊爲事。每執玉柄麈尾，與手同色。

〔白樓亭〕王云：世説：孫興公、許玄度共在白樓亭，共商略先往名達。林公既非所關，聽訖云：二賢故自有才情。劉孝標注：會稽記曰：白樓亭在山陰，臨流映壑也。水經注：浙江又東北徑重山西，山上有白樓亭，亭本山下，縣令殷朗移置今處。升陟遠望，山湖滿目也。

〔亹亹〕晉書卷七九謝安傳：弱冠詣王濛，清言良久，既去，濛子脩曰：「向客何如大人？」濛曰：「此客亹亹爲來逼人。」

〔羣有〕文選王屮頭陀寺碑：行不捨之檀而施洽羣有。劉良注：羣有謂萬物。

〔萬籟〕莊子齊物論篇：子游曰：「地籟則衆竅是已，人籟則比竹是已，敢問天籟。」子綦曰：「夫吹萬不同，而使其自己也咸其自取，怒者其誰耶？」

〔翠屏〕文選孫綽天台山賦：跨穹隆之懸磴，臨萬丈之絶冥。踐莓苔之滑石，搏壁立之翠屏。李善注：懸磴，石橋也。孔靈符會稽記曰：赤城山上有石橋懸渡，有石屏風横絶橋上，邊有過徑，裁容數人。

〔淩兢〕文選揚雄甘泉賦：馳閶闔而入淩兢。李善注：服虔曰：淩兢，恐懼貌也。

〔乘杯〕法苑珠林卷七六：宋京師有釋杯渡者，不知俗姓名氏是何，常乘木杯渡水，因而爲目。初見在冀州，不修細行，神力卓越，世莫能測其由來。嘗於北方寄宿一家，家有一金像，渡竊而將去，家主覺而追之，見渡徐行，走馬逐而不及。至孟津河，浮木杯於水，憑之渡河，無假風棹，輕疾如飛。俄而渡岸，達於京師。

【評箋】

按：韻語陽秋云：李白跌蕩不羈，鍾情於花酒風月則有矣，而肯自縛於枯禪。則知淡泊之味賢於啖炙遠矣。白始學於白眉空，得「大地了鏡徹，回旋寄輪風」之旨，中謁泰山君，得「冥機發天光，獨照謝世氛」之旨，晚見道崖，則此心豁然更無凝滯矣。所謂「啓閉八窗牖，託宿掣電形」是也。後又有談玄之作云：「茫茫大夢中，惟我獨先覺，騰轉風火來，假合作容貌，問語前後際，始知金仙妙。」則所得於佛氏者益遠矣。

今人詹鍈云：據葛氏之意，則此詩當是太白晚年所作。

游溧陽北湖亭望瓦屋山懷古贈同旅

朝登北湖亭，遥望瓦屋山。天清白露下，始覺秋風還。遊子託主人，仰觀眉睫間。目色送飛鴻，邈然不可攀。長吁相勸勉，何事來吴關？聞有貞義女，振窮溧水灣。清光了在眼，白日如披顔。高墳五六墩，崒兀栖猛虎。遺跡翳九泉；芳名動千古。子胥昔乞食，此女傾壺漿。運開展宿憤，入楚鞭平王。凛冽天地間，聞名若懷霜。壯夫或未達，十步九太行。與君拂衣去，萬里同翱翔。

【校】

〔題〕兩宋本、繆本俱注云：一作贈孟浩然。

〔始覺〕覺，兩宋本、繆本、王本俱注云：一作知。

〔目色〕目，兩宋本、繆本俱作日，注云：一作目。王本注云：一作日。

【注】

〔瓦屋山〕景定建康志卷一七：瓦屋山在溧陽縣西北八十里，周迴二十里，高一百六十七丈。山形連亘，兩崖稍隆起，宛如屋狀。李白嘗游溧陽望瓦屋山懷古賦詩。

〔遊子〕王云：遊子數句言遊客仰觀主人辭色，見其仰視飛鳥，意不在賓客，故長吁相勸，何事來至此地。

〔飛鴻〕見卷四鞠歌行注。

〔貞義女〕王云：越絶書：子胥至溧陽界中，見一女子擊絮於瀨水之中。子胥曰：「豈可得託食乎！」女子曰：「諾。」即發簞飯，清其壺漿而食之。子胥食已而去，謂女子曰：「掩爾壺漿，毋令之露。」女子曰：「諾。」子胥行五步還顧，女子自縱於瀨水之中而死。一統志：溧水在應天府溧陽縣西北四十里，一名瀨水。

〔猛虎〕王云：蕭士贇曰：棲猛虎謂墳如猛虎之狀，猶馬鬣封之謂也。琦謂墳勢崒兀有若猛虎，是寫遥望中擬似之景耳。以馬鬣封爲比恐未是。據此詩，貞義女之墳唐時尚存，當在瓦屋山下，今則不可考矣。

〔鞭平王〕史記伍子胥列傳：及吴兵入郢，伍子胥求昭王既不得，乃掘楚平王墓，出其尸，鞭之三百然後已。按：吕氏春秋及淮南子均云鞭平王之墳。

〔太行〕按：太行喻世事之艱。

醉後贈從甥高鎮

馬上相逢揖馬鞭，客中相見客中憐。欲邀擊筑悲歌飲，正值傾家無酒錢。江東風光不借人，枉殺落花空自春。黄金逐手快意盡，昨日破産今朝貧。丈夫何事空嘯傲？不如燒却頭上巾。君爲進士不得進，我被秋霜生旅鬢。時清不及英豪人，三尺童兒唾廉藺。匣中盤劍裝鯌魚，閑在腰間未用渠。且將换酒與君醉，醉歸託宿吴專諸。

【校】

〔飲〕宋乙本缺此字，宋甲本有。

〔唾〕蕭本、咸本俱作重。王本注云：蕭本作重。

〔盤劍〕劍，兩宋本、繆本俱作却。

〔專諸〕兩宋本、繆本俱作鱄諸。專，王本注云：繆本作鱄。

【注】

〔高鎮〕見本卷贈别從甥高五詩注。

〔擊筑〕史記刺客列傳：荆軻嗜酒，日與狗屠及高漸離飲於燕市，酒酣以往，高漸離擊筑，荆軻和而歌於市中，相樂也。已而相泣，旁若無人者。

〔進士〕唐摭言卷一：永徽已前，俊、秀二科猶與進士並列。咸亨之後，凡由文學一舉於有司者，競集於進士矣。按：進士爲科目之名，非如後世以爲出身之名。故此所謂「君爲進士不得進」，即舉進士而不登第之意。詳見王鳴盛十七史商榷卷八一不必登第方名進士條。

〔廉藺〕按：此二句頗費解，作唾似不可從，其意蓋謂無事之時，無人齒及英豪，雖有廉頗、藺相如之能，反不如三尺童兒之足重。重廉藺者，重於廉藺也。猶聖主恩深漢文帝，謂恩深於漢文帝也。本集卷七横江詞：「牛渚由來險馬當」，語法正同。

〔鮨魚〕王云：太平御覽：南越志曰：鮨魚，南越謂之環雷魚。長二丈，其鱗皮有珠文，可以飾刀劍。琦按：鮨魚古謂之鮫魚，今謂之沙魚，以其皮爲刀劍鞘者是也。△鮨音鵲。

〔專諸〕見卷四結韈子注。

贈秋浦柳少府

秋浦舊蕭索，公庭人吏稀。因君樹桃李，此地忽芳菲。摇筆望白雲，開簾當翠微。時來引山月，縱酒酣清輝。而我愛夫子，淹留未忍歸。

【校】

〔夫子〕子，咸本注云：一作人。

【注】

〔桃李〕王云：樹桃李用潘岳事。按：詳見後贈崔秋浦第三首注中。

〔翠微〕王云：爾雅：山未及上翠微。郭璞注：近上旁坡。邢昺疏謂未及頂上，在旁陂陀之處，名翠微。一説，山氣青縹色，故曰翠微也。潛確居類書：凡山遠望之則翠，近之則翠漸微，故山色曰翠微，亦曰山腰。

贈崔秋浦三首

吾愛崔秋浦，宛然陶令風。門前五楊柳；井上二梧桐。山鳥下聽事，簷花落酒中。懷君未忍去，惆悵意無窮。

【校】

〔門前〕前，兩宋本、繆本、王本俱注云：一作栽。

〔井上〕上，兩宋本、繆本、王本俱注云：一作夾。

【注】

〔梧桐〕王云：元行恭詩：「惟餘一廢井，尚夾兩株桐。」

〔聽事〕通鑑卷一四二：於郡聽事得加棺斂。胡三省注：聽，他經翻，聽受也。中庭曰聽事，言受事察訟於是也。漢晉皆作聽事，六朝以後始加广作廳。△聽音汀。

其二

崔令學陶令，北窗常晝眠。抱琴時弄月，取意任無絃。見客但傾酒；爲官不愛錢。東皋多種黍，勸爾早耕田。

【校】

〔崔令〕此句兩宋本、繆本、王本俱注云：一作君似陶彭澤。

〔時弄〕兩宋本、繆本、王本俱注云：一作待秋。

〔任〕咸本作本。

〔東皋〕此二句兩宋本、繆本、王本俱注云：一作東皋春事起，種黍早歸田。

【注】

〔東皋〕文選阮籍奏記詣蔣公：方將躬耕於東皋之陽。張銑注：東皋，籍所居之東也，澤畔曰皋。

其三

河陽花作縣，秋浦玉爲人。地逐名賢好；風隨惠化春。水從天漢落；山逼畫屏新。應念金門客，投沙弔楚臣。

【注】

〔河陽〕王云：白帖：潘岳爲河陽令種桃李花，人號曰河陽一縣花。庾信春賦：河陽一縣併是花。

〔玉爲人〕晉書卷三五裴楷傳：楷風神高邁，容儀俊爽，博涉羣書，特精義理，時人謂之玉人。

〔天漢〕楊云：「水從天漢落」，指九華山之瀑布也。

望九華山贈青陽韋仲堪

昔在九江上，遥望九華峯。天河挂緑水，秀出九芙蓉。我欲一揮手，誰人可相從？君爲東道主，於此卧雲松。

【校】

〔題〕九華山，蕭本無山字。青陽韋，兩宋本、繆本作韋青陽。王本山下注云：蕭本缺山字，韋下注云：繆本作韋青陽。

〔遥望〕望，繆本、王本俱注云：一作觀。蕭本作觀。

〔秀出〕出，兩宋本、繆本、王本俱注云：一作山。

【注】

〔九華〕王云：太平寰宇記：九華山在池州青陽縣南二十里，舊名九子山，李白以九峯有如蓮花削成，改爲九華山。因有詩曰：「天河挂緑水，秀出九芙蓉。」今山中有李白書堂基址存焉。又按顧野王輿地志云：其山上有九峯，千仞壁立，周圍二百里，高一千丈，出碧雞之類。劉禹錫曰：九華山在池州青陽縣西南，九峯競秀，神采奇異。昔予仰太華，以爲此外無奇。愛女几荆山，以爲此外無秀。今見九華，始悼前言之容易也。元和郡縣志：青陽縣西南至池州七十里，本漢涇縣地。天寶元年，洪州都督徐輝奏於吴所立臨城縣南置，屬宣州。在青山之陽，故名。永泰二年隸池州。

〔青陽〕舊唐書地理志：江南西道池州青陽：天寶元年，分涇陽、南陵、秋浦三縣置，治古臨城。

〔九江〕王云：郭璞山海經注：九江在潯陽南，江自潯陽而分爲九，皆東會於大江。書曰：九江孔殷，是也。通典：九江在潯陽郡之西北，此詩所謂九江，則指池州之江也。以其承九江之下流，故亦冒九江之稱。

〔東道主〕左傳襄三十年：若舍鄭以爲東道主。按：左傳原意指鄭國在秦國之東，可作爲向東行之接待者。後人用此詞即作爲一切接待賓客者。

李白集校注卷十一

古近體詩三十二首

贈王判官時余歸隱居廬山屏風疊

昔別黄鶴樓，蹉跎淮海秋。俱飄零落葉，各散洞庭流。中年不相見，蹭蹬遊吴越。何處我思君？天台緑蘿月。會稽風月好，却遶剡溪回。雲山海上出，人物鏡中來。一度浙江北，十年醉楚臺。荆門倒屈宋；梁苑傾鄒枚。苦笑我誇誕，知音安在哉？大盜割鴻溝，如風掃秋葉。吾非濟代人，且隱屏風疊。中夜天中望，憶君思見君。明朝拂衣去，永與海鷗羣。

【校】

〔題〕兩宋本、繆本題下俱注云：尋陽。

〔苦笑〕苦，胡本作若。

〔中夜〕夜，兩宋本作望。

【注】

〔屏風疊〕王云：一統志：屏風疊在廬山，自五老峯而下，九疊如屏。游宦紀聞：九疊屏風之下，舊有太白書堂，有詩曰：吾非濟代人，且隱屏風疊。廬山志卷七：五老峯之東北爲九疊屏。桑疏：九疊雲屏者謂之屏風疊，亦謂之九奇峯，山九疊如屏，故名。在麻姑崖北。參見卷十四廬山謠寄盧侍御虚舟詩注。

〔黄鶴樓〕見卷八峨眉山月歌送蜀僧晏入中京詩注。

〔蹭蹬〕王云：説文：蹭蹬，失道也。△蹭，千鄧切；蹬音鄧。

〔天台〕王云：方輿勝覽：天台山在台州天台縣西一百十里。藝文類聚：名山略記曰：天台山在剡縣，即是衆聖所降葛仙公山也。參見卷十五夢遊天姥吟留别詩注。

〔會稽〕王云：世説注：會稽郡記曰：會稽郡多名山水，峯崿隆峻，吐納雲霧。松栝楓柏，擢（今本作擢）幹竦條。潭壑鏡徹，清流瀉注。王子敬見之曰：「山水之美，使人應接不暇。」太平寰宇記：剡溪在越州剡縣南一百五十步。一源出台州天台縣，一源出婺州武義縣，即王子猷雪夜訪戴逵之所也。一名戴溪。初學記：輿地志曰：山陰南湖縈帶郊郭，白水翠巖，互相映發，若鏡若圖。故王逸少曰：「山陰路上行，如在鏡中遊。」

〔浙江〕水經注漸江水：山海經謂之浙江也。地理志云：水出丹陽黟縣，……浙江又東注于海。

〔楚臺〕王云：楚臺，楚地之臺，若章華、陽雲之類。

〔荆門〕王云：荆門謂荆州之地，唐時爲江陵郡，今湖廣之荆州府是也。其地有荆門山，故文士取以爲稱。

〔梁苑〕王云：梁苑，古睢陽之地。唐時爲宋州睢陽郡之宋城縣，今河南歸德州是也。其地漢梁孝王之苑囿在焉，故文士以梁苑稱之。屈原、宋玉皆生於荆州，鄒陽、枚乘皆客梁孝王，引此以喻當時兩州之文士。

〔大盜〕庾信哀江南賦序：大盜移國。按：此大盜指安禄山。

〔鴻溝〕史記項羽本紀：項王乃與漢約，中分天下，割鴻溝以西者爲漢，鴻溝而東者爲楚。集解：文穎曰：於滎陽下引河東南爲鴻溝，以通宋、鄭、陳、蔡、曹、衛，與濟、汝、淮、泗會於楚，即今官渡水也。正義：應劭云：在滎陽東二十里。張華云：大梁城在浚儀縣北，縣西北渠水東經此城南。又北屈分爲二渠：其一渠東南流，始皇鑿引河水以灌大梁，謂之鴻溝，楚漢會此處也。其一渠東經陽武縣，南爲官渡水。按張華此説是。

〔海鷗〕見卷二古風第四十二首注。

【評箋】

今人詹鍈云：王譜繫至德元載下，注云：詩曰：「大盜割鴻溝，如風掃落葉。吾非濟代人，歸隱屏風疊。」此正兩京陷没之後，將避地廬山時之作。按詩云：「一度浙江北，十年醉楚臺。」蓋誇大之詞，不足深信。又起句云：「昔别黄鶴樓，蹉跎淮海秋。」言開元十四年時，白由襄漢東至金陵、揚州，方當秋季也。

在水軍宴贈幕府諸侍御

月化五白龍，翻飛淩九天。胡沙驚北海，電掃洛陽川。虜箭雨宫闕，皇輿成播遷。英王受廟略，秉鉞清南邊。雲旗卷海雪；金戟羅江烟。聚散百萬人，弛張在一賢。霜臺降羣彦，水國奉戎旃。繡服開宴語，天人借樓船。如登黄金臺，遥謁紫霞仙。卷身編蓬下，冥機四十年。寧知草間人，腰下有龍泉？浮雲在一决，誓欲清幽燕。願與四座公，静談金匱篇。齊心戴朝恩，不惜微軀捐。所冀旄頭滅，功成追魯連。

【校】

〔題〕兩宋本、繆本題下俱注云：永王軍中。

〔白龍〕白，兩宋本、繆本俱注云：一作百。王本注云：一作百，非。

〔海雪〕雪，蕭本作雲。郭本作雪。

【注】

〔幕府〕漢書卷五四李廣傳：莫府省文書。注：晉灼曰：將軍職在征行，無常處，所在爲治，故言莫府也。或曰：衛青征匈奴，絶大莫，大克獲。帝就拜大將軍於幕中府，故曰莫府，莫府之名始於此也。師古曰：二説皆非也。莫府者，以軍幕爲義，古字通，單用耳。軍旅無常居止，故以帳幕言之。廉頗、李牧市租皆入幕府，此則非因衛青始有其號。

〔侍御〕按：唐制節度使下參佐多假憲銜，故以侍御稱之。

〔白龍〕十六國春秋後燕録：慕容熙建始元年正月，……太史丞梁延年夢月化爲五白龍，夢中占之曰：月，臣也；龍，君也。月化爲龍，當有臣爲君。

〔皇輿〕楚辭離騷：恐皇輿之敗績。王逸注：皇，后也；輿，君之所乘。

〔播遷〕楊云：天寶十四載十一月甲子，禄山以十五萬衆反范陽。十二月丁酉，陷洛陽。十五載六月己亥，陷京師，玄宗幸蜀。

〔英王〕楊云：英王指永王璘也。

〔廟略〕按：廟略指朝廷之謀畫。

〔秉鉞〕詩商頌長發：武王載斾，有虔秉鉞。

〔雲旗〕文選張衡東京賦：雲旗拂霓。薛綜注：旗謂熊虎爲旗，其高至雲，故曰雲旗也。

〔弛張〕禮記雜記：一張一弛，文武之道也。

〔霜臺〕王云：霜臺，御史臺也。按：霜有嚴肅之義，御史司糾彈，主嚴肅，故曰霜臺。

〔水國〕按：江南多水，故曰水國。

〔繡服〕漢書百官公卿表：侍御史有繡衣直指，出討姦猾，治大獄。武帝所制，不常置。王先謙補注：錢大昭曰：武紀：天漢二年，遣直指使者暴勝之等衣繡衣，杖斧，分部逐捕。

〔樓船〕見卷四司馬將軍歌注。

〔黄金臺〕見卷二古風第十五首注。

〔編蓬〕文選東方朔非有先生論：積土爲室，編蓬爲户。李善注：尚書大傳曰：子夏曰：……作壤室，編蓬户。

〔冥機〕按：冥機謂息機也。

〔龍泉〕晉書卷三六張華傳：……中有雙劍，題一曰龍泉，一曰太阿。

〔浮雲〕莊子説劍篇：上決浮雲，下絶地紀。按：此謂劍之利可決開浮雲也。

〔金匱〕史記太史公自序：紬史記石室金匱之書。索隱：案石室金匱皆國家藏書之處。

〔旄頭〕見卷三胡無人注。

贈武十七諤 并序

門人武諤，深於義者也。質木沉悍，慕要離之風。潛釣川海，不數數於世間事。聞中原作難，西來訪余。余愛子伯禽在魯，許將冒胡兵以致之。酒酣感激，援筆而贈。

馬如一匹練，明日過吴門。乃是要離客，西來欲報恩。笑開燕匕首，拂拭竟無言。狄犬吠清洛，天津成塞垣。愛子隔東魯，空悲斷腸猿。林回棄白璧，千里阻同奔。君爲我致之，輕齎涉淮源。精誠合天道，不媿遠遊魂。

【校】

〔於義〕義，兩宋本、繆本俱注云：一作詩。咸本作詩。

〔過吴門〕過，咸本作逐。

〔遠遊魂〕兩宋本、繆本俱注云：一作鄧攸魂。王本遊下注云：一作鄧攸。

【注】

〔要離〕見卷一明堂賦注。

〔數數〕按：數數即汲汲之意。

〔伯禽〕按：卷十三寄東魯二稚子詩云：「小兒名伯禽，與姊亦齊肩。」又卷十七有送蕭三十一之魯中兼問稚子伯禽詩，均可參證。

〔吴門〕王云：藝文類聚：韓詩外傳：顔回望吴門焉，見一匹練。孔子曰：馬也。然則馬之光景一匹長耳，故後人呼馬爲一匹。

〔匕首〕史記刺客列傳：……於是太子豫求天下之利匕首，得趙人徐夫人匕首，取之百金。

〔無言〕按：此二句乃謂武謬時時拂拭所佩之劍，而默許相助也。

〔狄犬〕按：此乃古代污辱少數種族之詞。

〔清洛〕元和郡縣志卷五：洛水在（河南府洛陽）縣西南三里，西自苑内上陽之南，瀰漫東流。宇文愷作斜堤，東令東北流。

〔斷腸〕世説黜免篇：桓公入蜀，至三峽中。部伍中有得猿子者，其母緣岸哀號，行百餘里不去，遂跳上船，至便即絶。破視其腹中，腸皆寸寸斷。公聞之怒，命黜其人。

〔林回〕莊子山木篇：林回棄千金之璧，負赤子而趨，或曰：「爲其布與？赤子之布寡矣。爲其累與？赤子之累多矣。棄千金之璧，負赤子而趨，何也？」林回曰：「彼以利合，此以天屬也。」

〔輕齎〕王云：廣韻：齎，裝也。玉篇：齎，行道所用也。

〔鄧攸〕晉書卷九〇鄧攸傳：永嘉末，没于石勒。……石勒過泗水，攸乃斫壞車以牛馬負妻子而逃。又遇賊掠其牛馬，步走擔其兒及其弟子綏。度不能兩全，乃謂其妻曰：「吾弟早亡，惟有一息，理不可絶，止應自棄我兒耳。幸而得存，我後當有子。」妻泣而從之。……攸棄子之後，妻不復孕，……卒以無嗣，時人義而哀之。爲之語曰：「天道無知，使鄧伯道無兒。」

贈閭丘宿松

阮籍爲太守，乘驢上東平。剖竹十日間，一朝風化清。偶來拂衣去，誰測主人情？夫子理宿松，浮雲知古城。掃地物莽然，秋來百草生。飛鳥還舊巢，遷人返躬耕。何慙宓子賤？不減陶淵明。吾知千載後，却掩二賢名。

【校】

〔秋來百草〕來百二字宋乙本缺。

〔陶淵明〕淵，兩宋本俱作泉，蓋避唐高祖諱。

【注】

〔宿松〕舊唐書地理志：漢皖縣地，梁置高塘郡，隋罷郡，置宿松縣。

〔東平〕晉書卷四九阮籍傳：及文帝輔政，籍嘗從容言於帝曰：「籍平生曾游東平，樂其風土。」

帝大悦，即拜東平相，籍乘驢到郡，壞府舍屏障，使内外相望，法令清簡，旬日而還。按：晉書地理志：東平國，漢置，統縣七。晉承漢制，郡縣制與封建制相雜，郡置太守，國置相，其實職位相同。故阮籍爲東平相而詩中稱太守也。

〔剖竹〕文選謝靈運過始寧墅詩：「剖竹守滄海。」李善注：漢書曰：初與郡守爲使符。説文曰：符信，漢制以竹分而相合。

〔宓子賤〕家語：宓不齊字子賤，仕爲單父宰，有才智仁愛，百姓不忍欺，孔子美之。王云：宓當作虙，音服。讀作密音者非。

獄中上崔相涣

胡馬渡洛水，血流征戰場。千門閉秋景，萬姓危朝霜。賢相燮元氣，再欣海縣康。台庭有夔龍，列宿粲成行。羽翼三元聖，發輝兩太陽。應念覆盆下，雪泣拜天光。

【校】

〔題〕兩宋本、繆本題下俱注云：尋陽。

〔燮〕咸本作變，誤。

【注】

〔崔相〕舊唐書卷一〇八崔渙傳：天寶十五載七月，玄宗幸蜀，渙迎謁於路。抗詞忠懇，皆究理體。玄宗嘉之，以爲得渙晚，……即日拜黄門侍郎、同中書門下平章事，扈從成都府。肅宗靈武即位，八月，與左相韋見素、同平章事房琯、崔圓同賫册赴行在。時未復京師，舉選路絶，詔渙充江淮宣慰選補使，以收遺逸。惑於聽受，爲下吏所鬻，濫進者非一，以不稱職聞。乃罷知政事，除左散騎常侍，兼餘杭太守、江東採訪防禦使。按：本卷又有繫尋陽上崔相渙三首，卷二十四有上崔相百憂章，卷三十有送史司馬赴崔相公幕，可參證。

〔燮〕書周官：論道經邦，燮理陰陽。孔傳：和理陰陽。

〔海縣〕按：海縣猶言海宇。

〔夔龍〕書舜典：伯拜稽首，讓于夔、龍。孔傳：夔、龍二臣名。

〔元聖〕王云：三元聖謂玄宗、肅宗、廣平王也。兩太陽亦謂玄宗、肅宗也。

〔覆盆〕抱朴子辯問篇：是責三光不照覆盆之内也。

中丞宋公以吴兵三千赴河南軍次尋陽脱余之囚參謀幕府因贈之

獨坐清天下，專征出海隅。九江皆渡虎；三郡盡還珠。組練明秋浦；樓船入郢都。風高初選將；月滿欲平胡。殺氣横千里；軍聲動九區。白猿慙劍術；黄石借兵符。戎虜行當剪；鯨鯢立可誅。自憐非劇孟，何以佐良圖？

【校】

〔題〕因贈之三字，咸本作口號贈此詩。

〔清天〕清，郭本作青。

【注】

〔宋公〕王云：舊唐書：天寶十五載六月，以監察御史宋若思爲御史中丞，即其人也。按：舊唐書職官志：御史臺：中丞二人，正五品上，至會昌二年始改爲正四品下。大夫、中丞之職，掌持邦國刑憲典章，以肅正朝廷，中丞爲之貳。脱太白因執事詳卷二十六爲宋中丞自薦表。又按：集中涉及宋若思者，卷二十二有陪宋中丞武昌夜飲懷古詩，卷二十六有爲宋中丞請都金陵表、爲宋中丞自薦表，卷二十九有爲宋中丞祭九江文。

〔獨坐〕後漢書卷五七宣秉傳：光武特詔御史中丞與司隸校尉、尚書令，會同並專席而坐。故京師號曰三獨坐。

〔專征〕按：專征謂獨當一面之征伐。

〔渡虎〕後漢書卷七一宋均傳：遷九江太守。郡多虎暴，數爲民患。常募設檻穽，而猶多傷害。

均到，下記屬縣曰：「夫虎豹在山，黿鼉在水，各有所托。……今爲民害，咎在殘吏，而勞動張捕，非憂恤之本也。其務退奸貪，思進忠善，可一去檻穽，除削課制。」其後傳言虎相與東游渡江。

〔還珠〕後漢書卷一〇六孟嘗傳：遷合浦太守。郡不産穀實，而海出珠寶。與交阯比境，常通商販，貿糴糧食。先時宰守並多貪穢，詭人採求，不知紀極。珠遂漸徙於交阯郡界，於是行旅不至，人物無資，貧者死餓於道。嘗到官，革易前弊，求民病利。曾未踰歲，去珠復還，百姓皆反其業，商貨流通，稱爲神明。

〔組練〕左傳襄三年：楚子重伐吴，爲簡之師，克鳩兹，至于衡山，使鄧廖帥組甲三百、被練三千以侵吴。杜預注：組甲被練皆戰備也。組甲，漆甲成組文。被練，練袍。正義：賈逵云：組甲，以組綴甲，車士服之；被練，帛也，以帛綴甲，步卒服之。凡甲所以爲固者，以盈竅也。帛盈竅而任力者半，卑者所服；組盈竅而盡任力，尊者所服。按：賈説似合理。詩以組練二字平列，蓋從賈説。

〔郢都〕史記貨殖列傳：江陵故郢都，西通巫、巴，東有雲夢之饒。正義：荆州江陵縣，故爲郢，楚之都。漢書地理志：南郡江陵：故楚郢都，楚文王自丹陽徙此。

〔九區〕蕭云：九區，九服也。

〔白猿〕文選左思吴都賦：其上則猿父哀吟。劉淵林注：吴越春秋：越有處女，出於南林之中。越王使使聘問以劍戟之事。處女將北見於越王，道逢老翁，自稱素袁公，問處女：「吾聞子善爲劍術，願一觀之。」女曰：「妾不敢有所隱，惟公試之。」於是袁公即跳於林竹，槁折墮地，處女即接末，袁公操本以刺處女。女應節入，三入，因舉杖擊之。袁公即飛上樹，化爲白猿，遂引去。

〔黄石〕蕭云：兵書有黄石公三略，即張良所遇。按：黄石公三略三卷，見隋書經籍志，云下邳神人撰。又有黄石公三奇法、黄石公五壘圖、黄石公陰謀行軍祕法等。蓋同爲依託。此所云兵符，非發兵之符，指用兵之機謀耳。

〔劇孟〕見卷三梁甫吟及卷九贈崔侍御詩注。

【評箋】

今人詹鍈云：太平寰宇記卷一〇五建德縣下云：唐至德二年，採訪使宣城太守宋若思奏以此地山水遥遠，因置縣邑，仍以年號爲名，屬尋陽郡。舊唐書地理志亦謂：江州至德縣，至德二年九月中丞宋若思奏置。詩云：「組練明秋浦，樓船入郢都。風高初選將，月滿欲平胡。」蓋是九月前後所作，時宋若思方擬率兵自宣城去武昌也。

流夜郎贈辛判官

昔在長安醉花柳，五侯七貴同杯酒。氣岸遥凌豪士前，風流肯落他人後？夫子紅顔我少年，章臺走馬著金鞭。文章獻納麒麟殿；歌舞淹留玳瑁筵。與君自謂長如此，寧知草動風塵起。函谷忽驚胡馬來，秦宫桃李向明開。我愁遠謫夜郎去，何日金雞放赦回？

【校】

〔題〕兩宋本、繆本題下俱注云：流夜郎。

〔他人後〕他，兩宋本、繆本、王本俱注云：一作誰，又作諸。咸本作誰。

〔向明開〕明，兩宋本、繆本、胡本俱作胡。王本注云：繆本作胡。

【注】

〔夜郎〕舊唐書地理志：江南道珍州：貞觀十六年置，天寶元年，改爲夜郎郡。

〔五侯〕漢書卷九八元后傳：河平二年，上悉封舅譚爲平阿侯，商成都侯，立紅陽侯，根曲陽侯，逢時高平侯，五人同日封，故世謂之五侯。參見卷六君馬黄詩注。

〔七貴〕文選潘岳西征賦：窺七貴於漢廷。李善注：七姓謂吕、霍、上官、趙、丁、傅、王也。

〔氣岸〕王云：梁書：氣岸疏凝，情途狷隔。按：氣岸指意氣言。

〔章臺〕漢書卷七六張敞傳：時罷朝會，過走馬章臺街。注：孟康曰：在長安中。臣瓚曰：在章臺下街也。補注：沈欽韓曰：古今注：京兆尹、執金吾、司隸校尉皆使人導引傳呼，使行者止，坐者起，四人皆持角弓，違者則射之，有乘高窺闞者亦射之。案走馬則舍駕而騎，謝夷吾、鮑宣俱以舍法駕被劾，於此見其無威儀也。

〔麒麟殿〕三輔黄圖：漢宫殿疏云：天禄、麒麟閣，蕭何造，以藏祕書處賢才也。

〔玳瑁筵〕按：筵，席也。玳瑁筵爲詩賦中常用語，蓋華靡之席，黑白交織，有似玳瑁文，故云。

〔秦宫〕蕭云：子見以「桃李向明開」爲公卿歸禄山，非也。太白詩意是指同時儕類如辛判官之輩，因兵興之際，不次被用，爲人桃李，我獨遭謫也。向明者，向陽花木之義。胡云：楊注以爲指當時受禄山僞署諸人。蕭注以爲世亂，唐朝士不次被用。皆非也。詳其語意，似斥宫掖，第非所宜言耳。

贈劉都使

東平劉公幹，南國秀餘芳。一鳴即朱紱，五十佩銀章。飲冰事戎幕，衣錦華水鄉。銅官幾萬人，諍訟清玉堂。吐言貴珠玉；落筆迴風霜。而我謝明主，銜哀投夜郎。歸家酒債多，門客粲成行。高談滿四座；一日傾千觴。所求竟無緒，裘馬欲摧藏。主人若不顧，明發釣滄浪。

【校】

〔劉公幹〕兩宋本俱誤作劉公翰。

〔飲冰〕冰，咸本作水。

【注】

〔都使〕王云：都使未詳何官，詩中有飲冰事戎幕之句，蓋幕職也。當是兼銜，若都水監使者之類耳。按：王説未確。都水監使者非兼銜，亦不得稱都使。元結欸乃曲序云：以軍事詣都使。則唐人之稱都使乃指節度、觀察使也。此劉都使官不至此，或即卷十八宣城送劉副使詩中之劉副使，則官位差相近，據詩意，劉蓋已至銀緋階。

〔公幹〕三國志魏志王粲傳：東平劉楨，字公幹，……太祖辟爲丞相掾屬。

〔一鳴〕史記滑稽列傳：此鳥不飛則已，一飛沖天；不鳴則已，一鳴驚人。

〔朱紱〕漢書卷四三韋賢傳：黼衣朱紱，四牡龍旂。注：師古曰：朱紱爲朱裳畫爲亞文也。亞古弗字也，故因謂之紱，字又作黻，其音同聲。補注：錢大昕曰：亞當作亞，兩已相背也，與亞次字音義全别。此朱紱諸侯之服，當訓爲韠，不當作黼黻解，顔注誤。△紱音拂。

〔銀章〕漢書百官公卿表：凡吏秩比二千石以上皆銀印青綬。注：師古曰：漢舊儀云：銀印背龜鈕，其文曰章，謂刻曰某官之章也。按：唐制，五品至四品官，緋衣，銀魚袋。而刺史之散官未至五品者得假緋。凡唐人所稱朱紱銀章皆指散官至五品或官至刺史者而言。

〔飲冰〕莊子人間世篇：今吾朝受命而夕飲冰，我其内熱與！

〔衣錦〕史記項羽本紀：富貴不歸故鄉，如衣繡夜行，誰知之者？按：衣錦語出於此。句意謂仕宦富貴而爲水鄉之光榮也。水鄉指吴地。

〔銅官〕新唐書地理志：宣州南陵：武德四年，隸池州，州廢來屬，後析置義安縣，又廢義安爲銅官冶。

〔玉堂〕按：此玉堂指縣治之堂，與揚雄解嘲之歷金門、上玉堂之比不同。

〔風霜〕西京雜記：淮南王安著鴻烈二十一篇，自云字中皆挾風霜。

〔歸家〕王云：孔融詩：「歸家酒債多，門客粲成行。」

〔無緒〕按：無緒是無端緒之意。蓋李白有求於劉都使，而劉未應也。

〔摧藏〕文選成公綏嘯賦：悲傷摧藏。李善注：摧藏，自抑挫之貌。

〔明發〕王云：明發，猶明晨也。

【評箋】

今人詹鍈云：按此詩當是流夜郎歸後於宣城作。

按：此劉都使若即卷十八宣城送劉副使入秦之劉副使，則此詩當略在前，彼詩在後，蓋此詩是乞貸語氣，而彼詩似已有所分潤也。

贈常侍御

安石在東山，無心濟天下。一起振横流，功成復瀟灑。大賢有卷舒，季葉輕風雅。匡復屬何人，君爲知音者。傳聞武安將，氣振長平瓦。燕趙期洗清；周秦保宗社。登朝若有言，爲訪南遷賈。

【校】

〔瀟灑〕瀟，蕭本作蕭。

〔卷舒〕兩宋本、繆本、咸本俱作舒卷。王本注云：繆本作舒卷。

【注】

〔横流〕文選傅亮爲宋公修張良廟教：夷項定漢，大拯横流。吕向注：横流謂亂也。

〔季葉〕蕭云：季葉，季世也。

〔武安〕史記廉頗藺相如列傳：秦軍軍武安西。秦軍鼓譟勒兵，武安屋瓦盡振。按：詩中所用本是此事，而誤以武安爲長平。長平乃其後白起破趙括地，趙亡軍凡四十五萬。庾信哀江南賦：碎於長平之瓦。而詠懷詩則云：「武安檐瓦振。」蓋文人用事常有誤記，李亦承其誤也。又按：此云「傳聞武安將」，似指白起封武安君而言，非趙地之武安也。王云：取以喻時之將帥。

〔周秦〕王云：燕、趙皆爲禄山所據，故期其洗清，周地謂洛陽，在唐爲東京，秦地謂長安，在唐爲西京，宗廟社稷在焉，故欲其保護。

〔南遷〕楊云：南遷賈者，時太白謫於夜郎，自比於賈誼也。意謂若登朝而有言，不妨及之，或者天幸如賈生之宣室召回也。

【評箋】

今人詹鍈云：按太白有涇川送族弟錞詩，自注云：時盧校書草序，常侍御爲詩。

贈易秀才

少年解長劍，投贈即分離。何不斷犀象？精光暗往時。蹉跎君自惜，竄逐我因誰？地遠虞翻老，秋深宋玉悲。空摧芳桂色，不屈古松姿。感激平生意，勞歌寄此辭。

【注】

〔往時〕按：此四句蓋謂易本舊識，相別已久，仍無遇合也。

〔虞翻〕三國志吴志虞翻傳：權積怒非一，遂徙翻交州，雖處罪放，而講學不倦，門徒常數百人。

〔宋玉〕楚辭宋玉九辯：悲哉秋之爲氣也。

〔勞歌〕庾信哀江南賦序：窮者欲達其言，勞者須歌其事。

經亂離後天恩流夜郎憶舊遊書懷贈江夏韋太守良宰

天上白玉京，十二樓五城。仙人撫我頂，結髮受長生。誤逐世間樂；頗窮理亂情。九十六聖君，浮雲挂空名。天地賭一擲，未能忘戰爭。試涉霸王略；將期軒冕榮。時命乃大謬，棄之海上行。學劍翻自哂；爲文竟何成？劍非萬人敵；文竊四海聲。兒戲不足道，五噫出西京。臨當欲去時，慷慨淚沾纓。嘆君倜儻才，標舉冠羣英。開筵引祖帳，慰此遠徂征。鞍馬若浮雲，送余驃騎亭。歌鐘不盡意，白日落昆明。

【校】

〔題〕兩宋本、繆本題下俱注云：江夏、岳陽。

〔西京〕西，郭本作四，誤。

【注】

〔江夏韋太守〕王云：唐時江夏郡乃鄂州也，屬江南西道。按方輿勝覽以贈此詩之韋太守爲韋景駿，未知何據。今人詹鍈云：方輿勝覽以贈此詩之韋太守爲韋景駿，湖北通志引金石存佚考則以爲韋延安，皆未知何據。新唐書宰相世系表卷七十四上韋氏彭城公房有名良宰者一人，以其行輩考之，當在斯時。則良宰即韋太守之名也。按：岑仲勉唐集質疑云：景駿即韋述之父，舊書一〇二述傳：景龍中，景駿爲肥鄉令。據年譜，白以乾元元年流夜郎，上距景龍，餘五十載，景駿當已前卒。此勝覽之説不可據也。姓纂：彭城公房，行佺生良宰、利見。良宰不叙歷官。新表多本姓纂，故新表亦缺，然吾人未能因此斷江夏守韋良宰非此良宰也。良宰族父如元旦、方質等皆仕武后，良宰當爲玄宗時人，又利見以乾元元年官廣府節度，見舊紀一〇，時代正合。

〔玉京〕按：玉京爲詞章中所指之仙境，非可實指。

〔十二樓〕抱朴子袪惑篇：崑崙山上……内有五城十二樓。

〔聖君〕楊云：自秦始皇至唐玄宗，中國傳緒之君凡九十有六。

〔萬人敵〕史記項羽本紀：劍一人敵不足學，學萬人敵。於是項梁又教籍兵法。

〔五噫〕後漢書卷一一三梁鴻傳：因東出關過京師，作五噫之歌曰：陟彼北芒兮噫！顧覽帝京兮噫！宫室崔嵬兮噫！人之劬勞兮噫！遼遼未央兮噫！肅宗聞而非之，求鴻不得，乃易姓運期，名燿，字侯光，與妻子居齊、魯之間，有頃又去適吴，將行作詩曰……。

〔祖帳〕王云：祖帳，祖席時所設之帳幕。按：此用漢疏廣事，見下注。

〔驃騎亭〕王云：驃騎亭，玩詩意當在長安，楊注以驃騎亭爲謝安建者恐誤。按：驃騎亭乃借用，非實指其地。

〔昆明〕三輔黄圖：漢昆明池，武帝元狩四年穿，在長安西南，周圍四十里。

十月到幽州，戈鋋若羅星。君王棄北海，掃地借長鯨。呼吸走百川，燕然可摧傾。心知不得語，却欲棲蓬瀛。彎弧懼天狼，挾矢不敢張。攬涕黄金臺，呼天哭昭王。無人貴駿骨，綠耳空騰驤。樂毅儻再生，于今亦奔亡。蹉跎不得意，驅馬過貴鄉。逢君聽絃歌，肅穆坐華堂。百里獨太古，陶然卧羲皇。徵樂昌樂館，開筵列壺觴。賢豪間青娥，對燭儼成行。醉舞紛綺席，清歌繞飛梁。歡娱未終朝，秩滿歸咸陽。祖道擁萬人，供帳遥相望。一别隔千里，榮枯異炎涼。

【校】

〔不得語〕語，兩宋本、繆本俱作意，注云：一作語。王本注云：一作意。

〔蹉跎〕兩宋本、繆本俱注云：一作蒼忙。王本注云：一作蒼茫。

〔過貴鄉〕過，咸本作逐。蕭本作還。王本注云：蕭本作還。

〔秩滿〕兩宋本、繆本、王本俱注云：一作解印。

〔相望〕此句下咸本注云：一本無此二句。

【注】

〔長鯨〕王云：按唐書安禄山傳：天寶元年，以禄山爲平盧節度使，押兩蕃、渤海、黑水四府經略使。三載，代裴寬爲范陽節度，仍領平盧軍，則經略、威武、清夷、静塞、恒陽、北平、高陽、唐興、横海、平盧、盧龍十一軍，及榆關守捉、安東都護府兵十三萬有奇，皆其所統。幽、薊、嬀、檀、易、恒、定、漠（當作鄚）、滄、營、平十一州之地皆其所治矣。幽州以北，盡與禄山。所謂「君王棄北海，掃地借長鯨」也。

〔燕然〕後漢書卷五三竇憲傳：憲、秉遂登燕然山，去塞三千餘里，刻石勒功，紀漢威德。

〔天狼〕楚辭九歌東君：挾長矢兮射天狼。王逸注：天狼，星名，以喻貪殘。

〔駿骨〕戰國策燕策：郭隗對燕昭王曰：「古之人君有以千金求千里馬者，三年不能得，涓人言於君曰：請求之。君遣之，三月得千里馬，馬已死，買其骨五百金，反以報君。君大怒曰：安事死馬而捐五百金？涓人對曰：死馬且買五百金，况生馬乎？天下必以君能市馬，馬今至矣。於是不能期年，千里馬之至者三。今王誠欲致士，先從隗始。」於是昭王爲隗築宫而師之。樂毅自魏往，鶵衍自齊往，劇辛自趙往，士争湊燕。

〔緑耳〕見卷十贈崔諮議詩注。

〔奔亡〕按：以上自叙遊幽州亦無所遇，但見安禄山之擁兵自大。

〔貴鄉〕舊唐書地理志：河北道魏州貴鄉：後魏分館陶西界置貴鄉縣於趙城，周……大象二年，於縣置魏州。

〔百里〕三國志蜀志龐統傳：統以從事守耒陽令，在縣不治免官，吴將魯肅遺先主書曰：龐士元非百里才也。按：百里即用以指縣令。

〔昌樂〕舊唐書地理志：河北道魏州昌樂：晉置，……隋廢，……武德五年復置。

〔飛梁〕列子湯問篇：昔韓娥東之齊，匱糧，過雍門，鬻歌假食，既去而餘音繞梁欐，三日不絶。

〔供帳〕漢書卷七一疏廣傳：公卿大夫，故人邑子，設祖道，供帳東都門外。注：師古曰：祖道，餞行也。

〔炎涼〕按：炎涼以上叙南行在魏州相逢之事。

炎涼幾度改，九土中横潰。漢甲連胡兵，沙塵暗雲海。草木摇殺氣，星辰無光彩。白骨成丘山，蒼生竟何罪？函關壯帝居，國命懸哥舒。長戟三十萬，開門納凶渠。公卿奴犬羊，忠讜醢與葅。二聖出游豫，兩京遂丘墟。

【校】

〔函關〕函，蕭本作幽。王本注云：蕭本作幽。

〔奴犬羊〕奴，蕭本、咸本俱作如。王本注云：蕭本作如。

【注】

〔九土〕國語魯語：能平九土。韋昭注：九土，九州之土也。

〔橫潰〕文選謝靈運詩：「天地中橫潰。」李善注：橫潰，以水喻亂也。

〔函關〕見卷二古風第三首注。

〔哥舒〕舊唐書卷一〇四哥舒翰傳：及安禄山反，上以封常清、高仙芝喪敗，召翰入，拜爲皇太子先鋒兵馬元帥。……拒賊於潼關。……中使相繼督責，翰不得已，引師出關，……軍既敗，翰與數百騎馳而西歸，爲火拔歸仁執降於賊。

〔公卿〕舊唐書玄宗紀：禄山陷東京，殺留守李憕、中丞盧奕、判官蔣清。按：二句即指此。

〔游豫〕孟子梁惠王篇：夏諺曰：吾王不遊，吾何以休？吾王不豫，吾何以助？

〔丘墟〕按：以遊豫指帝王之巡行，喻玄宗及太子之出奔也。以上叙安禄山起兵之事。

帝子許專征，秉旄控強楚。節制非桓文；軍師擁熊虎。人心失去就，賊勢騰風雨。惟君固房陵，誠節冠終古。僕卧香爐頂，餐霞漱瑶泉。門開九江轉；枕下五湖連。半夜水軍來，尋陽滿旌旃。空名適自誤，迫脅上樓船。徒賜五百金，棄之若浮烟。辭官不受賞，翻謫夜郎天。夜郎萬里道，西上令人老。掃蕩六合清，仍爲負霜草。日月無偏照，何由訴蒼昊？良牧稱神明，深仁恤交道。

【校】

〔稱神明〕稱，咸本作睎。

【注】

〔帝子〕舊唐書卷一〇七玄宗諸子傳：永王璘，玄宗第十八子也。按：永王專征，事見卷八永王東巡歌十一首詩注。永王爲江陵大都督，故云控強楚。

〔秉旄〕書牧誓：王左杖黄鉞，右秉白旄以麾。

〔節制〕荀子議兵篇：秦之鋭士不可以敵桓、文之節制。按：詩中此語乃謂永王烏合之衆，非齊桓、晉文節制之師，故不能有成。

〔熊虎〕書牧誓：尚桓桓，如虎如貔，如熊如羆。按：史記田單列傳：有一卒曰：「臣可以爲師乎？」因反走。田單乃起引還東鄉坐，師事之。詩意暗用此事，謂所任非人，徒擁兵不戰也。

〔風雨〕按：永王之敗，由於部下之離叛，故以「人心失去就」一語渾含之，「賊勢騰風雨」，謂仍不能禦安軍也。

〔房陵〕舊唐書地理志：山南東道房州：天寶元年，改爲房陵郡。按：韋蓋於是時任房陵太守，能保其境。

〔香爐〕王云：遠法師廬山記：東南有香爐山，孤峯秀起，游氣籠其上，則氤氲若烟水。

〔夜郎天〕王云：元和郡縣志：夜郎西北至上都五千五百五十里，曰萬里者，甚言其遠也。

〔負霜草〕按：二語謂安史亂已平定，而己猶含冤不得受日月之照。

〔良牧〕按：東漢末，州刺史改稱州牧，江夏即鄂州，故可稱韋爲牧也。

〔交道〕按：交道以上叙貶謫中荷韋周恤，引起下文遊宴之歡。

一忝青雲客，三登黄鶴樓。顧慚禰處士，虚對鸚鵡洲。樊山霸氣盡，寥落天地秋。江帶峨眉雪，川横三峽流。萬舸此中來，連帆過揚州。送此萬里目，曠然散我愁。紗窗倚天開，水樹緑如髮。窺日畏銜山，促酒喜得月。吴娃與越豔，窈窕誇鉛紅。呼來上雲梯，含笑出簾櫳。對客小垂手，羅衣舞春風。賓跪請休息，主人情未極。覽君荆山作，江鮑堪動色。清水出芙蓉，天然去雕飾。逸興横素襟，無時不招尋。朱門擁虎士，列戟何森森！剪鑿竹石開，縈流漲清深。登樓坐水閣，吐論多英音。片辭貴白璧，一諾輕黄金。謂我不媿君，青鳥明丹心。

【校】

〔樊山〕樊，兩宋本、繆本俱作焚，注云：一作樊。王本注云：一作焚誤。

〔氣盡〕盡，咸本注云：一作盛。

〔天地秋〕以上二句兩宋本、繆本、王本俱注云：一作彤襜冠白筆，爽氣淩清秋。

〔川横〕兩宋本、繆本俱作横穿。王本注云：一作横穿。

〔過揚州〕過，咸本作逐。

〔我愁〕我，兩宋本、繆本、王本俱注云：一作煩。

〔水樹〕此句兩宋本、繆本俱注云：一作水渌樹如髮。王本樹緑下注云：一作緑樹。

〔窺日〕日，兩宋本、繆本、王本俱注云：一作光。

〔得月〕得，兩宋本、繆本、咸本俱作見。王本注云：一作見。

〔朱門〕門，兩宋本、繆本、王本俱注云：一作旄。

〔登樓〕樓，兩宋本、繆本、王本俱注云：一作臺。

〔坐水閣〕坐，兩宋本、繆本、王本俱注云：一作入。

〔英音〕英，兩宋本、繆本、王本俱注云：一作奇。

〔黄金〕咸本注云：一本無此二句。

〔青鳥〕鳥，兩宋本、繆本、王本俱注云：一作鸞。

〔明丹心〕明，蕭本作問。王本注云：蕭本作問。

【注】

〔黄鶴樓〕見卷七江上吟及卷八峨眉山月歌送蜀僧晏入中京詩注。

〔禰處士〕文選禰衡鸚鵡賦序：黄祖太子射賓客大會，有獻鸚鵡者舉酒於衡前曰：「禰處士，今日無用娱賓，竊以此鳥自遠而至，明慧聰善，羽族之可貴，願先生爲之賦，使四座咸共榮觀，不亦可乎！」衡因爲賦，筆不停綴，文不加點。△禰音你。

〔鸚鵡洲〕太平寰宇記卷一一二：鸚鵡洲在大江東（江夏）縣西南二里。西過此洲，從北頭七十步大江中流與漢陽縣分界。後漢書云，黄祖爲江夏太守時，祖長子射大會賓客，有獻鸚鵡於此，洲故得名。

〔樊山〕元和郡縣志卷二七：樊山在鄂州武昌縣西三里。謝玄暉詩曰：「釣臺臨講閣，樊山開廣宴。」謂此也。

〔峨眉雪〕王云：三峽記：峨嵋積雪，經時不散。峨嵋山乃岷山之一支也。峯巒高峻，上極寒冷，冬春積雪，雖經風日不能消釋。入夏始得融泮，流入岷江，經三峽而下，清流爲之變色。

〔三峽〕見卷八峨眉山月歌注。

〔萬舸〕王云：廣韻，楚以大船曰舸。陸放翁入蜀記：至鄂州泊稅務亭，賈船客舫不可勝計，銜尾不絶者數里，自京口以西皆不及。李太白贈江夏韋太守詩曰：「萬舸此中來，連帆過揚州。」蓋此地自唐爲衝要之地。

〔鉛紅〕王云：鉛，粉也；紅，朱也。

〔櫳〕王云：説文：櫳，房室之疏也。　按：六朝以來，詩中常以簾櫳連用，指室中向明之蔽隔也。

〔垂手〕王云：樂府雜録：舞者樂之容也，有大垂手、小垂手，或如驚鴻，或如飛燕。樂府詩集：大垂手、小垂手，皆言舞而垂其手也。吴均曲云：「垂手忽迢迢，飛燕掌中嬌。羅衫恣風引，輕帶任情摇。」又云：「舞女出西秦，躡影舞陽春。且復小垂手，廣袖拂紅塵。」

〔賓跪〕禮記曲禮：客跪撫席而辭。　按：古人席地而坐，引身稍起即跪也。

〔江鮑〕按：江、鮑謂江淹、鮑照。荆江蓋韋所作之詩，意謂江、鮑覽其詩亦必爲之動色。

〔芙蓉〕鍾嶸詩品：謝詩如芙蓉出水。

〔列戟〕王云：中華古今注：戟以木爲之，後世刻爲無復典型，赤油韜之，亦謂之迪戟，亦謂之棨戟，王公以下通用以爲前驅。唐五品以上皆施棨戟於門。　唐書百官志：凡戟一品之門十六，二品及京兆、河南、太原尹、大都督、大都護之門十四，三品及上都督、中都督、上都護、上州之門十二，下都督、下都護、中州、下州之門各十。衣幡壞者五歲一易之，薨卒者追還。　按：此二語寫其府中兵衛之嚴。唐人於刺史治所每以戟門稱之，韋應物任蘇州刺史，其詩云：「兵衛森畫戟，燕寢凝清香」，是也。

〔黄金〕漢書卷三七季布傳：楚人諺曰：得黄金百，不如得季布諾。

〔丹心〕按：丹心以上叙此時相見之樂。

五色雲間鵲，飛鳴天上來。傳聞赦書至，却放夜郎迴。暖氣變寒谷，炎烟生死灰。君登鳳池去，勿棄賈生才。桀犬尚吠堯，匈奴笑千秋。中夜四五嘆，常爲大國憂。旌旆夾兩山，黄河當中流。連雞不得進，飲馬空夷猶。安得羿善射，一箭落旄頭？

【校】

〔勿棄〕勿，蕭本、胡本俱作忽。王本注云，蕭本作忽。

〔賈生才〕咸本此句下注云：一本無此二句。

〔連雞〕雞，咸本作難，注云：一作雞。

【注】

〔雲間鵲〕朝野僉載卷四：唐貞觀末，南康黎景逸居於空青山，常有鵲巢其側，每飲食以餧之。後鄰近失布者誣景逸盜之，繫南康獄月餘，劾不承，欲訊之。其鵲止於獄樓，向景逸歡喜，似傳語之狀，其日傳有赦，官司詰其來，云路逢玄衣素襟人所説，三日而赦至。景逸還山，乃知玄衣素襟者，鵲之所傳也。

〔死灰〕史記韓長孺列傳：……其後安國坐法抵罪，蒙獄吏田甲辱安國，安國曰：「死灰獨不復然乎？」田甲曰：「然即溺之。」居無何，梁内史闕，漢使使者拜安國爲梁内史，起徒中爲二千石。

〔鳳池〕通典職官三：魏、晉以來，中書監令掌贊詔命，記會時事，典作文書，以其地在樞近，多承寵任，是以人固其位，謂之鳳凰池焉。

〔千秋〕漢書卷六六車千秋傳：千秋無他材能學術，又無伐閲功勞，特以一言悟主，旬月取宰相封侯，世未嘗有也。後漢使者至匈奴，單于問曰：「聞漢新拜丞相，何用得之？」使者曰：「以上書言事故。」單于曰：「苟如是，漢置丞相非用賢也，妄一男子上書即得之矣。」

〔連雞〕王云：戰國策：諸侯不可一，猶連雞之不能俱止於栖亦明矣。左傳：將飲馬於河而歸。楚辭：君不行兮夷猶。王逸注：夷猶，猶豫也。桀犬喻賊將若史思明輩。千秋喻宰相若苗晉卿、王璵輩。兩山，太華山、首陽山夾黄河之二山也。連雞喻當時諸節度使輩。

〔旄頭〕按：「五色」至「旄頭」一段意謂時艱方亟，猶思自効。

【評箋】

唐宋詩醇云：白之從璘也，蘇軾辨其由於迫脅，論甚平允。此篇歷叙交遊始末，而白生平蹤跡亦略見於此。十月到幽州一段，蓋白自被放後，北遊燕、趙，觀聽形勢，知禄山之必叛，尾大不掉之害。欲言不能。述之猶覺痛切。至於潼關失守，江陵煽亂，與白之爲璘所脅，受累遠謫，無不明如指掌。結尾一段，慮廟堂之無人，憂將帥之不一，而賊之不得速平，與前遥相照應。通篇以交情時勢互爲經緯，汪洋灝瀚，如百川之灌河，如長江之赴海，卓乎大篇，可與北征並峙。

陳僅云：太白經亂憶舊遊書懷贈江夏韋太守詩，書體也。（竹林答問）

今人詹鍈云：詩云：「傳聞赦書至，却放夜郎回。」又云：「樊山霸氣盡，寥落天地秋。」當是流夜郎歸至江夏於秋季作。王譜繫乾元二年下，今從之。

江夏使君叔席上贈史郎中

鳳凰丹禁裏，銜出紫泥書。昔放三湘去；今還萬死餘。仙郎久爲别；客舍問何如。涸轍思流水；浮雲失舊居。多慚華省貴；不以逐臣疎。復如竹林下，而陪芳宴初。希君生羽翼，一化北溟魚。

【校】

〔史郎中〕英華作史吏部。

〔而陪〕而，蕭本作叨。王本注云：蕭本作叨。

【注】

〔使君叔〕今人詹鍈云：按乾元二年，江夏太守爲韋良宰，有贈江夏韋太守良宰詩可證。太白又有流夜郎至江夏陪長史叔及薛明府宴興德寺南閣詩，此詩題中之使君叔疑是長史叔之誤。

按：天寶中廢别駕，長史即太守之貳，職位不輕，疑亦可稱使君。

〔史郎中〕按：卷二十三有與史郎中欽（飲）聽黄鶴樓上吹笛云：「一爲遷客去長沙」，語意相合，自即一人。又卷三十送史司馬赴崔相公幕有「願託周周羽，相銜漢水湄」之句，時地相同，亦或其人。

〔丹禁〕王云：潛確居類書：天子所居曰禁，以丹塗壁，故曰丹禁，亦曰紫禁。

〔紫泥〕元和郡縣志卷三九：武都有紫水，泥亦紫，漢朝封璽書用紫泥，即此水之泥也。

〔仙郎〕按：後漢書明帝紀：郎官上應列宿。因有仙郎之稱。

〔何如〕按：問何如爲六朝風俗，即相見時問訊之寒暄語也。顔氏家訓勉學篇：體中何如則祕書，是也。

〔涸轍〕莊子外物篇：周昨來有中道而呼者，周顧視車轍中有鮒魚焉。曰：「我東海之波臣也，君豈有升斗之水而活我哉？」

〔華省〕文選潘岳秋興賦：獨展轉於華省。按：省謂宫中治事之所，華省言其所居之華焕。

〔竹林〕晉書卷四九阮咸傳：咸任達不拘，與叔父籍爲竹林之遊。

博平鄭太守自廬山千里相尋入江夏北市門見訪却之武陵立馬贈别

大梁貴公子，氣蓋蒼梧雲。若無三千客，誰道信陵君？救趙復存魏，英威天下聞。邯鄲能屈節，訪博從毛薛。夷門得隱淪，而與侯生親。仍要鼓刀者，乃是袖鎚人。好士不盡心，何能保其身？多君重然諾，意氣遥相託。五馬入市門，金鞍照城郭。都忘虎竹貴，且與荷衣樂。去去桃花源，何時見歸軒。相思無終極，腸斷朗江猿。

【校】

〔博平〕博，蕭本作晉。王本平下注云：蕭本作晉。

〔朗江〕江，兩宋本、繆本、王本俱注云：一作陵。

【注】

〔博平〕王云：唐時博平郡即博州也，隸河北道。武陵郡即朗州也，隸山南東道。

〔廬山〕元和郡縣志卷二八：廬山在（江州潯陽）縣東三十二里，本名鄣山。昔有匡俗字子孝，隱淪潛景，廬於此山，漢武帝拜爲大明公，俗號廬君，故山取號，周環五百餘里。參見卷十四廬山謠寄盧侍御虚舟詩注。

〔蒼梧雲〕見卷七梁園吟注。

〔毛薛〕史記信陵君列傳：公子留趙，公子聞趙有處士毛公藏於博徒，薛公藏於賣漿家。公子欲見兩人，兩人自匿不肯見。公子聞所在，乃閒步往從此兩人游，甚歡。……公子留趙十年不歸，秦日夜出兵東伐魏，魏王患之，使使往請公子，公子恐其怒之，乃誡門下有敢爲魏王使通者死。毛公、薛公往見公子曰：……今秦攻魏，魏急而公子不恤，使秦破大梁而夷先王之宗廟，公子當何面目立天下乎？語未及卒，公子立變色，告車趣駕歸救魏。魏王……以上將軍印授公子，……公子率五國之兵破秦軍於河外。

〔五馬〕見卷六陌上桑詩注。

〔荷衣〕楚辭九歌少司命：荷衣兮蕙帶。按：荷衣謂野人之服。

〔朗江〕方輿勝覽卷三〇：朗水在常德府武陵縣，其水西南自辰、錦州入郡界，經郡城入大江，謂之朗江。

江上贈竇長史

漢求季布魯朱家，楚逐伍胥去章華。萬里南遷夜郎國，三年歸及長風沙。聞道青雲貴公子，錦帆游戲西江水。人疑天上坐樓船，水浄霞明兩重綺。相約相期何太深！棹歌摇艇月中尋。不同珠履三千客，别欲論交一片心。

【校】

〔游戲〕戲，兩宋本、繆本俱作奕。咸本注云：一作奕。王本注云：繆本作奕。

【注】

〔朱家〕史記季布欒布列傳：季布者，楚人也。爲氣任俠有名於楚，項籍使將兵，數窘漢王。及項羽滅，高祖購求布千金，敢有舍匿罪及三族。季布匿濮陽周氏，周氏曰：「漢購將軍急，迹且至臣家。將軍能聽臣，臣敢獻計，即不能，願先自剄。」季布許之，乃髡鉗季布，衣褐衣，置廣柳車中，并與其家僮數十人之魯朱家所賣之。朱家心知是季布，乃買而置之田，誡其子曰：「田事聽此奴，必與同食。」朱家乃乘軺車之洛陽，見汝陰侯滕公……滕公心知朱家大俠，意季布匿其所，……待間果言如朱家指，上乃赦季布。

〔章華〕王云：楚平王囚伍奢而召其二子，伍尚遂歸，伍胥彎弓屬矢出見使者曰：「父有何罪以召其子爲？」將射，使者還走，遂出奔吴。章華臺在楚地，伍胥自楚出奔，故曰去章華也。

〔長風沙〕見卷四長干行二首注。

〔西江水〕王云：湖廣通志：西江水在安陸府景陵縣境，乃襄江之一派。

〔珠履〕史記春申君列傳：春申君客三千餘人，其上客皆躡珠履……。

【評箋】

今人詹鍈云：王譜繫上元元年下，此詩當是自尋陽順江而下途經長風沙時作。太白於乾元元年流夜郎，三年後適爲上元二年，不得爲上元元年也。

贈王漢陽

天落白玉棺，王喬辭葉縣。一去未千年，漢陽復相見。猶乘飛鳧舄，尚識仙人面。鬢髮何青青！童顏皎如練。吾曾弄海水，清淺嗟三變。果愜麻姑言，時光速流電。與君數杯酒，可以窮歡宴。白雲歸去來，何事坐交戰？

【校】

〔天落〕此句兩宋本、繆本俱注云：一作天上墮玉棺。王本白下注云：一作上墮。

〔葉縣〕葉，蕭本作鄴。王本注云：蕭本作鄴，誤。

〔千年〕千，繆本作十，兩宋本、英華俱作千。

〔猶乘〕乘，咸本注云：一作成。

【注】

〔王漢陽〕按：卷十四有寄王漢陽、望漢陽柳色寄王宰及早春寄王漢陽，卷二十三有醉題王漢陽廳詩，皆即一人。卷十四之自漢陽病酒歸寄王明府，卷二十泛沔州城南郎官湖序所稱漢陽宰王公皆亦當指此。

〔葉縣〕後漢書卷一一二王喬傳：王喬者，河東人也。顯宗世爲葉令。喬有神術，每月朔望，常自縣詣臺朝。帝怪其來數而不見車騎，密令太史伺望之。言其臨至輒有雙鳧從東南飛來，於是候鳧至，舉羅張之，但得一雙舄焉。乃詔上方診視，則四年中所賜尚書官屬履也。後天下玉棺於堂前，吏人推排，終不動摇。喬曰：「天帝獨召我耶！」乃沐浴服飾寢其中，蓋便立覆。宿昔葬於城東，土自成墳，其夕縣中牛皆流汗喘乏，而人無知者。百姓乃爲立廟，號葉君祠。按：王喬鳧履之説出于漢時傳説誤會。劉知幾已辨之。史通卷一七云：按應劭風俗通載楚有葉君祠，即葉公諸梁廟也。而俗云孝明帝時有河東王喬爲葉令，嘗飛鳧入朝。及干寶搜神記乃隱應氏所通而收其流俗怪説。

〔漢陽〕舊唐書地理志：江南西道鄂州漢陽：武德四年，……置沔州，治漢陽縣。……至大和七年，……併入鄂州。

〔三變〕神仙傳：麻姑云：接待以來，見東海三爲桑田，向到蓬萊，水又淺於往日。

〔交戰〕王云：陶潛詩：「一生復能幾？倏如飛電驚。」又：「貧富常交戰，道勝無戚顔。」按：歸去來亦用陶潛歸去來辭意。

【評箋】

按：卷十四有寄王漢陽、自漢陽病酒歸寄王明府兩詩，卷二十三有醉題王漢陽廳詩，即此一人。今人詹鍈云：疑是流夜郎歸至江夏又遇王漢陽作。證以「清淺嗟三變」之語，詹説可信。

贈漢陽輔録事二首

聞君罷官意，我抱漢川湄。借問久疎索，何如聽訟時？天清江月白，心静海鷗知。應念投沙客，空餘弔屈悲。

【校】

〔久疎索〕咸本作疎索後，注云：一作久疎索。

【注】

〔輔録事〕按：卷十四江夏寄漢陽輔録事，中有「君草陳琳檄」句，此詩二首皆有罷官之語，蓋罷官後又入軍幕者。

〔録事〕王云：唐時刺史屬官，司馬之下有録事參軍事。上州者從七品，中州者正八品，下州者從八品。有録事，皆從九品。每縣亦有録事，在丞尉之下，則流外官也。

〔疎索〕按：疎索猶言索莫，冷落意也。

〔海鷗〕列子黄帝篇：海上之人有好漚鳥者，每旦之海上從漚鳥游，漚鳥之至者百住而不止。

其父曰：「吾聞漚鳥皆從汝游，汝取來吾玩之。」明日之海上，漚鳥舞而不下也。按：漚即鷗字。

〔投沙〕按：史記漢書賈誼傳皆言爲賦以弔屈原，則投沙客謂遷謫於長沙，仍用賦中竢罪長沙意，非懷沙意也。

其二

鸚鵡洲横漢陽渡，水引寒烟没江樹。南浦登樓不見君，君今罷官在何處？漢口雙魚白錦鱗，令傳尺素報情人。其中字數無多少，祇是相思秋復春。

【校】

〔水引〕引，胡本作影。

〔無多少〕無，蕭本、胡本俱作何。王本注云：蕭本作何。

【注】

〔漢口〕王云：潛確居類書：鸚鵡洲在湖廣漢陽渡之上，禰衡嘗作鸚鵡賦，後埋玉於此，故名。一洲雖跨漢江，而尾連黄鶴磯，故圖經屬武昌郡，云秋水漲盛時，隱没不見，至水落乃出。一統志：漢陽渡在漢陽府城東。南浦在武昌府城南三里，漢口在大别山北，即漢水與滇水合流入江處。胡三省通鑑注：漢口，漢水入江之口，其地在鄂州漢陽縣東大别山下。

〔尺素〕王云：楊升菴曰：古樂府：「尺素如殘雪，結成雙鯉魚。要知心裏事，看取腹中書。」據此詩，古人尺素結爲鯉魚形，即緘也。文選：「客從遠方來，遺我雙鯉魚。」即此事也。下云：「呼兒烹鯉魚，中有尺素書。」亦譬況之言，非真烹也。五臣及劉履謂古人多於魚腹寄書，引陳涉罩魚倡禍事證之，何異痴人説夢？

江夏贈韋南陵冰

胡驕馬驚沙塵起，胡雛飲馬天津水。君爲張掖近酒泉，我竄三巴九千里。天地再新法令寬，夜郎遷客帶霜寒。西憶故人不可見，東風吹夢到長安。寧期此地忽相遇，驚喜茫如墮烟霧。玉簫金管喧四筵，苦心不得申長句。昨日繡衣傾緑樽，病如桃李竟何言？昔騎天子大宛馬，今乘款段諸侯門。賴遇南平豁方寸，復兼夫子持清論。有似山開萬里雲，四望青天解人悶。人悶還心悶，苦辛長苦辛。愁來飲酒二千石，寒灰重暖生陽春。山公醉後能騎馬，别是風流賢主人。頭陀雲月多僧氣，山水何曾稱人意？不然鳴笳按鼓戲滄流，呼取江南女兒歌棹謳。我且爲君搥碎黄鶴樓，君亦爲吾倒却鸚鵡洲。赤壁争雄如夢裏，且須歌舞寬離憂。

【校】

〔胡雛〕雛，繆本作騶。王本注云：繆本作騶。

〔長句〕長，兩宋本、繆本俱作一，注云：一作長。王本注云：一作一。

〔夫子〕夫，咸本作三。

〔雲月〕月，咸本作外。

〔不然〕然，兩宋本、胡本、繆本、王本俱注云：一作能。

【注】

〔韋南陵冰〕按：此與卷十三寄韋南陵冰余江上乘興訪之遇尋顔尚書笑有此贈詩所指爲同一人。韋冰乃景駿之子渠牟之父。黄本驥誤以爲元珪之子，今人詹鍈引新、舊書韋堅傳考證，仍承黄氏之説。岑仲勉唐集質疑云：太白集一一江夏寄韋南陵冰五古一首，黄本驥云：案此詩乾元二年太白流夜郎中途遇赦還憩漢陽時作，……韋冰，元珪之子，後爲鄠令者也（魯公集一六）。余按姓纂，鄖城公房，景駿生述、迪、冰，冰一名達，生渠牟，太常卿，是冰與述爲兄弟；又據載之集二三，渠牟墓誌：維貞元十七年秋七月乙酉，太常韋公諱渠牟，年五十三，啓手足于靖恭里。……父冰，著作郎兼蘇州司馬，……大曆末，丁著作府君憂。則太白所詠正與此韋冰時代相當。復次，姓纂，元珪宗正卿，生堅、蘭、芝，新表七四上，堅、蘭、芝外尚有冰，云鄠令，即黄氏所指之人也，按舊書一〇五韋堅傳：（天寶）五載……七月，堅又長流嶺南臨封郡，堅弟將作少匠蘭、鄠縣令冰、兵部員外芝，堅男河南府户曹諒並遠貶，至十月，使監察御史羅希奭逐而殺之，諸弟及男諒並死。是白作詩時，元珪之子冰，慘死已一周星紀矣。黄氏誤也。

〔胡雛〕晉書卷一〇四石勒載記：年十四，隨邑人行販洛陽，倚嘯上東門。王衍見而異之，顧謂左右曰：「向者胡雛，吾觀其聲視有奇志，恐將爲天下之患。」馳遣收之，會勒已去。

〔天津〕晉書天文志：天津九星，横河中，一曰天漢，一曰天江，主四瀆津梁。按：詞章中天津亦指帝王之都。

〔張掖〕王云：唐時張掖郡，甘州也。酒泉郡，肅州也。俱屬隴右道。通典：張掖郡西到酒泉郡四百二十里。按：韋冰蓋先曾官於張掖，旋至長安，今赴官南陵也。

〔三巴〕王云：太白雖流夜郎，然甫至三巴而遇赦，故曰我竄三巴九千里。

〔繡衣〕按：此句似指在江夏遇使幕宴會，唐之幕職多帶御史銜，常以繡衣驄馬等語稱之也。

〔何言〕按：此雖用古語「桃李不言，下自成蹊」（見史記李將軍列傳），實自喻有懷無所控訴之意。

〔大宛〕史記大宛列傳：及得大宛汗血馬，益壯，更名烏孫馬曰西極，名大宛馬曰天馬云。

〔款段〕後漢書卷五四馬援傳：乘下澤車，御款段馬。章懷太子注：款猶緩也。言形段遲緩也。按：款段爲疊韻聯緜字，并形容重滯，與蹇産、顢頇等字略同，章懷説非。

〔南平〕王云：南平謂南平太守李之遥也。
〔二千石〕按：此極言飲酒之多，非漢官制中之二千石。
〔頭陀〕楊云：頭陀寺在鄂州，宋大明五年建。天竺言頭陀，此言抖擻，抖擻，煩惱也。王云：元和郡縣志：頭陀寺在鄂州江夏縣東南二里。陸放翁入蜀記：頭陀寺在鄂州城之東隅石城山。方輿勝覽：頭陀寺在黄鶴山上，自南齊王屮作碑，遂爲古今名刹。按：文選王屮頭陀寺碑文李善注云：碑在鄂州。即此寺。
〔滄流〕按：滄有涼意，滄流猶言滄涼之水也。
〔棹謳〕文選左思蜀都賦：發棹謳。劉淵林注：棹謳，鼓棹而歌也。

贈盧司户

秋色無遠近，出門盡寒山。白雲遥相識，待我蒼梧間。借問盧躭鶴，西飛幾歲還？

【注】

〔盧司户〕今人詹鍈云：「白雲遥相識，待我蒼梧間」，當是秋季於永州作。新唐書藝文志：盧象集十二卷。注云：字偉卿，左拾遺，膳部員外郎，授安禄山僞官，貶永州司户參軍。唐詩紀事記盧象事迹云：大盗起幽陵，入洛師執公脅之從伍中，謫果州刺史，又貶永州司户。

此詩贈於象者。按：劉禹錫集中有主客員外郎盧公集紀，盧後移吉州，拜主客，道卒于武昌。又云：以章句振起於開元中，與王維、崔顥比肩驤首，李蓋早與相識者。又劉集中董氏武陵集紀有「聞名如盧杜」之句，注云盧員外象，杜員外甫，其稱道可謂至矣。

〔盧躭鶴〕水經注耒水：鄧德明南康記曰：昔有盧躭，仕州爲治中。少棲仙術，善解雲飛。每夕輒淩虛歸家，曉則還州。嘗於元會至朝，不及朝列，化爲白鵠（鶴），至閣前回翔欲下，威儀以石擲之，得一隻履。躭驚還就列，内外左右莫不駭異。

贈從弟南平太守之遥二首

少年不得意，落魄無安居。願隨任公子，欲釣吞舟魚。常時飲酒逐風景，壯心遂與功名疎。蘭生谷底人不鋤，雲在高山空卷舒。漢家天子馳駟馬，赤車蜀道迎相如。天門九重謁聖人，龍顔一解四海春。彤庭左右呼萬歲，拜賀明主收沉淪。翰林秉筆迴英盼，麟閣崢嶸誰可見？承恩初入銀臺門，著書獨在金鑾殿。龍駒雕鐙白玉鞍，象牀綺席黄金盤。當時笑我微賤者，却來請謁爲交歡。一朝謝病游江海，疇昔相知幾人在？前門長揖後門關，今日結交明日改。愛君山嶽心不移，隨君雲霧迷所爲。夢得池塘生春草，使我長價登樓詩。别後遥傳臨海作，可見羊何共和之。

【校】

〔題〕兩宋本、繆本題下俱注云：時因飲酒過度貶武陵，後詩故贈。

〔得意〕得，兩宋本、繆本俱作作。王本注云：繆本作作。

〔落魄〕魄，兩宋本、繆本俱作拓。王本注云：繆本作拓。

〔盼〕咸本作眄。

〔承恩〕此句兩宋本、繆本俱注云：一作承恩侍從甘泉宮。王本注云：一作侍從甘泉宮。

〔綺席〕席，兩宋本、繆本、咸本俱作食，兩宋本、繆本俱注云：一作席。王本注云：一作食。

〔隨君〕隨，咸本作墮，注云：一作隨。

【注】

〔南平〕王云：唐時南平郡即渝州也。先名巴郡，天寶元年更名，隸劍南道。

〔任公子〕見卷一大鵬賦注。

〔不鋤〕三國志蜀志周羣傳：芳蘭生門，不得不鋤。

〔相如〕見卷四白頭吟第二首詩注。

〔彤庭〕文選班固西都賦：玉階彤庭。李善注：漢書曰：昭陽舍中庭塗朱。

〔翰林〕石林燕語卷七：唐翰林院本内供奉藝能技術雜居之所，以詞臣侍書詔其間，乃藝能之一爾。開元以前，猶未有學士之稱，或曰翰林待詔，或曰翰林供奉，如李太白猶稱供奉。自張垍爲學士，始別建學士院於翰林院之南，則與翰林院分而爲二，然猶冒翰林之名。日知録卷二四：舊書言翰林院有合練僧道卜祝術藝書弈，各別院以廩之。（職官志）陸贄與吴通元有隙，乃言承平時工藝書畫之徒待詔翰林，比無學士，請罷其官。（通元傳）其見于史者，天寶初，嵩山道士吴筠，乾元中占星韓穎、劉烜，貞元末，弈棋王叔文，侍書王伾，元和末，方士柳泌，浮屠大通，寶曆初，善弈王倚，興唐觀道士孫準，並待詔翰林。（小説，元宗時有翰林善圍棋者王積薪）按：玄宗時翰林非德宗以後翰林學士職司綸誥之比，李白之稱翰林，實祇以文詞供奉而已，諸書論唐翰林官制頗詳確，舉右二條以見一斑。並參見卷二十四翰林讀書言懷詩注。

〔銀臺門〕舊唐書職官志：翰林院，天子在大明宫，其院在右銀臺門内。參見卷六相逢行注。

〔金鑾殿〕王云：玉海：兩京記：大明宫紫宸殿北曰蓬萊殿，其西曰還周殿，還周西北曰金鑾殿，殿旁坡名金鑾坡。又云：金鑾殿在蓬萊正西微南。

〔鐙〕丁鄧切。

〔春草〕王云：南史：謝惠連年十歲能屬文，族兄靈運嘉賞之，云每有篇章，對惠連輒得佳語。嘗於永嘉西堂思詩，竟日不就。忽夢見惠連，即得「池塘生春草」，大以爲工。嘗曰：此語有神助，非吾語也。按「池塘生春草」句乃靈運登池上樓詩，故曰「長價登樓詩」。靈運又有登臨海嶠初發強中作與從弟惠連可見羊何共和之詩一首，臨海晉時郡名，即今台州也。羊、何謂泰山羊璿之、東海何長瑜，與靈運惠連以文章賞會，共爲山澤之遊。

【評箋】

陸游云：世言荆公四家詩後李白，以其十首九首説酒與婦人。恐非荆公之言。白詩樂府外，及婦人者實少；言酒固多，比之陶淵明輩，亦未爲過。此乃讀白詩不熟者枉立此論耳。四家詩未必有次序，使誠不喜白，當自有故。蓋白識度甚淺，觀其詩中，如「中宵出飲三百杯，明朝歸揖二千石」，「揄揚九重萬乘主，謔浪赤墀金瑣賢」，「王公大人借顔色，金章紫綬來相趨」，「一別蹉跎朝市間，青雲之交不可攀」，「歸來入咸陽，談笑皆王公」，「高冠佩雄劍，長揖韓荆州」之類，淺陋有索客之風。集中此等語至多，但以其詞豪俊動人，故不深考耳。又如以布衣得一翰林供奉，此何足道？遂云：「當時笑我微賤者，却來請謁爲交歡。」宜其終身坎壈也。（老學庵筆記）

唐宋詩醇云：炎而附，寒而去，自是俗情之薄。翟公書門，殷浩詠詩，白何見之晚耶？蘭生谷底二句，逸韻可賞，復有深味，末四語用古入化，別具清新之致。

其二

東平與南平，今古兩步兵。素心愛美酒，不是顧專城。謫官桃源去，尋花幾處行？秦人如舊識，出户笑相迎。

【校】

〔美酒〕酒，咸本注云：一作女。

〔幾處〕處，咸本注云：一作度。

【注】

〔東平〕晉書卷四九阮籍傳：籍聞步兵廚營人善釀，有貯酒三百斛，乃求爲步兵校尉。按：籍爲東平相，已見本卷贈閭丘宿松詩注。

〔專城〕古詩陌上桑：三十侍中郎，四十專城居。按：專城謂郡守，王注謂縣令，非也。

〔桃源〕王云：桃源在武陵。參見卷二古風第三十一首注。

贈潘侍御論錢少陽

繡衣柱史何昂藏！鐵冠白筆横秋霜。三軍論事多引納，堦前虎士羅干將。雖無二十五老者，且有一翁錢少陽。眉如松雪齊四皓，調笑可以安儲皇。君能禮此最下士，九州拭目瞻清光。

【注】

〔繡衣〕見本卷在水軍宴贈幕府諸侍御詩注。

〔柱史〕史記張丞相列傳：秦時爲御史，主柱下方書。索隱：周秦皆有柱下史，謂御史也。所掌及侍立恒在殿柱之下，故老聃爲周柱下史。

〔鐵冠〕後漢書輿服志：法冠一曰柱後，高五寸，以纚爲展筩，鐵柱卷，執法者服之，侍御史、廷尉正、監、平也。

〔白筆〕太平御覽卷二二七魏志曰：帝嘗大會殿中，御史簪白筆側階而坐，上問左右，此爲何官何主。左右不對，辛毗曰：「此爲御史，舊時簪筆以奏不法，今者直備官，但珥筆耳。」

〔干將〕吴越春秋：闔閭内傳：干將作名劍二枚，……干將妻乃斷髮剪爪投於爐中……遂以成劍。陽曰干將，陰曰莫耶。陽作龜文，陰作漫理。文選司馬相如子虛賦：建干將之雄戟。張揖注：干將，韓王劍師。雄戟胡矛有鮔者，干將所造，則戟亦可稱干將矣。

〔老者〕説苑卷八尊賢篇：介子推行年十五而相荆，仲尼聞之，使人往視，還曰：「廊下有二十五俊士，堂上有二十五老人。」仲尼曰：「合二十五人之智，智於湯武，并二十五人之力，力於彭祖，以治天下，其固免矣乎！」按：介子推，家語作荆公子，似是。

【評箋】

今人詹鍈云：安儲皇事疑指輔佐永王而言。又云：「九州拭目瞻清光」，蓋謂可以收復兩京掃平胡虜也。此詩疑爲在永王軍中作，太白集有在水軍宴贈幕府諸侍御詩，潘侍御或亦諸侍御之一也。

按：詹説似非。肅宗之爲太子久矣，永王終不得稱儲皇。「拭目瞻清光」者，瞻潘之風采也。與卷十二贈錢徵君少陽詩合看，初無亂後語意。三軍論事，階前虎士，則指潘爲使府幕職，非必有軍事也。頗疑爲天寶初，韋堅獄起，肅宗處於憂危而作。此詩當與卷十二之贈錢徵君少陽合看。少陽年事蓋已高矣，故此詩云「眉如松雪」，彼詩云「如逢渭川獵，猶可帝王師」也。

贈柳圓

竹實滿秋浦，鳳來何苦飢？還同月下鵲，三繞未安枝。夫子即瓊樹，傾柯拂羽儀。懷君戀明德，歸去日相思。

【校】

〔秋浦〕浦，蕭本、胡本俱作圃。王本注云：蕭本作圃。

〔瓊樹〕樹，咸本注云：一作林。

【注】

〔竹實〕王云：陸璣詩疏：鳳凰一名鶠，非梧桐不棲，非竹實不食，非醴泉不飲。

〔安枝〕魏武帝短歌行：「月明星稀，烏鵲南飛。繞樹三匝，何枝可依？」

【評箋】

今人詹鍈云：詩云「竹實滿秋浦」，當是在秋浦作。

按：卷十有贈秋浦柳少府，疑即其人。

流夜郎半道承恩放還兼欣克復之美書懷示息秀才

黄口爲人羅，白龍乃魚服。得罪豈怨天？以愚陷網目。鯨鯢未翦滅；豺狼屢翻覆。悲作楚地囚；何由秦庭哭？遭逢二明主，前後兩遷逐。去國愁夜郎；投身竄荒谷。半道雪屯蒙，曠如鳥出籠。遥欣克復美，光武安可同？天子巡劍閣；儲皇守扶風。揚袂正北辰；開襟攬羣雄。胡兵出月窟，雷破關之東。左掃因右拂，旋收洛陽宫。迴輿入咸京，席卷六合通。叱咤開帝業，手成天地功。大駕還長安，兩日忽再中。一朝讓寶位，劍璽傳無窮。媿無秋毫力，誰念矍鑠翁？弋者何所慕？高飛仰冥鴻。棄劍學丹砂，臨爐雙玉童。寄言息夫子，歲晚陟方蓬。

【校】

〔豺狼〕狼，英華注云：一作虎。

〔悲作〕作，英華注云：一作犯。

〔何由〕由，蕭本作日。王本注云：蕭本作日。

〔帝業〕業，兩宋本、繆本、王本俱注云：一作宇。

〔手成〕手，咸本作首，注云：一作手。

〔駕還〕駕，咸本作君，注云：一作駕。

【注】

〔黄口〕家語卷四六本篇：孔子見羅雀者，所得皆黄口小雀，問之曰：「大雀獨不得何也？」羅者曰：「大雀善驚而難得，黄口貪食而易得。」

〔魚服〕見卷六枯魚過河泣詩注。

〔綱目〕文選王融永明十一年策秀才文：爲網羅之目尚簡。李善注：文子曰：有鳥將來，張羅而得鳥者，羅之一目也。今爲一目之羅，即無時得鳥。李周翰注：目，網孔也。

〔鯨鯢〕文選曹冏六代論：掃除凶逆，剪滅鯨鯢。李周翰注：鯨鯢，大魚吞食小魚者，以喻不義人也。

〔翻覆〕按：此蓋指史思明已降又叛，此時猶未平定，題中所謂克復之美，專指收復兩京而言。

〔楚地囚〕晉書卷六五王導傳：當共戮力王室，克復神州，何至作楚囚相對泣邪？

〔秦庭哭〕左傳定五年：申包胥如秦乞師，……立依於庭牆而哭，日夜不絶聲，勺飲不入口七日。按：詩意僅謂旨在救亡，心懷忠憤，有如申包胥。非謂繫獄無由求救也。李詩中屢用此典，不可泥視。

〔遷逐〕王云：二明主謂玄宗、肅宗。太白前事明皇，被讒遭逐，後值肅宗，坐累遠流，所謂兩遷逐也。

〔荒谷〕庾信哀江南賦序：予乃竄身荒谷，公私塗炭。

〔屯蒙〕易屯卦：彖曰：屯，剛柔始交而難生。又蒙卦：彖曰：蒙，山下有險，險而止，蒙。王云：屯蒙者，艱難蒙晦之義。

〔扶風〕王云：時明皇幸蜀，故曰天子巡劍閣。至德元載七月，改扶風爲鳳翔郡。二載二月，肅宗幸鳳翔。至十月兩京克復，始自鳳翔還長安。駐兵扶風者凡十月，故曰「儲皇守扶風」。

〔北辰〕王云：初學記：荆州星占曰：北辰一名天關，一名北極，北極者紫宫太一座也（今本太作天），此以喻天子之位。

〔洛陽宫〕舊唐書卷一二〇郭子儀傳：……九月，從元帥廣平王率蕃漢之師十五萬進收長安。迴紇遣葉護太子領四千騎助國討賊，子儀與葉護宴狎修好，誓平國難，相得甚歡。……子儀與賊將安守忠、李歸仁戰於京西香積寺之北，王師結陣横亘三十里，賊衆十萬陣於北，……迴紇以奇兵出賊陣之後夾攻之，賊軍大潰，自午至酉，斬首六萬級。賊將張通儒守長安，聞歸仁等敗，夜奔陝郡。翌日廣平王入京師，老幼百萬夾道歡叫，涕泣而言曰：不圖今日復見官軍！廣平王休士三日，率師東趣，……十月，安慶緒遣嚴莊悉其衆十萬來赴陜州……與張通儒同抗官軍，屯於陜西，負山爲陣。子儀以大軍擊其前，迴紇登山乘其背，遇賊潛師於山中，與鬬過期，大軍稍却，賊分兵三千人絶我歸路，衆心大摇。子儀麾迴紇令進，盡殺之。師馳至其後，於黄埃中發十餘箭，賊驚顧曰：迴紇來。即時大敗，僵尸徧山澤。嚴莊、張通儒走歸洛陽，遂與安慶緒渡河保相州。子儀奉廣平王入東都，陳兵於天津橋，士庶歡呼於路。

〔劍璽〕文選謝朓和伏武昌登孫權故城詩：炎靈遺劍璽。李善注：漢儀禮志曰：皇太子即位，中黄門以斬蛇寶劍授。（玫異云，當作續漢禮儀志。）

〔傳無窮〕舊唐書肅宗紀：至德二載……十月癸亥，上自鳳翔還京後，遣太子太師韋見素入蜀迎上皇。……丙寅至望賢宫得東京捷書至，上大喜。丁卯，入長安。士庶涕泣拜忭曰：「不圖復見吾君。」……十二月丙午，上皇至自蜀。上至望賢宫奉迎，上皇御宫南樓，上望樓辟易下馬，趨進再拜，蹈舞稱慶。上皇下樓，上匍匐奉上皇足，涕泗嗚咽，不能自勝。遂扶侍上皇御殿，親自進食，自御馬以進。上皇上馬，又躬攬轡而行，止之後退。上皇曰：「吾享國長久，吾不知貴，見吾兒爲天子，吾知貴矣。」上乘馬前導，自開遠門至丹鳳門，旗幟燭天，綵棚夾道，士庶抃舞路側，皆曰：「不圖今日再見二聖。」百僚班於含元殿庭，上皇御殿，左相苗晉卿率百辟稱賀。上皇詣長樂殿謁九廟神主，即日幸興慶宫。上請歸東宫，上皇遣高力士再三慰譬而止。……十二月甲子，上皇御宣政殿，授上傳國璽，上于殿下涕泣而受之。　按：參郭傳、肅紀，可證此詩據當時傳聞與史相合。

〔矍鑠翁〕後漢書卷五四馬援傳：武威將軍劉尚擊武陵五溪蠻夷，深入軍没，援因復請行，時年六十二，帝愍其老，未許之。援自請曰：「臣尚能被甲上馬。」帝令試之。援據鞍顧盼，以示可用。帝笑曰：「矍鑠哉是翁也。」章懷太子注：矍鑠，勇貌。　按：是時李年將六十，故以馬援爲比，意謂無由効力也。

〔弋者〕高步瀛唐宋詩舉要卷一云：法言問明篇曰：鴻飛冥冥，弋人何篡焉？後漢書逸民傳引此文，李賢注曰：篡字諸本或作慕，法言作篡，宋衷曰：篡，取也。今人謂以計數取物爲篡，篡亦取也。文選卷五〇後漢書逸民傳論李善注曰：今篡或爲慕，非也。二李在張曲江前，（張詩作慕）皆言或作慕，是唐時法言有作慕者。　按：此説見俞正燮癸巳類稿卷七。逸民傳云，言其違禍之遠也。詩意謂從此遠遊不復作用世之想。

【評箋】唐宋詩醇云：引罪自咎，無怨尤之心，有睠顧之誠，不失忠厚本旨。

贈張相鎬二首

神器難竊弄，天狼窺紫宸。六龍遷白日；四海暗胡塵。昊穹降元宰，君子方經綸。澹然養浩氣；欻起持大鈞。秀骨象山岳；英謀合鬼神。佐漢解鴻門；生唐爲後身。擁旄秉金鉞；伐鼓乘朱輪。虎將如雷霆，總戎向東巡。諸侯拜馬首；猛士騎鯨鱗。澤被魚鳥悦；令行草木春。聖智不失時，建功及良辰。醜虜安足紀？可貽幗與巾。倒瀉溟海珠；盡爲入幕珍。馮異獻赤伏；鄧生欻來臻。庶同昆陽舉；再覩漢儀新。昔爲管將鮑；中奔吴隔秦。一生欲報主；百代期榮親。其事竟不就，哀哉難重陳。卧病宿松山，蒼茫空四鄰。風雲激壯志；枯槁驚常倫。聞君自天來，目張氣益振。亞夫得劇孟，敵國空無人。捫虱對桓公，願得論悲辛。大塊方噫氣，何辭鼓青蘋？斯言儻不合，歸老漢江濱。

【校】

〔題〕兩宋本、繆本、王本題下俱注云：時逃難病在宿松山作。後一首亦作書懷重寄張相公。蕭本題下注云：時逃難在宿松山作。

〔遷白日〕遷，兩宋本、繆本、王本俱注云：一作駕。

〔四海〕兩宋本、繆本俱注云：一作九洛。王本注云：一作九落。

〔大鈞〕大，兩宋本、繆本俱作天。王本注云：繆本作天。

〔生唐〕此句兩宋本、繆本俱作興唐思退身，注云：一作生唐爲後身。興唐，注云：一作功成。

王本注云：一作興唐思退身，一作功成思退身。

〔雷霆〕霆，兩宋本、繆本、王本俱注云：一作雹。

〔聖智〕兩宋本、繆本、王本俱注云：一作逢聖。英華作逢聖。

〔庶同〕庶，英華作至。

〔宿松山〕兩宋本、繆本、咸本俱作古松滋。王本注云：繆本作古松滋。

〔蒼茫〕茫，兩宋本、繆本、咸本俱作山。王本注云：繆本作山。

〔敵國〕敵，兩宋本、繆本、王本俱注云：一作七。

〔空無〕空，兩宋本、繆本、胡本、王本俱注云：一作定。咸本作定。

【注】

〔張相〕舊唐書卷一一一張鎬傳：張鎬，博州人也。風儀魁岸，廓落有大志，涉獵經史，好談王霸大略。……天寶末，……自褐衣拜左拾遺。……玄宗幸蜀，鎬自山谷徒步扈從。肅宗即位，玄宗遣鎬赴行在所，鎬至鳳翔，奏議多有弘益，拜諫議大夫。尋遷中書侍郎、同中書門下平章事。……時方興軍戎，帝注意將帥，以鎬有文武才，尋命兼河南節度使、持節都統淮南等道諸軍事。……及收復兩京，加鎬銀青光禄大夫，封南陽郡公，詔以本軍駐汴州招討殘孽。

並參見卷十九張相公出鎮荆州尋除太子詹事余時流夜郎行至江夏與張公相去千里公因太府丞王昔使車寄羅衣二事及五月五日贈余詩余答以此詩。

〔神器〕文選張衡東京賦：巨猾間釁，竊弄神器。薛綜注：神器，帝位也。

〔天狼〕見卷四幽州胡馬客歌注。

〔六龍〕見卷三蜀道難注。

〔昊穹〕史記司馬相如列傳：自昊穹兮生民。按：史記昊穹無注，漢書作顥穹，脱兮字。顔師古注：顥穹皆謂天也，顥言氣顥汗也，穹言形穹隆也。

〔元宰〕文選王融曲水詩序：元宰比肩於尚父。李善注：元宰，冢宰也。

〔經綸〕易屯卦：象曰：雲雷屯，君子以經綸。正義：言君子法此屯象有爲之時，以經綸天下，約束於物。

〔大鈞〕按：此語謂張以布衣不二年爲宰相。

〔後身〕按：此語謂張亦如張良解漢高祖鴻門之厄。

〔幗與巾〕通鑑卷七二：司馬懿與諸葛亮相守百餘日，亮數挑戰，懿不出，亮乃遺懿巾幗婦人之服。胡三省注：劉昭注補輿服志：公卿列侯夫人紺繒幗，蓋婦人首飾之稱。

〔入幕珍〕獨孤及張公鎬遺愛碑：奋選乃僚，必國之良。有若博陵崔賁、昌黎韓洄、趙郡李惟岳、北海王士華、河間邢宙、河東裴孝智、隴西李道，皆卿材也，以嘉言碩畫參公軍事。

〔赤伏〕見卷九讀諸葛武侯傳書懷贈長安崔少府叔封昆季……詩注。

〔昆陽〕按：以上各語皆以漢光武中興爲比。王云：後漢紀：蕭王至中山，羣臣上尊號，王不聽，諸將固請。王召馮異問以羣臣之議。異曰：「三王背叛，更始敗亡，天下無主，宗廟之憂，在於大王，宜從衆議。上以安社稷，下以濟百姓。」王曰：「我昨夢乘赤龍上天，覺悟心中悸動，此何祥也？」異再拜賀曰：「此天命發於精神，心中悸動，大王重慎之至也。」會諸生彊華自長安奉赤伏符詣鄗，羣臣復請曰：受命之符，人應爲大。今萬里合信，周之白魚安足比乎？符瑞昭晰，宜答天神以光上帝。六月己未，即皇帝位於鄗。後漢書鄧禹傳：禹聞光武安集河北，即杖策北渡，追及於鄴，光武見之甚歡。漢書王莽傳：莽遣大司空王邑馳傳之洛陽，與司徒王尋發衆郡兵百萬，平定山東。邑至洛陽，州郡各選精兵，牧守自將，定會者四十二萬人，餘在道不絶。車甲士馬之盛，自古出師未嘗有也。六月，邑與尋發洛陽，欲至宛，道出潁川，過昆陽。昆陽時已降漢，漢兵守之。二公縱兵圍昆陽，世祖悉發郾、定陵兵數千人，來救昆陽，尋、邑易之，自將萬餘人行陣，敕諸營皆按部毋得動，獨迎與漢兵戰，不利。大軍不敢擅相救，漢兵乘勝殺尋，昆陽中兵出並戰，邑走軍亂，天風蜚瓦，雨如注水，大衆崩壞號謼，虎豹股慄，士卒奔走，各還歸其郡。後漢書光武帝紀：時三輔吏士東迎更始，見諸將過皆冠幘而衣婦人衣諸于繡䠯，莫不笑之。或有畏而走者，及見司隸僚屬，皆歡喜不自勝，老吏或垂涕曰：不圖今日復見漢官威儀。

〔管將鮑〕見卷三箜篌謡注。

〔宿松〕舊唐書地理志：淮南道舒州宿松：漢皖縣地，梁置高塘郡，隋罷郡，置宿松縣。太平寰宇記卷一二五：〔舒州〕宿松縣本漢皖縣地。元始中爲松滋縣，屬廬江。晉武平吴，以荆州有松滋縣，遂改爲宿松縣。

〔劇孟〕見卷三梁甫吟注及卷九贈崔侍御詩注。

〔桓公〕晉書卷一一四王猛傳：桓温入關，猛被褐而詣之，一面談當世之事，捫蝨而言，旁若無人。

〔噫氣〕莊子齊物論篇：夫大塊噫氣，其名爲風。按：大塊謂地也。

〔青蘋〕文選宋玉風賦：夫風生於地，起於青蘋之末。

〔漢江濱〕按：此上頌張之功業，欲來投効。

其二

本家隴西人，先爲漢邊將。功略蓋天地，名飛青雲上。苦戰竟不侯，當年頗惆悵。世傳崆峒勇，氣激金風壯。英烈遺厥孫，百代神猶王。十五觀奇書，作賦凌相如。龍顔惠殊寵，麟閣憑天居。晚途未云已，蹭蹬遭讒毁。想像晉末時，崩騰胡塵起。衣冠陷鋒鏑，戎虜盈朝市。石勒窺神州，劉聰劫天子。撫劍夜吟嘯，雄心日千里。誓欲斬鯨鯢，澄清洛陽水。六合灑霖雨，萬物無凋枯。我揮一杯水，自笑何區區？因人耻成事，貴欲决良圖。滅虜不言功，飄然陟方壺。惟有安期舄，留之滄海隅。

【校】

〔本家〕兩宋本、繆本、王本俱注云：一作家本。英華作家本。
〔蓋天地〕英華作天地中。
〔當年〕當，蕭本作富。王本注云：蕭本作富。
〔百代〕兩宋本、繆本俱作伯代。此句下咸本注云：一本無此二句。
〔麟閣〕此句兩宋本、繆本、胡本、王本俱注云：一作侍從承明廬。
〔晚途〕途，咸本作徒，注云：一作途。
〔戎虜盈〕盈，咸本作滿。此句兩宋本、繆本、王本俱注云：一作荆棘生。胡本與一作同。
〔劉聰〕聰，王本注云：一作曜。
〔劫天子〕劫，王本注云：一作役。
〔六合〕兩宋本、繆本、王本俱注云：一作三台。
〔萬物〕兩宋本、繆本、王本俱注云：一作六合。
〔區區〕兩宋本、繆本俱作驅驅。王本注云：繆本作驅驅。

〔陟方壺〕陟，兩宋本、繆本、王本俱注云：一作向。胡本與一作同。方，兩宋本、蕭本、繆本、咸本俱作蓬。

【注】

〔隴西〕王云：唐書宗室世系表：李氏出自嬴姓，其後有仲翔爲河東太守、征西將軍，討叛羌於素昌，戰没，葬隴西狄道東川，因家焉。仲翔生伯考，隴西、河東二郡太守。伯考生尚，成紀令。尚生廣，前將軍。廣二子，長曰當户，次曰敢，郎中令、關内侯。敢生禹，禹生丞公，河南太守。丞公生先，蜀郡、北平太守。先生長宗，漁陽丞。長宗坐君況，博士議郎、太中大夫。況生本，郎中、侍御史。本生次公，巴郡太守、西夷校尉。次公生軌，魏臨淮太守、司農卿。軌生隆，長安令、積弩將軍。隆生艾，晉驍騎將軍、魏郡太守。艾生雍，濟北、東莞二郡太守。雍生二子，長曰倫，次曰柔，北地太守。柔生弇，前涼天水太守、武衛將軍、安西亭侯。弇生昶，涼太子侍講。昶生暠，西涼武昭王興聖皇帝云云。太白爲興聖皇帝九世孫，故以廣爲祖。

〔天地〕王云：李陵報蘇武書：陵先將軍功略蓋天地，義勇冠三軍。劉良注：先將軍廣也，功績謀略甚大，可蓋於天地。道德指歸論：名在青雲之上。

〔不侯〕史記李將軍列傳：廣嘗與望氣王朔燕語曰：「自漢擊匈奴而廣未嘗不在其中。而諸部校尉以下材能不及中人，然以擊胡軍功取侯者數十人，而廣不爲後人，然無尺寸之功以得封邑者何也？豈吾相不當侯耶？且固命也？」

〔崆峒〕爾雅釋地：空桐之人武。　王云：史記正義：括地志云：崆峒山在肅州福禄縣東南六十里。又云：笄頭山一名崆峒山，在原州高平縣西百里。按通典：原州高平縣有崆峒山，岷州溢樂縣有崆峒山，肅州福禄縣有崆峒山，是有三崆峒山也。惟岷州漢時屬隴西郡。

〔猶王〕莊子養生主篇：神雖王，不善也。　按：莊子之神王，作旺字解。世説賞譽篇：見子嵩在其中，常自神王。亦含往字意。此詩意兼此兩解。

〔天子〕王云：晉書孝懷帝紀：永嘉五年六月癸未，劉曜、王彌、石勒同寇洛川，王師頻爲所敗，死者甚衆。丁酉，劉曜、王彌入京師，帝開華林園門出河陰藕池，欲幸長安，爲曜等所追及，曜等遂焚燒宫廟，逼辱妃后，百官士庶死者三萬餘人。帝蒙塵於平陽，劉聰以帝爲會稽公。

〔成事〕史記平原君列傳：毛遂曰：「公等録録，所謂因人成事者也。」

〔安期舄〕南方草木狀：番禺東有澗，澗中生菖蒲皆一寸九節，安期生採服仙去，但留玉舄焉。

【評箋】

今人詹鍈云：王譜繫至德二載下，注云：通鑑，至德二載八月，以張鎬爲河南節度採訪等使，都統淮南諸軍事，二詩之作在是月之後。詩曰：「卧病古松滋，……」則其時以病暫寓宿松，又不在宋中丞幕矣。按第一首云：「其事竟不成，哀哉難重陳。」第二首云：「晚途未云已，蹭蹬遭讒毁。」所謂「難重陳、遭讒毁」者，當指坐繫尋陽獄而言。舊唐書張鎬傳：以鎬有文武才，尋命兼河南節度使，持節都統淮南等道諸軍事。鎬即發，會張巡宋州圍急，倍道兼進，傳檄濠州刺史閭丘曉引兵出救。曉……逗留不進，鎬至淮口，宋州已陷。通鑑：至德二載十月癸丑，睢陽城陷。……張鎬聞睢陽圍急，倍道急進，檄浙東、浙西、淮南、北海諸節度及譙郡太守閭丘曉使共救之。曉素傲很，不受鎬命。比鎬至，睢陽城已陷三日。此詩云：「虎將如雷霆，……」當是十月初間睢陽未陷以前，張鎬倍道兼進途經宿松時作。……但此時既在太白出獄之後，則逃難云云不知何指。意者，白之出獄乃宋若思擅爲之主，迨宋上書薦白，朝廷非但不加赦免，且欲窮追，致白又離宋中丞幕而逃難宿松耳。

按：王說似是。張鎬救睢陽，必無迂道經宿松之理，李之贈詩，非必面晤也。且出獄不即爲赦罪，逃難亦不即爲逃刑。李詩尚欲自効，則所謂逃難，所謂病，亦不過編集時託詞耳。虎將、東巡等，皆詩中泛語，似不必即指爲叙事也。

聞謝楊兒吟猛虎詞因有此贈

同州隔秋浦，聞吟猛虎詞。晨朝來借問，知是謝楊兒。

【注】

〔同州〕王云：同州隔秋浦，謂同在池州，而所隔者秖一秋浦之水也。秋浦水在池州府城西南八十里。參見卷八秋浦歌十七首詩注。

【評箋】

按：卷二十尋魯城北范居士詩有「自詠猛虎詞」之句，未知即白之猛虎行，抑别有猛虎詞，爲人傳誦，要之白亦深自喜也。

宿清溪主人

夜到清溪宿，主人碧巖裏。簷楹挂星斗，枕席響風水。月落西山時，啾啾夜猿起。

【注】

〔清溪〕王云：清溪在池州。詳見卷二古風第四首注。

繫尋陽上崔相渙三首

邯鄲四十萬，同日陷長平。能迴造化筆，或冀一人生。

【注】

〔崔相渙〕見本卷獄中上崔相渙詩注。

〔長平〕王云：論衡：秦將白起坑趙降卒於長平之下，四十萬衆同時皆死。沈炯自長安還至方山愴然自傷詩：「秦軍坑趙卒，遂有一人生。」

其二

毛遂不墮井，曾參寧殺人？虛言誤公子，投杼惑慈親。白璧雙明月，方知一玉真。

【校】

〔寧〕此下兩宋本、繆本、王本俱注云：一作不。

【注】

〔毛遂〕西京雜記：趙有兩毛遂，……野人毛遂墜井而死，客以告平原君，平原君曰：「嗟乎天喪予矣！」既而知野人毛遂，非平原君客也。

〔曾參〕史記甘茂列傳：昔曾參之處費，魯人有與曾子同姓名者殺人，人告其母曰：「曾參殺人。」其母織自若也。頃之一人又告之曰：「曾參殺人。」其母尚織自若也。頃又一人告之曰：「曾參殺人。」其母投杼下機，踰牆而走。

【評箋】

葛立方云：老杜詩以後二句續前二句處甚多。李太白詩亦有此格。如「毛遂不墮井；曾

參寧殺人？虚言誤公子；投杼惑慈親」是也。（韻語陽秋）

其三

虚傳一片雨，枉作陽臺神。縱爲夢裏相隨去，不是襄王傾國人。

【校】

〔傾國人〕兩宋本、繆本此句下俱注云：此一首恐非上崔相。

【注】

〔陽臺神〕王云：庾信詩：「何勞一片雨，喚作陽臺神。」舊注：此一首恐非上崔相，亦恐非太白之作。

【評箋】

劉克莊云：此言迫脅而行，非其腹心上客，而或者注云：此一首恐非上崔相者，誤矣。（後村詩話續集）

巴陵贈賈舍人

賈生西望憶京華，湘浦南遷莫怨嗟。聖主恩深漢文帝，憐君不遣到長沙。

【注】

〔賈舍人〕舊唐書卷一九〇賈曾傳：子至。至天寶末爲中書舍人。新唐書賈至傳：（至德中）坐小法貶岳州司馬，寶應初召復故官。按：吴縝新唐書糾繆卷十一云：今案至本傳述王去榮殺人事，乃至德二載以後乾元元年二月已前事也。其傳中自後更無事，止是貶岳州司馬，後遂言寶應初復故官。……而肅宗紀云：乾元二年三月，九節度之師潰於滏水，東京留守崔圓、河南尹蘇震、汝州刺史賈至奔於襄鄧。……然則至之貶岳州司馬，正當至德、乾元之際。其貶岳州即坐棄汝州而出奔之故也。本傳既漏其爲汝州刺史一節，又失其爲岳州司馬之因，止云坐小法而已。若以肅宗紀乾元二年崔圓、崔震事考之，則其貶岳州之事，昭然可見也。並參見卷十五留别賈舍人至二首、卷二十陪族叔刑部侍郎曄及中書賈舍人至遊洞庭五首、卷二十一與賈至舍人於龍興寺剪落梧桐枝望灉湖等詩。

【評箋】

蕭云：以上八首恐非太白之作。

楊慎云：賈至左遷巴陵有詩云：「極浦三春草，高樓萬里心。楚山晴靄碧，湘水暮流深。忽與朝中舊，同爲澤畔吟。感時還北望，不覺淚沾襟。」太白此詩解其怨嗟也。得温柔敦厚之旨矣。（升庵詩話）

唐宋詩醇云：可謂深婉。蕭士贇以此與前篇爲非白作，觀其氣味，非白不辦。

宋咸熙云：唐人贈遷謫詩，率用賈太傅事，然不過概作惋惜之詞耳。太白巴陵贈賈舍人云：「賈生西望憶京華，湘浦南遷莫怨嗟。明主恩深漢文帝，憐君不遣到長沙。」真得温柔敦厚之旨。唐汝詢疑其詞氣不類。非也。（耐冷譚）

今人詹鍈云：按杜少陵集有送賈閣老出汝州寄岳州賈司馬六丈巴州嚴八使君兩閣老五十韻詩，並黄鶴注均可爲吴縝説之旁證。賈至有初至巴陵與李十二白裴九同泛洞庭湖詩云：「江畔楓葉初帶霜，渚邊菊花亦已黄。」則賈之抵巴陵，當在乾元二年九月。此詩之作，亦在是時。